CW01665519

COLECȚIE COORDONATĂ DE
Magdalena Mărculescu

SELECȚIA TITLURILOR CRIME / THRILLER / MYSTERY:
Virginia Lupulescu

Yrsa Sigurðardóttir

Stânca Spânzuratului

Traducere din limba engleză de
Liviu Szoke

TREI

Editori:
Silviu Dragomir
Vasile Dem. Zamfirescu

Director editorial:
Magdalena Mărculescu

Redactare:
Ioana Andreea Tudose

Design copertă: Faber Studio
Foto copertă: unsplash.com/©anniespratt /©wsanter/©fredricandersson/
©mahbube_baqeri

Director producție:
Cristian Claudiu Coban

Dtp:
Dan Crăciun

Corectură:
Irina Mușătoiu

Descrierea CIP a Bibliotecii Naționale a României
SIGURDARDÓTTIR, YRSA
Stânca Spânzuratului / Yrsa Sigurðardóttir ; trad. din lb. engleză de Liviu Szoke. - Bucureşti : Editura Trei, 2022
ISBN 978-606-40-1231-9

I. Szoke, Liviu (trad.)

821.113.3

Titlul original: Gatið
Autor: Yrsa Sigurðardóttir

O.P. 16, Ghișeul 1, C.P. 0490, București
Tel.: +4 021 300 60 90 ; Fax: +4 0372 25 20 20
e-mail: comenzi@edituratrei.ro
www.edituratrei.ro

ISBN: 978-606-40-1231-9

„Această carte îi este dedicată lui Traplord$"
– Yrsa

Capitolul 1

Duminică

Un scrâșnet înfiorător de pneuri se auzi în pietriș. Apoi o smucitură bruscă, atunci când vehiculul se opri și Helgi fu proiectat de-a lungul banchetei din spate, frecându-și obrazul de materialul aspru și urât mirositor. Asta nu putea fi mașina lui. Deschizând încet un ochi, observă că era întuneric. Apoi șoferul aprinse lumina din plafon și Helgi văzu gunoaiele de pe podeaua mașinii: cutii metalice de băuturi îndoite, o pungă de chipsuri mototolită, șervețele de hârtie folosite, două țigări rupte și un ambalaj de hotdog. Taxiurile chiar deveniseră dezgustătoare în ultima vreme. Dar poate că nu se afla într-un taxi. Să fi profitat de vreo ocazie? Să fi sărit în vreo mașină la întâmplare, în centrul orașului? N-ar fi fost prima dată când Helgi ar fi făcut la beție ceva ce nici n-ar fi visat să facă treaz.

Până și să gândească era un chin. Durerea îl săgetă în cap, iar stomacul i se strânse ciudat drept răspuns, iar în clipa următoare începu să vomite. Să stea drept era dincolo de puterile sale, așa că pur și simplu trebui să vomite pe banchetă. Judecând după miros, n-ar fi fost nimic nou. Hristoase, oare *ce*-o fi băut? De obicei se ținea departe de genul de poșircă ce te face să te simți într-un asemenea hal. Însă cu siguranță că pileala trebuia să fie responsabilă pentru starea în care se afla. Îi era bine cunoscută senzația de letargie, de creier amorțit, deși trecuseră ani buni de când nu se mai simțise așa.

Cuprins de spasm, Helgi izbuti, printr-un soi de miracol, să-și sucească spre marginea banchetei capul, vărsându-și conținutul acid al stomacului pe podea. Mizeria revărsată asupra gunoaielor arăta atât de respingător, încât îl făcu să închidă ochii. Se auzi o exclamație de pe scaunul din față, urmată de un potop de înjurături cu voce tare. Chiar și în starea groaznică în care se afla, Helgi tot își dădu seama despre ce era vorba. Nu-și dorea nimeni să i se vomite în mașină.

Portiera șoferului se deschise cu un scârțâit metalic, apoi fu trântită la loc, retezând înjuraturile și cufundând în întuneric mașina în care se stinse și lumina din plafon. Urmă zgomotul de pietriș călcat în picioare. Apoi portiera de lângă capul lui Helgi se deschise brusc și aerul rece și proaspăt năvăli înăuntru. Amețeala lui se mai domoli nițel și același lucru se întâmplă și cu durerea de cap. Ușurarea era de nedescris, însă nu i se îngădui să se bucure prea mult de ea. Cineva îl înhăță cu brutalitate de umăr și-l săltă în sus. Helgi vru să protesteze că nimeni n-ar fi trebuit să-l bruscheze așa, însă cuvintele refuzară să-i iasă din gură. Era ca și cum nervii care făceau legătura dintre creier și limbă fuseseră retezați cu totul.

Un glas furios pătrunse prin toată confuzia lui, poruncindu-i să coboare din mașină. Pesemne că șoferul voia să scape de el pentru că vomitase în interior. Spre propria sa uluire, Helgi se trezi că-i dă ascultare. Nu avusese de gând să se ridice în fund, însă părea că membrele și mușchii săi acționau din propria lor voință. Un efort concertat și era afară din mașină, în picioare. Inspiră adânc. Aerul proaspăt părea să aibă un gust mai bun ca oricând. Era lună plină, iar cerul era senin și nu se simțea nici măcar o boare de vânt, de parcă lumea ar fi încremenit într-o nemișcare perfectă. Când își dădu capul pe spate pentru a admira cerul nopții, își pierdu echilibrul și se trezi prins de aceeași mână aspră. Helgi se simți recunoscător pentru sprijin: pietrișul de sub picioarele sale părea tare tăios.

După ce încetă să se mai legene și reuși să stea mai mult sau mai puțin drept, fu împins și i se comandă să înceapă să meargă. Încă o dată, trupul lui Helgi se supuse fără vreun impuls de la creier. Rămase vag surprins că bărbatul nu-l bruftuluise deloc pentru că-i vomitase în mașină. Totul părea extrem de ciudat, însă nu-și putea organiza suficient gândurile pentru a-și da seama ce se petrece. Poate că se afla în mijlocul unuia dintre acele vise din care te trezești icnind chiar când ești pe cale să te prăbușești de pe o stâncă.

Pietrișul de sub picioare făcu loc unei cărări cu iarbă ce șerpuia printr-un imposibil de confundat câmp de lavă vechi și neregulat. Helgi se chiorî la terenul din fața sa; la iarba plină de promoroacă, palidă în lumina lunii. Se căzni să-și mențină echilibrul. Se împiedică și fu gata să cadă în nas, cu bărbatul imediat în urma lui. Ori de câte ori se abătea din drum sau se oprea pentru a-și recăpăta echilibrul, mâna îl proiecta înainte. Voia să-i spună individului că nu încerca dinadins să o facă pe dificilul, însă limba îi era prea grea și prea lipsită de ascultare ca să formeze cuvinte.

Cărarea sui pentru scurtă vreme, după care porni iar în jos, printr-o serie de găuri acoperite cu iarbă ce se căscau în pereții de lavă; locuri ideale pentru picnic vara, însă golașe și deloc tentante acum. Crezând că recunoaște împrejurimile, Helgi ridică amețit capul, încercând să-și vină în fire. Nu foarte departe, câmpul de lavă se termina unde începea marea, neagră în întuneric, cu excepția locurilor unde lumina lunii licărea în valuri. Imaginea aduse cu ea o amintire din copilărie, pe când mergea cu bunicul său de-a lungul unui țărm deloc diferit de acesta — poate chiar despre asta era vorba. Speriaseră în mod accidental doi eideri, care zburaseră alarmați. Bunicul se apropiase imediat de locul în care stătuseră păsările și găsise două ouă mari, vineții, așezate într-un cuib moale, maroniu. Lăsându-se pe vine, Helgi atinsese cu degetul fundul cuibului și i se păruse la fel de lipsit de substanță ca și aerul. Îndreptându-se de spate, bătrânul îi atrăsese atenția asupra pescărușilor care formaseră un cerc larg în jurul lor. Aceștia se aflau suficient de departe pentru ca asediul lor să nu pară chiar evident, însă păreau să se apropie. Când bunicul lui îi spusese ce făceau de fapt aceștia, Helgi avusese pornirea să arunce cu pietre în ei.

Era o dilemă oribilă și, din păcate, el era suficient de mare ca să înțeleagă. Dacă ar fi rămas acolo, pescărușii n-ar fi îndrăznit să se apropie, însă același lucru ar fi fost valabil și pentru părinții puilor. Pe de altă parte, dacă el și bunicul său ar fi plecat, eiderii s-ar fi întors până la urmă, însă până atunci ar fi existat riscul ca pescărușii să fi dat deja iama în cuibul rămas fără apărare. În cele din urmă, bunicul lui Helgi hotărâse că trebuie să-și vadă de drum, așa că plecaseră, mergând aproape cu spatele și privind, în speranța că rațele aveau să se întoarcă pentru a-și salva ouăle. Însă nu le mai văzuse întorcându-se, cel puțin, nu după ce lăsaseră mult în urma lor cuibul. Helgi nu mai aflase niciodată ce se întâmplase după aceea. Acum totuși, era iarnă și nu exista niciun ou. Și nici eideri. Totul fusese adunat, curățat, îndesat în plăpumi și vândut străinilor bogați.

Încă un brânci dur îl informă pe Helgi că se oprise-n loc: porni din nou, greoi, urmând cărarea sinuoasă de-a lungul pantei. Curând, i se comandă să se oprească.

Ridicând privirea, se uită cu o surprindere tâmpă la formațiunea stâncoasă înaltă și neagră, despărțită în două jumătăți ce păreau desprinse din *Stăpânul Inelelor*. Între ele fusese instalată o platformă masivă, ca o punte. Oare visul acesta îl purtase până în Mordor? Înainte ca mintea sa greoaie să ajungă la vreo concluzie, fu împins iar înainte, de data asta către una dintre stânci. Era acoperită cu iarba uscată rămasă din vară, ceea ce făcea relativ ușoară cățărarea pe ea. Urmând comenzile bărbatului, Helgi se opri aproape de vârf, apoi se cocoță pe vâna îngustă ce se ițea dintr-o despicătură a excrescenței din lavă. Acolo rămase în picioare, zgâindu-se la marea luminată de lună ce părea înșelător de nevinovată și de blândă în aerul nemișcat.

Clătinându-se periculos, Helgi își dădu seama că mai devreme sau mai târziu avea să cadă de acolo. Însă, în mod bizar, gândul nu-l alarmă. La urma urmei, nu se afla chiar atât de departe de sol, și-n plus mai și visa, nu-i așa? Hăurile din visele sale aveau totuși tendința să fie fără fund: de obicei, nu putea vedea un adânc căptușit cu iarbă uscată, înconjurată de colți din lavă.

Mâna îl răsuci acum pe Helgi cu fața spre cel care îl adusese aici și care acum se cățărase după el. Partea inferioară a feței bărbatului era acoperită de o eșarfă. Tot ce se putea vedea erau ochii, mijiți într-o expresie ce vădea o asemenea scârbă, încât Helgi tresări și-și plecă privirea. Atenția îi fu atrasă de un soi de unealtă, vopsită în negru și într-o nuanță mai deschisă — galben, poate — din mâna bărbatului. Cu mâna stângă, acesta îl prinse pe Helgi de haină și-l trase mai aproape, apoi începu să-i descheie nasturii. Scoase, apoi, o bucată de hârtie albă din buzunar și i-o lipi lui Helgi de piept. Helgi se căzni să vadă ceva, încercând să citească cele câteva rânduri scrise pe hârtie, însă literele erau întoarse invers. Luna era atât de strălucitoare, încât, dacă mintea sa ar fi fost mai puțin încețoșată, poate că ar fi fost în stare să descifreze scrisul. Efortul îi mai împrăștie nițel pâcla din cap, și în acel scurt interval de luciditate își aminti că i se dăduse o bucată de hârtie pe care fusese forțat s-o semneze. Însă pe aceea era mai mult scris... Fusese capabil să o citească așa cum trebuie, și conținutul ei fusese destul de cutremurător. Însă într-un sens bun sau rău? Pâcla dădu iarăși năvală și nu-și mai aminti nimic.

Unealta îi apăru în fața ochilor, lipită de hârtia de pe pieptul său. Helgi se încruntă, nedumerit, și așteptă. Nu simțea deloc teamă, ci doar curiozitate. Unealta nu-i era deloc cunoscută — nu că el ar fi deținut vreo unealtă. Dar oare la ce servea?

Helgi urmări cum degetele bărbatului se strâng în jurul mânerului, apoi un plesnet puternic răsună în liniștea deplină. Simți o înțepătură agonizantă în piept, care-l lăsă preț de câteva clipe fără aer. Era gata să se prăbușească de pe vâna de stâncă, însă o mână îl prinse iar bine. În pofida durerii arzătoare, se simțea ușurat. Dacă bărbatul îl salvase de la cădere, însemna că nu-i dorea cu adevărat răul.

Ceva îi fu strecurat peste cap și, uitându-se în jos, văzu o funie groasă zăcând nemișcată peste pieptul care îi tot zvâcnea, precum un colier stângaci meșterit. Poate că însoțitorul său se arăta totuși preocupat, deși cam târziu, de siguranța lui: până la urmă, doar nu se putea prăbuși dacă era legat de stâncă. Însă când funia îi fu legată în jurul gâtului, Helgi vru să sublinieze că asta nu putea să fie o idee bună — ar fi avut mult mai mult sens să-i fie legată în jurul taliei. Însă își simțea în continuare limba prea grea ca să poată forma cuvinte, iar agonia din piept aproape că-l împiedica să respire.

Dar nu conta. Oricum era un vis. Asta trebuie să fi fost. Dacă se prăbușea, avea să zboare. Din clipă în clipă, urma să se trezească și durerea avea să dispară, luând cu ea și senzația de ireal.

În vreme ce însoțitorul său blestema, Helgi se uita la mare, observând că valurile începeau să-i tulbure suprafața până atunci liniștită. În partea cealaltă a golfului, putea vedea familiarele clădiri albe cu acoperișuri mai închise la culoare: cartierul rezidențial din Bessastadir. În mod sigur visa. Creierul său derutat își aminti ceva legat exact de acest mal și se feri brusc de gândul ăsta, temându-se că va vomita iar. Revenind în prezent, deveni încă o dată conștient de frumusețea împrejurimilor și de șirul nesfârșit de imprecații emise de bărbatul din spatele său.

Helgi habar n-avea pe ce lume e. Priveliștea era atât de liniștitoare, că până și durerea din piept păru să se estompeze. Ochii i se mutară de la cartierul rezidențial la golf. Toată atenția îi rămase concentrată la valurile ce scânteiau pe suprafața întunecoasă a mării. Departe, la orizont, o pătură de nori atârna precum o dungă neagră și groasă pe cer. Simți cum ațipește, ceea ce era nițel cam ciudat, din moment ce oricum dormea.

Fu trezit de un ghiont, de data asta în șale. Avea să fie ultimul. Helgi se prăvăli de pe vâna de stâncă și pluti preț de câteva secunde prin aer, până ce prăbușirea îi fu oprită de o smucitură violentă a funiei. Însă nu avea cum să zboare de-acolo. Nu era un vis.

Capitolul 2

Cadavrul se legăna în vânt, rotindu-se pe jumătate într-o direcție, apoi revenind în poziția inițială. Huldar își feri privirea când la iveală ieși chipul albăstrui, cu oribila limbă neagră ieșindu-i din gură. Capul i se bălăngănea pe piept ca și cum ar fi privit în jos la propriile picioare, surprins că-și pierduse un pantof. Pantoful respectiv era acum depozitat într-o pungă de plastic din duba celor de la Criminalistică, așteptând să fie dus pentru analize, deși nu se aștepta nimeni să găsească vreun motiv pentru această tristă sinucidere. Chiar și așa, polițiștii procedaseră ca de obicei când adunaseră probele, deși de data asta manevra cu pantoful fusese aproape singurul lucru făcut conform procedurilor standard.

Huldar își mută privirea de la bărbatul mort, uitându-se la terenul accidentat de pe Gálgahraun. Curgerea de lavă se formase cu mii de ani în urmă, cu mult timp înainte ca omul să pună piciorul în Islanda, pe când cele care dominau pe aici erau vulpile polare. Huldar luase parte la un exercițiu de antrenament al poliției în zonă cu câțiva ani înainte, în timpul căruia fuseseră puși la curent cu istoria câmpului de lavă. Aspectul neobișnuit de neregulat și denivelat fusese cauzat de faptul că lava încinsă se rostogolise peste o zonă noroioasă din apropierea țărmului mării, făcând ca mlaștina să fiarbă și straturile pe jumătate solidificate să explodeze. Existau fisuri, cratere, țepușe de stâncă și nenumărate protuberanțe și umflături ce se amestecau și se îndreptau în toate direcțiile. Nici măcar pătura de mușchi ce acoperise valul de lavă de-a lungul secolelor nu reușea să-i domolească asprimea. Era un peisaj dezolant, extrem de frământat.

— Ciudat loc în care să te spânzuri, nu crezi? remarcă Huldar, aruncând o privire către colegul său Gudlaugur.

— Nu mai ciudat decât în oricare altul, răspunse Gudlaugur, care continua să se uite la bărbatul ce atârna legănându-se în ștreang. Măcar el a avut grijă să nu fie găsit de niciunul dintre cei dragi. Bănuiesc că asta explică locul.

— Probabil, zise Huldar deloc convins.

Întreaga operațiune ar fi necesitat un efort extraordinar de mare. În primul rând, locul se afla o distanță considerabilă față de drum, și, judecând cu ochiul său de tâmplar, grinda care servea pe post de spânzurătoare cântărea probabil o tonă. Existau nenumărate lucruri pe care Huldar ar fi preferat să le facă în ultimele clipe ale vieții sale decât să care după el o grindă de lemn peste un câmp de lavă. Dar nu-i împărtăși ideea și lui Gudlaugur. Tânărul era evident mahmur în această dimineață de duminică: cu ochii roșii, nepieptănat, sugând întruna bomboane Ópal mentolate. Deloc în starea necesară să fie contrazis în rarele ocazii când deschidea totuși gura.

Huldar se întoarse spre cele două stânci care se ițeau din câmpul de lavă, cu fisura aceea ca o crăpătură amenințătoare între ele, urmărindu-și colegii cum se scărpinau în cap în încercarea de-a găsi cea mai potrivită metodă să-l dea jos pe bărbat de-acolo. Funia era strâns legată în jurul grinzii și era limpede că orice încercare de-a o tăia ar fi azvârlit cadavrul la pământ, riscând să-l zdrobească de stâncile ascuțite. Era de la sine înțeles că ar fi preferat să-l coboare pe om întreg. Erla stătea chiar sub silueta atârnată, gesticulând către ceva aflat sus, în timp ce striga la polițiștii care se suiseră pe formațiunile stâncoase din ambele părți. Aceștia încercau în zadar să-i urmeze ordinele, însă una era să emiți comenzi în vreme ce te afli la nivelul solului și alta era să le pui în aplicare fiind atârnat nesigur de o margine de stâncă. Din clipă în clipă, răbdarea Erlei avea să ajungă la capăt și urma să se cațăre și ea acolo, ca să le arate cum s-o facă. După câteva încercări eșuate, fără îndoială că avea să se înfurie și mai tare.

Grinda de lemn scârțâi și gemu în mod alarmant când un polițist începu să se târască de-a lungul ei, pe burtă. Nu era limpede ce încerca să facă: ar fi fost nevoie de o putere supranaturală să ridice cadavrul, apoi să se târască înapoi la loc sigur, trăgându-l după el. Însă protestele lemnului îl făcură curând să se răzgândească și să se retragă în grabă. Erla, incapabilă să-și ascundă frustrarea, oftă zgomotos. Pesemne că fusese sugestia ei.

— N-ar fi mai bine să împrumutăm o plasă de la brigada de pompieri? Știi de care, din cele în care sunt prinși oamenii când încearcă să sară de pe clădiri cuprinse de flăcări? Dacă am întinde-o dedesubt, ar trebui să împiedice distrugerea cadavrului.

Huldar se văzu nevoit să-și înfrâneze un zâmbet înainte să întoarcă privirea. Glasul îi aparținea Línei, tânăra venită în practică de la Universitatea din Akureyri. Era prima din lotul de studenți ce se pregăteau să devină polițiști care făcea practică la Divizia de Investigații

Criminale, și deși nimeni n-o zicea cu voce tare, echipa era cel mult sceptică. Prejudecățile lor izvorau în parte din teama nerostită de ceea ce s-ar fi putut întâmpla dacă fiecare al doilea recrut ar fi venit fluturând o diplomă de absolvent. Oare ei, restul, ar fi fost trimiși să îmbrace la loc uniforma, coborându-se iar la patrularea pe străzi printre hoardele de turiști, răspunzând la apeluri ca să se ocupe de petreceri prea zgomotoase sau scriind amenzi pentru delicte mărunte?

Huldar nu dădea nici două cepe degerate. Dacă ar fi fost retrogradat încă o dată, s-ar fi putut baza foarte bine pe pasiunea sa pentru tâmplărie. În plus, practicanta era o sursă permanentă de amuzament, mai ales că avea un adevărat talent să lingușească oamenii când nu trebuia.

Avea mereu grijă să le atragă atenția că nu făceau lucrurile ca la carte sau să le corecteze termenii folosiți ori să le citeze din manuale și studii academice. De fiecare dată când aceste lucruri se întâmplau în preajma Erlei, practic o puteai vedea scoțând fum pe urechi. Huldar abia-și putea ascunde bucuria în astfel de momente sau când îl vedea pe Gudlaugur strâmbând din nas la vreuna dintre remarcile ei lipsite de tact.

— Lína, n-avem acum timp să împrumutăm o plasă. O idee bună, totuși.

Huldar îi urmări zâmbetul lățindu-se ca răspuns la laudele lui. Fata era minionă, abia ajungându-i până la piept, cu păr roșcat și un ten atât de lăptos, ca de fildeș, încât abia îi puteai distinge scânteierea scurtă a dinților în contrast cu pielea. Apoi, afișând iar o expresie serioasă, aceasta își întoarse atenția la manevrele polițiștilor.

Huldar bănuia că Erla avusese totuși niște motive când o luase pe Lína cu ei. În mod oficial, era ca s-o învețe despre procedurile de la locul faptei, dar fără îndoială că

Erla spera în secret să o șocheze pe tânără și s-o facă să-și vomite micul dejun. Lína era totuși alcătuită dintr-un material mai dur. Își făcuse loc cu coatele până în față și rămăsese acolo, uitându-se cu atenție la cadavrul atârnat în ștreang, nu cu mult mai afectată decât dacă ar fi văzut ceva neplăcut, dar suportabil. Când își coborâse până la urmă privirea, se încruntase și se întrebase cu glas tare de ce Erla nu dăduse ordin ca zona să fie împrejmuită cu cordonul poliției. Remarca aspră a Erlei, cum că nu era vreme pentru așa ceva acum, nu izbutise să-i închidă Línei gura, iar în final Huldar o trăsese deoparte și-i explicase că aceasta era excepția care cu siguranță fusese menționată în manualele ei: o situație în care procedura standard trebuia abandonată în favoarea vitezei. Fusese recompensat cu o grimasă: în mod clar Lína nu considera împrejurările prezente ca fiind suficient de urgente pentru a garanta o abatere de la reguli.

Ea era singura de această părere. Toți ceilalți erau perfect conștienți de nevoia unui progres rapid. Nu se întâmpla în fiecare zi să primească un telefon din partea personalului președintelui Islandei din Bessastadir care să raporteze un cadavru. În mod normal, ar fi fost trimiși doi agenți care să se ocupe de incident, însoțiți de un tehnician criminalist, însă de data asta locul colcăia de polițiști. În panica stârnită de anunț, aproape toți agenții disponibili primiseră ordin să se prezinte la locul faptei și mulți alții se treziseră cu weekendul anulat. Fără îndoială că se așteptaseră astfel să îndepărteze mai repede cadavrul de acolo, însă se întâmplă exact opusul. Majoritatea polițiștilor doar umblau de colo-colo, pierzând vremea și călcându-se unii pe alții pe picioare.

Erlei îi sună telefonul și Huldar o urmări cum răspunde. Femeia închise ochii și-și frecă fruntea în timp ce asculta ceea ce părea a fi o mustrare din partea vreunui șef. Deloc surprinzător că eșaloanele superioare se arătau serios zdruncinate. Cu niciun chip nu voiau să fie categorisiți ca incompetenți în fața echipei de securitate a unei superputeri străine. Huldar zâmbi la acest gând, însă rânjetul i se șterse când Erla aruncă o privire în direcția lui, apoi încheie apelul și-și îndesă telefonul în buzunar.

— Ni s-a isprăvit timpul! Tăiați funia! răcni ea către bărbații de pe stânci. Coloana s-a pus în mișcare și este așteptată la Bessastadir în jumătate de oră. Trebuie să dispărem de aici înainte de asta. Cadavrul va trebui manevrat ceva mai brutal, dar asta e. Oricum cred că mortului nu-i mai pasă.

Huldar o văzu pe Lína căscând gura, cu dezaprobarea întipărită clar pe față. De bună seamă că secțiunea din manualul ei privind adunarea probelor de la locul faptei omitea orice referire la vizitele făcute de oficialități străine. Îi puse o mână pe umăr și îi șopti la urechea delicată și albă:

— Eu n-aș mai scoate un cuvânt dacă aș fi în locul tău. N-o să-ți servească la nimic.

Lína își strânse buzele într-o linie subțire. Deși lipsită de experiență, nu era deloc proastă. Cunoștea contextul, auzind și ea scurta informare a Erlei înainte să plece la drum. Se uită cu o încruntătură nemulțumită către golful dincolo de care se afla Bessastadir. Huldar putea paria că președintele n-avea să mai primească votul ei la următoarele alegeri, deși n-avea nimic de-a face cu incidentul. Singurul lui păcat fusese faptul că organizase o recepție pentru a marca debutul vizitei oficiale a ministrului de externe chinez. Personalul echipei de securitate a ministrului, care își făcuse apariția mai devreme pentru a verifica situația la fața locului, zărise cadavrul atârnat de stânci de partea cealaltă a golfului Lambhúsatjörn. Prezența acestuia fusese complet ratată de personalul din Bessastadir, întrucât zona fusese complet acoperită cu o pătură groasă de ceață dis-de-dimineață.

Deloc surprinzător, descoperirea cadavrului crease un adevărat haos la Ministerul de Externe, al cărui personal avea sarcina deloc de invidiat de-a încerca să convingă atât ambasada chineză, cât și echipa de securitate să întoarcă din drum avionul ministrului. Până la urmă, izbutiseră să-i convingă pe musafiri că nu era nicidecum un protest organizat de Falun Gong, ci doar o incredibil de nefericită coincidență. Prin urmare, programul zilei trebuia să se desfășoare conform planului inițial — cu condiția, firește, ca mortul să fie săltat de-acolo înaintea sosirii ministrului.

Însă personalul Ministerului de Externe subestimase cât de mult le va lua polițiștilor să rezolve situația. În momentul în care biroul comandantului Poliției îi încredințase Erlei sarcina, avionul ministrului chinez se pregătea deja să aterizeze la Keflavík. Erla ordonase ca toate urmele lăsate de mort și de prezența poliției să dispară din Álftanes când va trece coloana oficială pe acolo, chiar dacă locul respectiv nu era de fapt vizibil de pe șosea. Ideea era că putea fi totuși văzut din zona rezidențială din Bessastadir. Sub nicio formă președintele nu putea fi pus în stânjenitoarea poziție de-a fi nevoit să explice ce căuta mulțimea aceea de polițiști în cealaltă parte a golfului. După acest fiasco, era tare greu de crezut că Islanda va mai primi vreodată vreun împrumut de la ursul panda gigantic, dar tot mai exista speranța că vizita avea să se termine cu o îmbunătățire a relațiilor comerciale dintre cele două țări.

Huldar și Lína urmăreau cu mare interes activitățile colegilor lor. Polițiștii se împărțiseră în două grupuri, câte unul de fiecare parte a stâncii abrupte, iar acum se căzneau să înalțe un cleşte suficient de mult prin crăpătură, pentru a tăia funia. Era o misiune imposibilă, după cum se dovedi curând. Erla se uită la ceas pe telefon, după care le strigă să desprindă grinda, ştreangul, trupul, tot.

Printr-un efort susținut de ambele părți, oamenii reuşiră să salte grinda, apoi dădură drumul întregului ansamblu la pământ.

În vreme ce aveau loc toate astea, Huldar îi dădu un ghiont tăcutului și palidului Gudlaugur, iar împreună porniră să aducă brancarda ce zăcea lângă cărarea oilor care şerpuia printre stânci. Se întoarseră înapoi chiar în clipa în care cadavrul se izbi de pământ, aşa că se apropiară de trupul care acum zăcea grămadă, cu masivul eşafodaj de lemn peste el. După ce se dădură jos de pe stânci, colegii lor îi ajutară să taie funia şi să dea la o parte bârnele de lemn. Apoi Gudlaugur răsuci cadavrul pe o parte, ajutat fiind de încă un bărbat, iar mai mulți polițiști se aliniară de fiecare parte, pregătiți să-l salte pe brancardă. Huldar se retrase discret în acest punct. Nu simțea nicio dorință să vadă de atât de aproape grotesca mască mortuară a bărbatului.

— Stop! răsună autoritar glasul Línei, precum cel al cuiva obişnuit să i se dea ascultare.

Ceea ce chiar era o glumă, având în vedere tinerețea ei şi lipsa de experiență. Huldar aruncase un ochi peste CV-ul ei când auzise că va veni în departament, aşa că ştia că făcuse nişte alegeri dintre cele mai neobişnuite în materie de slujbe de vară: departamentul grădini din Akureyri, casieră la un supermarket, lucrătoare la o fabrică de peşte şi angajată la un cinematograf. Era greu de ghicit care dintre aceste joburi îi oferiseră un asemenea aer de autoritate. Poate că-l căpătase când se repezea la cei care intrau în cinematograf și-i punea să-și închidă telefoanele înainte de începerea filmului.

— Nu tu dai ordine aici!

Erla se întunecase la față de furie din cauza întreruperii. Fluturând din brațe la grupul de oameni ce se postaseră în jurul cadavrului, se rățoi la ei să-i dea bătaie cu suirea acestuia pe brancardă.

— Dar...

Lína era de neoprit.

— Ce mama mă-sii de dar? Tu nu înțelegi dracului un ordin?

Erla era cu adevărat stresată, ca de obicei, lucru care se reflecta în limbajul folosit acum.

Huldar îi atrase atenția Línei din priviri. Însă ea nu-l băgă în seamă, continuând:

— Dar nu vezi? Uite, acolo, pe piept.

Deși era limpede că aveau să atragă mânia cumplită a Erlei asupra lor, câțiva polițiști nu rezistară impulsului de-a urmări arătătorul Línei. Unul câte unul, își coborâră privirile spre pieptul bărbatului, acolo unde se ițea o plăcuță de metal. Cu niște expresii uluite, se aplecară și mai mult. Însă Huldar știa exact la ce se uită: capul unui cui. Unul de zece centimetri, probabil. Sub el se afla o bucată de hârtie mototolită, ca și cum cuiul fusese folosit pe post de bold pentru a prinde biletul în pieptul bărbatului.

Erla înțelesese și ea ce se întâmplă, așa că scoase un geamăt din adâncul sufletului.

N-avea cum să fie vorba de o sinucidere. Puține persoane ar fi putut avea tăria să-și înfigă ditamai cuiul în carne într-o astfel de manieră. Aproape sigur aveau de-a face cu un loc al crimei, iar polițiștii se comportaseră ca niște ageamii. În toată panica, nimănui nu-i trecuse prin minte să cheme și un legist.

Pentru prima oară de când făcuse cunoștință cu activitatea pe teren, expresia de dezaprobare a Línei era pe deplin justificată.

— Dați-vă înapoi!

Glasul Erlei suna calm, ca și cum ar fi fost extrem de sigură de ceea ce trebuia făcut în continuare.

— Acoperiți-l, așa încât să nu poată fi văzut din Bessastadir. Nici măcar cu binocluri. Puneți niște iarbă pe el sau ceva de genul — orice îl poate ajuta să se piardă în peisaj.

Închise ochii și și-i frecă iritată, apoi conchise:

— După care să ne cărăm dracului de-aici și s-așteptăm ca ei să termine afurisitul lor de bal de snobi.

Capitolul 3

Baldur se afla din nou la masă, duhnind a tutun. Se oprise iar pentru o țigară, deși abia ajunseseră aici. Nu că pe Freyja ar fi surprins-o acest lucru. Fusese eliberat de curând din închisoare și încă mai încerca să se acomodeze cu ideea că avea libertatea să facă orice voia — în anumite limite. În momentul de față, stătea la Vernd, casa de reeducare și în afară de faptul că trebuia să-și petreacă noaptea în interiorul clădirii și să-și îndeplinească sarcinile atribuite, dispunea de timp așa cum dorea el. Așa că nu era deloc de mirare că începea să se foiască exact ca un băiețel ori de câte ori se ivea un moment de liniște.

Îi ciufuli părul fiicei sale, Saga, care ședea pe un taburet între ei. Ignorându-l, fetița începu să mestece feliuța de bacon pe care i-o dăduse el după ce ea strâmbase din nas la feliile de fructe. Tatăl și fiica se înțelegeau de minune, în pofida faptului că erau atât de diferiți. El era genul fericit, extrovertit, dar Saga era cel mai serios copil pe care îl întâlnise vreodată Freyja. În timp ce el se arăta deschis și nu se oprea niciodată din vorbit, Saga era închisă în sine și sumbră, cu o încruntătură permanentă întipărită pe chip. Lui îi plăceau hainele în tonuri vii, în timp ce Freyja întâmpina mereu dificultăți să o convingă pe fetiță să mai poarte și altceva în afară de ghete, colanți și maiou. Asta deși Fanney, mama copilei, izbutea cumva să o forțeze să poarte rochițe pentru fetițe și pantofiori drăgălași. Ba chiar, din an în Paști, Fanney reușea să pună și o agrafă în formă de inel în părul fiicei sale, însă numai atunci când Saga purta mitene. În clipa în care și le dădea jos, agrafa zbura și ea.

Baldur îi făcu cu ochiul fiicei sale și ea clipi înapoi în semn de răspuns, fiind totuși prea mică să închidă câte un ochi pe rând. După care el se întoarse spre Freya, cu chipul luminat de plăcere:

— Ai mai văzut vreodată un copil așa de drăguț?

Freyja își înfrână un zâmbet ca răspuns. Preluase atribuțiile fratelui ei, ocupându-se de îndatoririle lui parentale cât timp el se aflase după gratii. Însă oricât de mult îi plăcea nepoata ei, „drăguț" nu era cuvântul pe care l-ar fi ales ea ca să o descrie. Cu toate astea, Freyja nu se putu abține să se arate mulțumită de încântarea fratelui ei la adresa fiicei sale, mai ales că până acum interacționaseră atât de puțin. Dar asta nu părea să-i afecteze capacitatea de-a stabili o legătură cu ea. Pur și simplu se întâmplase, fără a depune vreun efort deosebit. Poate că de ajutor era faptul că erau amândoi ușor excentrici, fiecare în felul său.

— Hei! Am uitat să-ți dau vestea cea mare.

Baldur își împinse deoparte mâncarea aproape neatinsă și-și trase mai aproape ceașca de cafea.

— Voiam să-ți spun în mașină.

— Ce anume?

Freyja nu aștepta nicio veste. Baldur stătea cuminte deocamdată, astfel încât să nu-și pună în primejdie posibilitatea apropiatei eliberări condiționate.

— Ți-am găsit un apartament.

Baldur îi mai dădu Sagăi o felie de bacon. Prima căzu neatinsă pe jos chiar în timp ce fetița se întindea după a doua felie. Scoase limba ei mică și roz și începu să lingă baconul ca pe o acadea.

Freyja lăsă să-i cadă în farfurie furculița din care bucata de ou prăjit se desprinse și căzu.

— Poftim?

Chiar sperase ca fratele ei să nu o preseze. Doar știa foarte bine cât timp pierduse încercând să-și găsească un loc unde să stea. Deocamdată, încă stătea în apartamentul lui, însă acest aranjament nu mai putea dura mult. În niciun caz n-avea de gând să-l împartă cu el după ce el va fi plecat din casa de reeducare. În niciun caz n-avea de gând să doarmă pe canapeaua jerpelită din sufragerie, în timp ce el și iubita lui din acea săptămână aveau să-și vadă netulburați de treburile lor, în dormitorul de alături. Nici gândul de-a împărți canapeaua cu un iubit în timp ce Baldur se afla în același apartament nu o tenta deloc. Totuși, până acum toate încercările ei rămăseseră fără rezultat. Apartamentele de pe piață erau ori prea scumpe, ori proprietarii lor căutau un alt tip de chiriaș. Așa că începuse să se gândească serios să se mute la țară sau chiar în altă țară.

— Te rog să nu mă necăjești!

— Să te necăjesc? Nu e cazul.

Baldur luă paharul Sagăi și i-l duse la buze, în speranța să o convingă să ia măcar o gură de suc de portocale, însă ea își răsuci încăpățânată capul până ce el se dădu bătut.

— Cum să-mi găsești apartament? Eu mă străduiesc de mai bine de un an, fără sorți de izbândă însă.

Tipic pentru Baldur. Oamenii se dădeau peste cap ca să-i facă pe plac. Dacă mergea să vadă o proprietate, puteai pune pariu că proprietarul avea să aducă și contractul cu el. Însă era greu de imaginat că Baldur avusese timp să-i caute ei apartament: doar ce ieșise din închisoare.

— Îl știi pe Tobbi?

— Tobbi?

Numele i se părea familiar, însă Freyja nu-i putea atribui și un chip.

— Da. Colegul meu, Tobbi. Nu-ți mai amintești de el?

— Vag.

Baldur avea mult prea mulți prieteni, fiecare cu o reputație și mai proastă decât precedentul. Și nu îl ajuta nici faptul că el nu făcea absolut nicio diferență între prieteni și cunoștințe. Toți cei pe care îi știa el se împărțeau în două categorii: prieteni sau labagii. Primul grup era mult mai numeros, dat fiind că Baldur nu părea să înțeleagă faptul că nu toți cei care râdeau la glumele lui îi erau prieteni. Labagiii erau cei care, într-un fel sau altul, se interpuseseră între el și posibilitatea de a-și trăi viața la maximum. În calitate de membru cel mai apropiat al familiei — onoare pe care acum o împărțea cu Saga —, Freyja nu se încadra în niciuna dintre categorii.

— Păi, în fine, Tobbi are un apartament pe care e dispus să ți-l închirieze.

Baldur șterse conștiincios toate firimiturile de pe masă, înainte să-și așeze brațul pe ea. Era proaspăt tuns și noile sale haine nu păreau deloc ieftine. De unde proveneau banii rămânea un mister, însă Freyja nu îndrăznea să-l întrebe nimic. Mai bine să nu știe.

— Mie? De ce mie?

Entuziasmul ei inițial la primirea veștii pălea rapid. Oferta emana toate semnalele unei adevărate bătăi de cap, întrucât atunci când venea vorba de bătăi de cap, Baldur era un adevărat maestru.

— Pentru că i-am spus că ai nevoie de o locuință. Iar el se tot plângea că nu poate găsi un chiriaș cumsecade, și de îndată ce i-am pomenit de tine, a și profitat de ocazie.

Freyja se încruntă și observă că Saga îi copiază imediat gestul.

— Baldur, nimeni din Reykjavík nu întâmpină probleme să găsească un chiriaș cumsecade. Tot ce trebuie să faci e să lipești un anunț cât un timbru cu „De închiriat" în geam, și-n clipa următoare te trezești că oamenii fac coadă până după colțul blocului. Apartamentul nu e la kilometri buni de oraș, nu?

— Nu. E în Reykjavík. Mai mult sau mai puțin.

— Mai mult sau mai puțin? Ce înseamnă asta?

Baldur își dădu ochii peste cap.

— E în Seltjarnarnes, bine? Într-un bloc modern și foarte șic.

Freyja oftă. Știa ea că trebuia să fie și un neajuns: Seltjarnarnes era o suburbie costisitoare situată în peninsula din capătul vestic al Reykjavíkului.

— Baldur, eu nu-mi permit o chirie mare. Doar știi asta!

— Chiria nu e mare. E chiar foarte rezonabilă.

Suma pe care o pomeni apoi părea mai degrabă potrivită unui garaj decât unui apartament.

— Cât e de mare? Sper că nu e vorba de un șopron de grădină, nu?

— Nu. Dumnezeule, ce negativistă ești! Credeam că o să te bucuri.

Lui Baldur i se ștersese zâmbetul de pe față și dispoziția sa se înclina periculos de mult înspre îmbufnare.

Freyja își așeză mâinile peste ale lui. Fuseseră mereu așa, legați unul de altul — la bine și la greu. Dacă el îi oferea un apartament cu nenumărate defecte, era din cauză că intenția lui era una bună. Din simpla dorință de a-i fi de ajutor.

— Scuze, zise ea. Doar că m-am mai fript de câteva ori. Chiria e ridicol de mică. Trebuie să fie ceva la mijloc.

Pesemne că acest personaj, Tobbi, îi datora lui Baldur bani sau o favoare anume. Dacă așa stăteau lucrurile, ea ar fi putut paria tot avutul ei că nu era vorba despre ceva prea plăcut.

Baldur se aplecă și-i acoperi Sagăi urechile cu palmele.

— Tobbi e pe punctul să intre la închisoare, șopti el. A primit un an și jumătate.

Baldur coborî apoi mâinile, înainte ca Freyja să-i poată atrage atenția că Saga nici măcar nu știa ce înseamnă „închisoare".

— Și nu vrea să-i închirieze unui străin pentru că-și lasă acolo toată mobila și toate lucrurile. Însă va avea încredere în orice persoană îi recomand eu. I-am spus că ai avut grijă de apartamentul meu, așa că știe că ai experiență cu locuințele de închiriat. E o situație în care are toată lumea de câștigat.

Freyjei nu i-ar fi trecut niciodată prin cap să descrie timpul petrecut în apartamentul lui Baldur drept „experiență cu locuințele de închiriat", dar dacă Tobbi considera că ea are toate abilitățile necesare, atunci era foarte mulțumită. De fapt, oferta nu părea rea deloc.

Telefonul ei începu să sune în buzunarul hainei atârnate de spătarul scaunului pe care stătea. Îi verifică ecranul, apoi rosti:

— La naiba!

După care, uitându-se la Baldur:

— Trebuie să plec. E de la serviciu.

Când se ridică, adăugă:

— Dar sunt dispusă să stau de vorbă cu prietenul tău. Putem merge să vedem apartamentul împreună, de îndată ce se ivește ocazia?

Baldur dădu aprobator din cap. Deschise gura ca și cum ar fi vrut să mai adauge ceva, dar păru să se gândească mai bine și doar îi spuse la revedere, promițând să o sune diseară.

Freyja îl sărută pe obraz pe el și pe Saga pe creștet. După care plăti nota și se grăbi să plece, simțindu-se în al nouălea cer că în sfârșit se ivea posibilitatea închirierii unui apartament — dacă totul avea să meargă cum trebuie. Când venea vorba de Baldur, știai că nu trebuie să ai așteptări foarte mari.

Freyja apăsă din nou butonul soneriei, de data asta mai tare și mai îndelungat. O putea auzi răsunând în apartament, dar în clipa în care ridica degetul de pe buton, se așternea iarăși liniștea. Singurele zgomote pe care le auzise dinăuntru, de când ajunsese aici, proveneau de la sonerie și de la țârâitul telefonului la care nu răspundea nimeni.

— Să încerc din nou?

Freyja se uită la însoțitorul ei, un tânăr înalt și subțirel, cu o barbă de viking, cu un inel de aur trecut prin mijlocul nasului și cu o expresie ostenită. Deși pesemne că erau cam de aceeași vârstă, în calitate de angajat cu normă întreagă la Agenția pentru Protecția Copilului din Reykjavík, el avea o experiență mult mai bogată în astfel de cazuri. Ea muncea doar după-amiaza și în weekend, lucrând în ture — pe lângă slujba ei de zi cu zi la Casa Copiilor —, ca să strângă bani de chirie pentru după ce avea să iasă Baldur din închisoare. Dacă se dovedea că prietenul lui, Tobbi, nu era idiot absolut și că apartamentul lui era acceptabil, probabil că putea renunța la orele suplimentare. Însă deocamdată, iat-o aici, răspunzând la un apel duminica și așteptând pe un coridor inegal de lat, aflat într-unul dintre blocurile de apartamente luxoase din Reykjavík. Chiar dacă ar fi lucrat non-stop, șapte zile din șapte, tot n-ar fi reușit în veci să își permită ceva atât de șic.

— Mai încearcă o dată. Poate copilul doarme. Sau e prea înspăimântat ca să răspundă la ușă.

Freyja sună iar, ținând și mai mult butonul apăsat. În continuare, niciun răspuns.

— Nimeni n-ar fi în stare să doarmă într-o asemenea hărmălaie.

— Probabil că nu. Nu se știe niciodată.

Asistentul social, care se numea Didrik, se apropie de ușă și bubui atât de tare în ea, încât încheieturile i se înroșiră după aceea. Apoi mai bătu o dată, lăsând să i se vadă tatuajele fioroase ce se ițeau de sub manșetele sacoului și îi acopereau dosul palmelor, făcând greu de distins care le era adevărata culoare.

În acest punct, ușa apartamentului alăturat se deschise și o femeie de vârstă mijlocie își scoase capul prin crăpătură. Păru ușor descumpănită când îl văzu pe Didrik, confundându-l fără îndoială cu un recuperator de datorii sau cu vreun soi de huligan — cu siguranță nu un angajat de la Agenția pentru Protecția Copilului. Prin contrast, Freyja părea mai mult decât prezentabilă, îmbrăcată ca pentru un brunch pe care fusese nevoită să-l abandoneze la jumătate. Când deveni evident că femeia n-avea de gând să vorbească ea prima, Freyja zise:

— Îmi cer scuze pentru deranj! Suntem de la primărie. Am primit un raport cum că în acest apartament s-ar afla un copil, singur și posibil într-o situație de risc. Cumva, dumneavoastră sunteți cea care a sunat?

Interlocutorul luase legătura cu serviciul de urgențe deoarece primăria nu avea operatori în weekend. În astfel de cazuri, la fața locului era trimisă în mod normal poliția în primă instanță, însă astăzi nu avuseseră nici măcar un polițist disponibil, astfel că sarcina fusese pasată de colo-colo prin sistem, înainte să aterizeze în cele din urmă pe biroul lui Didrik. În acel moment, orice detaliu referitor la cel care sunase se pierduse cu totul.

Femeia schiță o grimasă, ca și cum Freyja ar fi acuzat-o de ceva, și clătină din cap.

— Nu. Eu doar ce-am ajuns acasă, de fapt. Și n-am observat nimic.

Ochii machiați foarte îngrijit i se îndreptară către un ghiveci imens în care se afla o floare exotică și care stătea chiar între ei, pe hol. Din felul în care se uita la el, ai fi zis că delimita o barieră invizibilă, dincolo de care n-ar fi putut trece nimic rău. Femeia își încrucișă brațele la piept.

— Sunteți siguri că ați ajuns la adresa corectă?

Freyja șovăi puțin, întrebându-se preț de o secundă dacă s-ar fi putut înșela amândoi. Poate că bietul copil pe care ar fi trebuit să-l ajute se afla în clădirea de-alături sau poate chiar pe strada următoare. Se întâmpla adesea ca serviciile sociale să fie chemate în astfel de locuri, nu din cauză că proprietarii erau înstăriți — tratamentele rele puteau fi întâlnite în orice grup social –, ci din cauză că majoritatea erau deja trecuți de vârsta la care să aibă copii.

Didrik o luă înaintea Freyjei cu răspunsul, părând foarte sigur pe el:

— Da, categoric e adresa corectă.

Femeia se încruntă.

— Ciudat! Nu locuiește niciun copil în acest apartament — doar dacă nu s-a mutat extrem de recent.

Bărbatul care locuiește aici e singur. Trebuie că v-au chemat în locul greșit. Din câte știu eu, în toată clădirea nu locuiește niciun copil. Familiile nu-și permit aceste apartamente, mai cu seamă pe cel în care vreți voi să intrați. E cel mai exclusivist apartament din tot blocul.

— E posibil ca acest copil să fi venit în vizită sau să aibă o bonă care să se îngrijească de el.

Freyja luă în calcul să-i spună femeii că majoritatea copiilor aveau tendința să rătăcească aiurea, dar nu voia să sune ca o mustrare. Cu coada ochiului, îl văzu pe Didrik lipindu-și urechea de ușă, ca și cum ar fi auzit ceva. În clipa următoare, i se păru și ei că distinge un zgomot slab în interior, ceva asemănător cu țârâitul alarmei unui ceas, deși la fel de bine ar fi putut proveni din apartamentul femeii.

Femeia nu privi totuși în jur, așa că probabil nu era vorba de alarma ei.

— Vecinul meu nu e tipul care să o facă pe bona.

— Nu, poate că nu. Însă noi trebuie să luăm în serios toate pistele.

Freyja schiță un zâmbet forțat, lipsit de sinceritate, și femeia îi răspunse strâmbându-și buzele într-o grimasă la fel de rece.

Didrik își desprinse urechea de ușă. Aceasta era neobișnuit de înaltă, ajungând aproape până la tavan, ca și cum arhitectul ar fi dorit să le ofere locuitorilor de aici posibilitatea să crească o girafă pe post de animal de companie.

— E cineva înăuntru.

Freyja își smulse atenția de la femeie, care părea clar deranjată. Era întotdeauna neplăcut să ți se demonstreze că te-ai înșelat. Țârâitul slab pe care crezuse Freyja că-l aude încetă.

Didrik apăsă soneria și bubui iar în ușă cât de tare putu. Apoi văzură amândoi cum clanța începu să se miște ușurel și ușa se crăpă în cele din urmă, deși foarte puțin.

— Bună! rosti el prin deschizătură. Mă numesc Didrik și sunt de la primărie. Am primit un mesaj legat de un copil care are probleme, la această adresă. Putem sta nițel de vorbă?

Niciun răspuns dinăuntru. Didrik își drese glasul și-și repetă cererea, dar nu fu întâmpinat decât de tăcere. Aruncând o privire scurtă spre Freyja, ridică din sprâncene, apoi păși într-o parte, făcându-i ei semn să facă o încercare.

— Bună! rosti ea pe un ton blând. Mă numesc Freyja. Poți să ne deschizi ușa? Trebuie să ne asigurăm că e totul în regulă. Apoi vom pleca, dacă vrei.

— Vreau să merg acasă.

O voce slabă și ascuțită, în mod clar a unui copil. Era imposibil de precizat dacă era vorba de un băiat sau de o fată, ori vârsta exactă. Freyja bănuia că are între trei și șase ani.

— Te putem ajuta să ajungi acasă. Dar mai întâi trebuie să deschizi ușa, ca să putem vedea.

Cu încetineală, crăpătura se lărgi și ieși la iveală o chică de păr blond. Doi ochi mari o priveau temător pe Freyja de sub un breton blond. Era un băiețel, de vreo patru ani, probabil. Avea pe el o canadiană matlasată, deși nu exista niciun motiv să crezi că înăuntru e frig, și o pereche de ghete de iarnă îmblănite, prinse cu scai, ca și cum tocmai ce-ar fi intrat în casă sau s-ar fi pregătit să iasă.

— Vreau să merg acasă, repetă el pe un ton rugător.

— Desigur. Te vom conduce acasă.

Atentă să nu facă mișcări bruște, Freyja se lăsă pe vine până ce fața îi ajunse la același nivel cu cea a copilului și adăugă:

— Cum te cheamă?

— Siggi.

— Bună, Siggi! E cumva înăuntru vreun adult cu care putem sta de vorbă?

— Nu. Sunt singur-singurel și vreau să merg acasă. Aceasta nu e casa mea.

Freyja reacționă fără să trădeze vreo emoție, ca și cum nu era absolut deloc neobișnuit să găsească un băiețel singur într-un apartament care nu era al lui.

— Atunci unde locuiești?

— În Islanda.

Freyja zâmbi.

— Și eu la fel. Dar unde în Islanda?

— În Reykjavík. E un oraș. Are un primar.

— Foarte drăguț!

Freyja făcu semn spre însoțitorul ei, adăugând:

— El e Didrik. Lucrează pentru primar. Ne poți deschide ușa suficient ca să putem sta de vorbă înăuntru? Didrik are o imagine cu un vultur pe braț. Ți-l poate arăta, dacă vrei.

Freyja mai răspunsese unui apel alături de Didrik și înainte, când acesta convinsese un băiețel să iasă de sub pat suflecându-și mâneca și arătându-i tatuajele. Băiatul se arătase cucerit mai ales de vultur, care ieșea în evidență cu aripile lui larg desfăcute, printre celelalte desene în culori vii.

Copilul blond în canadiană verde căzuse pe gânduri. Mușcându-și buza, se uită la ceea ce putea vedea din brațul foarte colorat al lui Didrik, apoi deschise ușa circumspect. Freyja se ridică în picioare, aruncând o privire în apartamentul elegant.

— Cine locuiește aici? E tăticul tău?

Băiatul clătină din cap.

— Atunci, prietenul mămicii tale?

Încă o clătinare din cap.

— Poate unchiul tău?

— Nu știu.

— N-are importanță. Nu poți ști chiar totul.

Freyja și Didrik intrară și ei, fără să-i mai adreseze niciun cuvânt femeii care rămăsese, uitată, pe hol. Nu ea era problema lor.

Interiorul apartamentului dădea limpede de înțeles că oricine locuia aici întorcea banii cu lopata. Holul dădea într-un living de-a dreptul impresionant, mobilat minimal cu piese de designer scumpe, cromul scânteind ca și cum ar fi fost proaspăt lustruit. Un perete era acoperit aproape în întregime de un imens șemineu pe gaze, iar celălalt, de o singură pictură abstractă. Fără îndoială că tușele în diferite culori ale pensulei erau menite să transmită ceva legat de fragilitatea existenței omului sau vreun alt mesaj profund asemănător, dar chiar dacă era așa, Freyjei îi scăpa cu totul înțelesul acestuia. O parte a pieselor de mobilier păreau mai degrabă obiecte de artă decât ceva cu aspect practic. Ea, una, nu mai pusese niciodată piciorul într-un apartament atât de exclusivist.

Peretele alcătuit doar din geamuri din celălalt capăt al încăperii strălucea de parcă ar fi fost proaspăt spălat, în pofida faptului că era situat la etajul 11. Peretele alăturat se dovedi a fi o pereche de uși în stil franțuzesc ce dădeau pe o terasă întinsă, cu vedere spre golful Faxaflói. Freyja se apropie și aruncă o privire. Terasa era mobilată cu bun-gust, având o masă de exterior și scaune. Probabil că era folosită doar vara — poate nici atunci. În țări cu deschidere la mare, o priveliște plăcută venea adesea la pachet cu vuietul vântului.

Oriunde se uita, Freyja vedea același lucru: apartamentul părea nelocuit. Nimic care să denote obișnuitele semne ale cuiva care stătea acolo: niciun plic de la poștă aruncat pe comoda de lângă ușa de la intrare și categoric niciun pahar pe jumătate plin pe masă, ziare desfăcute sau cărți deschise zăcând pe sofa sau șosete aruncate pe jos.

În vreme ce Freyja studia livingul, Didrik își dădu jos geaca, se lăsă pe vine în fața băiețelului și începu să-i povestească despre imaginile pe care le avea tatuate pe brațe. Ea îi făcu semn că are de gând să verifice dacă într-adevăr nu se mai află nimeni în casă. Didrik încuviință din cap și-l încurajă pe copilul cel curios să-i atingă șovăitor tatuajele cu un deget.

Freyja își începu căutarea în bucătăria fără perete despărțitor aflată în celălalt capăt al livingului. Aceeași poveste și aici: niciun semn de viață, cu excepția unui singur plic viu-colorat pe masă. Freyja se apropie și se uită la scris: „Pentru Hallbera — de la Helgi". Scrisul părea feminin. Se răsuci lent, în cerc, examinând restul bucătăriei.

Toate suprafețele arătau ca și cum ar fi fost proaspăt șterse, chiuveta din inox goală strălucea și nu avea absolut nicio zgârietură, iar puținele obiecte aflate la vedere păreau să se afle la locul potrivit. Pe un perete se lăfăiau trei cuptoare, fără ca niciunul să pară a fi fost folosit vreodată, și un aparat de cafea automat încorporat, care arăta ca proaspăt scos din cutie. Oricine locuia aici angaja cu siguranță o întreagă echipă de curățenie, pe când cei ca Freyja nu puteau decât să viseze să angajeze o femeie preț de două ore pe săptămână. Freyja se abținu la timp să deschidă frigiderul sau dulapurile. Nu s-ar fi putut ascunde nimeni în ele și ea trebuia să verifice dacă se mai afla cineva în apartament, nu să dea frâu liber curiozității personale.

Merse apoi pe un hol ce ducea la dormitorul principal, în care se aflau un șifonier până în tavan, o baie și un spațiu pentru birou. Mai urma încă un dormitor cu o mică baie proprie. Fiecare ușă dezvăluia o cameră impecabil de curată și de ordonată. Pe Freyja o interesa mai ales șifonierul, dat fiind că trăda fără nicio urmă de îndoială că acolo locuia un bărbat singur — probabil acel Helgi, cel care cumpărase cadoul pentru Hallbera. Indiferent cine era această Hallbera, în mod limpede nu locuia aici, întrucât nu se găsea nici urmă de îmbrăcăminte pentru femei. Într-o parte a șifonierului se vedeau șiruri de costume de firmă identice, cămăși călcate și apretate pentru orice ocazie și nenumărate încălțări de piele elegante, în nuanțe de maro. Cealaltă parte a șifonierului era dedicată hainelor de zi cu zi: teancuri de jeanși, tricouri și pulovere erau împăturite frumos pe rafturi, alături de adidași pentru alergat și mocasini, așezați dedesubt. Nu se putu abține să arunce o privire în interiorul masivului obiect de mobilier din mijlocul șifonierului, ce servea atât pe post de masă, cât și drept comodă. Deloc surprinzător să descopere că sertarele conțineau toate modelele posibile de cravate de mătase făcute sul, curele de piele, șosete colorate și tot felul de accesorii. Văzuse destule filme cu protagoniști burlaci ca să știe la ce să se aștepte. Singura diferență dintre această încăpere și cele din filme era că aici nu exista niciun compartiment secret ascuns în spatele hainelor și care să conțină o mulțime de pașapoarte false, suluri de dolari și un perete căptușit cu arme.

În ciuda suprafețelor lucioase pe care le zăreai oriunde te uitai, apartamentul i se păru Freyjei deprimant de lipsit de viață și de personalitate. Până și pupitrul din birou era gol, cu excepția unui monitor așezat în mijloc, a tastaturii și a mouse-ului fără fir. Nici aici nu se zărea măcar un fir de praf. Singurul semn că apartamentul era totuși locuit se afla în dormitorul principal. Patul fusese făcut, însă pe partea dinspre ușă se zărea adâncitura lăsată de un trup micuț, aparținându-i de bună seamă băiețelului. Alături se afla un imens ceas de modă veche, așezat pe noptieră, lângă o sticlă pe jumătate plină cu suc de portocale. Lângă sticlă se mai aflau două creioane folosite, unul roșu, celălalt verde.

Freyja se întoarse pe hol și clătină din cap către Didrik. Din reacția lui nu-și dădu seama ce avea să facă el cu vestea că nu mai e nimeni în apartament, căci acesta se întoarse spre băiețelul care părea complet nelalocul lui aici, cu canadiana pe el și ghetele groase în picioare.

— Ești singur aici de mult timp?

— Nu știu.

— Îți amintești cine te-a adus aici? Mămica sau tăticul tău?

— Nu.

— Atunci, cine?

— Un bărbat.

— Un bărbat pe care îl cunoști?

— Nu.

— Bărbatul acela locuiește aici?

— Nu știu.

— Se numește Helgi?

— Nu știu.

— Cunoști o femeie sau o fată pe nume Hallbera?

Siggi clătină din cap, așa că Freyja schimbă tactica:

— Ai ajuns aici în această dimineață sau ieri?

— Nu știu.

Didrik se ridică în picioare.

— Ce-ar fi să plecăm de aici și să-ți cumpărăm un hot-dog sau o înghețată? Ți-e foame?

— Da.

— Iar după aceea putem merge la biroul meu, ca s-o căutăm pe mămica ta?

Băiatul făcu ochii mari, luminându-se dintr-odată.

— E și ea acolo? Se ascunde?

— Nu.

Didrik zâmbi în timp ce-și trăgea geaca pe el.

— Dar putem da câteva telefoane și să ne folosim de calculatorul meu ca s-o găsim. Poți găsi absolut orice cu calculatorul meu. Despre tine *și* despre mămica ta. Curând, vei fi înapoi la ea.

Freyja întinse o mână ca să o prindă pe-a lui Siggi, însă chiar când degețelele acestuia se lipeau pline de încredere de ale ei, se auzi soneria. Băiatul își smulse brusc mâna, holbându-se alarmat la ușă. Freyja și Didrik se speriară și ei la zgomotul puternic și neașteptat, dar nu reacționară imediat, așteptând fiecare să reacționeze celălalt primul. Dar când soneria se auzi iarăși, Freyja merse și deschise ușa.

Afară era o roșcată minionă, în uniformă de polițist. Iar în spatele ei se afla nimeni altcineva decât Huldar.

Capitolul 4

Cu coada ochiului, Huldar o urmărea pe Freyja desfăcând celofanul unui pai și înfigându-l într-o cutie de lapte cu ciocolată, înainte de a i-l întinde băiețelului. Copilul stătea pe scaunul de birou al lui Huldar, legănându-și picioarele scurte. Laptele cu ciocolată părea să-i meargă la inimă, dat fiind că îl dădu pe gât până ce pereții cutiei ajunseră să se lipească la mijloc. Aparent, i se promisese și un hotdog, însă în secția de poliție nu se găsea așa ceva și nu avusese nimeni timp să dea fuga să cumpere unul. În schimb, i se aduseseră de la cantină un biscuit, un sendviș cu brânză și lapte cu ciocolată. La biscuit și la sendviș nici măcar nu se uitase.

În pofida gustării destul de frugale, băiatul părea fericit. Făcea ochii mari ori de câte ori se ivea câte un polițist în uniformă și își lungea cât de mult putea gâtul lui scurt ca să îl urmărească până dispărea. De fapt, băiatul părea atât de mulțumit, încât Huldar se temea oarecum că nu-și va mai primi niciodată biroul înapoi. Când se întorsese de la cantină, Huldar descoperise că hipsterul de la primărie prinsese cu un bold un desen pe peretele de deasupra biroului său. Acesta înfățișa trei siluete trasate doar din linii, cu dungi în loc de guri și cercuri strâmbe în loc de ochi. Una dintre siluete era și mai mică, iar una dintre siluetele mai mari era mult mai masivă decât cealaltă. Poate că, până la urmă, era bine pentru băiat că se simțea în largul lui la secția de poliție, din moment ce era destul de limpede că n-avea niciun viitor ca artist.

La drept vorbind, Huldar ar fi trebuit să dea imediat jos desenul, întrucât acolo nu erau îngăduite obiectele personale, însă băiatul păruse tare mândru să-l vadă pe perete. Apoi, Freyja se întorsese chiar când Huldar îi oferea băiețelului gustarea sa, iar după aceea nu mai avusese rost nicio discuție despre cum strica el distracția altora. Mai ales când observă că ea își reîmprospătase rujul la toaletă, cel mai probabil pentru el.

— Mai spune-mi o dată!

Erla era pe punctul să explodeze. Ziua care începuse prost devenea tot mai neplăcută și simțea presiunea din toate părțile. Barosanii de la Biroul Comisarului, disperați să nu le fure toată gloria celelalte instituții ale statului, îi suflau în ceafă. Deja se repeziseră asupra ei atunci când îi informase că va trebui să lase în continuare cadavrul pe câmpul de lavă. Huldar n-o invidia deloc ascultând-o cum încerca în van să ofere o explicație prin potopul de invective care venea de la celălalt capăt al firului.

Nimeni de la Investigații Criminale nu se îndoia că Erla procedase așa cum trebuie. Bine, nimeni în afară de Lína. Aceasta ar fi preferat ca ancheta să continue în ciuda vizitei oficialilor străini. Pe de altă parte însă, șefii Erlei ar fi vrut ca trupul să fie totuși luat de acolo, indiferent că era sau nu vorba de o crimă. Reacția Erlei fusese un compromis: avea să pună ancheta pe pauză pe durata vizitei și să încerce să camufleze cadavrul. Însă, așa cum se întâmplă adesea când încerci să-i mulțumești pe toți, ajunsese să nu mulțumească pe nimeni. Măcar delegația chineză își terminase vizita la Bessastadir, iar cadavrul fusese dus la morgă cât timp fusese Huldar la apartamentul lui Helgi.

— Când am bătut la ușă, se aflau deja înăuntru, repetă Huldar. Freyja, băiețelul și tipul de la primăria capitalei — hipsterul ăla.

Făcu semn cu bărbia în direcția tânărului care se ocupa de băiețelul aflat lângă Freyja. La drept vorbind, tipul nu făcuse absolut nimic ca să-și atragă antipatia lui Huldar, în afară de-a o fi fermecat pe Freyja. Poate că, la urma urmei, rujul fusese pentru hipster, nu pentru el. Dispoziția lui Huldar căpătă o turnură ceva mai întunecată la acest gând, deși aproape că renunțase de tot la speranța de-a o recuceri. Cu toate astea, oricine putea să viseze în continuare, iar un hipster ca ăla cu siguranță nu-și avea locul în fanteziile lui, mai ales când își puse o mână pe umărul Freyjei și-i șopti ceva la ureche. Huldar își întoarse imediat atenția la Erla.

— Au fost chemați la acea adresă în urma unui pont anonim legat de un copil aflat în dificultate. Băiatul le-a deschis ușa, însă am înțeles că n-are nici cea mai mică idee ce se petrece. Nu-l cunoaște pe proprietarul apartamentului și nici nu poate să explice cum a ajuns acolo.

Erla schiță o grimasă. Avea o bucată de buruiană prinsă în păr, la care Huldar încerca din răsputeri să nu se uite. Nimeni altcineva nu avusese până acum curajul să-i atragă atenția, iar ea cu siguranță n-avea să reacționeze prea plăcut când avea să descopere că umblase cu ea în păr, ca o proastă, încă de când acoperiseră cadavrul cu iarbă.

— Atunci de ce nu luați legătura cu mama sau cu tatăl lui? întrebă ea nerăbdătoare. Ei sigur trebuie să știe ce căuta fiul lor acolo.

— Tot ce ne poate spune e că tatăl lui se numește Sibbi, iar mama Systa. Ceea ce nu ne e de prea mult ajutor. Nu-și știe nici patronimul, nici când s-a născut, ci doar că are patru ani. Lína caută în Registrul Național toți băieții de patru ani pe nume Sigurdur. Cu un nume atât de des întâlnit va avea destul de furcă, așa că va mai dura destul până-i vom găsi părinții.

— Iar noi ce-ar trebui să facem între timp? Să transformăm biroul într-o grădiniță? Poate c-ar trebui să comand o masă cu piese Lego, cum sunt cele de la bancă? pufni Erla batjocoritor. În caz că n-ai observat, avem mult prea multe pe cap în momentul de față. Nu poate ea... cum o cheamă... să-l ducă pe băiat la Casa Copiilor și să rezolve chestiunea acolo?

Erla știa foarte bine ce reputație avea Freyja.

— E prea devreme să interogăm posibilii martori, mai ales pe cei care abia au învățat să vorbească, urmă ea. Dacă nu-și cunoaște nici măcar propriul nume, ce șanse sunt să fie capabil să ne conducă la criminal? De fapt, nici măcar nu înțeleg ce naiba ai avut în cap să-l aduci la secție într-un asemenea moment. Tu chiar nu mai gândești deloc cu căpățâna aia a ta afurisită?

Huldar își reaminti în sinea lui că Erla avea nevoie de o valvă de refulare, că toate astea n-aveau legătură cu el. Ignorându-i explozia de furie, îi explică răbdător:

— L-am adus aici pentru că nu mă puteam hotărî unde altundeva să-l duc. Și am crezut că băiatul ar putea face nițică lumină asupra cazului. Tu chiar vorbești serios când îmi spui că nu ți se pare o coincidență stranie faptul că am dat peste un copil abandonat taman în apartamentul victimei?

— Da, sigur, mi se pare al naibii de ciudat! Dar nu la fel de ciudat ca un bărbat atârnat în ștreang pe Stânca

Spânzuratului. Adică, aia e o atracție turistică. De secole întregi n-a mai fost folosită pentru execuții.

De pe birou se auzi sunând telefonul și Erla înșfăcă imediat receptorul. Aproape în aceeași clipă, Lína se ivi în ușă, cu o foaie în mână. Fără să mai aștepte ca Erla să termine de vorbit la telefon, aceasta îl anunță pe Huldar:

— Există 4 500 de persoane cu numele Sigurdur în Islanda, majoritatea fiind prenume. Dar numai 103 au între trei cinci și cinci ani. Am lărgit nițel căutarea, în caz că băiatul nu-și amintește sigur vârsta.

— Peste o sută înseamnă foarte mulți copii, Lína.

— Nu chiar atât de mulți, dacă pornim de la presupunerea că locuiește în Reykjavík. Treizeci și opt de băieți sunt înregistrați în oraș.

— Deloc rău, dar nu putem să mai restrângem un pic? Să folosim porecla tatălui ca să mai eliminăm câțiva de pe listă?

Lína surâse, părând mulțumită de ea.

— Am făcut-o deja. Am verificat ce nume de bărbați ar putea fi prescurtate cu Sibbi, dar din păcate sunt destul de multe. Sighvatur, Sigurbjörn, Snæbjörn, Sindri, Steingrímur și Sigurdur sunt prescurtate cel mai adesea prin Sibbi. Ba chiar am găsit exemplul unui Thorsteinn și al unui Ingibergur porecliți Sibbi. Pare să n-aibă nicio logică, cu excepția faptului că majoritatea numelor încep cu litera S. Dacă pornim de la această idee, rămânem la 15 băieți cu genul corect de patronim. Plus încă trei numiți după mamă, în loc de tată. Însă unul dintre ei are doar trei ani și celălalt are cinci, spre șase. Nu cred că băiatul nostru e atât de mic sau atât de mare.

— Bun, deci avem 15 sau 16 băieți?

Lína încuviință din cap.

Sarcina părea mult mai facilă acum, deși lista nu îi acoperea și pe acei Siggi care locuiau în Reykjavík, însă al căror domiciliu oficial se afla în altă parte. Sau pe cei cu tați ale căror nume nu începeau cu S, dar care erau porecliți tot Sibbi. Nemaipunându-i la socoteală pe băieții porecliți Siggi, dar al căror nume complet nu era Sigurdur.

— Există vreun Siggi al cărui nume întreg să fie exact acesta?

— De fapt, da. Există doi islandezi botezați Siggi, însă în ambele cazuri este al doilea prenume și nu au vârsta care trebuie.

Erla încheie apelul și se ridică în picioare.

— Era de la biroul legistului. Sunt gata să facă autopsia cadavrului.

Huldar trase brusc aer în piept, ca și cum asta l-ar fi putut face să iasă mai puțin în evidență și se rugă ca ea să nu-i ceară lui să o însoțească. Avea o idee mai bună: dacă primea cazul băiatului, lucrul acesta i-ar fi oferit o scuză să petreacă mai mult timp cu Freyja. În plus, avea o groază înnăscută de cadavre. Dar tot degeaba. Erla anunță că Gudlaugur se putea ocupa de cazul lui Siggi și le ordonă lui Huldar și Línei să o însoțească la Spitalul Național. În mod clar, nu renunțase nicio clipă la ranchiuna pe care o simțea față de Freyja.

Bărbatul mort zăcea complet îmbrăcat pe masa de oțel a legistului, cu brațele pe lângă corp, cu picioarele întinse în față, cu un pantof într-un singur picior, iar în celălalt având doar o șosetă. De haine îi rămăseseră prinse fragmente de mușchi și de iarbă uscată după încercarea grăbită de a-l camufla, iar două degete de la o mână păreau scrântite sau rupte. Posibil să fi fost întregi înainte ca bărbatul să fi fost trântit fără menajamente la pământ.

Din fericire pentru stomacul delicat al lui Huldar, el doar putea zări aceste răni prin „mănușile cadavrului" — pungi transparente legate la gură și trase pe mâini pentru a păstra potențialele urme biologice rămase sub unghiile victimei.

Era o priveliște sumbră, însă, fără îndoială spre dezamăgirea Erlei, Lína părea neafectată. Ba chiar se aplecă cât de mult putu ca să examineze trăsăturile strâmbate ale cadavrului, încât, preț de o clipă, Huldar crezu că avea de gând să-i dea un sărut pe frunte. Chiar și legistul se arătă descumpănit și-i ceru să facă un pas în spate.

— Autopsia va avea loc abia mâine.

Legistul, observând că Erla se pregătea să protesteze, i-o tăie imediat:

— Mă tem că nu avem ce face. În weekend e închisă morga și eu am venit doar ca să fac o examinare preliminară, asta ca o favoare. Va trebui ca momentan să vă mulțumiți cu asta.

Huldar își ascunse ușurarea și-și făcu o notiță în minte să evite să stea în apropierea Erlei a doua zi, pentru a evita ca ea să-l târască încă o dată aici. Lína, era sigur, avea să i se alăture cu mare bucurie.

Legistul termină de îmbrăcat echipamentul alb, își așeză o mască de hârtie pe față și-și trase mănușile de latex cu o ușurință exersată, făcându-le să pocnească în jurul încheieturilor. Asistentul îl imită și el, și atmosfera se înveseli de îndată ce expresia acră a bărbatului rămase ascunsă în spatele măștii. Acesta părea și mai plin de resentimente pentru faptul că fusese chemat la muncă într-o zi de duminică.

— Vreo teorie cu privire la motivul alegerii acelui loc?

Legistul fusese cel care vorbise, deși nu-i puteau vedea buzele mișcându-se.

— Era destul de departe de poteca umblată.

— Poate că are totuși o legătură cu asta. Nu te aștepți să dai peste cineva în toiul nopții, pe un câmp de lavă. Niciun risc să fii deranjat. Și nu e nimeni în jur care să audă țipetele. Cu toate că e aproape de Reykjavík.

Erla ridică din umeri și continuă:

— Mai e și numele, Gálgaklettur — Stânca Spânzuratului. Poate că și asta are legătură. Cu siguranță se potrivește de minune cu crima.

— E un vechi loc pentru execuții.

Legistul aținti o lampă mare asupra cadavrului.

— Așa se pare, se arătă de acord Erla. Au găsit oase despre care se crede că le-ar fi aparținut criminalilor îngropați la fața locului. Presupun că asta a scutit autoritățile să le mai care cadavrele la cimitir. Însă până acum n-am mai întâlnit nimic de genul ăsta și sper din tot sufletul că așa vor rămâne lucrurile. Avem și-așa destule pe cap. O gașcă de arheologi care să bâjbâie la fața locului nu mi-ar face deloc viața mai ușoară.

Ochii legistului se îngustară deasupra măștii albe când replică pe un ton iritat:

— Apropo de asta, tratamentul la care ați supus cadavrul nu mi-a făcut nici mie viața mai ușoară.

După alte câteva mormăieli legate de starea cadavrului, cei doi bărbați începură să-i scotocească prin buzunare, de unde extraseră trei bonuri ale unor plăți făcute cu cardul.

— O să pun să le scaneze și să vi le trimită. S-ar putea să aducă nițică lumină cu privire la ultimele lui ore.

Legistul vârî bonurile în punga pentru probe întinsă de asistentul său, după care își continuă cercetarea. Prada aproape neglijabilă consta într-un pachet de gume desfăcut, o cutie de chibrituri și un trabuc scump, încă în ambalaj. Atâta tot.

De îndată ce polițiștii primiseră din nou undă verde și se întorseseră la locul faptei, recuperaseră portofelul victimei și-i aflaseră numele și adresa. Căutarea lor inițială scosese puține informații la iveală: bărbatul, care era trecut în lista cu numere de telefon ca investitor, se părea că trăia singur și că nu era prezent pe rețelele de socializare. Nici scotocirea site-urilor de știri nu se dovedise mai concludentă, deși te-ai fi așteptat ca în zilele noastre un așa-zis investitor să țină capul de afiș al aparițiilor media. Mai cu seamă că, judecând după luxul incredibil al apartamentului pe care-l avea, bărbatul părea că se descurca extrem de bine.

În timp ce legistul și asistentul său luau cu meticulozitate la puricat materialul extras din buzunarele victimei, Huldar zări o sclipire de mulțumire în ochii Línei. Fără îndoială că zâmbea pe sub mască. Iar el îi putea citi gândurile: în sfârșit, cineva care proceda ca la carte. Cei doi scoaseră pungile de pe mâinile bărbatului, îi râcâiră bine pe sub unghii și vârâră mostrele în mici pungi pentru probe. Apoi îi scoaseră haina și o cercetară temeinic, atât pe dinăuntru, cât și pe dinafară, ca să fie absolut siguri că nu mai rămânea nimic nedescoperit. Odată terminată această inspectare, îndesară haina într-o pungă de plastic mult mai mare. Legistul își urmări asistentul în timp ce așeza punga pe raftul de jos al căruciorului de lângă ei.

— Cașmir, remarcă el. Trebuie să fi costat o nenorocită de avere. În mod limpede, nu ducea lipsă de bani.

Folosind o pensetă mică, ridică manșeta cămășii de la mâna stânga a victimei și adăugă:

— Și un ceas al naibii de scump.

Lăsă să cadă la loc mâneca, înainte ca Huldar, Erla sau Lína să apuce să arunce o privire așa cum trebuie. Nu că ar fi făcut vreo diferență, dat fiind că niciunul nu era obișnuit cu obiectele de lux.

— În schimb, cuiele din pieptul lui par exact genul de lucru pe care l-ai putea lua din orice magazin de bricolaj.

Legistul se aplecă peste corp ca să privească îndeaproape capul cuiului, după care se îndreptă de spate și-i făcu loc asistentului înarmat cu inevitabilul aparat de fotografiat.

— Ce credeți că l-a ucis, cuiul sau faptul că a fost spânzurat?

Era imposibil de spus din expresia Erlei ce cauză a morții ar fi preferat ea.

— Faptul că a fost spânzurat, ciripi un glas feminin. E evident. Se poate observa asta după trăsăturile contorsionate ale feței și după limba neagră ce-i iese din gură. Semnele tipice ale strangulării.

Lína se înroși pe sub mască atunci când legistul o fixă pe sub sprâncenele arcuite, nefiind obișnuit să fie întrerupt. Erla în schimb era vânătă de furie din pricina intervenției lipsite de tact, care o făcea să pară ignorantă.

— Iar tu ești?

Legistul părea mai degrabă surprins decât iritat.

— Ea e pe teren pentru practică, răspunse Erla pe un ton ursuz. Și îți promit că n-o să mai deschidă gura încă o dată. Te rog, continuă cu ce ziceai!

Erla îi aruncă o privire ucigătoare Línei, care-și coborî privirea în podea, înroșindu-se și mai tare.

— Țin să vă spun că n-am găsit niciun telefon sau vreo cheie asupra decedatului, lucru cel puțin bizar, ca să folosesc un eufemism.

Legistul îi aruncă Línei o privire, așteptându-se parcă din partea ei să-l contrazică. Cum ea rămase cu privirea plecată, spășită, el întrebă:

— Au fost recuperate de la locul faptei, la fel ca portofelul?

— Nu, ăla a fost tot ce-am luat noi.

Erla privi îngândurată chipul mortului, adăugând:

— Nici urmă de telefon sau de chei, deși încă n-am terminat de periat zona. Am pus sub urmărire numărul lui, însă telefonul e închis. Să sperăm că va ieși la iveală.

Legistul nu mai făcu niciun comentariu și rămase tăcut în vreme ce asistentul său termină de făcut poze și apoi se dădu îndărăt, făcându-i loc ca să-și continue examinarea.

— Încă nu-mi dau seama ce caută acest cui aici — la ce o fi servit în afară de-a provoca durere. Știm cumva dacă victima datora bani traficanților de droguri sau dacă vreun cămătar a trimis recuperatori pe urmele lui?

Erla răspunse imediat, ca și cum s-ar fi îndoit de puterea Línei de-a se supune ordinelor și de a-și ține gura închisă:

— Nu știm aproape nimic despre el. Ancheta e abia la început. Însă am înțeles de la cei care i-au văzut deja apartamentul că avea o grămadă de bani. Chiar dacă se va dovedi că se droga, e greu de crezut că ar fi întâmpinat probleme să-și plătească drogurile. Inițial, când am descoperit cuiul, am văzut că de el era prinsă o bucățică de hârtie care părea să se fi desprins în timpul manevrelor. Bănuiala mea e că acest cui a fost folosit ca să țină hârtia — vreun soi de mesaj — lipită de piept. Însă pesemne că a fost smulsă de vânt înainte să ajungem noi acolo.

Huldar se aplecă pentru a privi mai îndeaproape. Modelul i se părea cunoscut.

— Cred că e un cui de opt sau zece centimetri, înfipt cu un pistol pentru cuie, rosti el, adăugând: Am ca hobby tâmplăria.

— Opt sau zece centimetri.

Legistul rămase tăcut câteva clipe, apoi conchise:

— Nu e foarte precis.

— N-ai de gând să-l scoți?

La fel ca toți ceilalți, Erla se holba și ea, captivată, la cui.

— Nu. Îl vom scoate la autopsie. Tot ce-am să fac acum va fi să-i scot hainele, să-i pun în pungi obiectele personale, să iau o probă de sânge și să-i măsor temperatura corpului. Restul poate aștepta până mâine.

Huldar se trase îndărăt, precaut. Izbutise de fiecare dată să evite să vadă cum e înfipt termometrul în ficatul victimei la locul faptei și n-avea absolut nicio intenție să asiste la așa ceva tocmai acum, și nici să fie martor la prelevarea probei de sânge. Când îi sună telefonul, profită de moment ca să se retragă într-un colț. Pe ecran apăru numele lui Gudlaugur și Huldar se rugă în gând ca partenerul său să ajungă cu încetineala-i caracteristică la subiect.

Însă de data asta, Gudlaugur nu o mai luă pe ocolite:

— N-avem deloc noroc să dăm de părinții copilului. Am încercat să o sun pe Erla, dar are telefonul închis. Freyja și asistentul social încep să-și piardă răbdarea. El nu înțelege de ce trebuie să rămână copilul la secție cât încercăm noi să-l identificăm. Tot insistă să-l ia de-aici și să-i ofere o masă ca lumea și toate cele.

— De ce nu se duce el să-i cumpere ceva? Noi ne întoarcem într-o jumătate de oră — maximum o oră. Nu-i nevoie să rămână acolo. Poate aștepta Freyja cu copilul. Individul ăla nu e de niciun ajutor, din ce-am văzut eu. Parcă face degeaba umbră pământului.

— Te înșeli. E un tip de treabă.

Huldar își înfrână o remarcă usturătoare cu privire la faptul că Gudlaugur nu era în stare să vadă dincolo de aspectul plăcut al lui Didrik. Genul acesta de tachinare nu ducea niciodată la ceva bun, mai ales că prietenia lor încă nu revenise la starea de altădată. Din vina lui Huldar, evident. De când Gudlaugur îi spusese că e gay, i se părea tare greu să se comporte normal în preajma lui. Nu din cauză că l-ar fi deranjat sexualitatea lui Gudlaugur — departe de el acest gând —, ci era pur și simplu ca și când ar fi călcat pe ouă. Îi era groază ca nu cumva să zică sau să facă ceva ce ar fi putut fi interpretat greșit, ceea ce îl făcea să se comporte și mai forțat și mai lipsit de naturalețe.

— Încearcă să-i ții acolo până ne întoarcem noi, răspunse el în schimb. Iau eu ceva pentru copil de pe drum. Un hamburger sau o pizza, ori amândouă.

— Bine, încerc, dar nu promit nimic. Că doar nu sunt arestați sau ceva de genul. Sunt liberi să plece oricând au chef.

— Bine, mulțumesc!

După ce închise, Huldar fu silit să revină și să înfrunte cadavrul de pe masă. Încercă să-și abată atenția de la ce se întâmpla acolo plănuind cum să îi intre Erlei pe sub piele, ca s-o convingă să-l lase să se ocupe împreună cu Freyja de cazul băiatului. Era nevoie să-și formuleze cererea cu mare atenție, în caz că ea l-ar fi bănuit de motive ascunse. Lucru care era, parțial, adevărat.

Capitolul 5

Cu toate că videoclipul era foarte scurt, conținutul său era atât de bizar, încât Thormar trebui să-l ruleze de două ori ca să înțeleagă despre ce era vorba. Deloc de ajutor era faptul că pe fundal se desfășura o petrecere pentru copii zgomotoasă și, în momentul în care cedase în fața imboldului de a-și verifica telefonul, hărmălaia ajunsese în punctul maxim. Plini de energia dată de zahăr, invitații de-o șchioapă întorceau apartamentul cu susul în jos într-o cacofonie de țipete, chiote și vaiete. Și deși cei mai mulți nu aveau mai mult de trei ani, învățaseră foarte iute planul camerelor și stabiliseră deja un tur complet. Acum goneau din bucătărie în sufragerie, și apoi în salon și pe hol, după care reveneau în bucătărie pentru a o lua de la capăt.

Thormar apăsă „Replay", prefăcându-se că nu vede privirea aspră pe care i-o arunca soția sa, Sigrún. Îi promisese că o va ajuta cu petrecerea. Îi promisese că se va ține departe de telefon și de calculator. Avea voie să dea drumul la televizor, însă doar pentru a pune un film pentru copii. Însă când telefonul său scosese un bip pentru a-l anunța că apăruse un mesaj pe forum, comenzile inițiale ale soției fuseseră date complet uitării. Inițial, avusese grijă să se întoarcă cu spatele la ea, dar după ce procesase ce văzuse în videoclip, fusese atât de zguduit, încât uitase complet să ascundă ce făcea. Sigrún îl privea furioasă, însă asta nu părea să mai conteze acum.

În clipa aceea, o fetiță cu două codițe legate cu funde roz și murdară de glazură pe buza superioară se năpusti în viteză în cameră, cu gura larg deschisă și urlând cât o țineau plămânii, pentru a se izbi violent de picioarele lui Thormar. Acesta țipă, aproape scăpându-și telefonul și se abținu la timp să pună mâna pe ea și s-o ia nițel de urechi. Eliberarea de tensiune poate că i-ar fi adus o temporară ușurare, însă ar fi fost un lucru extrem de lipsit de înțelepciune. Lui Sigrún nu i-ar fi plăcut asta, iar mama fetei și-ar fi exprimat cu siguranță nemulțumirea. N-avea niciun rost să întrebe de ce mama fetiței nu făcea absolut nimic să-și țină în frâu odrasla hiperactivă, dat fiind că indiferența femeii părea să se potrivească de minune cu acțiunile fiicei ei. După ce mamele se așezaseră confortabil în salon, cu ceștile de cafea și platourile cu prăjituri la îndemână, copiii lor păreau să le fi ieșit complet din minte. Când un alt copil se lovi și veni fuga în brațele mamei sale, aceasta păru inițial uluită, apoi, după o secundă sau două, păru să-și aducă aminte că ștrengarul cel răsfățat e al ei. După un „Gata, gata“ de formă, copilul își ocupă din nou locul în mijlocul hărmălaiei.

Singura care nu stătea jos era Sigrún. Umbla întruna pe urmele copiilor, încercând să-i împiedice să înghită cheile din casă, să arunce cu pahare unul în altul, să dărâme lucruri și să se bată pe jucăriile dorite de toți. Îi luase o jumătate de oră să se aranjeze înainte de apariția musafirilor, însă acum părea să fi fost lovită de o tornadă. Lucru care nu ajuta cu nimic la înseninarea dispoziției ei.

Thormar ajutase și el cum putuse, întrebându-se în tot acest timp de ce nu îi cerea fiului ei adolescent, Fannar, să-i dea o mână de ajutor. În momentul de față, puștiul era lipit de calculatorul din camera lui, ca de obicei, însă cu siguranță i-ar fi putut ajuta și el. Thormar știa însă că e cazul să se abțină să zică ceva, întrucât îi era doar tată vitreg și nici nu erau deosebit de apropiați. E greu să întreții o relație cu cineva care-și petrece majoritatea timpului închis la el în cameră.

Thormar aruncă o privire scurtă către Sigrún. Văzu că se aplecase să dezlipească o acadea din părul unei fetițe, așa că profită de ocazie. Trebuia să se mai uite o dată la videoclip. Poate că de această dată va izbuti să identifice ceva care să-i confirme că era o păcăleală. Nu avea cum să fie adevărat. Înclină telefonul, ca să-i ferească ecranul de lumina puternică din tavan.

Înregistrarea era întunecată, ca și cum fusese filmată noaptea. Chiar și așa, Thormar își dădea seama că bărbatul era prietenul său, Helgi. Acesta purta sacoul din timpul escapadei de seara trecută la bar, însă acum părea să aibă prins în piept un șervețel alb, pe care Thormar nu-și amintea să-l fi văzut. Îi pierduseră urma în timpul nopții, așa că trebuie să fi făcut rost de el după ce se despărțiseră. Funia din jurul gâtului cu siguranță nu fusese acolo dinainte.

Însă nu funia sau șervețelul — dacă de asta era vorba — îl șocaseră și-l tulburaseră. Ci ce urmă după aceea. Thormar își apropie cât putu de mult ecranul de față, fără să piardă claritatea imaginii.

O mână cu mănușă se ivi în cadru și-l împinse pe Helgi. Ochii și gura bărbatului formară nenumărate O-uri de uluire când se prăbuși pe spate și dispăru din cadru. Camera se mișcă pentru a arăta conturul întunecat al unui bărbat atârnat în aer. Picioarele îi băteau sălbatic în gol, iar mâinile trăgeau panicate de ștreangul din jurul gâtului. Începu să dea și mai spasmodic din membre, până ce se opri complet în cele din urmă. Brațele îi căzură moi pe lângă corp, iar picioarele îi rămaseră atârnând drept în jos. Bărbatul se răsuci încet într-o parte, apoi în cealaltă. Apoi înregistrarea se termină.

Thormar dădu afară tot aerul din plămâni. Comentariile de sub postare ale prietenilor săi îi oglindeau perfect propriile gânduri.

„Nu e amuzant deloc! Cine a postat așa ceva?"

„Credeam că forumul ăsta e pentru un gen diferit de filme, ha ha ha. Nu-s chiar sigur că e pe gustul meu."

Thormar se gândi să adauge și el un comentariu, însă nu-i trecea nicio idee prin cap. În plus, dacă ar fi început să tasteze pe telefon, exista marele risc ca Sigrún să i-l smulgă din mâini și să i-l arunce pe geam. Nu, mai putea aștepta.

— Thormar!

Ridică privirea și închise iute telefonul chiar în timp ce întâlnea privirea aprigă a soției sale, care ținea în mână o acadea plină de păr.

— Mai adu-le cafea fetelor, te rog!

Îi luă o clipă să înțeleagă că ea se referea la mame, nu la gașca de copii, deși femeile cu greu ar mai fi putut fi numite fete. Își strecură telefonul în buzunar și se supuse.

Luă cafetiera cu cafea proaspăt făcută și le reumplu, îngândurat, ceștile pe care le țineau întinse spre el. Femeile abia dacă-l observară și continuau să-și vadă de discuțiile lor, ca și cum el ar fi fost ospătarul, și nu una dintre gazdele lor.

După ce își duse sarcina la îndeplinire, Sigrún îi comandă să spele pe mâini o fetiță care mânjise cu glazură de ciocolată de la tort peretele proaspăt zugrăvit din holul de la intrare. Luă fără să protesteze cârpa umedă întinsă de soția lui, apoi o reperă pe fetiță și-i șterse bine degetele scurte și lipicioase. După care dădu o fugă până la baie, conștient de faptul că avea să trezească suspiciunile lui Sigrún dacă întârzia prea mult acolo. Își scoase telefonul și găsi numărul lui Helgi. Voia să afle ce naiba avusese în cap cu gluma aia macabră. Dar tot ce primi fu mesajul standard înregistrat:

Abonatul are telefonul închis și nu poate fi contactat momentan. Vă rugăm să încercați mai târziu.

Capitolul 6

Siggi stătea la o masă de la Casa Copiilor și mânca un hotdog. Se străduia din răsputeri să cuprindă chifla cu mâinile sale micuțe, iar de vârât în gură nici nu putea fi vorba. Până la urmă se lăsă păgubaș și începu să rupă din chiflă și din cârnat. După ce mâncă două treimi, îl lăsă jos pe farfuria pe care i-o adusese Freyja și rosti tare și răspicat:

— Îți mulțumesc!

— Cu plăcere!

Această dovadă în plus a manierelor băiatului dovedea că fusese educat așa cum trebuie, lucru ce făcea și mai greu de înțeles de ce nu părea să-i observe nimeni absența. Poliția insista că nu-i raportase nimeni dispariția, iar serviciile de urgență veniseră cu aceeași poveste. Freyja se întreba dacă nu cumva apelul părinților săi disperați se pierduse undeva în sistem. Însă i se dădură asigurări că era imposibil.

— Unde-i mami?

Siggi privi de jur-împrejurul micuței încăperi unde se bea cafeaua, ca și cum s-ar fi așteptat ca ea să se ascundă acolo.

— Nu e aici. O căutăm.

— S-a rătăcit?

— Nu, nu cred. Uneori trebuie să-i căutăm și pe cei care nu s-au rătăcit.

Siggi afișă o expresie întrebătoare.

— De ce?

Freyja îi zâmbi.

— Păi, asta-i chestia. Uneori pur și simplu crezi că oamenii s-au rătăcit doar pentru că nu poți da de ei. Dar sunt sigură că *ea* știe unde se află.

— Mămica mea nu s-a rătăcit.

Freyja nu zise nimic; ea, una, nu prea credea că băiatul are dreptate. Poate că mama lui nu se rătăcise, așa cum înțelegea el cu mintea lui de copil — adică să se fi aflat pe undeva, într-o intersecție, scărpinându-se în cap —, însă riscul să i se fi întâmplat ceva era destul de însemnat. Nici faptul că Siggi fusese descoperit în apartamentul unui bărbat care murise în condiții suspecte nu-i ajuta prea mult. Nici Freyja, nici Didrik nu primiseră detalii legate de caz, ci doar li se spusese că proprietarul apartamentului era mort și că moartea sa ar fi survenit în urma unei crime.

Huldar lăsă joc ceașca de cafea slabă pe care i-o dăduse Freyja, care fu nevoită să se mulțumească doar cu un pahar cu apă, dat fiind că nu avusese suficientă cafea pentru un ibric plin. Judecând după ușoara grimasă de pe chipurile bărbaților care sorbiră din cafea, era clar că restul de pe fundul cutiei nu fusese suficient nici măcar pentru două cești.

— Așadar. Întrebarea e... să începem să... știți...?

Huldar surprinse privirea Freyjei, care știa la ce se referă el. Când Erla se întorsese la secție împreună cu Huldar și cu tânăra roșcată, le ordonase Freyjei și lui Didrik să-l ia pe Siggi de acolo, adăugând că Huldar ar trebui să meargă cu ei și să se asigure că vor obține ceva informații de la băiat. Huldar nu păruse deosebit de nemulțumit, asta până să-i fie clar că Didrik avea să-i însoțească. Însă obiecțiile sale fuseseră ignorate, pe motiv că Siggi era în mod oficial responsabilitatea serviciilor sociale pentru copii din Reykjavík până ce avea să fie găsit un tutore legal. Și, din moment ce Freyja era doar un angajat obișnuit de la Casa Copiilor, prezența lui Didrik era necesară, și cu asta, basta.

Până acum, Huldar reușise să se poarte cât de cât normal cu Didrik, însă Freyja îl cunoștea destul de bine ca să înțeleagă efortul pe care-l făcea. Îl recompensă cu o negresă pentru stăpânirea de sine, deși acest lucru însemna că doar se prefăcea că Didrik nu e acolo și că nu avea de gând să-i adreseze vreun cuvânt decât dacă tânărul era cel care vorbea primul.

În pofida urgenței interogatoriului, Freyja insistase ca Siggi să primească mai întâi de mâncare. Huldar făcuse greșeala să-i cumpere pizza cu ciuperci, la care Siggi reacționase strâmbând din nas, scuturând din cap și făcând gura pungă. Majoritatea copiilor de patru ani ar trebui să rămână flămânzi foarte mult timp înainte să se atingă de ceva atât de dezgustător cum sunt ciupercile. Așa că se opriseră la un chioșc pentru a-i cumpăra un hotdog în drum spre Casa Copiilor. Și deși asta provocase o întârziere și mai mare, Freyja știa că șansele să obțină informații de la un copil cu burta plină erau mari. Dacă îi era foame, cu siguranță avea doar să se foiască și să se concentreze cu dificultate la ce spunea ea. Și-așa interogatoriul avea să fie destul de dificil. Copiii de vârsta lui sunt prea mici ca să înțeleagă situația în care se află, darămite să-și dea seama cum de-au ajuns acolo. Pentru ei, viața pur și simplu curge fără întrerupere, purtându-i și pe ei odată cu ea. Așa că n-are niciun rost să memoreze lucrurile pe care le întâlnesc pe drum dacă nu se întâmplă să fie ceva care să le capteze interesul, cum ar fi pisicile, câinii și tonetele cu înghețată.

— Vrei să vii lângă mine, Siggi?

Freyja îi zâmbi băiatului. Acesta avea ketchup la gură și degetele lipicioase.

— Ar fi grozav dacă ai putea sta un pic de vorbă cu mine.

— Despre ce?

— Ei, despre una, despre alta. Ne-ar putea ajuta să o găsim pe mămica ta.

Băiatul căzu pe gânduri câteva secunde, apoi încuviință din cap. Freyja îl conduse într-o mică încăpere pentru interogatoriu, unde îl așeză pe o canapea moale și îi dădu să țină micuțul urs de pluș fără un ochi. Jucăria reprezenta o sursă de fascinație nețărmurită pentru copii, mai ales pentru cei aflați în suferință, lucru care era valabil și pentru Siggi în această clipă. În timp ce el studia ursulețul, Freyja îi invită pe Huldar și pe Didrik în camera alăturată, de unde puteau urmări discuția cu ajutorul unei oglinzi unidirecționale și al unor boxe. Măcar în cazul ăsta, cugetă ea, nu exista niciun pericol ca bărbații să sporovăiască și să-i tulbure atenția de la discuția cu copilul.

Freyja porni echipamentul audio, aranjă microfonul și apoi se întoarse ca să i se alăture lui Siggi. În împrejurări normale, și-ar fi pus și o cască în ureche, cu ajutorul căreia să se poată folosi de întrebările venite din partea poliției, avocaților sau a judecătorului care îi supravegheau din cealaltă cameră. În astfel de cazuri, trebuia să apeleze la propria experiență pentru a exprima aceste întrebări în termeni suficient de simpli, încât copilul să înțeleagă și să răspundă corect. Trebuia să fie atentă să nu-i pună ea vorbe în gură sau să-l ghideze prin întrebări ajutătoare. Copiii au tendința să-și modifice răspunsurile ca să-i mulțumească pe adulți. Însă de data asta, ea avea să fie cea care pune întrebările. Băiatul era în continuare o enigmă atât de fascinantă, încât orice detaliu pe care l-ar fi smuls de la el ar fi reprezentat o informație nouă.

Până acum, singurele lucruri pe care le stabiliseră erau că se numea Sigurdur și că de la asta provenea prescurtarea Siggi; că mama sa era cunoscută sub numele de Systa și că tatăl lui se numea Sibbi. Porecle mai inutile ca astea chiar erau greu de imaginat. Siggi le spusese că locuiește în Reykjavík, însă nu le putuse oferi ceva mai precis, cum ar fi o stradă sau o zonă. Acum trăgeau nădejde că știa de fapt mai multe, însă la secția de poliție fusese atât de distras de împrejurimile extrem de interesante, că îi fusese imposibil să se concentreze. Existau toate șansele ca informațiile să înceapă să curgă imediat ce îl aduceau într-un mediu cu mai puțini stimuli.

— Așadar, Siggi, îți place ursulețul?

Freyja se așeză lângă el, cu ochii fixați la oglinda din fața canapelei. Presupunea că Huldar o urmărește cu atenție.

— Unde-i e ochiul?

— I-a căzut. Dar nu contează, pentru că el vede perfect cu celălalt ochi. Știai că păianjenii au opt ochi, așa că se întreabă, probabil, cum ne descurcăm noi doar cu doi?

— Opt?

Siggi părea impresionat.

Freyja dădu aprobator din cap și începu să ghideze discuția către subiect.

— Siggi, tu ai un ursuleț de pluș acasă?

— Am o iepuroaică. Dar ea are doar doi ochi. Nu opt.

Siggi rămase uitându-se îndelung la urs, apoi îl așeză în poală.

Freyja abandonă subiectul iepurașului. Un avantaj cu copiii atât de mici era că ei nu bagă de seamă erorile de logică.

— Siggi, cum se numește mama ta?

— Ți-am zis deja. Se numește Systa. Dar eu îi zic doar mami.

— Știi ce înseamnă o poreclă?

Când băiatul clătină din cap, Freyja îi explică, iar el păru să urmărească ce-i spune, așa că ea continuă:

— Cred că Systa e o poreclă. Ai auzit cumva pe cineva care să-i spună altfel mamei tale?

Se simțea tentată să-i sugereze chiar ea niște nume, dar se abținu. Femeia se putea numi în orice fel — căci „Systa" nu însemna decât că era „surioara" mai mică sau mai mare a cuiva — și exista riscul ca băiatul să se agațe pur și simplu la întâmplare de una dintre sugestiile ei.

— Nu. Se numește Systa. Systa e un nume drăguț.

— Foarte drăguț, spuse Freyja, ascunzându-și dezamăgirea. Dar tăticul tău? El mai are și alt nume în afară de Sibbi?

— Nu. Toți îi spun Sibbi.

Încă o dată, Freyja rezistă impulsului de a-i furniza niște nume de bărbați.

— Dar ai o bunică sau un bunic, Siggi?

— Da.

Băiatul își îndreptă imediat spatele, cuprins de entuziasm.

— Am două bunici și un bunic. Mai am și un bunic mort. Nu mai trăiește din cauză că a îmbătrânit foarte mult și a murit.

Nici urmă de tristețe, deci pesemne că pierderea nu era recentă.

— Și cum se numesc bunicii tăi? întrebă Freyja.

Poate că poliția le putea folosi numele ca să dea de urma părinților lui.

— Nu știu. Bunicul. Bunicul meu mort n-are niciun nume. Doar e mort.

Siggi oftă și adăugă:

— Nu vrei să afli cum se numesc bunicile mele?

Freyja zâmbi și răspunse că da.

Băiatul se îndreptă pe canapea, mândru că putea influența el cursul discuției.

— Una dintre bunici se numește Sisi și cealaltă se numește Bunicuța.

Freyja simțea deja cum zâmbetul îi devine tot mai forțat.

— Înțeleg.

Era evident că numele erau o fundătură. Sisi putea fi prescurtarea de la orice.

— Siggi, povestește-mi un pic despre zona în care locuiești. Știu că se află în Reykjavík, dar mi-ai putea spune *unde* anume în Reykjavík?

— În Reykjavík.

Siggi părea rănit de faptul că Freyja nu se mulțumea cu acest detaliu.

— În regulă. Mai spune-mi ceva: Știi cum se numește strada ta?

Siggi clătină din cap; stupoarea lui că nu se ridica la înălțime era evidentă. Freyja se grăbi să-l întrebe un lucru la care era destul de sigură că el îi poate răspunde:

— Unde mergi la grădiniță?

Se întâmplă adesea ca micuții de vârsta lui Siggi să nu-și cunoască propria adresă, dar să știe cu toții numele dădacei sau al grădiniței la care merg.

— Nu merg la grădiniță. Mami spune că voi putea merge la vară.

Freyja și-l putea imagina pe Huldar mârâind la auzul acestui răspuns. Și pe Didrik, fără îndoială. N-avea să le fie ușor. Dacă nu izbuteau să dea de urma familiei băiatului, în sarcina lui Didrik cădea să-i găsească un adăpost de urgență, cu toată bătaia de cap inerentă. Freyja se hotărî să mai divagheze nițel și să-i mai pună băiatului câteva întrebări generale, la care să poată răspunde ușor. Într-un final, stabiliră că mâncarea lui preferată erau spaghetele, că putea merge cu bicicleta cu roți ajutătoare, că fusese de nenumărate ori la grădina zoologică și că putea număra până la cincisprezece, deși o dată ajunsese chiar până la douăzeci. După ce răspunse la toate aceste întrebări fără să se oprească măcar o dată ca să se gândească, starea de spirit a băiatului se înveseli considerabil, iar Freyja reuși să ghideze discuția înapoi la familia lui.

— Cu ce se ocupă tatăl tău, Siggi?

— Tati e *lectrișan*.

— Uau, e electrician! Foarte tare! Știi unde lucrează?

Freyja nu se aștepta ca el să știe, așa că nu fu surprinsă când el clătină din cap.

— Și mama ta cu se ocupă?

— E profesoară.

— Senzațional!

Freyja făcu ochii mari, ca să-l mulțumească pe băiat.

— Cunoști cumva numele școlii la care predă ea?

— Nu. Ea nu merge la școală. Dar va merge ca să predea la școală când voi pleca eu la grădiniță.

Deci mama lui nu muncea deocamdată. Părea că se lovesc de un adevărat zid în privința părinților lui. Freyja merse mai departe:

— Siggi, ce poți vedea când stai în fața casei tale? Ți-ar putea fi de ajutor dacă ai închide ochii și ți-ai imagina că stai acolo și privești în jur.

Siggi închise ochii strâns. Simțind în mod clar că nu e de ajuns, își ridică mâinile din poală și și le apăsă pe față.

— Pot vedea mașini.

— Și ce altceva? Poți vedea Hallgrímskirkja — biserica mare, cu turla ascuțită?

— Nu.

— Poți vedea marea?

Siggi se gândi la întrebare, apoi scutură din cap.

— Nu. Doar mașini.

Apoi se lumină la chip, își desprinse mâinile de la ochi și îi deschise la loc, adăugând:

— Și case! exclamă bucuros.

— Locuiești într-o casă, Siggi, sau într-un bloc de apartamente?

Băiatul închise iar ochii înainte să răspundă:

— O casă. O casă mare.

Freyja nu era sigură că băiatul înțelesese întrebarea.

— Mai locuiesc și alte persoane în casă cu voi? Nu doar mămica și tăticul tău?

— Da, o mulțime. E o casă mare.

— O casă mare de genul ăla se numește bloc de apartamente, Siggi. Cumva celelalte case pe care le vezi sunt blocuri cu apartamente?

— Ăăă... da.

— Poți vedea și munții?

— Ăăă... un pic.

Existau destule cartiere care se potriveau cu descrierea. Mult prea multe. Poate putea afla dacă băiatul locuiește într-una dintre suburbiile noi.

— Siggi, există cumva șantiere de construcții pe lângă blocul tău?

— Nu știu.

— Sunt macarale? Mașinării galbene uriașe sau muncitori? Betoniere? Sau case în care deocamdată nu locuiește nimeni, pentru că încă nu au ferestre?

— Nu. Toate au ferestre.

Freyja continuă să-l întrebe despre forme de relief deosebite pe care le-ar fi putut recunoaște băiatul. Despre grădini zoologice, localuri cu burgeri, cinematografe, chioșcuri, tonete cu înghețată și locuri de joacă. Băiatul nu credea că acestea puteau fi văzute de-acasă. Îl mai întrebă despre cluburi sportive locale, însă Siggi nu cunoștea niciunul după nume. În acest punct, rămânând fără idei, Freyja renunță să-l mai întrebe despre zona în care locuiește și speră că informațiile furnizate de Siggi se vor dovedi suficiente. Îi spuse băiatului că poate deschide ochii.

— Siggi, mămica și tăticul tău au mașină?

— Da.

— Știi cumva ce fel de mașină e?

— Una albă.

Freyja zâmbi.

— Știi cumva ce model?

Siggi se lumină tot, mulțumit că știa răspunsul.

— O Yaris. Vine din Japonia.

Normal că părinții lui aveau cel mai popular model de mașină din Islanda. Freyja aflase acest lucru în timpul nenumăratelor ore pe care le petrecuse on-line în căutarea unei mașini pentru ea însăși, acum, că fratele ei avea iar nevoie de vechea lui rablă. Însă acum urgența cea mare era să economisească bani pentru un apartament. Să muncească mai mult și să cheltuiască mai puțin. O mantra deloc dătătoare de inspirație. Ceea ce făcea și mai vital ca apartamentul prietenului lui Baldur să fie răspunsul la rugăciunile ei.

Dându-și seama că mintea i-o luase pe coclauri, Freyja își îndreptă din nou atenția spre copil.

— Acum, va trebui să te întreb despre locul în care te-am găsit, Siggi. Îți amintești, nu-i așa? Doar s-a întâmplat nu cu mult timp în urmă.

— În casa bărbatului.

— Corect. În casa bărbatului. Ai mai fost vreodată acolo?

Siggi clătină din cap.

— Îl cunoști pe bărbatul care locuiește acolo? Se numește Helgi.

Încă o clătinare din cap.

— El îi cunoaște pe mămica sau pe tăticul tău?

— Nu știu.

— Cumva Helgi, bărbatul care locuiește acolo, a venit vreodată acasă la voi sau s-a întâlnit altundeva cu mămica sau cu tăticul tău?

Întrebarea era prea lungă și Siggi părea descumpănit. Când Freyja o împărți în două, el răspunse negativ la ambele întrebări.

— Spune-mi, atunci, cum ai ajuns în apartamentul lui? Cine te-a dus acolo? Mămica sau tăticul tău?

— Nu. A fost bărbatul.

— Vrei să zici Helgi? Bărbatul care locuiește acolo?

Siggi ridică din umeri până la urechi, așa că Freyja luă una dintre fotografiile cu victima pe care i le dăduse Huldar. Era genul de poză de profil oficială tipică, care îi înfățișa doar umerii și capul. Aparent, aceasta era cea mai bună dintre toate cele de care făcuse rost până acum poliția. Bărbatul din poză nu era cu mult trecut de treizeci de ani și purta sacou și cămașă — de bunăseamă dintre cele pe care ea le văzuse atârnând în șifonierul lui. Avea un aspect comun, nici frumos, nici urât, dar emana un aer de încredere, precum cineva obișnuit să comande. În afară de asta, era proaspăt ras, cu o tunsoare șic și cu o expresie pe chip care parcă zicea „Sunt prea ocupat și prea important ca să-mi irosesc vremea stând la poze".

— El e cel care te-a adus în apartament?

Siggi se apleca spre poză și o studie cu atenție. Își așeză o mână peste partea inferioară a feței bărbatului, apoi își înclină capul spre stânga și spre dreapta, gândindu-se.

— Da. Nu. Nu avea hainele de petrecere pe el.

Freyja îi ignoră comentariul legat de îmbrăcăminte. Acum voia să fi avut glasul lui Huldar în ureche. Oare ce însemna răspunsul băiatului? Era un da sau un nu? Helgi era cel care îl adusese pe băiat în apartamentul său, după care fusese omorât? Dacă da, oare ce întrebări trebuia să-i mai pună?

— Siggi, bărbatul din fotografie se numește Helgi. El locuiește în apartament. El e cel care te-a adus acolo?

— Poate.

Freyja nu voia să-l forțeze pe băiat. Era puțin probabil ca alte câteva întrebări în plus să facă lumină în legătură cu ceva ce el părea pur și simplu să nu cunoască.

— Ai ajuns acolo cu mașina?

— Da. Nu cu mașina noastră. Era murdară. A noastră e curată.

— Unde te-ai suit în mașină, Siggi? Bărbatul te-a luat din fața casei tale?

— Nu știu. M-am trezit și eram în mașină. În spate.

Freyja rămase tăcută câteva secunde.

— Bărbatul te-a luat din apartament?

Siggi încuviință din cap, așa că Freyja abandonă momentan subiectul, trecând în schimb la întrebarea următoare:

— A mai rămas cu tine o vreme?

— A plecat.

— Ți-a făcut rău sau orice altceva? În apartament sau în mașină?

Siggi șovăi, părând că-și scotocește memoria.

— Nu.

Freyja rămase ușurată auzindu-l. Simți cum îi dispare toată încordarea din umeri, dar tot avea de gând să cheme un doctor după terminarea interogatoriului. Băiatul trebuia să aibă parte de un consult medical. Era posibil să nu vrea să vorbească despre ce se întâmplase sau să i se fi spus să-și țină gura închisă.

— De cât timp te aflai în apartament când am venit noi?

— Nu știu. De foarte mult timp.

— Ai ajuns acolo în această dimineață sau după prânz?

Freyja reformulă întrebarea:

— Deja mâncaseși de prânz sau doar micul dejun?

— Nu am mâncat nici prânzul și nici micul dejun. Era noapte.

— Ai ajuns noaptea în apartament?

— Da. Apoi s-a făcut ziuă. Dar era târziu, pentru că e iarnă. Vara e mereu ziuă.

— Corect.

Freyja se gândea care să fie următoarea întrebare. Încă o dată, regretă că nu purta casca în ureche. O întrebare promptă din partea lui Huldar ar fi fost mai mult decât bine-venită acum. Interogatoriul de azi era absolut crucial, deoarece copiii de vârsta lui Siggi uitau foarte repede. Deja mâine amintirea evenimentelor putea să dispară sau să fie foarte mult distorsionată. Însă problema era că ea nu știa absolut nimic despre împrejurările crimei, nici când anume se petrecuse, nici cum ori unde își găsise Helgi sfârșitul.

— De ce n-ai plecat din apartament ca să cauți ajutor, Siggi?

Băiatul șovăi și începu iar să se foiască până să răspundă într-un final:

— Nu mi s-a dat voie. Așa a zis bărbatul.

Aducându-și aminte cât de mult stătuseră ea și Didrik în fața ușii apartamentului, Freyja îl întrebă:

— Vrei să zici că nu ți s-a dat voie să deschizi ușa?

— Nu. Bărbatul a zis că nu trebuie să deschid ușa până ce nu sună alarma de la ceas. Trebuia să aștept lângă ceas până atunci. Dar mi-a dat voie să dorm. Și să beau sucul de portocale. Și am făcut și pipi la toaletă. Am avut voie.

— Ce-a zis bărbatul că se va întâmpla dacă nu faci cum ți-a zis el?

— Trebuia să fac cum mi-a zis. Altfel mami își va face rău singură. Mami nu trebuie să-și facă rău singură. Nu acum.

Fără să vrea, Freyjei îi scăpă:

— De ce nu?

— Pentru că are un bebeluș în burtică.

Siggi își întinse brațele scurte în față și le depărtă cât putu de mult, completând:

— Așa de mare e burtica ei.

Presupunând că nu era vorba de o exagerare, mama absentă a băiatului urma să nască. Poate că de asta nu primiseră încă nicio veste de la ea sau de la tată. Însă, dacă nu cumva era deja întinsă pe masa de nașteri, în travaliu, asta însemna vești proaste. Foarte proaste.

O mână mică o trase pe Freyja de mânecă, făcând-o să întâlnească privirea solemnă a băiatului.

— E un om rău. Foarte rău.

O mai trase o dată de mânecă, mai tare de această dată, adăugând:

— Trebuie să o găsești pe mămica.

După care îi dădu drumul și-și lăsă capul în jos.

— Nu vreau să moară.

Capitolul 7

Administratorul îi întâmpină pe Huldar și pe Gudlaugur la ușa blocului exclusivist de apartamente în care locuise Helgi. Acesta era un bărbat subțirel, trecut de cincizeci de ani, cu tot părul la locul lui, deși pielea feței începuse deja să i se lase. Le strânse amândurora mâinile și, pe un ton șoptit, le ceru să îi spună Doddi. În momentul acela, din lift ieși o femeie, râzând tare și cu telefonul lipit de ureche. Administratorul îi aruncă o privire mustrătoare, ca și cum nu pricepea și pace ce era cu atâta veselie pe ea. Poate că el considera că o atmosferă de înmormântare ar fi fost mult mai potrivită în împrejurările date. Însă deocamdată, Doddi era singura persoană din clădire care știa că Helgi e mort. Fuseseră siliți să-i spună și să-l facă să înțeleagă gravitatea faptului că moartea lui Helgi era tratată drept crimă. Din moment ce în buzunarele lui Helgi nu fusese descoperită nicio cheie, avuseseră nevoie de cooperarea administratorului ca să pătrundă în apartament și să recupereze înregistrările sistemului de supraveghere video a clădirii.

După ce dispăru femeia, luară liftul până la ultimul etaj, unde era situat apartamentul lui Helgi. Urcară în tăcere, ținându-și toți trei privirile ațintite la semnul iluminat care le indica la ce etaj se află. Sus de tot, sună un clopoțel, ușile se deschiseră și ieșiră toți trei. Instantaneu, stânjeneala dispăru cu totul și glasul le reveni din nou.

— Așadar, nu știi nimic de vreo intrare prin efracție?

Huldar îl mai întrebase o dată acest lucru la parter, dar nu strica deloc să repete întrebarea.

— Presupun că blocul are mai multe intrări?

— Nicio ușă nu prezintă semne și nici nu există indicii că ar fi fost vreuna spartă. Nici ușa apartamentului lui Helgi n-a fost forțată.

— Îl cunoșteai pe Helgi?

Huldar îl urmărea pe administrator cum scotea un mănunchi de chei, cercetându-le pe rând.

— Nu, nu prea. Dar mă mai loveam de el pe hol și-i mai dădeam o mână de ajutor când era nevoie.

— V-a făcut probleme?

Clătinând din cap, administratorul vârî cheia în broască.

— Nu, nicidecum. Era genul liniștit, ca majoritatea locuitorilor de aici.

Ușa se deschise larg și cei trei pătrunseră înăuntru. Apartamentul arătase impecabil când Huldar fusese aici mai devreme, însă acum era o cu totul altă poveste. Oriunde te uitai se puteau vedea urme de pudră pentru amprente lăsate de criminaliști, iar mobila fusese dată la o parte, stricând cu totul designul general. Moartea nu avea niciun fel de respect pentru cei care nu mai erau.

— Primea mulți musafiri?

Gudlaugur se uită în jur, cu gura ușor întredeschisă.

Huldar își închipuia că și el, la rândul său, avusese aceeași expresie uluită când pusese prima oară piciorul aici.

— Nu prea observ astfel de lucruri. Sunt administrator, nu portar.

Gudlaugur roși ușor.

— Desigur.

Administratorul, care nu era portar, băgă de seamă că răspunsul său fusese puțin cam aspru și încercă să-l mai dreagă.

— Îl mai întâlneam uneori când ieșea sau când intra împreună cu alte persoane. Așadar, primea musafiri. Dar nu știu și câți.

— Erau femei? Bărbați? Copii?

Huldar înaintă prin cameră și observă că darul de aniversare dispăruse de pe masa din bucătărie. Fără îndoială că fusese luat de criminaliști odată cu celelalte obiecte care necesitau cercetări suplimentare.

— Mai mult bărbați. Uneori, și femei.

— Dar copii?

— Nu.

Bărbatul se gândi câteva secunde, apoi adăugă:

— De fapt, da. L-am văzut o dată ieșind din casă împreună cu un bărbat care avea un copil.

— Un băiat?

— Nu, o fată. Micuță, nu mai mare de doi ani.

Huldar se apropie de peretele de sticlă. O parte a motivului pentru care se întorseseră aici era că tehnicienii criminaliști uitaseră să verifice dacă nu cumva apartamentul lipsit de perdele putea fi observat din vreun bloc mai înalt din apropiere sau din apartamentele vecine. O privire rapidă îl lămuri că nu era cazul. Mai trebuiau să ridice și înregistrările efectuate de sistemul de supraveghere video a clădirii și să-l preseze nițel pe administrator cu privire la stilul de viață al defunctului.

— A locuit mereu singur? întrebă Huldar, întorcându-se la cei doi. Nicio iubită? Sau iubit?

Doddi ridică din umeri.

— A locuit singur de când s-a mutat aici. Nu cunosc detalii despre viața lui personală și nici n-am vreun interes să aflu.

— Când s-a mutat aici?

Bărbatul se încruntă și rămase pe gânduri.

— Cam cu vreun an și jumătate în urmă, cred. Nu, mai puțin. Ceva mai mult de un an. Cam așa. Mă pot uita, dacă vreți.

— Da, te rog!

Huldar ridică privirea spre plafon și întrebă:

— Există camere de supraveghere în apartament?

— Nu, din câte știu eu. Dar nu în sarcina mea cad astfel de lucruri. Eu doar am grijă de întreținerea generală și de administrarea de zi cu zi a acestei clădiri. E foarte posibil ca Helgi să-și fi instalat el singur camere. Deși ar fi fost inutil, dat fiind că avem un sistem de securitate destul de cuprinzător. Dar firește că locatarii fac ce doresc în casele lor.

Privirea administratorului se plimba pe tavan și în jos, pe pereți.

— Nu pare să aibă aici, deși presupun că ar putea exista totuși camere ascunse.

Dacă așa stăteau lucrurile, criminaliștii nu descoperiseră niciuna.

— Trebuie să luăm fișierele camerelor de supraveghere. Am un mandat pentru ele.

Poate că moartea nu prea avea cine știe ce respect pentru morți, însă judecătorii, pe de altă parte, îi arătau un mare respect. În astfel de cazuri, polițiștilor li se oferea automat orice fel de mandat cereau fără să protesteze cineva.

— Nu veți avea nevoie de mandat.

Administratorul rămăsese lângă ușa de la intrare, nedorind parcă să intre în apartament.

— N-o să întâmpinați nicio împotrivire din partea mea sau a asociației de proprietari când vine vorba să vă ajutăm cu cazul.

Huldar zâmbi, sperând în sinea lui că nu va trebui să se bazeze pe asociația de proprietari ca să rezolve cazul.

— Mulțumesc!

Privi iar în jur înainte să pună următoarea întrebare:

— Nu tu ai sunat la poliție ca să le spui că e un copil aici?

Administratorul clătină din cap.

— Nu. Mai întâi aș fi bătut la ușă dacă aș fi auzit ceva ciudat. Helgi era un tip cumsecade, așa că n-aș fi avut niciun motiv să raportez așa ceva fără să-l întreb întâi pe el.

— Știi ce relație avea cu ceilalți rezidenți? Vreun motiv să credem că ei nu-ți împărtășeau părerea bună despre el?

— N-am de unde să știu. N-am primit nicio plângere și numele lui n-a fost pomenit niciodată la ședințele asociației de proprietari. Dacă cineva ar fi vrut să aducă în discuție vreo problemă, atunci ar fi avut ocazia, având în vedere că Helgi n-a participat niciodată la ele. Bine, mai nimeni nu participa, de fapt.

Huldar dădu aprobator din cap, simțindu-se și el vinovat că nu participase niciodată la vreo ședință a asociației de locatari din blocul lui.

— Nu sunt multe apartamente de unde s-ar fi auzit ceva, nu? Bănuiesc că izolarea fonică e destul de bună aici.

— Copilul ar fi trebuit să țipe cât îl ținea gura ca să răzbată sunetul afară. Și chiar dac-ar fi făcut-o, n-ar fi fost auzit decât în apartamentele vecine de pe hol sau din cel de dedesubt. Dar știu că dedesubt nu locuiește nimeni de vreo două săptămâni. Proprietarii sunt plecați peste hotare.

— E posibil să-și fi închiriat apartamentul?

Gudlaugur depășise momentul holbării cu gura căscată la decorațiunile interioare și își îndreptase atenția înapoi la Huldar și la administrator.

— Nu. M-au rugat să le ud florile și să mai arunc un ochi prin apartament. Nu a stat nimeni acolo de când au plecat ei. Dar mă pot uita, dacă doriți, ca să fiu sigur că nu s-a schimbat ceva.

Huldar îi întinse bărbatului cartea sa de vizită.

— Nu-i grabă. Poți să verifici când ai timp, dar te rog să mă anunți.

Se întoarseră pe hol și bătură la ușile celor două apartamente aflate alături. Ambii locatari negară că știu ceva despre vreun telefon la poliție și spuseră că nu-l cunosc pe Siggi când le fu arătată o poză cu el. În imagine, acesta stătea pe scaunul lui Huldar, holbându-se cu gura căscată la aparatul foto, ca și cum s-ar fi așteptat să răsară un unicorn din el. Cu toate astea, era extrem de ușor de recunoscut.

Vecinii confirmară părerea administratorului despre Helgi: foarte plăcut, nu făcea niciodată probleme. Nu prea stătea mult acasă și nici nu avea mulți musafiri. Niciunul dintre cei cu care stătuseră de vorbă nu observase ceva neobișnuit în ultimele 24 de ore. Huldar le dădu și lor câte o carte de vizită, în caz că-și vor aminti ceva mai târziu, după care le înfrână curiozitatea comentând că momentan îi e imposibil să spună mai multe. Un bărbat ce locuia mai încolo pe hol voia să știe dacă întrebările lor aveau vreo legătură cu băiatul pe care soția sa îl văzuse cum este scos din apartament, însă primi același răspuns. Dacă se așteptase să i se ofere tratament preferențial doar pentru că soția lui fusese martora evenimentelor din ziua respectivă, Huldar se văzu nevoit să-l dezamăgească.

După interogarea vecinilor, coborâră în garajul subteran, unde Doddi le arătă mașinile lui Helgi. Ambele se aflau la locul lor: un Range Rover negru și un Audi bleumarin, parcate unul lângă altul. Range Roverul era acoperit de un strat subțire de praf, ceea ce întărea comentariul administratorului cum că Helgi nu-l folosea prea des. Prin geamurile celor două autovehicule nu se putea zări nimic demn de interes, cu excepția unei perechi de mănuși de piele pe scaunul pasagerului din Audi. Păreau să-i aparțină unui bărbat, probabil chiar lui Helgi.

— Dacă vreți să aruncați o privire în interior, am chei de rezervă pentru ambele vehicule. O mulțime de proprietari optează pentru acest aranjament.

Era limpede că administratorul vorbise foarte serios când le spusese că e dornic să le fie de ajutor. Huldar îi acceptă propunerea și, după ce deschiseră portierele mașinilor, își trase pe mâini o pereche de mănuși din latex și începu să caute prin toate compartimentele din interior, inclusiv în scrumiere, pe sub scaune și în portbagaj. Tot ce găsi fură două certificate de înmatriculare pentru mașini, pe care le puse înapoi unde le găsise. Nici urmă de canabis în scrumiere, niciun pliculeț sau pungută cu droguri în vreunul dintre torpedouri.

După ce Huldar îi dădu înapoi cheile, administratorul îi conduse într-o boxă de la subsol, rezervată apartamentului lui Helgi. Când deschiseră ușa, descoperiră că e goală. Huldar observă uimirea de pe chipul lui Doddi.

— N-am mai văzut în viața mea așa ceva, zise el. De obicei, boxele dau pe dinafară de cutii și alte nimicuri, cu excepția cazului în care apartamentele sunt nelocuite.

— Crezi că ar fi putut fi golită? întrebă Huldar.

Doddi ridică din umeri, neștiind ce să-i răspundă.

Apoi cei trei făcură cale întoarsă prin garaj către biroul administratorului, unde se afla calculatorul pe care erau stocate înregistrările camerelor de supraveghere. În vreme ce treceau pe lângă mașini una mai șic decât alta, Huldar încercă să le calculeze valoarea totală în minte, însă renunță când aceasta ajunse să depășească cu mult suta de milioane de coroane. Se aștepta ca administratorul să fie foarte bine plătit, având în vedere că proprietarii acestor apartamente erau atât de bogați, însă știa prea bine că nu exista nicio garanție în acest sens. Mai ales dacă te luai după cum arăta biroul acestuia, care, printr-un contrast izbitor cu restul clădirii, se dovedi a fi o vizuină de iepure fără ferestre, în care se afla un pupitru hidos ce fusese cumpărat la un preț de nimic de pe internet. În afară de el, înăuntru se mai afla și un dulap verde cu sertare ce părea să dateze din anii 1960, alături de clasicele polițe montate pe perete, doldora de dosare. Tavanul era făcut din același beton simplu, neacoperit, din care era făcut și garajul. Prin comparație, spațiul de lucru al lui Huldar din colțul sediului Investigațiilor Criminale arăta ca un birou de manager general.

După ce termină de copiat fișierele camerelor pe un stick USB și i-l dădu lui Huldar, administratorul lăsă să-i scape și motivul pentru care se arăta atât de serviabil.

— Helgi mi-a oferit un bacșiș extrem de generos de Crăciun. Mi-a zis că e un bonus pentru treaba bună pe care am făcut-o anul trecut. Niciunul dintre ceilalți proprietari nu s-a deranjat să facă vreodată un asemenea gest. A, îmi mai urează „Crăciun fericit!" dacă ne întâlnim întâmplător, dar altminteri se poartă ca și cum pentru mine nici n-ar fi sărbători.

— Ce drăguț din partea lui!

Huldar habar n-avea ce altceva să mai spună.

— În fine, sper să găsiți ceva pe aceste înregistrări care să vă ajute să-l prindeți pe făptaș. Și sper să nu scoateți la iveală vreo mizerie despre Helgi. Mi-ar plăcea să cred că era un tip de treabă.

— Nu suntem porniți să scoatem la iveală mizerii despre victimă.

Huldar urmări cum administratorul notează pe o bucată de hârtie numărul de telefon al persoanei de contact de la firma de securitate și supraveghere, apoi băgă bilețelul în buzunar.

— Există destule camere răsfirate prin bloc, dar mă tem că nu vă pot spune prea multe despre fișiere. Tipul de la firma de securitate știe cum funcționează.

Doddi se ridică și-i conduse afară. Încuie conștiincios vizuina și, când fu întrebat, le confirmă că îl ținea tot timpul încuiat, ceea ce însemna că nu avea nimeni acces la cheile ce atârnau pe un imens panou de plută de deasupra biroului. Printre ele se afla și cheia de la apartamentul lui Helgi, lucru pe care Huldar îl observă când Doddi puse la loc cheile, în același cui. Era logic, deci, ca oricine adusese băiatul aici să fi folosit tocmai cheile lui Helgi, ceea ce sugera că aproape sigur el era și criminalul. Doar dacă nu cumva băiatul fusese adus chiar de Helgi. Declarația copilului fusese ambiguă.

În vreme ce-și luau la revedere în holul de la intrare, administratorul păru brusc stingherit, ferindu-se parcă dintr-odată să-i privească în ochi pe cei doi polițiști, lucru care i se păru ciudat lui Huldar, având în vedere faptul că până atunci se comportase absolut ireproșabil. Dar lucrurile se lămuriră când bărbatul reuși să bolborosească:

— Știu că e confidențial totul, dar îmi puteți spune și mie ce s-a întâmplat? Cum a murit și așa mai departe?

Huldar răspunse cu un plescăit.

— Îmi pare rău, dar nu se poate!

Capitolul 8

Luni

— Poate rezuma cineva tot ce am aflat până acum despre victimă?

Întrebarea Erlei nu era adresată cuiva anume în mod special, ci doar exprimată în spațiul deschis al diviziei. Încă mai avea haina pe ea. Majoritatea oamenilor își începeau ziua cu o cafea și o mică sporovăială înainte să se apuce de lucru, însă nu și ea: era pusă pe treabă din clipa în care intra pe ușă. De obicei, era și prima sosită, însă zăbovise până târziu în seara precedentă.

Huldar o urmări în vreme ce se îndrepta către cușca ei din sticlă, încercând și neizbutind să stabilească vreun contact vizual cu echipa ei, ai cărei membri păreau brusc foarte preocupați de ceea ce se afla pe ecranele din fața lor. Singurul cap ce se ițea peste pereții despărțitori îi aparținea Línei, al cărei păr roșcat era legat într-o coadă groasă. Aceasta înălțase capul imediat ce auzise glasul Erlei. Erla se prefăcu că nu o vede, așa că Huldar se aștepta ca Lína să ridice mâna, așa cum procedau fetele dornice să răspundă de la el din clasă.

În schimb, Lína se ridică și se duse după Erla. Huldar se uită în jur și întâlni privirea lui Gudlaugur. Tânărul avea biroul tot vizavi de el, în ciuda răcelii care se instalase între ei. Reținerea lui o oglindea pe cea a lui Huldar. Acesta din urmă se ridică și el în picioare, murmurând:

— Mai bine m-aș duce după ele.

Mulțumită picioarelor sale mai lungi, Huldar le ajunse din urmă chiar când Erla intra în birou, cu Lína aproape respirându-i în ceafă și asistă la momentul în care șefa lui se întoarse și văzu că eleva se afla chiar în spatele ei. Disprețul de pe fața Erlei confirma faptul că Huldar procedase cum trebuie când pornise pe urmele lor. Ai fi zis că Erla tocmai ar fi zărit o bucată de hârtie igienică prinsă de tocul de la pantof.

— Ce? se răsti ea.

— Am trecut pe la toți, rosti Lína cu o nerăbdare ce-i tăia răsuflarea, și am alcătuit un raport cu tot ce am aflat până acum despre defunct, Helgi Fridriksson.

— Da, mersi, îi știu și eu numele, zise Erla cu un sarcasm mușcător.

Își dădu jos haina, o atârnă într-un cuier și se așeză la birou, după care continuă:

— Scuipă tot, atunci!

Dar înainte ca Lína să poată începe, Erla îl luă pe Huldar în primire:

— *Tu* ce mai vrei?

— Voiam să te pun la curent cu ce-a zis copilul. Mă gândeam că te-ar interesa.

Huldar discutase de dimineață cu Freyja, sunând-o de îndată ce fu sigur că ea se trezise deja. Nu-i luă mult să-i spună Erlei tot ce știau despre băiat, din moment ce încă nu ajunseseră nicăieri cu încercarea de a da de părinții lui.

Erla pufni și-și îndreptă privirea către Lína.

— Hai, dă-i drumul!

Lína deveni din nou atentă și își apropie notițele de față. Încă o dată, Huldar își aminti de fetele conștiincioase din clasa lui.

— Bun, deci defunctul avea 35 de ani și ar fi împlinit 36 în decembrie.

— Văd că deja cazul e pe cale să se rezolve, remarcă Erla, dându-și ochii peste cap.

Lína roși și hârtia începu să-i tremure în mână, dar continuă cu tenacitate:

— A absolvit Facultatea de Comerț cu a treia cea mai mare notă din anul său.

Ridică privirea din hârtie, aparent revenindu-și de pe urma ironiei de mai devreme.

— Pesemne că a fost devastat. Să ratezi în felul ăsta șansa de-a termina primul din an. Nici măcar al doilea. La urma urmei, când vine vorba de examenele de absolvire nu există nicio medalie de bronz. Cu siguranță s-a simțit foarte demoralizat.

Huldar avea puternica senzație că Lína vorbea din propria ei experiență.

Erla era prea uluită ca să mai emită vreo remarcă usturătoare. Rămase, în schimb, cu privirea ațintită asupra tinerei care, fără să înțeleagă ce efect produceau spusele ei, își coborî din nou privirea în foaia care acum nu-i mai tremura în mâini.

— Chiar și așa, nota a fost suficient de bună ca să-i asigure un loc o universitate de prestigiu din America. Potrivit spuselor părinților săi, a absolvit trei ani mai târziu cu o diplomă în finanțe, fiind unul dintre cei mai buni studenți din an, înainte să ajungă la o universitate și mai faimoasă pentru a continua cu masterul. După care a primit un job la o bancă de investiții de pe Wall Street și a rămas acolo până când s-a reprofilat și-a început să lucreze pentru un fond speculativ, unde s-a ocupat de cumpărarea și vânzarea creanțelor creditorilor care au invadat piața ca urmare a prăbușirii sistemului bancar islandez. Întrucât era un contract bazat pe bonusuri, a făcut o grămadă de bani până la încetarea acelui gen de activitate. După ce a părut să se sature, s-a mutat înapoi în Islanda, anul trecut. Însă deja era atât de bogat, încât și-ar fi putut permite să se retragă și să trăiască tot restul vieții din averea strânsă până atunci. Deși, firește că n-a mai apucat să trăiască decât un an, așa că n-a mai avut șansa să vadă dacă banii adunați i-ar fi ajuns până la bătrânețe. Acestea fiind zise, tot el se ocupa cu gestionarea propriilor investiții.

— Cine e moștenitor?

Erla ciulise urechile când auzise de bani. Deja se lămuriseră că bărbatul ducea un stil de viață foarte luxos, însă averea lui ar fi putut fi totuși o iluzie. Totuși, din moment ce acum chiar părea că era putred de bogat, existau toate șansele ca uciderea lui să fi fost motivată financiar. Oamenii sunt dispuși să omoare pentru sume mult mai mici decât cele câteva miliarde de coroane pe care le avea el probabil puse deoparte.

— Ăăă...

Lína se uită la notițe și răspunse:

— N-a fost căsătorit niciodată și nici nu are copii în Islanda. Până acum nu am primit niciun răspuns la cereri transmise autorităților americane. Desigur, ieri a fost duminică, iar din cauza diferenței de fus orar acolo încă nu a început ziua de lucru, așa că probabil nu ne putem aștepta la un răspuns până după prânz. Dar ar fi o adevărată surpriză dacă ar avea copii în America, întrucât părinții lui nu știau de existența vreunuia. Pe lângă tată și mamă, mai are și un frate. Părinții săi vor fi moștenitori dacă se va dovedi că a murit fără testament și n-a avut nici urmași. Va trebui să stăm iar de vorbă cu ei, dat fiind că interogatoriul inițial s-a desfășurat imediat ce le-a fost dată vestea morții fiului lor. Potrivit agenților pe care i-ai trimis la ei, părinții nu prea s-au arătat dispuși să vorbească. Lucru de înțeles.

Lína se opri ca să tragă o gură scurtă de aer și apoi reluă:

— Am primit și detalii despre firma cu care Helgi a aranjat să-i fie administrate bunurile. Din câte am înțeles, situația e foarte complicată. Se pare că mai multe conturi și firme subsidiare se află în paradisuri fiscale, așa că va mai dura ceva până ce vom afla cât de mare era de fapt averea lui — presupunând că vom reuși totuși să-i descâlcim toate afacerile. Sunt atât de multe firme subsidiare, ramuri și offshore-uri cu conturi răsfirate peste tot! Presupunem că e un aranjament ce favorizează evaziunea fiscală.

— Între timp, salariile noastre pentru a-i ancheta moartea sunt plătite din contribuțiile plătitorilor de taxe islandezi obișnuiți.

Erla pufni dezgustată, adăugând apoi:

— Poate ar trebui să trimitem cazul pur și simplu pe Tortola[1] și să-l lăsăm în seama polițiștilor de acolo.

Lína se foi de pe un picior pe altul, neștiind, evident, cum să răspundă la această remarcă. În cele din urmă, se hotărî să o ignore și să-și continue trecerea în revistă a informațiilor.

1 Tortola: cea mai mare și mai populată dintre Insulele Virgine Britanice, un grup de insule care face parte din arhipelagul Insulelor Virgine. Are o suprafață de 55,7 kilometri pătrați și cu o populație totală de 23 908 de locuitori, cu 9 400 de locuitori în Road Town. *(N.t.)*

— Bun! Am mai cerut informații și de la banca lui, de la firma care i-a emis cardurile și de la furnizorul de servicii telefonice, dintre care majoritatea vor fi trimise în cursul zilei de astăzi. Încă îi mai cercetăm calculatoarele și să sperăm că vom obține ceva de acolo, deși încă n-am primit nicio veste. I-au găsit un calculator de birou și un laptop în apartament, dar e foarte probabil să-i mai găsim și altele după ce vom percheziționa și biroul pe care l-a închiriat în oraș. Așteptăm să desemnezi pe cineva care să se ocupe de asta.

Erla nu răspunse în niciun fel. N-avea de gând să discute tocmai cu Lína modul în care împărțea sarcini oamenilor săi.

— Continuă!

— Bine. Tipul care a cercetat grinda folosită pe post de spânzurătoare e destul de sigur că n-ar fi avut cum să fi fost transportată la locul faptei în noaptea de sâmbătă. Spune că e de neconceput ca făptașul să fi izbutit să târască tot drumul un obiect atât de greu și de dificil de manevrat, forțându-l în același timp pe Helgi să meargă pe câmpul de lavă. Ar fi fost necesar ajutorul unei alte persoane sau ar fi putut aduce grinda acolo ceva mai devreme. Ar mai fi și chestiunea privitoare la întrebarea dacă vrei sau nu să scotocească cineva zona în căutarea bucății de hârtie care a fost prinsă de cuiul bătut în pieptul lui Helgi. Căutarea de ieri a rămas fără niciun rezultat. Niciun pistol pentru cuie, nicio hârtie. Și nici urmă de telefonul sau de cheile victimei.

Întrucât Erla nu părea să considere că-i datorează vreun răspuns Línei, camera rămase cufundată în tăcere până ce, pierzându-și răbdarea, tânăra tuși și continuă:

— Au verificat și dacă Helgi avea vreo legătură în Bessastadir, însă nu pare să fie cazul. Nici cu China nu avea nicio legătură, din ce-am găsit noi până acum, deși nu e deloc imposibil să fi avut de-a face cu clienți chinezi în perioada petrecută în America. Banca și fondul speculativ unde a lucrat el ar trebui să ne ofere un răspuns la asta. Am înțeles că ai de gând să iei legătura cu ele. În acest moment, Lína se abătu de la simpla recitare a faptelor ca să adauge o reflecție personală: Dacă mă întrebi pe mine, aceasta e o decizie delicată. E mult mai probabil să-ți răspundă ție decât unui polițist aflat abia la început. Deși poate că ar trebui să iei în considerare să te adresezi cuiva din eșaloanele superioare, cum ar fi comisarul general însuși, ca să facă el cererea.

Erla izbucni dintr-odată:

— Ce-ai zice de prim-ministru? Sau nu, gata, știu — Papa! El sigur o să obțină un răspuns.

Huldar își mască un zâmbet. Deloc înțelept, Lína atinsese o coardă sensibilă. N-avea nimic de-a face cu relativ recenta promovare a Erlei sau cu întrebarea dacă ea era sau nu destul de importantă ca să fie pusă pe tușă pe termen nedefinit dacă ar fi sunat o bancă americană. Nu, sensibilitatea ei ținea de fapt de abilitățile ei lingvistice — sau de absența lor, mai degrabă. Lucru neobișnuit pentru un islandez, Erla se descurca groaznic cu engleza; atât de rău, încât era greu de conceput că ar fi putut face față unei discuții despre operațiunile financiare complexe ale lui Helgi. Dacă nu s-ar fi pripit atât să se ia de Lína, poate că ar fi profitat de calea de scăpare pe care tânăra i-o oferise fără să vrea și i-ar fi cerut unuia dintre ofițerii superiori să se ocupe el de treaba asta în locul ei.

Însă Erla schimbă subiectul:

— Iar noaptea de sâmbătă? Am reușit să căpătăm o imagine clară a mișcărilor lui de atunci?

Lína coborî iar privirea în notițe. Nu mai roșise la fel de tare la ironia Erlei; poate că începea să se obișnuiască.

— Mai sunt câteva goluri, dar ce știm până acum e că a ieșit în oraș ca să ia cina. Părinții lui au spus că plănuia să se întâlnească cu niște foști colegi de școală, pe care încă n-am apucat să-i interogăm. Bonurile din buzunarele sale indică faptul că luat un taxi de acasă la ora 19:30, după care a plătit nota de la restaurant la ora 22, pentru el și încă trei persoane. Mai există și bonuri pentru câteva băuturi la 101 Bar. Ultima tranzacție cu cardul său provine de acolo. După aceea, îi pierdem urma. Nu mai are loc nicio plată cu cardul, așa că nu pare să-l mai fi folosit în altă parte, doar dacă nu cumva a plătit pentru eventualele băuturi sau mese ulterioare cu bani gheață. După cum poate îți amintești, portofelul lui era plin cu bani, așa că e posibil. Sau poate că n-a mai cumpărat nimic după aceea. Să sperăm că vom primi un răspuns cât mai curând, pentru că înregistrările camerelor de supraveghere din oraș sunt deja gata pentru analiză. Încă mai așteptăm să încredințezi cuiva această sarcină. A, da, și am mai primit și un mesaj de la legist despre autopsie. Va fi gata în curând și vrea să-l suni.

Erla oftă.

— Exact asta ne mai trebuia, la naiba! De ce n-a putut și el să zică o oră?

Cum Lína nu izbuti să sară în apărarea medicului legist, Erla întrebă altceva:

— Cum rămâne cu înregistrările camerelor din blocul lui? Ceva probleme?

Huldar trecuse prin biroul Erlei după ce adusese fișierele la Investigații Criminale cu o seară înainte, după care o pusese la curent cu ce aflaseră el și Gudlaugur în timpul vizitei în apartamentul lui Helgi. Când plecase acasă, o oră mai târziu, Erla încă mai era pusă pe fapte mari. Din registrul diviziei, reieșea clar că ea plecase acasă abia în jur de 2 dimineața.

Lína încuviință din cap și Huldar profită de ocazie ca să ia cuvântul. Deși nu-și făcuse însemnări precum Lína, el era mai mult sau mai puțin la curent cu progresul anchetei și știa că fata nu mai are nimic de adăugat.

— O să verific eu înregistrările, dacă n-ai de gând să pui pe altcineva. Cunosc deja clădirea și cred că sunt cel mai în măsură dintre toți să-l recunosc pe băiat. Cu ceva noroc, înregistrările video vor stabili când a ajuns acolo și cine l-a adus. Am un nume de contact al firmei de securitate care a instalat sistemul de supraveghere.

Erla nu răspunse în niciun fel la propunerea lui, lucru pe care Huldar îl interpretă ca pe o aprobare. Ea își porni calculatorul și rămase uitându-se la ecran până se încărcă sistemul.

— I-au găsit pe părinții băiatului?

Nu.

Huldar se hotărî să nu-și complice răspunsul cu explicații în plus, ci doar să se rezume la adevărul gol-goluț.

— Înțeleg.

Erla ridică privirea din ecran și continuă:

— Așadar, dai buzna aici înaintea tuturor doar ca să-mi spui că nu ai nicio veste legată de copil?

Huldar rezistă tentației să-i atragă atenția că Lína i-o luase înainte.

— Facem tot ce putem. Am stat de vorbă cu cei de la Registrul Național și vor verifica dacă există vreun copil cu numele Sigurdur de vârsta potrivită care să locuiască în Reykjavík, dar care să aibă domiciliul oficial în altă parte. Gudlaugur a luat deja legătura cu părinții a unsprezece din șaisprezece copii cu numele de Sigurdur relevanți pentru noi și care locuiesc în Reykjavík, însă niciunuia dintre ei nu le-a dispărut fiul. Va continua cu părinții celorlalți cinci băieți. Întrucât copilul spune că are și mamă, și tată, suntem siguri că vom da până la urmă de ei. Poate că sunt unul dintre cuplurile cu care nu am putut încă lua legătura. Sau sunt niște drogați, rătăcind cine știe pe unde, deși niciunul dintre părinții în cauză nu se regăsește pe vreo listă de-ale noastre cu dependenți. Și, din câte ne-am dat seama până acum, băiatul nu indică vreun semn să fi crescut într-o familie cu probleme.

— Poate au intervenit bunicii lui când a fost cazul. Nu e deloc neobișnuit.

— Da, posibil.

Huldar era sceptic, deși nu-și putea da seama încă din ce motiv simțea așa.

— Băiatul unde e acum?

— Deocamdată, a fost încredințat serviciilor sociale. Acolo și-a petrecut noaptea. Am sunat de dimineață ca să văd dacă le-a mai oferit ceva detalii despre părinții lui, dar n-am avut noroc. Având în vedere că nu i-a raportat nimeni dispariția, ori încă n-au aflat că le-a dispărut copilul, ori au vreo problemă. Iar în acest caz, va trebui să luăm în considerare posibilitatea să fi căzut și ei victime aceleiași persoane care l-a omorât pe Helgi.

Erla încuviință, gânditoare.

— Mi-a trecut și mie prin cap, desigur. La fel ca și posibilitatea ca ei să fie responsabili de crimă, presupunând că puștiul a zis adevărul când a spus că e posibil ca Helgi să-l fi adus la el în apartament — în toiul nopții. Lucru care s-ar fi putut întâmpla după noaptea petrecută de Helgi în oraș? Sau înainte să iasă?

Huldar nu-i putu răspunde, așa că Erla întrebă în schimb:

— Cum stăm cu stabilirea intervalelor?

Lína interveni în punctul acesta, încântată că putea oferi ea răspunsul.

— Ne ocupăm și de asta, însă tot mai avem niște goluri de umplut, inclusiv momentul exact al decesului.

Ignorând-o, Erla reîncepu să-l preseze pe Huldar în privința lui Siggi:

— Iar persoana care a sunat ca să ne informeze despre băiat? Am reușit s-o identificăm?

— Nu. Apelul a fost efectuat la serviciile de urgență, însă numărul era ascuns și n-a considerat nimeni necesar să încerce să-l identifice. Din păcate, serviciile pentru protecția copilului primesc cam zece mii de apeluri de genul ăsta în fiecare an, și deși majoritatea nu ajung până la numărul de urgență, rămâne totuși o posibilitate destul de ridicată. E puțin ciudat că niciunul dintre vecini nu recunoaște c-ar fi dat telefonul. Bine, având în vedere calitatea superioară a izolării fonice, aș fi surprins să se fi auzit măcar un țipăt în apartamentul vecin, darămite în apartamentele situate mai încolo pe hol. La fel de suspect e și faptul că apelul a venit atât de repede după ce-a început să sune alarma ceasului de lângă băiat. Lui i s-a spus să nu cumva să deschidă ușa sau să răspundă la telefon ori să facă vreun zgomot înainte să sune alarma. Poate că e vorba doar de-o coincidență, deși mă îndoiesc.

Erla se încruntă.

— Vom recapitula toate astea mai târziu, când avem ședința.

Lína își drese glasul.

— Mai e un aspect care poate te-ar interesa.

— Abia aștept să-l aud.

Expresia Erlei arăta exact opusul.

— Alegerea locului. De ce Stânca Spânzuratului? N-ar trebui să ne întrebăm de ce-a ales-o?

— Chiar îți închipui că-mi zici ceva ce nu știu deja?

— Nu, răspunse Lína și se înroși, însă decise să insiste: Dacă n-ai nimic împotrivă, aș vrea să încerc să găsesc potențiale legături sau motive pentru care a ales exact acel loc.

— Bine. Fă cum vrei.

Erla își îndreptă din nou atenția la ecran, fără să mai adauge niciun cuvânt. Huldar înțelese apropoul: „Mersi! Acum, dispăreți!" Profită să se care de-acolo, făcându-i semn Línei să-l urmeze. Altminteri, ar fi fost în stare să rămână acolo până ce-ar fi dat-o Erla pe ușă afară.

Huldar avea ochii uscați de la cât se chiorâse la ecran. După ce clipi de câteva ori, deschise fișierul următor. Nădăjduise să găsească ce căuta în arhiva cu filmări a clădirii lui Helgi înainte de următoarea întâlnire cu Erla, însă lucrurile nu arătau deloc promițător. Problema o reprezenta numărul mare de camere de supraveghere din blocul de apartamente. Fără îndoială că această acoperire exagerată sporea sentimentul de siguranță al locatarilor, însă în loc să le îmbunătățească viața, pur și simplu îngreuna enorm procesarea informațiilor oferite de camere. Erau atât de multe fișiere, încât îi luă o veșnicie doar ca să descopere la care anume zonă se uita, căci acestea nu erau numerotate potrivit unui sistem pe care să-l poată înțelege. Angajatul de la firma de securitate responsabil cu codurile nu-i răspundea la telefon și se părea că nimeni altcineva nu-l putea ajuta.

Cu toate astea, Huldar izbutise să găsească un videoclip înfățișându-l pe Helgi ieșind din clădire pe ușa din față. Dat fiind că deja știau momentul sosirii taxiului său, acest lucru simplificase căutarea. Însă nu se știa nimic despre mișcările lui Siggi, ceea ce îngreuna mult mai mult lucrurile. Iar ca problema să devină și mai complicată, clădirea avea trei intrări separate, una în față, alta în spate și o a treia în garajul subteran. Huldar derulase deja pe repede-înainte înregistrările de la ușa din față, fără să descopere nici măcar un singur copil. Mai avea de identificat fișierele de la celelalte două intrări.

Pe ecran se ivi imaginea unui alt hol. Toate i se păreau identice: toate erau împodobite cu aceleași plante exotice imense pe care le văzuse puse la vânzare în orice raion de grădinărit; arătau ca și cum fuseseră smulse din rădăcini dintr-o pădure tropicală amenințată cu dispariția. Locatarii nu făceau nici ei nimic pentru a conferi vreo urmă de personalitate propriilor apartamente: toți aveau preșuri identice la ușă și era imposibil să distingi vreun număr pe plachetele discrete ale acestora, din cauza rezoluției foarte proaste. Huldar apăsă butonul de repede-înainte, în speranța că ăsta era etajul care trebuia. Începuse să-l cuprindă disperarea, când văzu cum se deschide o ușă și un chip familiar se ivi în deschizătură. Din ce-și dădea seama, era vorba de Helgi, deși arăta mult mai sănătos decât individul pe care-l văzuse pe masa medicului legist.

Huldar puse imaginea pe pauză, derulă puțin înapoi și-și notă ora la care Helgi apăruse pentru prima oară în cadru. Era imediat după 19:30, așa că era de presupus că se afla în drum spre taxiul care urma să-l ducă la restaurant. Helgi porni cu pași mari pe hol, însă în loc să se îndrepte direct spre lift, porni în direcția opusă, către o trapă rotundă din perete, provenind probabil de la rampa pentru gunoi. Acolo se opri ca să rupă o hârtie în bucăți, înainte să deschidă trapa și să arunce resturile. Trânti apoi trapa la loc, după care o deschise iar, pentru a o trânti, se pare, și mai tare. Comportamentul său dădea de înțeles că bucata de hârtie îl enervase foarte tare. Huldar derulă înapoi și mări imaginea, în speranța că avea să vadă mai bine ce ținea Helgi în mână. Crezu că poate distinge un plic și o bucată de hârtie, însă n-avea cum să fie sigur. Era probabil vorba doar de vreun soi de corespondență care îl făcuse să se înfurie, însă nu se știe niciodată. Oricum, măcar asta dovedea că Huldar nimerise totuși înregistrarea de la etajul care trebuie.

Mulțumit de sine, verifică data din nou, doar ca să fie sută la sută sigur. După ce derulă pe repede-înainte ceea ce i se păru o eternitate fără nici urmă de băiat, convingerea că avea să ajungă la un rezultat începu să se clatine. Până la urmă totuși, Siggi apăru și el în cadru — la ora 3:15 în dimineața de duminică.

Huldar încetini înregistrarea și îl chemă pe Gudlaugur, menținând un ton cât mai scăzut. Ultimul lucru pe care și-l dorea era să le sufle în ceafă toată echipa. După ce Gudlaugur dădu ocol biroului, Huldar derulă nițel înapoi și urmăriră împreună cum băiatul era condus în apartamentul lui Helgi.

Fără să-și dea seama, se aplecară amândoi spre ecran, deși nu-i ajută cu nimic: chipul bărbatului care-l ținea de mână pe Siggi rămânea ascuns. Avea o glugă pe cap și mai purta și o șapcă de baseball pe sub ea. O singură dată surprinseră o imagine cu fața lui, numai ca să-și dea seama apoi că avea legată o bucată de cârpă sau un fular peste gură și nas, precum un personaj negativ dintr-un film western. În acest moment, înțelese și Huldar de ce Siggi își așezase mâna peste nasul și gura lui Helgi atunci când i se ceruse să-l identifice în poză. În mod evident bărbatul știa de camerele de supraveghere și-și luase măsuri de precauție pentru a-și ascunde identitatea. Și deși Huldar știa că nu e înțelept să te pripești cu concluziile, era destul de sigur că bărbatul nu se afla acolo pentru prima oară. Cu siguranță trebuie să mai fi venit în vizită, ca să localizeze camerele.

În pofida deghizării, în mod limpede aveau de-a face cu un bărbat. Era posibil să-i stabilească înălțimea aproximativă pornind de la cea a băiatului. Era de constituție medie, nici gras și nici exagerat de slab. Hainele îi erau și ele destul de banale: jeanși, o canadiană de lungime medie, cu glugă, și tenişi. Măcar le puteau identifica marca. Cu toate astea, nimic din ce se vedea nu-i ajuta să stabilească dacă era vorba de Helgi sau de cu totul altcineva. Poate că fața bărbatului era vizibilă în alte filmări, atunci când intrase în clădire sau când urcase pe scări, de exemplu. Dar dacă nu era prea prost, cu siguranță își ascunsese fața înainte să intre în bloc.

Urmăriră cum individul scoate un mănunchi de chei din buzunar și introduce una în broască. Îi luă ceva, căci mișcările îi erau îngreunate de mănușile groase. În vreme ce urmăreau toate astea, îl văzură pe Siggi uitându-se în jur cu o expresie perplexă. Atenția trebuie că-i fusese atrasă de marea plantă din ghiveci, dat fiind că rămăsese cu ochii holbați la ea până când, părând că se plictisește, căscă și își îndreptă iar atenția asupra însoțitorului său.

Bărbatul reuși să deschidă ușa, însă, în loc să intre în casă, se aplecă spre Siggi și rămase așa, adus de spate, preț de câteva clipe. Din pricina cârpei, nu-și dădeau seama dacă buzele i se mișcau, însă, întrucât Siggi dădu din cap, așa părea că stau lucrurile. Apoi bărbatul se îndreptă de spate și ambele siluete intrară în apartament. Înainte ca Siggi să dispară din vedere, acesta privi o dată înapoi și se uită direct în cameră preț de o fracțiune de secundă, ca și cum i-ar fi privit în ochi pe Huldar și pe Gudlaugur.

Huldar puse înregistrarea pe pauză.

— Ce crezi? E Helgi?

Gudlaugur dădu afară aerul pe care-l reținuse prea mult în plămâni.

— Pur și simplu nu-mi dau seama. Dar alea nu sunt hainele pe care le purta când a murit. Dacă e el, în mod evident nu voia să fie recunoscut, ceea ce e nițel ciudat, având în vedere că îl ducea pe băiat chiar în apartamentul lui. De ce nu l-a dus pe copil altundeva, dacă tot nu voia să fie identificat?

Huldar se apucă să încarce videoclipul pe serverul diviziei. Voia să i-l arate Erlei și să o anunțe că izbutise să stabilească momentul sosirii lui Siggi și al plecării lui Helgi și că Helgi aruncase la gunoi ceva ce păruse să-l enerveze.

— Depinde ce căuta băiatul acolo. Pur și simplu nu-mi vine în minte nicio explicație rațională. Și așa stau lucrurile cu toți ceilalți, din ce aud.

Gudlaugur rămase lângă Huldar, fără să pară dornic să se întoarcă la locul său. Huldar, pe care începea să-l doară gâtul de cât se uitase în sus la colegul său, îl întrebă:

— Ce mai e?

— Nu cumva Erla a pomenit pe cine vrea să pună să verifice camerele de supraveghere din centrul orașului?

Întrebarea părea perfect normală, însă Huldar își cunoștea destul de bine colegul ca să înțeleagă că mai era și altceva.

— Nu. De ce întrebi?

— Așa, fără motiv!

Rozaliul din obrajii lui Gudlaugur spunea altceva.

— Ei, haide! Scuipă tot! De ce vrei să știi?

— Speram să-mi încredințeze mie sarcina. Chiar n-am chef să umblu aiurea pe câmpul de lavă din Gálgahraun și să caut potcoave de cai morți sau să scotocesc prin tomberoanele de la blocul lui Helgi.

— Înțeleg.

Faptul că Gudlaugur pomenise de Gálgahraun îi reaminti lui Huldar starea în care se aflase ieri tânărul său coleg la locul faptei.

— Nu cumva ai ieșit și tu în oraș sâmbătă noapte?

Obrajii lui Gudlaugur căpătară o tentă și mai închisă, roșeața ajungându-i acum până la rădăcina părului.

— Nu de-asta.

— Nu, sigur că nu.

Huldar lovise drept la țintă, deși nu-i făcea nicio plăcere acest lucru și nici n-avea de gând să-l frece pe Gudlaugur la cap în această privință.

— Ar trebui să se poată să-ți revină ție sarcina. Nu prea mai sunt mulți care să o facă.

Delegația chineză nu doar că le crease probleme privind descoperirea cadavrului, ci îi lăsase și fără oameni, întrucât o mulțime de polițiști erau chemați să întărească măsurile de securitate.

— Așa, și nu cumva te doare foarte rău glezna?

— Poftim?

— Știi tu, după ce ți-ai scrântit-o pe câmpul de lavă?

Gudlaugur părea să nu se prindă de apropo, așa că Huldar se văzu nevoit să continue el ideea în locul lui:

— Păcat că lovitura încasată te va împiedica să duci la îndeplinire activități care necesită multe deplasări. Poate că Erla îți va putea găsi ceva de făcut aici, la secție. Cum ar fi să vizionezi filmările de pe camerele de supraveghere. Te-ai prins?

Gudlaugur dădu aprobator din cap. Sângele care îi inundase obrajii începea să se retragă.

— Desigur, da, mersi!

Plecă, șchiopătând exagerat, spre biroul Erlei.

Capitolul 9

Heidrún împături ziarul și-l împinse deoparte. Ca de obicei, nimic interesant. Un sondaj recent arăta că sprijinul față de diferitele formațiuni politice se schimbase cu doar câteva puncte procentuale; turiștii care nu găseau destule toalete continuau să-i scandalizeze pe islandezi făcându-și nevoile pe diverse proprietăți private, iar ministrul de externe chinez se bucura de vizită în pofida vremii nefavorabile. În afară de asta, nu mai găseai nimic altceva decât circ mediatic vândut pe post de știri. Nicio pagubă, dat fiind că ea oricum nu avea timp decât să citească titlurile în treacăt. Cerințele jobului ei presupuneau să nu se poată cufunda în lectura ziarelor mai mult decât putea naviga pe internet.

Deocamdată, cei patru copii de care avea grijă păreau perfect mulțumiți să se joace cu jucăriile vechi și uzate împrăștiate pe toată podeaua. Trebuiau să se mulțumească doar cu cuburile de lemn tocite, cu păpușa Barbie cu părul ei imposibil de descâlcit și cu pista de curse și piesele ei desperecheate. Asta era tot ce aveau. Jucăriile obișnuite fuseseră trimise la dezinfectat, după ce un băiat fusese diagnosticat cu pojar. Acum era în spital și Heidrún trăgea nădejde că această întâmplare avea să o facă pe mama lui să înțeleagă ce proastă fusese că refuzase să-și vaccineze fiul. O ironie a sorții, având în vedere că nu avusese nicio reținere în a-l expune la consumul constant de droguri de acasă. Însă Heidrún se îndoia că mesajul avea să ajungă la creierul femeii.

Oficial, căminul pentru copii depășise cu mult capacitatea maximă de doisprezece copii și, întrucât nu exista perspectiva unui alt centru de cazare gata să fie dat în folosință, serviciile sociale apelaseră la închirierea acestui apartament pentru a-i caza pe cei în plus, dacă era nevoie. Deși nu era deosebit de mare, putea primi până la șase copii, însă fondurile alocate nu permiteau decât plătirea unui singur îngrijitor pe tură. Iar asta nu doar că îți făcea viața mai grea când aveai în grijă mai mult de doi copii, însă lui Heidrún îi lipsea și compania unui adult atunci când îi venea rândul aici. Cu toate astea, situația era temporară, așa cum era cazul și cu plasarea copiilor.

Heidrún îi urmărea pe copii cum se jucau. Diferența de vârstă dintre ei făcea ca jocurile lor să nu pară a avea vreo logică. Singura fată din grup, care, la șapte ani, era cea mai mare, își asumase rolul de mediator, împărțind jucăriile după cum considera ea de cuviință și având grijă să existe o rotație echilibrată, astfel încât niciunul dintre copiii mai mici să nu se plictisească sau să devină gelos. Fata era în mod limpede obișnuită cu acest rol, din tristul motiv că mama ei era dependentă de droguri. Potrivit rapoartelor de la serviciile sociale, aceasta făcea tot ce-i stătea în putință ca să pară că situația de acasă era mult mai bună decât în realitate, doar ca să dea impresia că mama ei e pe drumul cel bun. O dată, când le bătuseră la ușă asistenții sociali, descoperiseră că fata rupsese o păpădie din grădină și i-o înfipsese mamei ei inconștiente după ureche. Avea doar patru ani la acea vreme. Din punctul de vedere al copilului, floarea o făcea pe mama ei să pară frumoasă, curată și demnă, la fel ca toate celelalte mame: capabilă să aibă grijă de ea, cu alte cuvinte. Însă cei de la serviciile sociale nu se lăsaseră păcăliți și fetița devenise un musafir obișnuit pentru ei. Dramatismul situației era că Heidrún lucra de suficient timp în căminele administrate de primărie ca să și-o aducă aminte pe mama fetei, la vârsta la care se aflase, la rândul ei, în aceeași situație sfâșietoare.

Cei patru copii care se jucau pe jos erau sosiți de curând. Se întâmpla adesea după weekenduri. Fata fusese adusă sâmbătă la prânz, după ce mama ei luase o doză de Fentanil și ajunsese la spital. Și pentru că rudele copilului nu erau cu mult mai de încredere decât mama ei, plasamentul temporar era singura soluție. Cei doi frați — unul de un an, celălalt de cinci — se aflau cam în aceeași situație. Fuseseră aduși sâmbătă seară, pentru că nu se găsise nicio altă soluție pentru ei. Părinții lor erau alcoolici, nu dependenți de droguri.

Era evident că al patrulea copil, Siggi, avea o poveste complet diferită. Hainele îi erau curate și nici nu fusese nevoie să fie spălat mai întâi, să-i fie descâlcit părul, să-i fie tăiate unghiile sau să i se împrumute alte haine. Era un băiat plin de încredere, care se uita în ochii tăi și mânca fără să protesteze ce i se punea în față. Ba chiar lăsase jos și capacul de la toaletă după ce făcuse pipi. Potrivit bărbatului care-l adusese, ajunsese în plasament temporar pentru că părinții lui erau imposibil de găsit. Nicio altă informație în plus, însă pentru Heidrún era limpede că dacă părinții lui erau dependenți, atunci erau unii extrem de neobișnuiți.

Copiii dădeau semne că încep să se plictisească. Fratele mai mic începu să izbească de podea capul păpușii Barbie și fata încercă în zadar să-l oprească, deranjată de actul de violență. Văzând că fata devenea tot mai agitată cu fiecare lovitură, Heidrún se hotărî să intervină.

— Gata, copii! Cred că vi s-a făcut foame. Ce-ar fi să vă dau ceva de mâncare?

Mai erau încă zece minute până la masă, dar le-ar fi luat ceva timp să o ajute să pregătească masa și să se așeze pe scăunele. Spera ca după ce aveau să termine toate acele aranjamente, să nu mai dureze mult până să le fie servită și mâncarea.

Heidrún se ridică în picioare și-l săltă pe fratele mai mic, care încă mai ținea păpușa Barbie și începu acum să o lovească pe ea cu jucăria. Heidrún se văzu nevoită să-i desprindă degetele unul câte unul înainte să i-o smulgă din mână. Când păpușa căzu pe podea, copilul începu să zbiere, însă se liniști imediat ce Heidrún îl duse în bucătărie. În clipa în care fu așezat pe scaunul special de la masa din bucătărie, Barbie fusese deja dată uitării.

Fata și fratele mai mare o urmară pe Heidrún în bucătărie, însă Siggi rămase la locul său. Heidrún interpretă acest gest ca pe încă un semn că băiatul provine dintr-o casă liniștită. El considera de la sine înțeles că urma să fie hrănit când i se făcea foame, așa că prefera să se joace mai departe, acum că jucăriile îi rămâneau toate lui. În timp ce restul copiilor, temându-se că vor fi ignorați, se agățau de picioarele ei.

— Ce-avem la prânz?

Fata se holba la masa goală din bucătărie, iar dezamăgirea de pe chipul ei arăta că nu avea cine știe ce așteptări să primească ceva de mâncare. Sărmana copilă era atât de slabă, încât era evident că n-ar fi fost prima oară când rămânea flămândă. Heidrún se văzuse nevoită să-i mai strângă elasticul de la pantalonii de trening de împrumut.

— Budincă de orez.

Fata se înveseli imediat, dar apoi, cu grija zugrăvită iar pe chip, o întrebă dacă avea să primească și scorțișoară și zahăr. Când Heidrún îi răspunse că da, fetei parcă i se ridică o imensă greutate de pe umeri. Ba chiar începu să fredoneze un cântecel în timp ce așeza castroanele pe masă. Heidrún, considerând că fratele mai mare era totuși prea necopt și prea neîndemânatic pentru a primi ceva ce se putea sparge, îi oferi paharele de plastic pentru lapte și patru linguri. După ce copiii terminară ce aveau de făcut, masa arăta ca și cum tocmai avusese loc un mic cutremur: totul se afla mai mult sau mai puțin la locul său, numai un pic strâmb.

Heidrún îl strigă pe Siggi, iar acesta apăru o clipă mai târziu și-și ocupă locul la masă. Păru nițel dezolat când se uită la castronul gol din față.

— Vreau să merg acasă! rosti el, abătut.

Fata care ședea alături îi puse o mână pe umăr, se aplecă spre el și-i zise cu blândețe:

— Poți merge curând acasă. Mereu ne întoarcem acasă, dar uneori trebuie să mai treacă un pic până ajungem.

Fratele mai mare, care stătea vizavi de ei, încuviință cu putere din cap.

Heidrún se pregătea să schimbe subiectul înainte ca micuții să fie cuprinși de deprimare, când se auzi o sonerie. Fu nevoită să meargă și să deschidă ușa pentru livrare, iar când se întoarse înapoi, era deja prea târziu. Ceilalți copii păreau gata să plângă și nici măcar mirosul mâncării nu mai reușea să-i înveselească. Sporovăiala lor încetă brusc atunci când intră ea în cameră.

— Copii, despre ce discutați?

— Despre nimic, răspunseră cei trei copii mai mari la unison, în vreme ce micuțul își izbea paharul de plastic cu lingura și scotea limba la toți.

— O, chiar așa? Mi s-a părut că vă aud vorbind.

Heidrún scoase caserola cu budincă de orez din geantă și începu să-i servească pe copilași, adăugând:

— E cumva un secret?

Fratele cel mare nu se putu abține. Foindu-se în scaun, rosti dintr-odată:

— Siggi zice că mămica lui s-a pierdut. Spune că a luat-o omul cel rău.

O pauză pentru respirație, după care băiatul continuă, la fel de insistent:

— Așa că el nu se poate întoarce acasă, nu?

— Acum mănâncă-ți mâncarea! zise Heidrún. N-ar trebui să zici asemenea lucruri prostești! Normal că Siggi o să se întoarcă acasă, la fel ca voi toți.

— Dar el a zis că bărbatul cel rău omoară oameni.

— Gata, gata! Nu există niciun bărbat rău.

Un ton de apel familiar răsună dinspre locul de joacă și Heidrún se repezi să-și recupereze telefonul, trăgând nădejde că micuții n-o să continue această discuție cât timp lipsea ea din cameră. Se dovedi că era sora ei, care voia să afle dacă primise și ea o invitație la petrecerea organizată cu prilejul aniversării a patruzeci de ani a fostei soții a fratelui lor. În vreme ce asculta exclamațiile de dezamăgire ale surorii ei, privirea sa cercetătoare poposi asupra păpușii Barbie. Încheie brusc conversația, promițându-i că o va suna cât de curând.

După ce vârî telefonul în buzunar, se apropie de uscătorul de rufe aflat lângă una dintre ferestre. În cursul dimineții, atârnase pe el două cârpe de vase și un prosop uzat, însă acum de el fusese atârnată și păpușa. Aceasta atârna foarte aproape de podea, picioarele ei de plastic minuscule, modelate să se potrivească în ele niște pantofi cu toc, fiind îndreptate în jos, ca și cum încercau disperate să atingă parchetul. O bucată de șnur, luat de la mașinuța pe care-i plăcea s-o tragă după el celui mai mic dintre copii, îi fusese înfășurată în jurul gâtului și legată de uscător. Doar Siggi ar fi putut face acest lucru, din moment ce el fusese singurul rămas în cameră.

Și deși era imposibil să fi vrut să facă așa ceva, părea că băiețelul chiar avusese intenția să o spânzure pe biata Barbie. Efectul era ciudat de tulburător. Heidrún desfăcu șnurul și păpușa căzu pe podea. Oricât de stupid părea, femeia se simți mai bine după asta și parcă și mai bine după ce desfăcu șnurul din jurul gâtului lung al păpușii. După ce o așeză frumos în cutia cu jucării, Heidrún îndesă șnurul în buzunar. Fetița, care era, lucru perfect de înțeles, extrem de sensibilă la orice tip de violență, avea să se supere dacă Siggi repeta jocul.

Heidrún reveni în bucătărie, unde dădu de o liniște rău-prevestitoare. Se întrebă dacă ar fi trebuit să-l chestioneze pe Siggi în legătură cu motivul pentru care făcuse ce făcuse, însă fu imediat distrasă de o problemă mult mai stringentă, cu mult mai gravă pentru copii decât execuția unei păpuși Barbie, existența unui om rău sau întrebarea privind cine putea și cine nu putea să se întoarcă acasă. Nu aveau scorțișoară cu zahăr: firma de catering uitase să le-o aducă.

Capitolul 10

Thormar se afla deja la restaurant, cu ochii fixați pe ușă. Era 12:15 și în continuare nici urmă de vreun prieten de-ai săi. Întâlnirea fusese sugestia lui, la fel și locul și ora. Era suficient de întunecos aici și majoritatea clienților erau turiști străini. Mult mai de bun-simț decât întâlnirile din pădurile de pe dealul Öskjuhlíd, locul obișnuit pentru farse al islandezilor, unde toți cei care îi vedeau îi priveau cu suspiciune. Măcar aici nu exista riscul să dea peste vreun localnic.

Designerii de interior făcuseră tot ce le stătuse în putință să inventeze un stil care să poată fi cel mai bine descris drept „capcană postmodernă pentru turiști", împrăștiind peste tot papagali de mare împăiați, imense postere înrămate cu erupții vulcanice și picturi mediocre cu izvoarele fierbinți ale Marelui Geysir. Personalul era forțat să îmbrace tradiționalele pulovere islandeze *lopapeysa* și coifurile vikinge cu coarne de plastic galbene. Nici meniul nu fusese trecut cu vederea de către designeri și-n mod evident nu le era menit localnicilor. Exemplarul primit de Thormar era în engleză. Se alese cu o privire ciudată din partea chelneriței când o întrebă dacă n-are unul în islandeză. Aparent, răspunsul era negativ.

Până la urmă, ușa se deschise și înăuntru pătrunse Tómas, ceea ce-l făcu pe Thormar să nu mai fie singurul client fără rucsac. Costumul cu haină elegantă și fularul subțire trădau faptul că și Tómas venise încoace direct de la serviciu. Acesta era economist la Banca Centrală și arăta ca un tânăr ambițios pe cale să fie promovat deși, din câte știa Thormar, acesta părea să fi poposit deja pe un platou al graficului. Era genul de lucru pe care nu-l observai decât privind în urmă.

Ușa abia se închisese în urma lui, când pe ea intră Gunni, și el într-un costum elegant, arătând cumva chiar mai elegant decât ceilalți. Lucra în domeniul finanțelor și era mereu îmbrăcat la patru ace, mai puțin în zilele de vineri.

Erau cu toții aici — în afară de Helgi, firește. Însă Thormar era destul de sigur că acesta nu va mai veni.

— Ce drac de loc e ăsta?

Gunni își desfăcu fularul și-l aruncă în separeu.

— Oriunde te uiți pe-aici dai numai de restaurante de top și tu vii și ne propui cocina asta. Care-i treaba?

Thormar nu voia să-i explice. Îi era teamă că vor lua prea în serios videoclipul; îi era teamă să nu pice de idiot, de fătălău. În loc să-i răspundă, începu să le împartă meniuri, lucru care nu diminuă deloc scepticismul lui Gunni.

— Iisuse! E ceva comestibil în rahatul ăsta de local? Un burger viking? Ce nai...?

Pentru prima dată, Tómas nu zicea nimic. Studia meniul cu o atenție menită în mod normal citirii contractului de vânzare a unei case. Era atât de atipic pentru el, încât Thormar îl luă ca pe un semn că și el îi împărtășea temerile. Spre deosebire de Gunni.

— Cum a decurs petrecerea?

Tómas își lăsă jos meniul fără să precizeze ce dorește să comande, apoi adăugă:

— Dísa era complet epuizată când a ajuns acasă. La fel și Silla.

— O, bun, foarte bine!

Thormar se abținu să-l întrebe cum naiba era posibil ca Silla, soția lui Tómas, să fie epuizată, când nu făcuse absolut nimic toată după-amiaza, ci doar stătuse în fund și bârfise, așteptând să-i fie servite toate mură-n gură. La polul opus, fiica lui, Dísa, răsturnase apartamentul cu susul în jos ca o făptură demonică, arzând mai multă energie decât o obsedată de sală în luna ianuarie.

Gunni, neavând urmași, nu arăta nici cel mai mic interes față de petrecerile pentru copii.

— Amice, ce căutăm în cloaca asta? Pe bune?

Urmărind cu atenție o parte dintre clienți fără a-i veni să creadă ce vede, Gunni se întoarse spre prietenii săi.

— Doar așa, de sanchi, bine?

Thormar știa cât de absurd li s-ar fi părut să audă că își face griji că ar putea trage cineva cu urechea la ei sau că ar fi montat cineva microfoane.

— Nu e mai rău decât oriunde altundeva și oricum e mai puțin probabil să fim întrerupți din minut în minut de vreun amic de-ai tăi.

Gunni făcea colecție de înscrieri în diverse cluburi așa cum colecționau tocilarii timbre. Cluburi de golf, cluburi de vânătoare, Round Table, clubul amatorilor de trabucuri, clubul bucătarilor, clubul somelierilor, clubul alergătorilor, pe lângă munca de voluntariat pentru oricare ar fi fost partidul politic pe care susținea la acel moment. Pur și simplu nu putea face nicio mișcare fără să dea peste vreun coleg membru al uneia dintre acele asociații.

— Păi, eu o să iau un Sendviș Ghețar.

Tipic pentru Tómas. Acesta încerca mereu să evite orice tip de confruntare sau motiv de neplăcere. Cu această intervenție, el spera să împiedice o ceartă între Thormar și Gunni. Dacă orice altceva eșua, el se putea baza oricând pe o remarcă legată de vreme.

— N-aveți de gând să vă hotărâți și voi? Chelnerița pare că vrea să vină să ne ia comanda.

Gunni își dădu ochii peste cap.

— Eu nu doresc nimic.

O chelneriță înveșmântată într-un *lopapeysa* veni și se postă chiar în capul mesei. Coiful îi stătea strâmb și și-l așeză mai întâi, zâmbind timid și părând jenată să întâlnească alți islandezi în vreme ce purta o asemenea costumație. Cu pixul și carnetul pregătite, îi întrebă ce-ar dori, după care le notă comenzile. Thormar nu rămase deloc surprins să descopere că, în pofida anunțului său că nu dorește nimic, Gunni comandă meniul zilei cu un aer de completă indiferență. Deloc surprinzător, mai ceru și o bere mare.

Urmăriră în tăcere cum fata cea mlădioasă se îndepărta. Când se întoarseră unul spre celălalt, Thormar hotărî să abordeze subiectul. Dacă nu o făcea acum, risca să rateze ocazia. În momentul în care avea să le sosească mâncarea, atenția le va fi distrasă și cu cât ar fi scăzut mai mult nivelul berii din halba lui Gunni, cu atât i-ar fi păsat mai puțin. Și-așa era destul de greu să ia ceva vreodată în serios când era treaz. Iar când ar fi terminat de mâncat, ceilalți ar fi fost deja nerăbdători să plece, așa că atunci n-ar mai fi avut niciun rost să ridice problema.

— A primit vreunul dintre voi vreo veste de la Helgi? întrebă el.

Nu primise niciunul, deși reieși că încercaseră amândoi să dea de el. Thormar se așteptase la asta, deși era în continuare dezamăgit și simțea cum neliniștea lui creștea tot mai mult.

— Credeți că are ceva de-a face cu videoclipul?

Gunni scuipă berea înapoi în halbă.

— Ești nebun? Aia n-a fost decât vreun soi de înscenare. Ceva descărcat de pe internet.

— Mie mi s-a părut că seamănă cu Helgi. Era leit el.

Thormar intenționase să lase în seama unuia dintre ei această subliniere. Nu voia să riște să fie considerat naiv.

— Chiar n-ați observat niciunul?

Tómas ridică din umeri și răspunse pe un ton neutru:

— Inițial mi s-a părut și mie c-ar fi el, dar apoi n-am mai fost chiar așa sigur. Calitatea era destul de slabă. Nu cumva e vorba doar de o înscenare, cum a zis Gunni? Ceva ce-o fi postat Helgi doar pentru că seamănă cu el? Să nu fi fost o simplă glumă?

— Și-atunci de ce nu mai răspunde la telefon?

Gunni își dădu ochii peste cap și scoase un oftat din tot sufletul.

— Omule, tu chiar glumești? Doar știi că Helgi pleacă mereu în străinătate! O fi probabil în vreun avion, cu telefonul închis.

— În cazul ăsta, unde ar putea zbura? SpaceX încă n-a dat încă drumul la zboruri comerciale. Telefonul lui Helgi e închis de cel puțin 36 de ore, așa că ar trebui să fi aterizat deja dacă ar fi călătorit oriunde pe Pământ. Îl tot sun de ieri, de la prânz și-am încercat și azi-noapte de câteva ori.

Thormar citi în ochii lui Tómas că acesta îi împărtășea temerile, deși nu era dispus s-o recunoască. Însă vedea bine că Gunni nu era deloc convins, așa că insistă:

— Și nici n-a pomenit nimic că pleacă în străinătate. De fapt, zicea că o să treacă să lase un cadou pentru Hallbera înainte de petrecerea de ieri, însă n-a mai apărut.

Se lăsă liniștea. După câteva secunde, fu întreruptă de Gunni:

— E un pic ciudat, dar trebuie să existe un soi de explicație.

— Păi, care e, atunci? Nu-i deloc amuzant și chiar nu văd ce rost ar avea postarea. Doar n-am înființat forumul pentru căcaturi de genul ăsta!

Tómas părea să fi abandonat cu totul speranța că discuția lor avea să se mute și la fotbal. Lăsându-și jos cuțitul și furculița, își scoase telefonul.

— Să vă zic eu ce mi se pare ciudat...

Se opri, făcându-și de lucru cu ecranul, după care îl întinse spre ei și-i întrebă:

— Cine e acest *administrator* care a încărcat videoclipul?

Telefonul fu trecut din mână în mână. Gunni abia de-i aruncă o privire înainte să i-l dea lui Thormar și să ia o înghițitură mare de bere.

— Toți avem statut de administratori, sublinie el. Trebuie să fi fost Helgi, cum am spus. Vreun soi de glumă macabră.

Mai luă o gură, după care își șterse spuma de pe buza de sus.

— Dar de ce Helgi? întrebă Tómas. La fel de bine ar fi putut fi unul dintre noi. Cum ai zis și tu, suntem cu toții înregistrați ca administratori.

Începură să vorbească toți trei odată în graba lor de-a nega că sunt responsabili de postare. Thormar continua să se zgâiască la ecran.

— Tommi are dreptate. Cum se face că postarea e făcută de un administrator? Dacă Helgi sau unul dintre noi ar fi fost responsabil, ar fi apărut numele nostru de utilizator. N-ar trebui să difere cu nimic de celelalte chestii pe care le postăm acolo.

Întinse telefonul și Gunni îl luă, încruntându-se. În cele din urmă, păru să se prindă și el că ceva nu e-n regulă. Îl urmăriră tastând pe ecran, după care ridică privirea și aerul său obișnuit de nepăsare dispăru cu totul.

— Care e problema?

— Poftim?

Tómas fu primul care înhăță telefonul.

— Iisuse!

Prea nerăbdător să mai aștepte, Thormar ceru să i se spună mai repede:

— Ce? Ce e?

— Sunt cinci utilizatori înregistrați pe forum. Noi trei, Helgi și cineva cu numele de utilizator *administrator*.

Cu chipul golit de culoare, Tómas îi întinse telefonul lui Thormar.

Acesta rămase holbându-se la ecran. Iar acolo, negru pe alb, pe pagina de administrare: cinci persoane aveau acces. Dar era imposibil!

— Când a apărut acest utilizator în plus?

Lui Tómas îi tremura vocea, însă niciunul dintre ceilalți doi nu era surprins: angoasa îi cuprinsese și pe ei.

Thormar cercetă interfața de editare și-și umezi buzele, nervos.

— Acum ceva mai mult de un an. N-ai fi băgat de seamă decât dacă ai fi verificat pagina de administrare, și eu nu m-am mai uitat la ea de când am înființat forumul. Cât a trecut de-atunci? Zece ani?

— Ceva de genul. N-am avut niciun motiv să verific pagina de administrare. Cum o fi fost posibil?

Tómas se întinse după telefonul său, însă Thormar îl feri de el, ca să poată continua să se uite. Tómas întrebă din nou, părând furios:

— Cine i-a garantat accesul acestui tip?

— Tip? Ar putea fi o femeie.

Dintr-odată, un nod de spaimă îi strânse cu totul stomacul lui Thormar. Nu cumva Sigrún sau una dintre celelalte soții aflaseră despre site? O clipă mai târziu, rațiunea își intră în rol, anunțându-l că soția lui n-ar fi păstrat sub nicio formă tăcerea vreme de un an, dacă într-adevăr ar fi fost ea. Căută informația, dar n-o putu găsi, lucru deloc surprinzător, întrucât pagina fusese în mod deliberat construită pentru a proteja anonimatul utilizatorului.

— Niciun indiciu cu privire la cine i-a permis lui — sau ei — accesul. Niciun nume, e-mail sau orice altceva. Dar indiferent cine a fost, a rămas discret vreme de un an întreg. Nu a postat absolut nimic în afară de acest videoclip.

— Dar cum stă cu vizionările? S-a uitat cumva la ceva postat de noi? enunță Tómas întrebarea care stătea pe buzele tuturor, căci forumul era destinat strict pentru ochii lor.

— Nu-mi dau seama.

Thormar renunță și-i dădu telefonul înapoi lui Tómas, adăugând:

— Dar indiferent cine-a fost, trebuie să ne fi văzut postările. E de la sine înțeles.

Niciunul dintre ei nu mai putea vorbi. Toți se gândeau la același lucru; toți vizualizau în minte materialele pe care le încărcaseră. Pentru distracția prietenilor lor — în niciun caz pentru altcineva.

Teama lui Thormar pentru ceea ce i se întâmplase lui Helgi fusese înlocuită de teama pentru propria persoană. Dacă forumul ajungea public, era terminat. Atât din punct de vedere profesional, cât și personal. Același lucru era valabil și pentru ceilalți. Și pentru Helgi. Nici măcar toți banii lui nu l-ar fi putut proteja de dezastrul care ar fi rezultat.

Așteptau cu toții în tăcere când chelnerița în costumația ei ridicolă reveni cu mâncarea lor. Niciunul dintre ei nu mai avea poftă de mâncare și îți puteai da seama de gravitatea situației în care se aflau după faptul că plecaseră fără ca Gunni să-și termine berea.

Capitolul 11

Autopsia se terminase și Huldar se felicită singur că izbutise încă o dată să o evite. Erla o luase pe Lína cu ea și, judecând după culoarea chipului ei, părea că reușise în sfârșit să-i zdruncine nițel stăpânirea de sine. Fata era palidă de obicei, însă acum părea aproape cenușie.

— Bea asta! O să te simți mai bine.

Huldar îi dădu Línei o cola rece ca gheața de la automatul cu băuturi. Voia să afle ce reieșise în urma autopsiei și se gândea că mai degrabă avea să afle mai multe de la Lína, care avea o extraordinară memorie a detaliilor, decât de la Erla. O urmări cum dă pe gât băutura, așteptând să o lase jos, înainte să-și reia tirul de întrebări.

— Așadar, ce-ați aflat?

— Bleah! O mulțime de lucruri pe care aș prefera să nu le știu. Însă cel mai important e că au descoperit Flunitrazepam în proba de urină pe care au prelevat-o ieri de la Helgi. Acum așteaptă rezultatele analizelor de sânge pentru o interpretare mai bună, însă legistul se așteaptă să confirme rezultatul inițial.

Medicamentul era cunoscut mai bine după denumirea de Rohypnol, adică „drogul violului". Era un somnifer cu nenumărate efecte adverse neplăcute, folosit adesea în cazurile de viol, deși prezența sa rareori putea fi dovedită. Huldar, personal, ar fi preferat să zacă toată noaptea treaz, cu insomnie, decât să-și îngăduie să cadă lat, inconștient, din cauza acestui așa-zis drog al violului.

Lína își începu obișnuita prelegere, de parcă ea ar fi fost polițistul cu experiență, iar el, un novice.

— Medicamentul e un sedativ aproape de zece ori mai puternic decât Valium. Începe să-și facă efectul cam la douăzeci de minute după ce a fost înghițit, și efectul maxim se instalează după două ore. Durează de la patru la șase ore, însă efectul lui se poate simți și până la zece ore după ce a fost luat medicamentul. Uneori și mai mult. Nu că acest lucru ar fi fost valabil în cazul lui Helgi, dat fiind că el a murit când medicamentul încă era activ.

Huldar înălță din sprâncene.

— Ai aflat toate astea la curs sau ai reușit să le memorezi în timpul autopsiei?

Lína părea jenată.

— În timpul autopsiei. Am reușit să răzbat cu bine concentrându-mi toată atenția la ce zicea legistul — atât timp cât nu avea de-a face cu ferăstraie, bisturie sau forcepsuri.

Se cutremură, apoi adăugă:

— Scuză-mă dacă acord prea multă atenție detaliilor, însă mă ajută să rămân detașată.

Huldar zâmbi.

— Te înțeleg — mai bine decât ți-ai putea imagina. Nici eu nu rezist în timpul autopsiilor. Data viitoare o să încerc și eu metoda ta. Poate că o să mai învăț ceva în felul ăsta. De obicei, sunt prea ocupat să mă abțin să vomit în gaura din pieptul victimei.

Lína păru ușurată să audă că nu era singura chinuită de întâmplare. Îi zâmbi lui Huldar, înainte să-și termine raportul. Era un zâmbet vioi și extrem de drăguț, într-un contrast total cu ce spunea:

— Cu alte cuvinte, Helgi se afla sub influența medicamentului la momentul decesului. Ceea ce înseamnă că ucigașului i-ar fi fost relativ ușor să-l conducă la locul faptei. S-ar fi supus comenzilor fără să crâcnească, atât timp cât doza nu ar fi fost prea mare. În caz contrar, el ar fi fost pe jumătate paralizat și ucigașul său ar fi trebuit să-l care pe sus.

— Cum poate afla cineva care e doza potrivită? O poți căuta pe Google? Mă îndoiesc că instrucțiunile producătorului includ și informații despre cât trebuie să-i administrezi cuiva ca să-l transformi în zombi.

— Habar n-am, dar pot verifica. La cercetare mă pricep cel mai bine.

— N-am nicio îndoială, răspunse Huldar, rânjind la ea. Dacă Erla nu ți-ar fi dat deja o sarcină, ar fi fost super să poți să o faci. În fine, să revenim la autopsie! Mai e ceva?

— Legistul apreciază că Helgi a murit undeva între orele 2:30 și 3, duminică dimineața.

Huldar își mângâia falca, țepii tari aducându-i aminte că uitase să se radă. Aia era, va trebui să mai aștepte. Nu era deloc surprins că momentul decesului nu putea fi stabilit cu mai multă precizie. Practic singurul mod de a primi un răspuns precis era dacă victima deceda în fața unei alte persoane, de preferat un doctor.

— Siggi s-a ivit pe camerele de supraveghere la 3:15. Deci nu putea fi Helgi cel care l-a adus la apartament. El ar fi trebuit să atârne deja într-un ștreang la Álftanes, nu doar drogat cu Rohypnol, ci și mort.

— Și nu doar drogat. Potrivit medicului legist, mai era și beat la momentul decesului. Ar fi trebuit să fie complet dus din pricina combinației de Flunitrazepam și alcool.

— Cât de beat, mai exact?

— Avea o concentrație de 1,2 la mie. Beat, dar nu criță. Potrivit tabelului pe care l-am găsit on-line, în starea aceea vorbirea i-ar fi fost neclară și i-ar fi fost imposibil să mai raționeze sau să judece cum trebuie. Abilitatea de a-și controla funcțiile motorii i-ar fi fost și ea afectată.

Lui Huldar îi era cunoscută această stare — mai cunoscută decât ar fi fost pregătit să recunoască în fața acestei tinere cu ochi strălucitori și, fără îndoială, cu o minte extrem de ascuțită.

— Cum crede legistul că a pătruns Rohypnolul în fluxul sangvin al lui Helgi?

— N-a găsit nicio înțepătură pe corp, așa că e greu de crezut că i-a fost administrat printr-o injecție. Conținutul stomacului a scos la iveală că...

Gura Línei se strâmbă involuntar și se opri câteva secunde ca să se adune înainte să continue:

— Se pare că Helgi a vomitat, prin urmare s-a pierdut din conținutul stomacului. Însă ceea ce a rămas se potrivea cu ce comandase el la restaurant, așa că legistul n-a avut motive să creadă că mai mâncase și altceva în noaptea respectivă. Dat fiind că a părăsit restaurantul imediat după ora 10, drogul n-ar fi avut cum să-i fi fost pus în mâncare. Acesta începe să aibă efect după douăzeci de minute, iar dacă i-ar fi fost pus, n-ar mai fi fost în stare să-și cumpere ceva de băut la 101 Bar. Legistul crede că i s-a umblat la paharele cu băutură, ceea ce reprezintă metoda obișnuită când îți strecoară cineva drogul. El spune că nu e deloc imposibil ca Helgi să-l fi luat în mod deliberat. Însă eu nu cred nici în ruptul capului așa ceva.

— Poate că a crezut că ia altceva — Ecstasy, de exemplu. Sau metamfetamină ori cocaină, dacă era sub formă de praf. Însă e greu de crezut că ar fi făcut o asemenea greșeală dacă era un consumator obișnuit.

— Hmm!

Lína nu prea dădea senzația că e familiarizată cu lumea drogurilor. Părea mai degrabă genul care bea o bere, apoi își comandă alta doar ca să descopere că nu o mai poate termina. Firește că nu părea deloc convinsă. Huldar putea bănui ce gândea ea: de ce un tip bogat ca Helgi, care avea tot ce-și dorea, alesese să-și distrugă viața cu droguri? În timp, avea să învețe și ea că nu e totul chiar atât de simplu. Oameni pe care nu i-ai crede niciodată în stare cad în capcana consumului de droguri ca să-și umple golul din viețile lor, mulți dându-și seama prea târziu că obiceiul lor nu face decât să amplifice acel gol.

— În fine, care a fost cauza morții? Spânzurarea?

— Da. Asfixierea cauzată de ștreangul din jurul gâtului. Cuiul din piept n-a străpuns niciun organ vital. De bună-seamă că i-a provocat o durere cumplită, dar nu i-ar fi fost fatal decât dacă ar fi făcut o infecție.

— Urât!

— Da.

Lína se cutremură iar, apoi continuă:

— Nici nu vreau să încep să descriu cum a fost când legistul a scos cuiul. A fost ca un zgomot de sucțiune...

Se opri.

— Ajunge, gata, mulțumesc!

Huldar chiar nu simțea deloc dorința să audă alte detalii macabre. Doar nu evitase autopsia numai ca să fie silit să asculte versiunea ei audio.

— Altceva important a mai ieșit la iveală?

— Nu. Doar că Helgi se afla într-o formă grozavă și era foarte sănătos. Părea să aibă mare grijă de el însuși.

— Și ce pierdere de vreme s-a dovedit a fi!

Huldar rezistă tentației de-a adăuga că Helgi mai bine s-ar fi apucat de fumat decât să transpire la sala de fitness.

Chipul Línei se lumină dintr-odată.

— Oh! Încă ceva. De fapt, n-are nicio treabă cu autopsia, dar m-am gândit să caut istoria locului crimei. Atât Stânca Spânzuratului, cât și zona înconjurătoare, în caz că există vreo legătură.

— Și ce-ai aflat?

Lína surâse.

— O mulțime de lucruri. Prea multe, probabil.

Luă o coală de hârtie care arăta dureros de asemănător cu raportul pe care îl citise mai devreme în fața Erlei și începu:

— Bun, câmpul de lavă Gálgahraun e parte din Búrfellshraun, despre care se crede că s-a format acum 8 000 de ani.

Huldar se amuza în sinea lui. Știa c-ar trebui să-i atragă atenția că informațiile de acest gen nu erau deloc relevante, însă nu voia să-i strice momentul, dat fiind că părea atât de mulțumită. Mai bine să o lase să termine de citit, după care să-i împrumute pixul și să taie orice era irelevant înainte să i-l prezinte Erlei. Din păcate, părea că nu va mai rămâne nimic dacă toate erau informații de genul ăsta.

— Așa. Câmpul de lavă și-a primit numele de la stânca despicată pe care a fost descoperit Helgi: „Stânca Spânzuratului", unde se presupune că erau spânzurați criminalii și apoi erau acoperiți cu movile de pietre. Deși nu există dovezi scrise că acolo au avut loc execuții, se pare că acolo se desfășurau procese ad-hoc pe vremea Adunărilor de pe Kópavogur. Stâncile sunt vizibile din Bessastadir, astfel încât trimișii regelui danez puteau privi fără să fie nevoiți să iasă din casă. Foarte util!

Ridicând privirea, zâmbi în semn de scuză și adăugă:

— Erla a pomenit deja despre execuții duminică. Scuze!

— Nu-i nimic! Nu strică niciodată să repeți lucruri. Continuă!

Căpătând curaj, Lína continuă să citească:

— Câmpul de lavă este extrem de accidentat, plin de cratere, de creste, de fisuri și de stânci trântite una peste alta, după cum sunt sigură că-ți amintești.

Făcu o pauză scurtă, apoi adăugă:

— Am mai verificat și persoanele și evenimentele care au legătură cu zona, atât on-line, cât și în baza de date a poliției.

— Și ce-ai aflat?

— Tot soiul de chestii. Câmpul de lavă e arhicunoscut pentru faptul că Jóhannes Kjarval[2] a realizat nenumărate tablouri cu el.

Văzând că Huldar părea de-a dreptul uimit de o asemenea informație, Lína preciză:

— Înțeleg că nu e relevant pentru caz. Dar mai sunt și alte detalii.

Huldar se închină în gând, sperând că până la urmă va auzi și ceva relevant pentru caz.

— Zona apare de câteva ori în baza de date a poliției. În octombrie 2013, mai mulți protestatari care se autointitulau „Prietenii lavei" au fost arestați în timp ce încercau să blocheze construirea unei șosele prin partea de sud a câmpului de lavă.

— Helgi avea vreo legătură cu protestatarii?

— Nu. Nu din ce-am găsit eu.

— Atunci continuă.

---

[2] Pictor islandez (1885 – 1972), considerat unul dintre cei mai importanți artiști ai Islandei, care a lăsat în urmă mii de desene și de tablouri realizate în stil impresionist, expresionist și cubist. *(N.t.)*

Pe Huldar începea să-l cuprindă disperarea. Practic n-avea să-i mai rămână nimic după ce tăia toate părțile irelevante pentru caz.

— Bun. În ultimii douăzeci de ani, trei cadavre au fost aduse pe țărmul din apropierea Stâncii Spânzuratului. Acum optsprezece ani, un bărbat de șaizeci și patru de ani, care intrase singur în mare pe țărmul sudic al golfului Skerjafjördur, a apărut acolo. Sau mai degrabă haina, pantofii și portofelul i-au fost găsite acolo. Suferise de o depresie serioasă și împrejurările morții sale nu au fost considerate suspecte. Acum cinci ani, o tânără a fost găsită și ea pe țărm. S-a bănuit că a intrat în mare în Fossvogur. Și ea se lupta cu depresia, însă avea atât de mult alcool în sânge, încât moartea ei ar fi putut fi considerată mai degrabă un accident decât o sinucidere, deși varianta din urmă pare mai probabilă. Cadavrul ei nu indica nicio urmă de violență și obiectele personale i-au fost găsite în capătul de sus al plajei. Apoi, acum trei ani, un bărbat de douăzeci și opt de ani a fost aruncat de apă pe mal. Se înecase în timp ce înota în golful Nauthólsvík și curentul l-a purtat până în Álftanes.

— Două sinucideri și un înec.

— Da.

— Și nu avem niciun motiv să credem că vreunul dintre aceste decese sunt suspecte?

— Trebuie să cercetez cazurile mai în detaliu. Însă concluziile anchetelor au fost că nu au existat motive să se creadă că a fost ceva necurat la mijloc.

— Altceva?

— Da. Un caz mai recent.

— Adică?

Lui Huldar îi fu trezit interesul. Poate că Lína descoperise totuși ceva.

— Poliția a primit primăvara trecută un apel în legătură cu capturarea ilegală de eideri. Colectare ilegală, cu alte cuvinte.

— Colectare ilegală?

— Da. A existat o dispută între proprietarul terenului și un bărbat care aduna eideri de pe proprietatea lui fără permisiune. Hoțul a fost arestat și cazul a fost trimis la procuratură. Nu pare însă să fi mers mai departe. Adică nu s-a ajuns la proces și n-a fost aplicată nici măcar o amendă.

— Să nu-mi spui că Helgi a fost una dintre persoanele implicate!

Línei îi căzu fața.

— Nu, din păcate. Eu nu găsesc nicio legătură. Dar ghici ce?

— Ce?

— Câmpul de lavă Gálgahraun se învecinează cu o proprietate denumită Selskard, care îi aparține familiei lui Bjarni Benediktsson, fostul prim-ministru.

Huldar rămăsese fără replică. În timp ce-și freca barba, se întreba cu ce partid ținea Lína. Tânără, cu picioarele pe pământ, silitoare. Dacă nu ar fi învățat ca să se alăture forțelor de poliție, el, unul, ar fi zis că susține Partidul Verde, partid de stânga.

— Lína, eu cred că putem sta liniștiți că Bjarni Benediktsson n-a avut nimic de-a face cu asta. Sau oricare dintre membrii familiei sale.

— Știu, zise Lína, care părea enervată. Însă Helgi era investitor și există o mulțime de terenuri unde se putea construi pe acea proprietate. Poate că uciderea lui are o dimensiune politică.

Huldar respinse această teorie extrem de exagerată.

— Te deranjează dacă mă apuc să tai părțile la care cred că ar trebui să renunți înainte să te duci cu asta la Erla?

Lína îi dădu raportul și-l urmări uimită cum tăia în diagonală aproape tot textul. Tot ce mai rămăsese era informația din baza de date a poliției. Cele două sinucideri, înecul și protestul „Prietenilor lavei".

— Gata. Ai să-mi mulțumești mai târziu.

Rânji la ea, însă nu primi niciun surâs drept răspuns.

Gudlaugur își înclinase monitorul. Doar un pic, suficient cât să împiedice pe oricine s-ar fi întâmplat să treacă pe acolo să-i vadă ecranul. Erla, păcălită de falsul lui șchiopătat, îi încredințase sarcina pe care o ceruse.

— Ceva legat de Helgi?

Huldar se trânti greoi pe scaun, încercând să nu-și verse paharul de cafea ce mai că dădea pe dinafară. Ceea ce voia de fapt să-l întrebe pe Gudlaugur era dacă găsise ceva interesant pe camerele de supraveghere.

— Nu. Încă nu.

Huldar bănuia că, deși ar fi avut mai mult sens să-l urmărească pe Helgi după ce ieșise din bar, Gudlaugur ar fi început de fapt prin a verifica înregistrările camerelor de supraveghere din jurul cluburilor pe care el însuși le vizitase în noaptea respectivă, în speranța că drumurile sale și ale lui Helgi nu se intersectaseră la un moment dat. Bine, cluburile de care își aducea aminte, în orice caz. Dată fiind starea lui de duminică dimineața, probabil că mai avea niște goluri în memorie. Huldar sorbi din cafea, apoi își zise „la naiba cu toate!"

— Te-ai găsit pe camere? îl întrebă. Pe varianta necenzurată?

Gudlaugur nu părea deloc amuzat.

— Nu pe mine mă caut.

— A, da, corect. Greșeala mea.

Huldar trebui să-și ascundă un zâmbet în timp ce sorbea iar din cafea. Nu putea nega că simțea o oarecare plăcere văzându-l pe altul cum se perpelea, stânjenit.

— Zi-mi și mie ceva! Promit să-mi țin gura, dar ce-ai de gând să faci cu clipurile în care o să apari?

— Nu cred că am frecventat aceleași baruri în noaptea aceea, așa că dacă voi apărea, e puțin probabil ca victima să se ivească în preajma mea.

Cum Huldar nu comentă nimic, Gudlaugur se grăbi să adauge:

— Ce vreau să zic de fapt e că el avea o mulțime de bani, în timp ce eu trebuie să-mi chibzuiesc fiecare coroană. Cu siguranță el a fost în baruri mai exclusiviste.

— Aici te înșeli.

Huldar profită de această ocazie ca să schimbe cursul discuției:

— Când oamenii sunt beți, simt nevoia să se scalde în ape mai murdare. Pur și simplu vor să se afle acolo unde e miezul distracției. Și acolo au tendința să meargă și cei mai tineri și mai puțin înstăriți. Eu, unul, n-aș fi la fel de sigur, dacă aș fi în locul tău.

— Nu-mi fac griji că voi apărea pe imagini alături de el. Crede-mă!

— Bine. În cazul ăsta, care-i pubul pe care-l cauți? Credeam că ai să cauți barurile exclusiviste în care a mers Helgi.

Gudlaugur șovăia. Nu era obișnuit să mintă. În cele din urmă, încercă să scape de situație răstindu-se la Huldar:

— Mai contează?

— Neah. Eram doar curios. Nu prea-mi petrec timpul în baruri șic, așa că mă întrebam dacă am să-l recunosc pe cel pe care-l cauți tu.

— Mă îndoiesc sincer că-l știi.

Gudlaugur amuți cu totul. Tot ce se mai auzea acum era clicul mouse-ului său. După care își trase scaunul îndărăt și se ridică, anunțând că merge să-și ia o cafea.

— Nu uita să șchiopătezi!

Huldar rânji răutăcios când își văzu colegul începând să șchiopăteze spre automatul de cafea. Gudlaugur tot arunca priviri peste umăr, temându-se în mod evident că Huldar avea să tragă cu ochiul la calculatorul lui. Însă acestuia nu-i trecuse prin cap să facă asta. Nici nu avea nevoie de confirmarea vizuală că avea dreptate în legătură cu ce punea Gudlaugur la cale. Când acesta se întoarse înapoi șchiopătând, el stătea în același loc, cu picioarele pe birou și sorbindu-și tacticos cafeaua. Și acolo rămase și după ce Gudlaugur apăsă butonul mouse-ului, pornind iar înregistrarea și scoțând, la scurt timp după aceea, un geamăt adânc.

În mod evident, se descoperise în filmare și, după sunetul pe care-l scosese, era clar că era și Helgi acolo.

Inițial, Huldar se prefăcu că nu observă. Rămase la locul său, întrebându-se cum ar trebui să reacționeze. Apoi, plesnind cu palmele brațele scaunului, se ridică, se apropie de Gudlaugur și-i zise:

— Arată-mi!

Gudlaugur se și repezise să închidă fereastra de pe ecran.

— A, știi, nu e nimic important. Cred că Helgi a trecut pe acolo. Singur. E complet lipsit de importanță, în afară de faptul că trebuie să-i urmărim toate mișcările și să stabilim intervalul. Cu siguranță îl vom mai identifica pe imagini. Există vreo patruzeci de camere în centru, plus cele din baruri, de la care încă se mai adună înregistrări.

— Arată-mi! repetă Huldar, ferm, dar fără duritate.

Nu era furios, ci doar voia să-l împiedice pe Gudlaugur să facă o prostie care avea să-l coste mai târziu.

Gudlaugur deschise gura ca să obiecteze, după care ridică din umeri și mări fereastra la loc. Pe ecran se ivi o imagine cu strada principală Laugavegur plină de lume, lucru normal pentru weekend. Camera era înclinată pentru a arăta trotuarul din partea de sud a străzii, până la colțul cu Klapparstígur. Display-ul digital indica ora 1:30 dimineața.

În primul rând, nici urmă de Helgi. Oamenii treceau în sus și-n jos, care mai de care mai beți și cu hainele mai mult sau mai puțin la locul lor. Interacțiunile dintre cei care se opreau ca să discute unul cu altul păreau mai mult decât exagerate, precum ale actorilor din show-urile pentru copii. Dădeau din mâini, se clătinau și se dădeau în spate, râzând în hohote. Faptul că erau în toiul iernii nu părea să le tulbure modul de-a se îmbrăca, însă de vină poate că era și vremea neobișnuit de blândă din această perioadă: rece și uscată, fără nici măcar o boare de vânt.

Bărbatul care tocmai apăruse în imagine se opri brusc și se întoarse către o tânără care mergea singură pe trotuar. Când se opri, chipul îi deveni vizibil și Huldar fu de acord cu Gudlaugur că în mod sigur era vorba de Helgi. Femeia care-l făcuse să se oprească din drum era subțirică și avea părul lung și blond. Era imposibil să-ți dai seama ce se petrecea între ei, însă scurtul lor schimb de cuvinte se termină când cei doi plecară în direcții diferite, ea pornind către piața Lækratorg, iar el, către Hlemmur.

Huldar îl urmări pe Gudlaugur făcându-și de lucru cu mouse-ul, ca și cum ar fi vrut să oprească filmarea. În clipa aceea, el apăru cu brațul în jurul altui bărbat. Se opriră ca să se sărute pasional, înainte să plece mai departe și să dispară din vedere. Comportamentul lor nu diferea cu nimic de cum se comportau ceilalți cheflii; cu toții erau beți și se distrau de minune.

Gudlaugur opri înregistrarea. Niciunul dintre ei nu mai zise nimic până ce Huldar întrerupse liniștea stânjenitoare:

— Nu-i nimic, amice. Dacă eu aș fi fost în centru cu o femeie la braț, te asigur că s-ar fi petrecut mult mai multe. N-ai de ce să-ți faci griji.

— O să-l șterg. Din momentul în care Helgi continuă să meargă pe Laugavegur. Partea cu mine nu ajută cu absolut nimic.

— N-ai de unde să știi. Unul dintre cei care apar în cadru s-ar putea dovedi ucigașul, pornit pe urmele lui Helgi. Nu tu, firește, sau tipul cu care erai, ci unul dintre ceilalți.

Huldar făcu semn către siluetele încremenite pe ecran și adăugă:

— Gudlaugur, n-ar fi o idee bună să modifici fișierul. Stai cuminte!

Gudlaugur clătină din cap resemnat.

— Super!

— Nu, nu „super". Nașpa! La fel de nașpa dacă ar fi fost vorba de mine, beat, ținând în brațe o femeie. Sau de Erla. Sau de oricine altcineva din echipă. E jenant, dar în niciun caz mai rău pentru tine decât pentru oricine altcineva. Până și un tăntălău ca mine înțelege asta.

Gudlaugur nu mai zise nimic. Ce mai era de zis?

Capitolul 12

Erla urmări fără nicio expresie înregistrarea. După care o derulă înapoi și-i mai urmări o dată, cu aceeași expresie de jucător de poker. După aceea, ridică privirea și-o întâlni pe-a lui Huldar.

— Și? Care e problema?

Huldar ridică din umeri.

— Niciuna, după părerea mea și a ta, dar Gudlaugur se simte jenat din cauza asta și îl înțeleg perfect. Nici eu n-aș vrea să mă vadă toată divizia pipăind beat o femeie.

În timp ce Erla urmărea a treia oară filmarea, Huldar rămase mutându-se de pe un picior pe altul în fața biroului ei. I de părea mereu o corvoadă să discute cu Erla orice avea de-a face cu sexul sau cu relațiile de orice fel, având în vedere istoria lor. Însă în momentul de față, mult mai important era să-l ajute pe Gudlaugur.

— Nu înțeleg de ce se rușinează atâta din cauza asta.

Erla împinse mouse-ul deoparte și continuă:

— Să fii gay nu mai e o problemă în Islanda. Poate c-ar trebui să-i atragi și lui atenția asupra acestui lucru. Mie mi se pare că el are o problemă cu asta.

— Nu toată lumea din cadrul diviziei trăiește în timpurile noastre, Erla. Cred că știi și tu că o parte dintre băieți au rămas tot neanderthalieni. Îmi închipui că din cauza lor își face probleme Gudlaugur. N-ar fi nevoie decât de unul sau doi ca ei ca să-i facă viața un iad, chiar dacă pe noi, ceilalți, nu ne deranjează.

Evită să-l pomenească pe Jóel, deși idiotul ăla era principalul agresor din departament. Dacă Jóel ar fi descoperit punctul slab al lui Gudlaugur, n-ar fi pierdut nici cea mai mică ocazie să-i facă viața un infern.

— Da, da, sunt și eu perfect conștientă că unii băieți s-ar lua de el, însă din ce văd eu, n-o să se facă cine știe ce tam-tam. Sunt sigură că vor face o excepție în cazul lui Gudlaugur. La urma urmei, doar e de-ai noștri.

Huldar nu era de acord cu ea, însă știa că trebuie să fie atent în preajma ei. În fine, era puțin probabil ca lungirea discuției să ducă la vreun rezultat, dat fiind că oamenii rareori se răzgândesc când se contrazic cu cineva, aici incluzându-se și pe el. Iar Erla era atât de îndărătnică, încât era mult mai probabil să-și apere cu îndârjire poziția decât să admită că ce zicea el are sens.

Cum el nu protestă, Erla adăugă:

— Privește și din acest unghi: dacă situația chiar e atât de proastă pe cât spui tu, mai bine să o aduci în discuție și gata. Dacă toată lumea își ascunde orientarea sexuală, n-o să se schimbe niciodată nimic.

— Cred că lui Gudlaugur ar trebui să i se îngăduie să aleagă singur când și cum să le dezvăluie ceva colegilor săi.

Atunci când Huldar îi spusese lui Gudlaugur că lui, unuia, nu-i pasă nici cât negru sub unghie dacă el alege să-și ascundă orientarea sexuală, Gudlaugur îi replicase furios că doar pentru că alegea să nu-și discute viața sexuală cu colegii săi nu însemna că își ascunde orientarea sexuală. Pur și simplu nu era treaba lor. Huldar îi înțelegea această atitudine. El, unul, n-avea nici cea mai mică intenție să afle ceva despre viețile personale ale colegilor de serviciu și cu atât mai puțin să împărtășească cu ei detalii despre a sa. Văzând că Erla tot nu părea convinsă, adăugă:

— Bun, atunci, la asta te-ai gândit? Există aproximativ șapte sute de polițiști în Islanda, dintre care cam cinci sute sunt bărbați. Câți crezi că se declară gay în mod fățiș?

— Eu știu de trei. Sau patru, răspunse Erla, care părea iritată că nu poate oferi un număr mai mare. Dar eu nici nu-i cunosc pe toți, Huldar. Mai mult decât îi cunoști tu.

Făcu o pauză scurtă, apoi adăugă:

— Să știi că viața mea n-o să devină mai ușoară pentru faptul că Gudlaugur apare la atât de puțin timp după ce iese Helgi. Îți dai și tu seama că va trebui să urmărim cu toții filmarea ca să verificăm dacă îl urmărea cineva pe Helgi? Așa că nu pot fi de acord cu ștergerea înregistrării. Pur și simplu Gudlaugur va trebui să accepte că interesul anchetei e mai important decât dreptul său la intimitate. Îmi pare rău, dar asta e!

— Dar...

— Niciun „dar", Huldar! Anchetăm uciderea unui investitor bogat, pe care se pare că-l plăcea toată lumea. Când povestea asta va deveni publică, atenția presei se va îndrepta imediat asupra noastră, așa că ar fi mai bine să facem dracului totul ca la carte. „Finanțist bogat executat brutal prin spânzurare." Ai în față imaginea? Jurnaliștii se vor călca în picioare să prezinte un asemenea caz, în loc să vină cu niște imagini banale cu ministrul chinez de externe care așteaptă să erupă gheizerul. Singurul motiv pentru care dispeceratul nu e copleșit de telefoane e că verdictul inițial e sinucidere, iar povestea oficială încă nu s-a schimbat. Însă acum, că s-a terminat autopsia, nu ne mai putem ascunde în spatele nesiguranței.

Erla își încrucișă brațele la piept, privindu-l în ochi pe Huldar.

— Ancheta trebuie făcută fără greșeală. Nici nu încape vorbă. Spre deosebire de tine, eu vreau să-mi păstrez funcția.

Huldar nu o putea contrazice în această privință. Însă poate era totuși posibil un compromis.

— O soluție simplă: lasă-l pe Gudlaugur să continue să vizioneze înregistrările. Dacă se dovedește că Helgi a fost urmărit și individul în chestiune apare în același timp cu Gudlaugur, el va trebui să se obișnuiască cu ideea.

Erla stătu să cugete nițel asupra propunerii.

— În plus, e omul ideal pentru sarcina asta. Glezna îi creează mari probleme, îți amintești? minți Huldar, fără să clipească.

Erla strânse din buze.

— Presupun că putem scăpa cu asta. Dar dacă...

— S-a înțeles.

Huldar schimbă iute subiectul, înainte să-i mai vină ei cine știe ce idei:

— Ți-a zis Lína ce-a aflat despre zonă din baza de date a poliției?

Erla oftă și țâțâi din buze.

— Da, mi-a spus. Nici nu știu ce să zic. Avem atât de puțin personal, că trebuie să ne concentrăm strict pe ce se întâmplă aici și acum. „Prietenii lavei?"

Chipul îi fu despicat brusc de un rânjet enorm când adăugă:

— Pe bune? Ce dracu'?

— Mda, aici îți dau dreptate. Dar cum rămâne cu cadavrele aduse la țărm acolo? Ar putea exista o legătură.

— Am aruncat o privire scurtă la cazuri și trebuie să admit că m-ar surprinde. Nu le-a semnalat nimeni că ar fi suspecte la vremea respectivă și chiar nu văd cum ar avea de-a face cu moartea lui Helgi. Îi vom întreba pe părinții lui dacă îi cunoștea pe cei implicați în acele cazuri, iar dacă nu, chiar n-are niciun rost să irosim și mai mult timp urmând acea pistă.

Erla aruncă o privire la ceasul de pe perete și-l informă:

— Că tot veni vorba, trebuie să mă întâlnesc acum cu ei. Mai bine vii și tu.

Huldar refuză pentru a patra oară cafeaua de când ajunseseră acasă la părinții lui Helgi Fridriksson. Erla îi urmă exemplul. Mama era cea care insistase: ori de câte ori intervenea un moment de tăcere între întrebări, pac!, și sărea să le ofere cafea. Se uita la ei fără să-i vadă, prea tulburată ca să bage de seamă ce era în jur — era acolo, și totuși părea plecată departe.

— Sunteți siguri? Foarte siguri?

— Foarte siguri, mulțumim!

Huldar izbuti să afișeze același zâmbet politicos cu care refuzase și ofertele ei precedente. Erla nu zise nimic.

Stăteau toți patru în sufragerie. Fridrik, tatăl lui Helgi, era inginer de meserie, iar mama lui, Thórhildur, educatoare la grădiniță. Erau vizibil zdruncinați amândoi: ea avea ochii umflați de la atâta plâns; părul lui era tot numai smocuri, iar obrajii îi erau acoperiți de tuleie cenușii. Huldar și Erla stăteau proptiți pe o sofa de piele extrem de incomodă, ce fusese în mod evident concepută să mulțumească doar ochiul, nu și spatele celui ce se așeza pe ea. Părinții ocupaseră niște fotolii asortate, nici ele prea prietenoase. Mobilierul părea să nu li se potrivească absolut deloc, la fel ca toate celelalte obiecte din încăpere, semn că fuseseră în mod clar alese de către o persoană mult mai tânără – mai ales tablourile kitschoase cu aspect de desen animat. Huldar era convins că Helgi era responsabil de tot ce vedea acolo. Și nici nu încăpea discuție că tot el se afla și-n spatele alegerii acelui sistem audio extraordinar de scump pe care acum se aduna praful și care includea niște boxe enorme, a căror dimensiune era disproporționată în raport cu încăperea de mici dimensiuni.

Din ce văzuseră Huldar și Erla până acum, restul casei nici că s-ar fi putut afla într-un contrast mai puternic cu decorul de aici. Lui Huldar îi amintea de casa părinților săi, care erau cam de aceeași vârstă. Zărise deja un dulap cu uși de sticlă în spațiul unde se lua cina și care conținea pahare de vin și bibelouri lipsite de gust, care cu siguranță aveau să sfârșească într-un magazin de caritate după ce se duceau proprietarii. Pe pereți se aflau câteva tablouri micuțe cu peisaje și un calendar rămas la o lună de mult trecută. Pe bufet și pe mai multe polițe erau așezate fotografii înrămate, vaze și boluri inutile; nimicuri adunate într-o viață.

Huldar se sili să-și îndrepte atenția la cuplul îndurerat din fața sa, atenție care continua să i se abată la sistemul audio din colț. Era un adevărat chin să se concentreze, când tot ce-și dorea era să se apropie de el și să pună niște muzică, apoi să dea volumul la maximum.

Cei doi le furnizaseră deja numele prietenilor cu care credeau că plănuise Helgi să se întâlnească sâmbătă seara. Erla le notase pe toate: Thormar și, în cazul lui Gunnar și al lui Tómas, diminutivele Gunni și Tommi, care păreau să le fie mult mai la îndemână lui Helgi. Cu toții erau prieteni din școală de-ai lui Helgi și rămăseseră apropiați peste ani. Helgi luase prânzul cu părinții săi vineri — un delicios meniu tradițional islandez, care constase în budincă de orez asezonată cu pâine de secară la aburi. Tatăl lui Helgi își opri cu blândețe soția când aceasta începu să enumere tot ce-și pusese fiul ei pe felia de pâine. De atunci, nu mai primiseră nicio veste de el, deși Thórhildur se grăbi să adauge că nu era un lucru neobișnuit. Adesea treceau mai multe zile fără să ia legătura cu ei. Asta se întâmpla pentru că el era foarte ocupat, le explică ea. Dacă nu era plecat în călătorie peste hotare, se ocupa de clienți de acasă. Cuplul avea impresia că el petrecea mai mult timp în străinătate decât în Islanda. De exemplu, atunci când venise să ia prânzul cu ei tocmai se întorsese dintr-o călătorie de o săptămână la New York. Se contraziseră dacă se întorsese acasă vineri dimineață sau cu o zi mai devreme, tot de dimineață. Deși era puțin probabil ca informația să fie relevantă pentru caz, Erla o notă totuși.

În afară de asta, discuția nu le oferi cine știe ce informații noi. Printre lacrimi, părinții lui Helgi le confirmară ceea ce poliția descoperise deja, deși izbutiră să mai adauge câteva detalii mai intime, pe care nu le-ar fi putut găsi on-line sau în baza de date a vreunui calculator. Descrierile li se părură adevărate când se refereau la copilăria lui Helgi, însă parcă deveniră mai puțin plauzibile când ajunseră la cariera sa de adult. Deloc de mirare — fiul lor plecase de acasă și mersese în străinătate imediat după școală, chiar în pragul maturității.

Le-au spus povești despre prieteniile lui Helgi din adolescență, iar cei trei bărbați cu care se întâlnise sâmbătă seară ocupau o mare parte a acestora. Poveștile se învârteau toate în jurul băiatului bun, chipeș și inteligent care fusese fiul lor și cum excelase el în toate domeniile, atât la nivel academic, cât și social. Totodată, părea destul de clar că părinții lui considerau că prietenii săi nu erau la același nivel intelectual cu el, iar în puținele ocazii în care Helgi călcase strâmb, părinții săi tindeau să dea vina pe ei. Beau prea mult, fumau, se jucau mereu pe calculator și chiuleau de la școală, târându-l și pe Helgi după ei. Indiscrețiile lui din tinerețe erau atât de banale, încât Huldar se întreba de ce naiba credeau părinții lui că ar fi în vreun fel relevante pentru anchetă, până când, uluit, își dădu seama că pur și simplu le era imposibil să vorbească despre prezent. Trecutul era un teren neutru, unde nu se întâmplase de fapt nimic rău și unde toate problemele fuseseră rezolvate.

Părinții le aduseseră și vechile lor albume foto, înșirate acum pe măsuța de cafea sau în poala lui Huldar ori a Erlei. Nici unul, nici celălalt nu simțea nevoia să vadă poze cu Helgi crescând, însă, ascunzându-și nerăbdarea, acceptară album după album și încercară să mai și zâmbească din când în când, pe măsură ce răsfoiau paginile cu poze ce înfățișau un băiețel zâmbind fără toți dinții și, mai târziu, cu aparat dentar. În multe dintre ele apărea și Leifur, fratele lui mai mic, atât singur, cât și alături de Helgi. Fotografiile păreau făcute mai ales la ocazii speciale, de Crăciun, aniversări și în vacanțele de vară, așa cum se întâmpla de obicei înainte de epoca smartphone-urilor; înainte ca toate ocaziile să capete importanță egală.

— Cum se înțelegeau frații unul cu altul?

Huldar ridică privirea de la o poză cu Helgi și Leifur stând pe o canapea, cu niște zâmbete radioase, de la o ureche la alta. Ambii țineau cadouri de Crăciun în poală și parcă mureau de nerăbdare să rupă hârtia de ambalat de îndată ce se termina cu pozatul.

— Helgi și Leifur?

Întrebarea lui Fridrik era redundantă. La ce alți frați s-ar fi putut referi Huldar? Polițistul încuviință din cap și bărbatul continuă:

— Bine, prost și toată gama dintre ele. Se mai și ciondăneau, mai ales după ce Helgi a devenit adolescent. Leifur obișnuia să-l calce rău pe nervi, pentru că el încă era copil. Însă relația lor s-a îmbunătățit mai târziu. Erau... erau... firi diferite, și de bunăseamă că n-ar fi avut prea mult de-a face unul cu altul dacă n-ar fi fost frați. Însă până la urmă s-au înțeles bine, în pofida diferențelor dintre ei, așa cum se întâmplă de obicei cu frații.

— Unde e Leifur acum? E în țară?

Cei doi schimbară o privire, suferința lor făcând loc furiei. Soția răspunse prima:

— Să nu credeți acum că Leifur a avut vreo legătură cu asta. E atât de ridicol, încât mai că m-aș simți tentată să nu vă spun unde e. Ultimul lucru de care are nevoie e să începeți să-l hărțuiți cu bănuieli absurde.

— Vă asigurăm că nu asta ne e intenția. Pur și simplu dorim să stăm de vorbă cu el. E posibil ca Helgi să-i fi destăinuit lucruri pe care nu le-a împărtășit cu dumneavoastră. Asta e tot ce ne interesează. Deocamdată.

Erla coborî glasul în ultima parte a replicii, astfel încât cuvântul final abia se auzi.

Tristețea reveni pe chipurile celor doi.

— Normal că Leifur e în țară. Unde altundeva ar putea fi?

Femeia se grăbi să se șteargă la ochi, apoi își lăsă iar mâna în poală.

— El nu prea pleacă în străinătate. E profesor de sport și nu poate pleca în timpul anului. Și chiar dacă ar fi fost plecat, ar fi luat primul avion înapoi spre casă. N-ar fi rămas departe când s-a întâmplat ce s-a întâmplat.

— Nu, sigur că nu.

Atât Huldar, cât și Erla își îndreptară din nou atenția la albumele foto. Aveau să ceară numărul de telefon și adresa lui Leifur la finalul vizitei, însă acum le era clar că trebuia să o lase mai moale.

Albumul de pe genunchii lui Huldar era plin de imagini cu Helgi în ultimii doi ani de liceu. Dat fiind că acestea erau mai recente, nu mai trebuiau să mimeze interesul față de ele. Huldar îi ceru mamei lui Helgi să-i arate prietenii care fuseseră împreună cu fiul ei sâmbătă seară, iar ea păru ușurată că i se cere să facă totuși ceva ce nu presupunea un mare efort din partea sa. Între timp, Erla se blocase, enervându-se tot mai tare, la un album ce conținea poze cu Helgi la trei ani și cu Leifur bebeluș.

Un deget cu pielea ridată și cu o unghie dată cu ojă negru-închis îi indică fețele adolescentine ale celor trei băieți, unul după altul — Gunni, Tommi și Thormar. Tot niște puști deșirați și stingheri.

— E vreunul dintre ei tâmplar, din întâmplare? întrebă Huldar, gândindu-se la pistolul pentru cuie și la grinda de lemn ce servise pe post de spânzurătoare.

Părinții lui Helgi clătinară din cap, uimiți. Când Huldar dezvoltă ideea, întrebându-i dacă era vreunul dintre ei priceput cu uneltele, tatăl lui Helgi zâmbi și îi răspunse că dimpotrivă. Huldar reveni iute la studierea fotografiilor, pentru a evita orice întrebare privitoare la motivul pentru care dorise să știe acel lucru.

În vreme ce dădea pagină după pagină cu poze înfățișând niște adolescenți aproape imposibil de distins între ei, Huldar recunoscu tiparul: băieți obișnuiți, mai degrabă genul tocilar, prezentând o atracție aproape inexistentă pentru sexul opus. Bieții puștani păreau că o știau și ei, cu excepția celui pe care mama lui Helgi îl identificase ca fiind Gunni. Acesta părea cel mai încrezător în propriile forțe și purta haine ceva mai la modă decât amicii lui. Era clar cel mai șmecher tip din grup.

La polul opus se afla Tommi, cel mai mărunțel dintre ei, care părea deja gata să intre cu totul în pământ. Poate că spera cu disperare să înceapă să crească brusc și nu voia să fie prins în cadru până atunci. Helgi și Thormar i se păreau atât de asemănători lui Huldar, încât se trezi confundându-i între ei. Aceeași nuanță a tenului, înălțime asemănătoare, același breton lăsat peste ochi, într-o zadarnică încercare de a-și ascunde acneea de pe frunte.

Rareori apăreau și fete, iar când totuși apăreau, aveau tendința să o facă în poze făcute în clasă de către un fotograf profesionist sau în poze de la evenimente organizate de școală. În cele mai recente, fetele erau înotdeauna în fundal, niciodată alături de Helgi sau de amicii lui.

— Helgi a ieșit cu vreuna dintre aceste fete?

Huldar răsuci albumul spre ei, ținându-l deschis la o poză cu clasa și i-o arătă lui Thórhildur.

— Nu. Nu prezentau interes pentru el. Nu prea avea o părere bună despre ele.

Huldar nu reușea să găsească nimic în neregulă cu fetele ce zâmbeau spre aparat. Păreau destul de atrăgătoare. Bănuia că lui Helgi și prietenilor săi le plăcea de fete, dar sentimentul nu era reciproc. Dar poate se înșela el. Ridică iar privirea.

— Cumva fiul dumneavoastră era gay?

Cuplul părea mult mai deschis la astfel de idei decât colegii lui Huldar, dat fiind că nu părură deosebit de uluiți sau de deranjați de întrebare. Răspunsul lui Thórhildur sună absolut normal:

— Nu. Sunt destul de sigură că nu era. N-ar fi avut niciun motiv să se ascundă de noi dacă ar fi fost, dar n-a pomenit niciodată de asta.

Huldar și Erla reveniră la albume, însă nimic din ce vedeau acolo nu părea util pentru progresul anchetei.

Erla avea mai puțină răbdare decât Huldar cu amintirile părinților ce își jeleau copilul. Nu se afla aici în rol de sfătuitor. Când Thórhildur mai scoase la iveală un album, Erla rosti pe un ton de tăios:

— Cred că e destul de clar că anii de tinerețe ai fiului dumneavoastră nu ne vor ajuta să rezolvăm cazul. Îmi pare rău că trebuie să vă refuz cu albumele, însă ne-ați putea povesti mai multe despre ceva mai recent, cum ar fi relațiile pe care le-a avut el în ultimii ani?

Huldar zâmbi în semn de scuză și încercă să îndulcească replica ei adăugând:

— Credem că ucigașul avea un soi de legătură cu Helgi. Mai credem și că avea un dinte împotriva fiului dumneavoastră. Însă e extrem de puțin probabil să aibă ceva de-a face cu perioada când era elev. O posibilitate e ca Helgi să fi avut o iubită sau să se fi combinat cu o femeie care aveau vreun fost iubit gelos sau vreun urmăritor periculos.

Fridrik răspunse imediat ce termină Huldar, aruncând o privire spre soția lui, ca și cum ar fi vrut să-i verifice reacția. Gura femeii rămânea o linie aproape invizibilă, aparent ofensată de bruschețea Erlei.

— Helgi nu era implicat în nicio relație. Nu recentă. Din ce știm noi. Mai ieșea cu femei în oraș când se întorcea acasă, în perioada cât a locuit în străinătate, dar și după ce s-a mutat înapoi în Islanda, însă niciodată cu aceeași femeie. Încă nu se stabilise la casa lui — iar acum, nici vorbă de așa ceva.

Erla se grăbi să intervină, ca și cum se temea că acest ultim comentariu avea să dezlănțuie un nou șuvoi de lacrimi.

— Le-ați întâlnit sau v-a povestit despre vreuna dintre ele? Se întâmplă să cunoașteți numele vreuneia dintre ele?

Cuplul părea bizar de jenat.

— De fapt, nu. El nu discuta niciodată cu noi despre viața sa amoroasă, răspunse Thórhildur. După ce a plecat de-acasă, mai vedeam poze cu Helgi în oraș pe paginile de Facebook ale prietenilor săi. Uneori și cu femei. Dar relațiile nu erau serioase, din ce știm noi. Cel puțin, el nu ne-a prezentat niciodată vreuna.

Femeia îi aruncă o privire întrebătoare soțului ei, în caz că el ar mai fi putut adăuga ceva.

Însă era limpede că el nu putea fi decât de acord cu soția sa.

— Nu-și discuta viața amoroasă cu mine ori cu mama sa. Să nu mă înțelegeți greșit — aveam o relație bună cu el. Și când locuia în America, și după ce s-a întors acasă. Doar că nu discutam niciodată despre viața lui personală.

În acest punct, Huldar se simți îmboldit să intervină, să-i ajute să scape de senzația de stinghereală.

— Vă înțeleg perfect. Nici eu nu-mi discut viața amoroasă cu mama sau cu tata.

Se abținu să adauge că probabil i-ar fi lăsat mască dacă ar fi început să le povestească așa ceva.

— Cred că e un lucru destul de obișnuit. În orice caz, suntem siguri că putem da de unele dintre aceste femei pe paginile de Facebook pe care le-ați pomenit sau poate ne vor ajuta prietenii lui. Așa că nu vă faceți griji!

Văzând ușurarea de pe chipurile lor, Huldar adăugă:

— Helgi stătea la dumneavoastră când venea de la New York? Înainte să se mute de tot de-acasă, vreau să zic.

Thórhildur surâse.

— Nu, nu stătea. Avea un apartament aici.

Huldar încuviință din cap. Firește că tipul nu se caza pe canapeaua extensibilă a părinților, așa cum era nevoit să o facă el ori de câte ori își vizita familia în est. Păcat, totuși; dacă Helgi ar fi rămas acasă, poate că părinții lui ar fi știut mai multe despre viața pe care o ducea.

— Așadar, din ce știți, n-a avut vreo problemă recent cu vreuna dintre femei? Nimic care să vă atragă atenția asupra purtării sale, chiar dacă nu discutați asemenea lucruri cu el?

Când cuplul răspunse că nu, Huldar o lăsă pe Erla să preia controlul, iar ea se și repezi să le adreseze următoarea întrebare:

— Dar afacerile sale? E posibil să fi avut cineva impresia că e jecmănit de Helgi?

— Nu. Helgi n-a avut absolut nicio legătură cu criza bancară. Deja v-am zis asta. A lucrat în America până anul trecut.

— A plecat în străinătate fără un sfanț și s-a întors unul dintre cei mai bogați oameni din Islanda, continuă Erla. Am înțeles că a făcut o grămadă de bani de pe urma creanțelor clienților care aveau legături cu băncile falite. Pesemne că or fi fost și clienți fizici printre ei. El a făcut avere — alții au pierdut tot. Cu toate că astfel de lucruri nu sunt neapărat lipsite de corectitudine, asta nu schimbă cu nimic faptul că unii vor purta pică pentru că au pierdut tot. A pomenit vreodată că a primit amenințări sau că a intrat vreo dispută din cauza asta?

— Nu. Niciodată. Însă nici nu discuta cu noi despre bani sau despre jobul lui. Tot ce știam era că se descurcă bine. Ceea ce era evident.

— N-ați auzit niciun zvon — vreo plângere, de exemplu? Cum ar fi comentarii ironice la pozele cu el de pe rețelele sociale?

Huldar se întrebă dacă nu cumva Erlei îi scăpase faptul că mai tot ce ținea de on-line atrăgea comentarii aiurea. Însă cuplul nu făcu decât să dea din cap. Și nimeni nu le vorbise de rău fiul, din ce observaseră ei.

— Știți cumva dacă fiul vostru îl cunoștea sau avea vreo legătură cu un bărbat pe nume Dagur Didriksson, care a murit acum optsprezece ani? Abia împlinise șaizeci de ani la momentul decesului.

Cei doi clătinară iar din cap, părând uluiți.

— Nu, de ce întrebați?

— Există niște piste pe care trebuie să le eliminăm din anchetă. Poate ne ajutați să o facem.

Cei doi încuviințară iar, așa că Huldar continuă:

— Dar un tânăr pe nume Olgeir Magnússon, care s-a înecat acum trei ani în timp ce înota lângă Nauthólsvík? Era cam de vârsta lui Helgi — cu doar un an mai tânăr.

— Nu, nu recunosc numele.

Tatăl lui Helgi își privi întrebător soția, care scutură la rândul ei din cap.

— Bun! Dar o tânără pe nume Maren Thórdardóttir? A murit acum cinci ani și era cu șase ani mai mică decât Helgi.

Răspunsul părinților fu același: nu, nu auziseră niciodată de ea. Așa că le mai rămânea o singură întrebare:

— Presupun că fiul dumneavoastră n-a avut niciodată vreo legătură cu „Prietenii lavei“?

— „Prietenii lavei?“

Neîncrederea alungă pentru scurt timp suferința de pe chipurile celor doi.

— Vă referiți la oamenii care protestau împotriva construirii șoselei prin câmpul de lavă?

— Da, la ei.

— Nu. Categoric nu. Helgi locuia în străinătate în acel moment și oricum puteți fi siguri că pe el nu-l interesau absolut deloc drumurile din Islanda.

Mama lui Helgi nici că s-ar fi putut exprima mai clar de-atât.

Erla îl înghionti tare pe Huldar în coapsă, pe sub albumul foto pe care îl ținea în poală. Acum se bucura că nu pomenise și de furtul eiderilor sau de posibilele conexiuni cu fostul prim-ministru Bjarni Benediktsson, altfel pesemne că Erla i-ar fi făcut o gaură în picior. Pricepând mesajul, Huldar schimbă tactica și lăsă să alunece pe măsuță o poză cu Siggi.

— Îl recunoașteți pe acest băiat?

Cei doi se aplecară deasupra pozei, după care ridicară capetele, părând că nu pricep absolut nimic.

— Nu. Cine e?

— Se numește Siggi. Prescurtarea de la Sigurdur.

— Nu ne sună cunoscut. Al cui fiu e?

— Nu știm. Mama lui poartă porecla de Systa și tatăl lui e cunoscut după apelativul Sibbi.

Cei doi păreau și mai perplecși — sau cel puțin așa arăta Fridrik. Thórhildur ridicase fotografia și o studia îndeaproape.

— Îl recunoașteți?

— Am senzația că e posibil să-l fi văzut undeva.

Se încruntă la poză, după care o lăsă la loc pe măsuță, adăugând:

— Nu, cred că mă înșel. Nu-l recunosc.

Își așeză mâinile la loc în poală, continuând:

— Dar nu înțeleg. Ce are a face acest băiețel cu ce i s-a întâmplat lui Helgi?

Erla îi răspunse cu sinceritate:

— Nu știm nici noi. Se poate să nu aibă nicio legătură.

Se opri dintr-odată. Huldar vedea bine că acum cântărea în minte dacă să le destăinuie ceva părinților lui Helgi. Se întrebase cu glas tare dacă ar fi fost înțelept să o facă înainte să intre la ei în casă. Dar până la urmă, părea că se hotărâse:

— A fost găsit în apartamentul lui Helgi. În ziua în care cadavrul fiului dumneavoastră a fost găsit pe câmpul de lavă.

— Poftim?

Judecând după răspunsul lui Fridrik și după expresia surprinsă de pe fața mamei, era limpede că aveau impresia că nu auziseră bine. Thórhildur își duse mâna la gât și întrebă:

— Ce vreți să ziceți?

Uluirea lor nu părea deloc prefăcută.

— Încercăm să aflăm ce căuta băiatul acolo, le răspunse Erla. Dacă aveți vreo informație care ne-ar putea ajuta, v-am fi foarte recunoscători. De exemplu, ar fi putut fi copilul vreunui cunoscut de-al lui Helgi? Avea vreunul dintre prietenii săi copii?

— Ăăă...

Fridrik părea pierdut, însă era evident că soția sa era mai bine informată.

— N-am auzit niciodată de cineva pe nume Systa sau Sibbi în cercul de prieteni ai lui Helgi. Unii dintre prietenii săi sunt căsătoriți și au copii, însă din ce știu eu niciunul dintre ei nu se numește Sigurdur — sau Siggi.

— Așa că totuși discuta cu dumneavoastră despre copiii prietenilor săi, nu?

— Păi, nu chiar. Însă cât timp era plecat din țară, mă ocupam eu să cumpăr cadouri în locul lui când prietenilor săi li se nășteau copii. Iar după ce s-a mutat de-acasă, am continuat să aleg daruri ori de câte ori era invitat la aniversarea vreunui copil, pentru că el nu știa nimic despre copii. Același lucru era valabil și de Crăciun, și la nunțile sau la zilele de naștere ale prietenilor săi. Îmi cerea mereu să-l ajut să aleagă cadouri, așa că știu cât de incredibil de generos era.

Thórhildur oftă adânc și închise ochii preț de o clipă, părând că face eforturi să nu cedeze, înainte de-a adăuga:

— Obișnuiam să aleg felicitări și să le și scriu în locul lui. Nu-mi amintesc de niciuna pentru un băiat pe nume Siggi.

— Ați cumpărat recent un cadou pentru cineva pe nume Hallbera? întrebă Huldar, gândindu-se la pachetul de pe masa din bucătăria lui Helgi.

— Da.

Pe obrajii lui Thórhildur începură să curgă lacrimi.

— Săptămâna trecută. Ziua ei de naștere a fost weekendul ăsta, preciză ea cu glas tremurător. Nu mi-am închipuit nicio clipă că o să fie ultimul cadou pe care-l cumpăram în locul lui Helgi. De fapt, mă temeam de momentul în care acei copii vor deveni adolescenți, pentru că vârsta aceea e mult mai dificilă. N-ar fi trebuit să-mi fac griji în această privință.

Se lăsă o tăcere care dură până ce ea își mișcă în mod involuntar mâna, ca și cum s-ar fi pregătit să le propună iar cafea, punct în care Huldar se și repezi să intervină:

— Vreun dușman sau tensiuni care să n-aibă legătură cu vreo iubită sau cu serviciul? Ceva care să vă vină în minte, din trecut sau mai recent?

În clipa în care rosti asta, își dori să-și retragă spusele legate de trecut, temându-se că i-ar fi încurajat pe părinți să înceapă iar să rememoreze cine știe ce ranchiune survenite din pricina vreunei încăierări la fotbal sau a vreunei biciclete furate. Dar nu era nevoie.

— Nu.

— Și Helgi nu s-a certat niciodată cu vreunul dintre prietenii săi?

— Nu, răspunse ferm mama, înainte să se corecteze singură: Adică, nimic serios. Întotdeauna se împăcau până la urmă.

— Nimic recent, cu alte cuvinte?

— Nu, din ce-mi amintesc eu.

Era rândul lui Fridrik să pară sigur pe sine.

Thórhildur îl susținu și ea:

— Nici eu. Adică, toți prietenii se află pe lista lui de cadouri de Crăciun de anul acesta, așadar n-avea cum să se fi întâmplat nimic în ultimele câteva luni.

Erla se încruntă și cugetă nițel la răspunsul femeii.

— Ce vreți să spuneți? Ați șters cumva nume de pe listă în anii trecuți?

Femeia părea oarecum prinsă pe picior greșit. În timp ce-și trecea o mână prin păr, încercă să stea mai drept pe scaunul de piele inconfortabil.

— O singură dată. Dar trebuie să fi fost o furtună într-un pahar cu apă, întrucât anul următor acesta a revenit pe listă.

— Despre ce prieten e vorba?

— Thorri — Thormar, adică.

Huldar și Erla își coborâră în mod automat privirile la albumele foto rămase deschise. Recunoscură numele datorită faptului că Thormar apărea în multe dintre fotografii. Și, spre deosebire de ceilalți băieți, pe el mama lui Helgi nu îl criticase. Ba, din contră, zâmbise, referindu-se la el pe un ton laudativ și pomenind de două ori că acum era dentist.

— E același Thormar despre care ați zis că încă era cel mai bun prieten al său?

— Da.

Thórhildur strânse din buze, ca și cum regreta că adusese subiectul în discuție, și adăugă:

— Dar n-a fost nimic. Cum ziceam, s-au împăcat imediat.
— Și n-aveți nicio idee din ce cauză s-au certat?

Huldar se întinse după alt album foto și începu să-l răsfoiască până ce găsi o imagine cu Helgi alături de Thormar. Părea să fi fost făcută când Helgi dădea examenul auto, dat fiind că ținea extrem de mândru permisul în mână și flutura și două chei de la o mașină, cu un surâs larg întipărit pe față. Lângă el, Thormar avea și el un rânjet de zile mari, ținându-l pe Helgi cu brațul pe după umăr, dând impresia că erau cei mai buni prieteni din lume și că abia așteptau să dea o tură cu mașina. Pe Huldar îl frapă încă o dată asemănarea izbitoare dintre ei: doi tocilari sfrijiți, aflați acum în posesia unei mașini, complet neștiutori că peste câțiva ani avantajele lor principale aveau să fie răsturnate cu totul de către sexul opus. Căci deși dentiștii nu puteau concura cu investitorii plini de bani, tot erau considerați o partidă bună pe scena socială din Reykjavík.

— Nu. Helgi nu voia să vorbească despre întâmplare și nici eu n-am insistat. Cum ziceam, n-are cum să fi fost ceva serios. S-a întâmplat acum patru sau cinci ani, deci sunt sigură că a fost de mult dată uitării. Adică s-au împăcat și de atunci au rămas cei mai buni prieteni.

— Thormar e însurat sau implicat în vreo relație?

Erla probabil că se gândea cam la același lucru ca Huldar: că era posibil ca Helgi să fi încercat să se dea la soția celui mai bun prieten al său. Se întâmplă, mai ales când oamenii se îmbată, lucru pe care Huldar îl cunoștea foarte bine. Iar consecințele puteau fi dezastruoase. Încercă să alunge astfel de gânduri neplăcute.

Totuși, mama lui Helgi nu părea să fie de acord cu ei și le răspunse fără să-și schimbe expresia sau să-și repete litania cum că fiul ei cel perfect nu putea face nimic rău cuiva:

— Da, este. Soția lui se numește Sigrún. E avocat și e cu câțiva ani mai mare decât Thormar. Au o fiică, Hallbera, care a împlinit trei ani săptămâna trecută, dar Sigrún mai are și un fiu adolescent dintr-o relație anterioară.

Era clar că fetița nu putea fi Siggi, iar fiul vitreg era prea mare ca să prezinte vreun interes pentru ei. Sosise vremea să le zică „Bun, atunci..." Erla închise albumul, îl lăsă pe măsuța de cafea și rosti cuvintele magice:

— Bun, atunci...

Capitolul 13

Freyja trânti portiera șoferului și o deschise pe cea din spate ca să o ajute pe Saga să coboare. Când își vârî capul înăuntru, ajunse față în față cu fratele ei, care doar ce deschisese cealaltă portieră ca să facă același lucru. Zâmbind jenată, Freyja se retrase imediat. Avea să-i mai ia o vreme să se obișnuiască cu faptul că nu mai era înlocuitorul lui Baldur: acum putea fi și el părinte — în cea mai mare parte a timpului. Freyja continua să o ia pe Saga seara sau peste noapte la ea în weekendurile rezervate tatălui, când Baldur era nevoit să se prezinte la ora de stingere stabilită, la casa de reeducare. Peste câteva luni însă el avea să preia și această sarcină, iar Freyja urma să preia rolul de mătușă. Lucru pe care nu-l aștepta cu mare nerăbdare.

— Ei, ce zici?

Baldur o așeză pe Saga pe șoldul său, închise portiera și dădu din cap înspre blocul de apartamente unde locuia prietenul lui, Tobbi.

— Drăguț, nu-i așa? Poate c-ar trebui să stau eu aici și tu să rămâi la mine în apartament.

Îi făcu cu ochiul. N-avea să se întâmple niciodată așa ceva: el era prea atașat de acel loc, mai cu seamă de debaraua aia a lui bine izolată, cu lămpile ei de încălzire.

Freyja surâse, apoi se răsuci ca să examineze clădirea. Rămase cu gura căscată după ce văzu cât de luxos arăta, dar o închise iute la loc, înainte ca Baldur să observe. După care privirea i se aventură către parcarea plină de modele de mașini noi-nouțe și extrem de scumpe. Ceva era în neregulă: chiria pe care i-o cerea Tobbi abia ar fi acoperit o debara fără geamuri din suburbii.

Baldur jura totuși că e adevărat și-i spuse să nu caute calul de dar la dinți. Din spusele lui, Tobbi primise o scrisoare care îl anunța că urma să-și ispășească peste zece zile. Când Freyja îl întrebă cât avea să stea la închisoare și din ce motiv, Baldur îi răspunse că un an și jumătate, dacă se purta așa cum trebuie, însă omise să menționeze și delictul. Când Freyja insistă, el pretinse că uitase. Iar ea renunță. La urma urmei, ce relevanță mai avea? Doar nu se aștepta nimeni să preia frâiele activității infracționale a lui Tobbi cât timp el rămânea după gratii.

— Saga, tu ce zici? Ți-ar plăcea să vii aici în vizită, la mătușica Freyja?

Baldur îi arătă clădirea, însă în loc să urmărească direcția indicată de deget, fiica sa rămase cu privirea ațintită la un pescăruș ce se rotea deasupra lor. Ca de obicei, expresia ei rămânea de necitit. Cine n-o cunoștea ar fi crezut că stă bosumflată sau că e supărată pe pasăre, însă Freyja o cunoștea foarte bine. Saga purta această încruntătură indiferent că mânca o înghețată sau i se făcea o injecție. Cel mai mult se apropia de un zâmbet atunci când era în preajma lui Molly, cățelușa lui Baldur. Mai ales când Molly făcea o trăsnaie, lucru care se întâmpla mult prea des.

Freyja se opri brusc.

— Rahat, Baldur! Molly?

— Ce-i cu ea?

Baldur o urmărea, surprins.

— Cine o să aibă grijă peste noapte de ea dacă eu mă mut aici și tu rămâi la casa de reeducare?

Baldur îi alungă grijile fluturând din mână.

— Nu-ți face griji! Poate rămâne aici până ies eu, răspunse el vesel. Pe Tobbi nu-l va deranja un câine.

Însă Molly nu era doar un câine. Era cu ușurință echivalentul a doi sau trei — sau patru, dacă ar fi fost vorba de câini mai mărunței.

— Dar nu de Tobbi depinde. Dacă în clădire nu sunt permiși câinii?

— O, te rog! Relaxează-te! Nu-i treaba celor care locuiesc aici. Dacă e vorba așa, nici în apartamentul meu nu cred că sunt permiși câinii. Dar cui îi pasă?

Freyjei nu-i plăcea să-i atragă atenția că exista, de bunăseamă, o diferență ca de la cer la pământ între pragul de toleranță al vecinilor zgomotoși din dărăpănătura de cartier în care locuia Baldur și cel al genului de oameni care locuiau în această clădire. Ar mai fi putut sublinia și faptul că Baldur era un adevărat expert când venea vorba să învârtă oamenii pe degete. Dacă cineva ar fi venit să se plângă de Molly, acesta ar fi ajuns până la urmă să ceară să fie trecut pe lista viitorilor posesori ai cățelușilor lui Molly, după ce ar fi căzut în mod inevitabil victimă șarmului lui Baldur. Freyja era prea rigidă și stângace ca să iasă astfel din încurcături. În ultima vreme, singurul bărbat pe care reușise să-l cucerească prin farmecul ei era Huldar, lucru extrem de neplăcut, din păcate, întrucât ei doi erau precum cărămizile din jocul Tetris: capacitatea lor de a se potrivi unul cu altul depindea de direcția în care se poziționau. La orizontală, se potriveau perfect, însă era cu totul altceva când stăteau pe verticală.

— Trebuie să funcționeze, Baldur.

Freyja ținu deschisă ușa de la intrare, pentru ca fratele ei și fiica lui să intre.

— Sau altfel o să rămânem de-adevăratelea unul cu altul.

— Nu-ți face griji! Firește că va merge totul strună.

Baldur găsi butonul corespunzător, se proțăpi în fața micilor lentile ale camerei de supraveghere și făcu cu mâna când glasul prietenului săi răsună din interfon:

— Yo!

După felul cum îi întâmpina, Freyja deduse că delictul lui Tobbi ținea mai degrabă de traficul de droguri decât de vreo fraudă cu fonduri bancare.

Un bâzâit venit dinspre sistemul de închidere a ușii înghiți cu totul răspunsul lui Baldur și apoi intrară toți trei în bloc, începând să urce scările către primul etaj. Chiar înainte să bată la ușă, Baldur se grăbi să adauge:

— Să nu te-agiți prea mult când o să vină vorba să ai grijă de animalul lui de companie cât va lipsi. E condiția cu care închiriază apartamentul.

Ușa se deschise înainte ca Freyja să mai poată adăuga ceva. Momentul acestei revelații nu putea fi o coincidență. Trebuia să existe un motiv pentru chiria incredibil de mică. Tobbi nu economisea banii de chirie pentru un spațiu de depozitare a obiectelor sale personale, așa cum pretinsese Baldur inițial. Nu, ea urma să aibă grijă de vreun soi de animal. Cât de rău putea fi? cugetă ea. O pisică sau un câine? N-avea cum să fie vorba de ceva foarte mic, cum era un hamster. Poate era vreun papagal scandalagiu, care-l ținea pe chiriaș treaz toată noaptea cu înjurăturile lui. Freyja își adună curajul pentru ce era mai rău.

*

— Un șarpe veninos! Ești nebun? Cum de ți-a trecut prin cap că aș avea grijă de un șarpe veninos?

Freyja își coborî privirea la pantalonii și pantofii eleganți pe care îi purta ca să-i facă lui Tobbi o impresie bună. Ce glumă! Mai bine s-ar fi îmbrăcat într-un costum safari.

— Nu e veninos, protestă Baldur în timp ce parca mașina pe aleea din fața Casei Copiilor.

— Ba da, e. Doar l-ai văzut și tu!

Freyja aruncă, iritată, o privire la ceasul de bord al mașinii. Plecase în pauza de prânz ca să vadă apartamentul și deja depășise timpul alocat, însă Baldur se purta de parcă el avea tot timpul din lume. Și el ar fi trebuit să lucreze, dat fiind că asta era una dintre condițiile să-și ispășească restul pedepsei la casa de reeducare, însă el izbutise să facă o manevră cu unul dintre amicii lui lipsiți de scrupule. Prin urmare, era liber când îi poftea inima, în pofida hârtiilor care dovedeau exact contrariul. Cu toate astea, se revanșase în ochii Freyjei dedicându-și timpul rămas fiicei sale, în loc să pună la cale următoarea manevră ilegală.

— Freyja, e un piton. Pitonii nu sunt veninoși.

— Iisuse! De parcă așa ar fi mai bine! Pitonii pot prinde oamenii în strânsoarea lor până-i omoară.

Freyja își desfăcu centura de siguranță imediat ce mașina se opri.

— În caz că n-ai observat, mai sunt și ilegali în Islanda. N-aș fi deloc surprinsă dacă pitonii s-ar afla în fruntea listei cu animale de companie interzise.

— Calmează-te!

Baldur își desprinse mâinile de pe volan și continuă:

— Gândește-te mai bine: nu-i chiar atât de rău. Pitonul are camera lui proprie și nu trebuie să mănânce decât o dată pe săptămână. Mai toată viața și-o petrece dormind. Nici n-ai să-l bagi în seamă. Doar nu trebuie să-l scoți la plimbare sau ceva de genul, ci doar să-l hrănești și să-i mai cureți cușca din când în când. Atâta tot. Și-n schimb, primești apartamentul la un preț de nimic.

Freyja simți cum se încrețește pielea pe ea. Încercă să nu se gândească la procedura hrănirii șarpelui sau la ce anume avea în meniu. Izbutise să-și controleze reacțiile în fața lui Tobbi, care se dovedise liniștitor de normal, în pofida înfiorătorului său animal de companie și a neîndoielnicului său cazier extrem de colorat. Freyja se abținuse să țipe și să-l facă să o respingă atunci când deschisese ușa camerei șarpelui, ba chiar reușise și să nu vomite atunci când el îi descrisese obiceiurile culinare ale animalului. Pur și simplu nu dorea ca el să-și găsească alt chiriaș înainte să ia ea o decizie. Avantajul era că apartamentul arăta fantastic; dezavantajul era că venea la pachet cu afurisitul ăla de șarpe. Încă nu putea să se hotărască ce cântărea mai greu.

— Ascultă, acum nu mai pot sta la taclale, Baldur. Am întârziat la serviciu. Și trebuie să mă mai gândesc.

— Să nu te gândești prea mult. Tobbi are nevoie cât mai repede de un chiriaș.

— Știu.

Freyja se răsuci spre Saga și îi dădu un pupic de la revedere. Încruntătura permanentă a Sagăi rămase constantă, însă fetița ridică totuși o mână și flutură din degetele ei dolofane într-un fel de adio. Freyja nu rămăsese deloc surprinsă când nepoțica ei se luminase toată de plăcere la vederea șarpelui.

— N-ai să faci nimic prostesc, cum ar fi să-l dai în gât la polițai? Tobbi ar fi distrus. Iubește pitonul ăla ca pe un copil.

Baldur își aplecă ușor capul ca să se uite la Freyja.

— Sigur că nu.

Chiar nu-i venise o asemenea idee. Căci deși era prin însăși natura ei sinceră și cu respect față de lege, se obișnuise deja să facă excepții pentru Baldur. Lui nu îi aplica aceleași unități de măsură ca altor oameni, între care se număra și ea. Doar era fratele ei; singura rudă care conta pentru ea. În afară de Saga, bineînțeles.

— Te sun mai târziu.

Freyja închise portiera și intră în Casa Copiilor. Trăgea nădejde că femeile alături de care lucra uitaseră din ce motiv ieșise din clădire, întrucât nu se afla deloc în dispoziția necesară să ciripească plină de entuziasm despre apartament.

Freyja ridică privirea din ecran, adâncită în gânduri. După ce trecuse prin toată arhiva cu interogatorii cu victime aflate sub protecția Casei Copiilor, se întorsese la biroul ei și începuse să scotocească prin dosarele Agenției pentru Protecția Copilului după băieți de vârsta lui Siggi, cu numele de Sigurdur. Fără îndoială că deja îl căutase cineva și acolo, însă asta n-o oprea. Voia să vadă rezultatele cu ochii ei.

Cu toate astea, înainte de a începe, petrecuse un pic de timp căutând informații despre cum să ai grijă de șerpi pe post de animale de companie. Disperată cum era ea după o locuință, ideea coabitării cu un șarpe o umplea totuși de anxietate. Nu atât pentru ea, cât pentru Saga. Ar fi fost sigur pentru un copil mic să stea în același apartament în care se afla și un piton? Când căută pe Google, simplul număr al rezultatelor o luă prin surprindere. Se părea că șerpii sunt niște animale de companie destul de populare și că existau o mulțime de proprietari de pitoni pasionați, dornici să-și împărtășească experiențele cu alții. Freyja află că era destul de sigur să păstrezi un piton, atât timp cât acesta nu depășea doi metri și jumătate în lungime. Freyja habar n-avea cât de lung era șarpele lui Tobbi, din moment ce acesta era încolăcit când îl văzuse ea. Judecând totuși după dimensiunea cuștii, nu era chiar pui. Freyja se hotărî să-l pună pe Baldur să-l întrebe ce lungime are pitonul, iar dacă acesta nu-i putea răspunde la întrebare, avea de gând să meargă ea însăși acolo cu o ruletă și să-l măsoare.

De obicei nu avea timp de pierdut în scopuri personale la muncă, însă pentru prima dată, era și ea la zi cu sarcinile. De când Baldur fusese transferat la casa de reeducare, acesta petrecuse tot mai mult timp acasă în timpul zilei, ceea ce însemna că ea rămăsese mai mult timp la serviciu. Drept rezultat, dimineața era de obicei întâmpinată de un birou curat. Niciun raport, niciun dosar în lucru, hârtii rătăcite sau pahare cu cafea doar pe jumătate băută. Fără grămezi de pixuri. Biroul ei arăta de parcă doar ce-ar fi început să lucreze aici. Nu că și-ar fi evitat fratele, ci pur și simplu voia să-i ofere mai mult spațiu. La urma urmei era apartamentul lui și ea aproape că se simțea ca un locatar ilegal acolo. Iar Baldur avea și el nevoie de timp pe care să-l petreacă singur, pentru a se putea obișnui cu libertatea nou dobândită. Iar ea spera că el avea să găsească pacea și liniștea necesare ca să recapete controlul asupra propriei vieți și să pășească direct în viitor, însă trebuia totuși să recunoască în sinea ei că mult mai probabil ar fi fost ca el să se folosească de spațiul personal pentru a pune la cale escrocherii mai elaborate.

Mulțumită căutărilor pe internet, acum era mult mai bine informată despre șerpi, însă cazul lui Siggi continua să rămână învăluit în ceață. Descoperise mai mulți băieți cu numele ăsta în dosarele serviciilor sociale, însă niciunul nu era de aceeași vârstă cu el. Deși sperase să-i găsească numele complet și o explicație a situației lui prezente, nu rămânea deloc surprinsă de lipsa de succes a rezultatelor. Dacă existase ceva în sistem, cu siguranță altcineva ar fi descoperit deja.

Nimic din comportamentul lui Siggi nu indica neglijență sau abuz. Ba, dimpotrivă. Aducându-și aminte de ce desenase băiatul la secția de poliție, își dori să fi fost și ea prezentă acolo ca să-l țină sub observație, întrucât el probabil că vorbise singur în timp ce își vedea de treabă. Din păcate totuși, el o făcuse cât timp ea dăduse o fugă până la toaletă, așa că fusese nevoită să se mulțumească doar cu explicația băiatului cu privire la ce înfățișa desenul. Cu ochiul ei de expert, dedusese că mama era figura centrală din viața lui. Siggi o desenase mai mare și avusese cea mai mare grijă cu imaginea ei. El era cel mai mic și tatăl lui era la mijloc. Atât mama, cât și Siggi erau desenați zâmbind, în timp ce tatăl avea gura reprezentată printr-o linie dreaptă. Dumnezeule, spera din tot sufletul să nu li se fi întâmplat nimic rău părinților!

Cu toate astea, părea destul de puțin probabil ca lucrurile să stea așa, dacă era să-l creadă pe Huldar. El și polițista cea tânără își făcuseră apariția acasă la ea în legătură cu un caz de crimă. Tot ce aflase până acum era că victima, Helgi, deținea apartamentul în care fusese găsit Siggi. La știri încă nu apăruse nimic: majoritatea buletinelor de știri obișnuite din ultimele 24 de ore se concentraseră pe vizita oficială a delegației chineze, prezentând imagini cu ministrul de externe chinez vizitând obiectivele turistice locale, inclusiv centrala electrică geotermală, fosta clădire a parlamentului din parcul național Thingvellir, Casa Höfdi, palatul prezidențial din Bessastadir, izvoarele fierbinți de la Geysir și o fermă oarecare. El și suita sa făceau eforturi zadarnice să pară interesați de ce vedeau, însă nu păcăleau pe nimeni. Trebuia totuși să-i înțelegi și pe ei — fusese în mod clar un program încărcat.

Gândurile îi fură întrerupte când ușa de la birou se deschise și înăuntru pătrunse directoarea Casei Copiilor. Femeia o întrebă dacă o întrerupe de la ceva și Freyja îi răspunse sincer că nu e cazul.

— Doar ce-am primit rezultatele consultului medical al băiatului descoperit în apartament, o anunță directoarea. Copilul n-a fost victima vreunui soi de abuz sexual sau de orice alt fel.

Freyja citi repede raportul. Deja auzise varianta verbală și nu afla nimic nou. Șefa ei rămase în picioare în acest timp, aparent așteptând un răspuns, dar ce mai era de zis? Siggi nu prezenta nicio rană. Anumite părți ale corpului sunt mai predispuse să indice dovezi ale unor violențe ce nu prea au cum să fie rezultatul unui accident: interiorul brațelor și al coapselor, de exemplu, precum și spatele, organele genitale și fesele. Aceste zone fuseseră cercetate cu mare atenție, însă nu se descoperise nimic: nicio rană nouă, nicio cicatrice, nicio rană mai veche. Radiografia susținea și ea aceeași poveste: nicio fractură, nici mai recentă, nici mai veche; nici oase rupte și vindecate.

Însă violența împotriva copiilor nu se limita doar la abuzul fizic sau sexual. Neglijarea și cruzimea psihică nu apăreau la radiografii sau pe membrele copiilor. De-a lungul carierei, Freyja întâlnise nenumărate victime ale cruzimii psihice, așa că îi era bine-cunoscut comportamentul lor în asemenea cazuri. Unii copii erau victime ale unui stres cronic, alții, ale unor incidente sporadice ce ajungeau să se transforme într-unele cu adevărat grave. Potrivit opiniei ei profesionale, Siggi nu se încadra în acest profil. Însă firește că nu poți fi niciodată sigur. Copiii sunt afectați în mod diferit de o astfel de traumă și unii fac față mult mai bine ca alții, demonstrând o capacitate de-a apela la niște misterioase rezerve de forță interioare.

Ceea ce era atipic aici era faptul că Siggi nu părea deosebit de anxios sau de supărat din pricina absenței părinților săi. Majoritatea copiilor ar fi fost de neconsolat, însă ea, una, nu-și amintea să-l fi văzut vreodată vărsând măcar o lacrimă. Dar, firește, acest lucru s-ar fi putut datora și împrejurărilor deosebite: nu aveai nevoie de cine știe ce ca să le distragi copiilor mici atenția, pentru ei polițiștii erau ceva extraordinar. Era posibil ca Siggi să fi fost prea preocupat de toată agitația iscată în jurul său. Poate că avea să cedeze mai târziu, în pacea și liniștea relative de la casa de îngrijire pentru copii.

Freyja îi mulțumi șefei, iar aceasta o lăsă singură în birou. Imediat ce plecă femeia, Freyja se și repezi la telefon și sună la casa unde se afla Siggi. La telefon îi răspunse o femeie pe nume Heidrún, care își dădu imediat seama la ce caz se referea Freyja, din moment ce fusese prezentă când Didrik îl adusese pe băiat acolo cu o seară înainte.

— Mă întrebam dacă nu cumva ai observat vreun semn că lui Siggi îi e dor de părinții săi?

— Abia dacă i-a pomenit, replică femeia. Dar nu e chiar neobișnuit. Încercăm să-i distrăm pe copii și să-i ținem ocupați cu activități plăcute. De fapt, și-a menționat o dată mama în fața celorlalți copii, când nu eram eu în cameră. Se pare că le-a zis că o luase omul cel rău. Firește, exact ăsta e genul de lucru pe care l-ar crede un copil ca Siggi. Nu înseamnă neapărat că se referea la cineva anume.

— Dar lacrimi sau alte semne ale unei tulburări profunde? Era supărat aseară când a mers la culcare, de exemplu?

— Nu, nu era. A adormit și gata. Destul de repede după ce-a pus capul pe pernă.

— Ciudat! M-aș fi așteptat să prezinte semne de anxietate.

— Da. Și eu la fel. Însă, cum ziceam, am mai văzut genul ăsta de reacție. Unii copii pur și simplu se adaptează mai repede decât alții. Siggi mi se pare genul de copil încrezător; am căpătat senzația că el consideră că totul are să fie bine până la urmă. Pare să ne creadă când îi spunem că e doar o chestiune de timp până ce părinții săi vor veni ca să-l ia înapoi.

Heidrún rămase tăcută o clipă, apoi o întrebă:

— Ai primit cumva vreo veste despre cum merg lucrurile cu identificarea lor?

— Nu. Nu cred că s-a ajuns la niciun rezultat.

— Ce ciudat!

Femeia se opri iar, apoi zise:

— Apropo de ciudățenii, am observat totuși ceva în purtarea lui care mi s-a părut nițel cam bizar. Poate că nu e important, dar cred c-ar trebui să afli și tu.

— A, da? Ce anume?

— A spânzurat o păpușă Barbie. Poate că nu asta i-a fost intenția; poate că voia s-o coboare cu ajutorul unei funii dintr-un elicopter sau ceva de genul. Doar că, atunci când l-am întrebat, a negat că o făcuse. Chestia e că niciunul dintre ceilalți copii n-avea cum să fi făcut asta. Faptul că a mințit mi s-a părut mai ciudat decât că a executat păpușa. Altminteri, băiatul e tare drăguț și amabil cu ceilalți; pare complet atipic pentru el să mintă. Dar și desenele lui sunt destul de violente — acoperite de mâzgălituri roșii. Când l-am întrebat ce reprezintă, a răspuns că e sânge.

Freyja ridică din sprâncene.

— Chiar așa? A făcut un desen și când era la secția de poliție, însă era un desen banal doar cu el și părinții lui. Bine, n-a avut decât două culori din care să aleagă. Poate că ar fi adăugat și niște sânge dacă ar fi avut și creionul roșu.

După ce închise, Freyja rămase pe gânduri. Era oare posibil ca Siggi să-și fi făcut griji pentru starea în care se aflau părinții săi, după cum se părea? Poate că desenele reprezentau o supapă de refulare pentru propria anxietate. Sau poate că bietul copil asistase la ceva despre care nu le zicea nimic?

Mobilul Freyjei sună. Când pe ecran apăru numele lui Huldar, schiță o grimasă scurtă, nefiind sigură dacă apelul avea legătură cu ancheta sau dacă nu cumva reprezenta încă o încercare de-a o invita să ia masa în oraș.

— Bună! Ce-ai zice de o plimbare cu mașina?

Înainte să apuce ea să spună nu, el începu să dezvolte ideea, făcând-o să-i accepte instantaneu propunerea. Planul era să-l conducă pe Siggi prin oraș, în speranța că-i vor găsi casa. Trăseseră linie după ce dăduseră de urma tuturor băieților de vârsta lui cu numele de Sigurdur cu tați ale căror nume începeau cu S. Înainte de-a lărgi aria de căutare, se gândiseră că merita încercată și această metodă. Agenția pentru Protecția Copilului le dăduse undă verde și se arătase de acord ca Freyja să-l însoțească în calitate de reprezentant al lor, dat fiind că nu era disponibil nimeni altcineva.

Freyja închise și începu să se pregătească. În vreme ce-și trăgea fermoarul gecii, își dădu seama că se simțea aproape dezamăgită că Huldar nu încercase să flirteze cu ea.

Alungând iute gândul, ieși din birou.

Capitolul 14

Mașina se opri la semafor. Siggi își mută privirea de la geam la ceafa lui Gudlaugur, aflat la volan. De pe scaunul din dreapta, Huldar îi făcu încurajator cu ochiul băiatului. Entuziasmul lui Siggi că putea să meargă cu o mașină de poliție scădea acum, când umblau prin oraș deja de mai bine de-o oră. Nădăjduiseră că avea să vadă ceva cunoscut care să îi ajute să identifice zona în care locuia, însă singurele lucruri pe care băiatul li le arătase erau puncte de interes pe care le cunoștea toată lumea: piscina Laugardalur, mallul Kringlan, biserica Hallgrímskirkja și marea cupolă de sticlă a muzeului Perlan.

La început, se concentraseră pe cartierele care se potriveau descrierii lui: fără vedere către Esja, Hallgrímskirkja sau la mare. Freyja deja pierduse șirul străzilor pe care se învârtiseră în sus și-n jos, fără niciun rezultat. Băiatul se uită atent la casele, la blocurile de apartamente și la terasele pe lângă care treceau, însă nu recunoscu nimic. Se dovedea că nu era suficient de mare ca să observe asemănările dintre anumite tipuri de clădiri și cea în care locuia, ceva care să le mai îngusteze nițel aria de cercetare. Existau doar două categorii: casa lui sau casa care nu era a lui.

Încercaseră să se plimbe și prin Kópavogur, orașul aflat imediat la sud, în caz că băiatul l-ar fi considerat tot Reykjavik, însă când ajunseseră acolo, el parcă păruse și mai nedumerit. Nici măcar nu recunoscuse obiectivele cele mai evidente, cum erau complexul Smáralind sau magazinul Toys R Us.

— Acum pot primi înghețată?

Siggi se uita plin de speranță la Freyja, care ședea alături de el în spate.

— În curând. Trebuie doar să mai verificăm câteva străzi și, când terminăm cu asta, îți luăm înghețată. Cu topping.

Băiatul surâse și se întoarse să privească pe geam. Stătea pe o pernă care-l înălța suficient de mult ca să privească afară.

— Vreau să merg în Florida. La Disneyland.

În mod clar, era un test pentru a descoperi cât de departe putea ajunge cu dorințele. De la înghețată cu topping la Disneyland. Un salt destul de important.

— Drăguță încercare, Siggi, dar mă tem că nu te putem duce acolo! râse Freyja. Însă poți primi înghețată.

— Siggi, vezi casa ta pe undeva?

Gudlaugur profită de ocazie, cât timp mașina era oprită la semafor, ca să arunce o privire scurtă peste umăr către băiat. Îi puseseră de atâtea ori această întrebare, încât începea să devină ridicolă. Siggi deja cunoștea scopul plimbării.

— Nu.

Gudlaugur se întoarse iar cu fața spre parbriz, semaforul se făcu verde și plecară mai departe.

— Mami n-are voie să conducă.

Din când în când, băiatul mai oferea bucățele de informații despre viața sa, dar niciuna nu avea vreo legătură cu căutarea lor. Însă Freyja încerca mereu să-l facă să dezvolte ideea, în speranța că până la urmă se va ivi și ceva util.

— Din ce cauză, Siggi?

— Pentru că are burtica foarte grasă. Bebelușul dinăuntru e atât de mare, încât volanul i-ar putea sparge burtica dacă ar pune frână.

Băiatul continuă, plin de imaginație, să povestească, strâmbându-se și strângându-și propria burtică.

— A, da, firește.

Freyja încercă să atingă ceva ce le-ar fi putut oferi o pistă:

— Dar tăticul tău o duce cu mașina atunci când are nevoie să ajungă undeva?

— Da, uneori.

— Și tu ai voie să mergi cu ei?

— Da, întotdeauna. Nu am voie să rămân singur acasă.

— Unde ai fost cu ei? Îți mai amintești?

— O dată, am mers la spital.

— Desigur. Și doctorul s-a uitat la burtica mămicii tale?

Siggi se uită la Freyja surprins.

— De unde știi?

— Pentru că atunci când mămicile urmează să aibă un bebeluș, adesea merg să le consulte un doctor, care trebuie să se asigure că e totul în regulă.

Siggi se încruntă.

— Nu genul ăla de umflătură.

— Oh? Dar atunci ce gen?

— O umflătură aici.

Siggi arătă spre tâmpla lui, adăugând:

— Umflătura o făcea să se simtă rău. În mașină.

— O, chiar așa? Ce s-a întâmplat?

Freyja avu grijă să formuleze întrebarea vag, pentru a nu influența răspunsul lui Siggi, din moment ce informația despre rană se putea dovedi folositoare. Cu siguranță Urgențele din Reykjavik trebuiau să păstreze informații pe care le puteau folosi pentru a o identifica pe femeie. Era greu de crezut că existau chiar atât de multe femei gravide care fuseseră aduse la spital cu o umflătură la tâmplă. Dacă însă fusese trimisă de către medicul de familie, sarcina lor ar fi devenit ceva mai complicată, dat fiind că existau o mulțime de cabinete de familie în zona capitalei și niciun sistem centralizat de evidență.

— S-a rănit singură.

— O, Doamne! Și cum s-a rănit?

Siggi ridică din umeri și se uită, fără să le vadă, la casele ce mărgineau strada.

— Pur și simplu s-a lovit.

Freyja se hotărî să abandoneze deocamdată subiectul și abordeze o altă pistă.

— Și doctorul a ajutat-o?

Încă o dată, băiatul ridică din umeri.

— I-a pus un plasture?

— Nu.

— Când s-a întâmplat asta?

— Acum mult timp.

Surâsul Freyjei devenea tot mai reținut. Copiii de patru ani posedă o percepție foarte abstractă asupra curgerii timpului. Pot înțelege „înainte“ și „după“, însă când spun despre ceva că s-a întâmplat ieri, la fel de bine s-ar fi putut întâmpla cu câteva zile sau chiar cu o săptămână mai devreme. Iar atunci exista o șansă aproape infimă ca Siggi să le poată spune dacă incidentul descris de el avusese loc luna trecută sau acum șase luni.

— Erau desene animate la televizor în acea dimineață?

Întrucât posturile de televiziune islandeze difuzau desene animate doar în diminețile de weekend, poate că putea îngusta căutarea la zilele de weekend. Gândindu-se la discuția telefonică avută cu femeia de la casa de îngrijire pentru copii, care pomenise de minciuna băiatului în legătură cu păpușa Barbie, Freyja spera că băiatul nu inventase această poveste.

— Nu.

Freyja își ascunse dezamăgirea.

— Atunci, era de Crăciun?

— Nu.

— Crăciunul deja trecuse?

Siggi părea să fi căzut pe gânduri.

— Da. I-am dat mămicii un fular de Crăciun. E roz. Dar l-a mânjit cu sânge în mașină. Și nu mai iese. Acum fularul are sânge pe el.

După expresia lui, Freyja înțelese că fularul era și mai interesant pentru el din cauza asta.

— Purta fularul murdar de sânge când au fost lansate artificiile de Anul Nou?

Freyja văzu cum Huldar se întoarce în scaun, la fel de dornic ca și ea să audă răspunsul.

Siggi căzu preț de câteva secunde pe gânduri.

— Da. Tati nu voia să îl poarte când a fost aprins focul cel mare, însă ea tot l-a purtat. Iar el s-a supărat. El mereu se supără.

Mai aproape de-atât Freyja n-avea să ajungă cu informațiile. Femeia primise un fular de Crăciun și îl mânjise cu sângele de la o rană care o determinase să meargă la Urgențe. Pata de sânge rămăsese pe fular în noaptea de Anul Nou. Trebuiau să se mulțumească cu acest interval de timp.

— Când mămica ta a mers la spital, s-a dus la Urgențe?

— Nu știu.

— Ai mers și tu cu ea?

— Da. Dar eu am așteptat afară. Cu tati. Nu ni s-a dat voie să intrăm înăuntru, pentru că noi nu eram bolnavi. Doar mami a mers.

— Erau multe persoane care așteptau afară, la fel ca voi?

— Da. Iar unii erau beți.

Siggi privi cu atenție fața Freyjei, ca să vadă cum avea ea să reacționeze la această veste extrem de șocantă.

— Tati a zis asta. Iar un bărbat chiar avea o bere cu el.

Băiatul pesemne că descria Urgențele. Bețivii rareori mergeau la cabinete de familie particulare.

Huldar ridică pumnul și lovi ușor plafonul mașinii, într-un gest triumfător neauzit. Probabil că tocmai primiseră un indiciu vital. Nu mai era nevoie să umble brambura prin cartiere, urmărindu-l pe băiat cum se uită în gol la șirurile nesfârșite de case.

— Bun așa, Siggi! Ce zici de o înghețată?

Didrik de la Agenția pentru Protecția Copilului îi aștepta la casa de îngrijire pentru copii, în micul său birou înghesuit, cu o cană de cafea în față. În momentul în care se înghesuiseră toți acolo, nu mai era loc să mai bagi nici măcar un copil mic. Însă erau nevoiți să se mulțumească cu aceste condiții precare; era singurul loc unde puteau închide ușa pentru a avea un pic de intimitate.

— Nimic? o întrebă Didrik pe Freyja după ce trecură de replicile de complezență.

Freyjei nu-i venea să creadă cât de sexy era bărbatul din fața ei. Când îl întâlnise prima dată, i se păruse că barba îi oferea un aspect de hipster afectat, însă acum descoperi că mustața cu vârfurile date cu ceară îl făcea să pară mai degrabă trăsnet. Și tunsoarea la fel — ras în părți și cu o fâșie de păr mai lungă, dată la greu cu gel, în vârful capului. Ba chiar se obișnuise și cu inelul lui din nas. Dacă reușești să ajungi în pat cu un asemenea bărbat, cu siguranță că nu s-ar arăta deosebit de deranjat de prezența unui șarpe încolăcit în camera de-alături. Izul de lămâiță ce plutea în jurul lui o făcea să-l placă și mai mult. Evident, nu și pe Huldar; acesta strâmbase din nas când dăduseră noroc și acum părea că se bosumflase de-a binelea.

Dacă era să fie sinceră, trebuia să admită că nici pe Huldar probabil că nu l-ar fi deranjat șarpele din camera de-alături. Ba poate nici măcar unul încolăcit sub pat — sau, de ce nu, chiar în pat.

Didrik repetă întrebarea:

— Chiar nimic?

— Din păcate nu i-am găsit casa. Însă a lăsat să-i scape o bucățică de informație despre mama lui care sperăm că ne va fi utilă. Rămâne de văzut.

Huldar părea nerăbdător din pricina schimbului de cuvinte. Scoase ceva din buzunar și i-l întinse Freyjei. Când aceasta văzu că e vorba de o ruletă, rămase un pic descumpănită, gândindu-se că el aflase, nu se știe cum, de piton și acum îi oferea instrumentul necesar măsurării lui. Însă temerile ei erau nefondate.

— Trebuie să aflăm ce înălțime are băiatul, rosti Huldar abrupt. Trebuie să fie unul dintre voi prezent când îl măsor.

Didrik clătină din cap, iar Freyja îi imită gestul.

Huldar ieși fără să mai adauge nimic, urmat de Gudlaugur. Pe Freyja n-o deranjă absolut deloc să rămână singură cu Didrik, care părea să degaje o personalitate liniștitoare deosebită, un soi de aură „m-am-născut-mișto". Freyja fusese mereu atrasă de acest gen de persoane; de oameni care se simt mult prea bine în propria lor piele ca să exprime ranchiună sau o atitudine negativă mult prea des întâlnită în ultima vreme. Se trezi că-și coboară privirea în căutarea unei verighete și surâse când văzu că singurul lui inel era unul cu un cap de mort imens din argint. Cu siguranță nimeni, oricât de puțin i-ar fi păsat de convenții, n-ar fi făcut schimb de inele cu cap de mort cu partenerul când se căsătorea, nu?

Didrik nu băgă de seamă interesul acordat de Freyja mâinilor sale. Sorbi din cafea fără să se grăbească și apoi spuse:

— Trebuie să completez un raport. Știi cumva cum se descurcă poliția cu localizarea părinților copilului? Altminteri va trebui pur și simplu să descriu împrejurările în care a fost găsit și declarația îngrijitoarei cu privire la comportamentul și nivelul progresului lui. Pe șefii mei nu-i interesează dacă băiatul poate face distincția între galben și verde: vor doar să vadă dacă e nevoie să căutăm o soluție mai de durată pentru el.

— Nu fac cine știe ce progres. Dar e posibil ca oamenii de la Urgențe să aibă informația care va permite poliției să-i identifice mama. Doar atât știu, din păcate.

Freyja își dorea să-i poată oferi ceva care să-l ajute cu raportul. Cu și mai mare ardoare își dorea ca el să o invite în oraș. Trecuse mult timp de când ieșise ultima oară la o întâlnire care să nu se încheie printr-o strângere de mână stânjenitoare și speranța nerostită de ambele părți ca toată vorbăria lor să fi fost doar din politețe și nimic mai mult.

— Ciudată situație!

Didrik se întinse iar după cană și mâneca i se ridică puțin, lăsând să se vadă o bucățică din tatuaje. De sub manșetă se zăreau ghearele galbene desfăcute ale șoimului care îl fascinase atât de mult pe Siggi. Pregătit să-și înșface prada și să nu-i mai dea vreodată drumul. Ghearele dispărură când Didrik își duse cana la gură.

— Vrei să vezi?

Îi întinse Freyjei o coală de hârtie cu raportul îngrijitoarei Heidrún.

Freyja parcurse în diagonală textul, care se potrivea cu discuția lor telefonică de mai devreme. Era acolo o scurtă declarație cum că desenele lui Siggi erau neobișnuit de violente pentru un băiat de patru ani. Nicio încercare de a le explica, în afară de a sugera faptul că era posibil ca băiatului să i se fi îngăduit să se uite la emisiuni TV nepotrivite. În afară de asta, nimic care să indice probleme acasă. Băiatul era îngrijit, curat și îmbrăcat în haine potrivite acestui anotimp. Nu avea carii și nici clei în urechi, iar părul și unghiile îi erau tăiate așa cum trebuie. Chipul lui nu trăda semne ale sindromului tipic consumului de alcool în timpul sarcinii și dezvoltarea lui fizică indica faptul că nevoile lui nutriționale erau îndeplinite. Trupul său nu prezenta alte semne de violență în afară de zgârieturile din palme, pe care, potrivit spuselor sale, le căpătase când căzuse pe terenul de joacă. Nivelul limbajului era normal pentru vârsta lui și nici nu avea probleme de comunicare cu adulții sau cu ceilalți copii. Și dezvoltarea lui mentală era normală. Nu arăta semne de stres sau de tristețe profundă, în afară de momentele în care-și aducea aminte de absența părinților săi. Cu alte cuvinte, era extrem de puțin probabil ca băiatul să fi avut parte de orice altceva în afară de o educație stabilă și de calitate.

Didrik luă înapoi raportul de la Freyja.

— Se poate să fi plecat din țară? În vacanță, de exemplu? Să-l fi lăsat pe băiat cu o bonă și lucrurile să fi luat-o razna? Sau poate c-au plecat într-o excursie la țară și și-au parcat mașina într-un loc care să nu poată fi văzut de pe șosea?

Freyja clătină din cap.

— Nu prea cred.

Însă Didrik încă nu renunțase la posibilele teorii care să explice dispariția părinților.

— Dar otrăvirea? Se poate să-și fi pierdut cunoștința din cauza inhalării de gaze toxice sau a vreunei toxiinfecții alimentare și să zacă prăbușiți în casă, în comă?

— Tot ce pot spune, judecând după problemele pe care le întâmpinăm să găsim casa băiatului, e că există un risc ca povestea asta să nu aibă un final fericit. Sper doar să mă înșel.

Deși Didrik nu cunoștea absolut toate detaliile cazului, în mod evident avea și el aceleași temeri ca și ea: că părinții lui Siggi erau ori inconștienți, ori mai rău de-atât.

Se deschise ușa și Huldar intră însoțit de Gudlaugur, silind-o pe Freyja să se înghesuie și mai mult în Didrik. Simțea căldura ce radia dinspre el prin puloverul subțire și trăgea nădejde ca detectivii să nu trebuiască să iasă iar afară. Însă dorința nu-i fu îndeplinită.

— Bun, l-am măsurat pe băiat și acum trebuie să plecăm. Freyja, te descurci singură să faci rost de o mașină?

Lui Huldar păru să-i vină greu să rostească această ultimă parte și evită să se uite la ea.

Înainte ca Freyja să aibă timp să spună că va lua autobuzul, Didrik se grăbi să intervină:

— Am eu mașina. Te pot lăsa în drum.

Nici c-ar fi putut pica mai bine pentru ea, deși avu grijă să nu-și trădeze bucuria. Ar fi fost dispusă să stea și pe partea din spate a șeii motocicletei lui Didrik, dacă ar fi fost nevoie. Huldar nu făcu niciun efort să-și ascundă iritarea.

Capitolul 15

Atmosfera de la Urgențe era apăsătoare. Lumea stătea cocoșată pe scaune, aparent resemnată să aștepte la nesfârșit. Majoritatea oamenilor butonau pe telefon, dar judecând după plictiseala de pe fețele lor, deja terminaseră de explorat până și limitele cele mai îndepărtate ale internetului. Aproape toți ridicară privirea când Huldar și Gudlaugur se apropiară de recepție și anunțară că sunt de la poliție. O scânteie de interes li se aprinse în ochi, după care se stinse imediat când polițiștii fură imediat conduși înăuntru. Fără arestări, fără spectacol.

Ajunși înăuntru, Huldar și Gudlaugur se treziră în fața unui hol pustiu, punctat ici-colo de ușile închise ale cabinetelor de consultații, între care se aflau piese de echipament portabil și diverse cărucioare, gata să fie folosite. Se deschise o ușă, însă asistenta care ieși nu le aruncă nici măcar o privire, ci doar dădu buzna în următoarea încăpere, aproape în fugă. În mod evident, așteptarea îndelungată de la recepție nu era cauzată de lenea personalului.

— Trebuie să mă întorc la secție. Unde e doctorița?

Gudlaugur stătuse ca pe ace încă de când Erla îl trimisese împreună cu Huldar să scotocească străzile împreună cu Siggi.

— Poate c-o fi ocupată să opereze vreo fractură deschisă. Am văzut la știri că încă un turist s-a prăbușit de pe un munte. Am putea sta aici toată ziua.

Văzând expresia oripilată a lui Gudlaugur, Huldar regretă că-l necăjise. Credea că știe de ce era atât de agitat colegul său: încă mai trebuia să termine de verificat înregistrările camerelor de supraveghere din centrul orașului până la ședința din dimineața următoare și se temea că Erla avea să încredințeze altcuiva sarcina dacă nu revenea mai repede la birou. Era vina lui că uitase să mai șchiopăteze în prezența ei.

— Ne vom întoarce cât ai zice pește, îl liniști Huldar. Nu-ți face griji, Erla n-o să încredințeze înregistrările altcuiva. Nu avem personal suficient.

Partea asta era adevărată. Erla avea o mare problemă cu găsirea personalului necesar, astfel încât se văzuse ea nevoită să preia o parte din sarcini, ceea ce însemna că nu mai avea timp să supravegheze totul. Doar ce îi luase o declarație lui Leifur, fratele lui Helgi, ceea ce, din spusele ei, fusese o adevărată pierdere de vreme, dat fiind că îi spusese aceeași poveste ca și părinții victimei: lui Helgi nu avea cine să-i poarte sâmbetele, nu-l cunoștea pe Siggi și nu avea absolut nicio legătură cu cadavrele aruncate de mare la țărm. Nimic din ce spuseseră ei nu părea să-i ajute să înainteze cu ancheta. Însă acum, cu puțin noroc, poate că în sfârșit aveau să ajungă la un punct de cotitură.

Înainte să-i poată răspundă Gudlaugur, Huldar simți o bătaie pe umăr și se întoarse spre o femeie de vârstă mijlocie aflată în spatele lui, îmbrăcată într-un halat alb care-i acoperea uniforma. Era subțirică și părea extrem de obosită.

Când aflară că ea era doctorița cu care trebuiau să se întâlnească, se prezentară amândoi, zâmbind politicos.

Strângerea ei de mână era fermă și caldă. După ce trecură de prezentări, ea spuse:

— Nu am decât maximum un sfert de oră la dispoziție, așa că v-aș sugera să treceți direct la subiect.

Fără să mai adauge și altceva, îi conduse într-o cameră dotată doar cu un mic birou cu un calculator și două scaune pentru oaspeți. Se ivi un moment stânjenitor când cei doi bărbați încercară să facă să le încapă picioarele lungi în spațiul îngust.

— Am verificat datele bazându-ne pe informațiile pe care ni le-ați furnizat.

Femeia își așeză mâna pe niște foi printate aflate lângă tastatură. Unghiile îi erau tăiate din carne și nu purta nici inele, nicio vreo altă bijuterie.

— Căutăm o femeie gravidă care a venit cu o rană la cap între Crăciun și Anul Nou, corect?

Conștienți că trebuie să se grăbească, Huldar și Gudlaugur încuviințară fără să mai zică ceva, pentru a nu mai irosi timpul prețios al femeii.

Doctorița încuviință și ea din cap drept răspuns.

— Cred că am găsit-o pe femeia pe care o căutați.

Huldar considera că acest răspuns merita să-l facă să deschidă gura.

— Minunat! Cu adevărat minunat!

În sfârșit, ajungeau undeva!

Ignorându-i încântarea, doctorița continuă:

— Deși nu putem fi siguri că ea e persoana pe care o căutați, e singura pacientă care se potrivește descrierii voastre.

Aruncă o privire la printuri, ridică foaia de deasupra și începu să recite pe un ton mecanic:

— Incidentul despre care credem că ar fi cel menționat de voi s-a petrecut pe 27 decembrie: o rană la cap rezultată în urma unei lovituri. Femeia avea o vânătaie imensă în jurul unei răni ce sângera, chiar deasupra tâmplei drepte, însoțită de amețeli și o durere de cap ca urmare a unei contuzii. Rana a necesitat cinci copci și pacienta a fost ținută sub observație până ce am putut fi siguri că nu era vorba despre o contuzie gravă și că nu survenise și o hemoragie craniană. De asemenea, am făcut și teste ca să ne asigurăm că bebelușul pe care trebuia să-l nască nu era afectat. După ce am ajuns la concluzia că nu există complicații, am externat-o, cam la patru ore după ce fusese internată. A fost sfătuită să nu se forțeze și să ia imediat legătura cu noi dacă avea din nou amețeli. De asemenea, dacă-i reveneau durerea de cap sau greața, ori dacă devenea confuză. Însă n-am mai primit nicio veste de la ea. În baza noastră de date nu apare când sau unde i-au fost scoase firele, deci presupun că a mers la medicul ei de familie pentru a i le scoate.

Huldar se foi agitat în scaun. Pe el nu-l interesau rănile femeii, ci doar numele ei. Deja se hotărâse să-i ceară lui Gudlaugur să conducă el pe drumul de întoarcere, pentru ca el să înceapă imediat s-o caute pe mama lui Siggi pe internet.

— Înțeleg.

Dar nu avu nicio șansă s-o facă pe doctoriță să se grăbească cu numele, pentru că ea continuă:

— Înainte de-a merge mai departe, ar trebui să vă spun ce anume i-a cauzat rana.

Huldar își înfrână un oftat, dar izbuti să dea aprobator din cap și să afișeze o mină interesată.

— Femeia a spus că s-a lovit de ușa unui dulap. Eram de serviciu în seara aceea și eu am fost cea care a consultat-o.

Făcu o pauză scurtă, apoi adăugă:

— Am fost și rămân convinsă că explicația ei e neadevărată.

— Neadevărată? interveni Gudlaugur, deși atât el, cât și Huldar știau perfect ce sugera doctorița.

— Da, neadevărată. Contuzia era rotundă și deloc asemănătoare cu rana pe care o capeți când te lovești de o ușă. Dacă ar fi să-mi dau cu presupusul, aș zice că cineva i-a aruncat cu un pahar în cap. Sau i l-a spart deliberat în cap. Asta ar explica tăietura, care a fost cauzată de un obiect ascuțit. Încă n-am întâlnit o ușă de dulap sferică, dotată cu margini ascuțite ca lama.

Huldar enunță concluzia evidentă:

— Abuz domestic.

— Da, foarte probabil.

Doctorița ridică privirea din hârtie.

— Un caz clasic, în opinia mea, deși femeia n-a vrut să recunoască. Evita să stabilească vreun contact vizual, povestea îi era neconvingătoare și prezenta semne vagi ale unor răni mai vechi, pe care nu le-a putut explica așa cum trebuie — practic puteam bifa toate căsuțele de rigoare. Ba chiar a dat semne de ușurare, lucru obișnuit în cazul acestui tip de victimă. Se știe de când lumea că un nou atac e iminent și că, odată ce s-a terminat, urmează o perioadă de respiro, când totul e roz și luminos și victimele mai pot lăsa o vreme garda jos. Ce e mai rău s-a terminat, pentru moment.

Pe fruntea doctoriței apărură câteva linii orizontale.

— Am auzit cum această situație este descrisă ca un fel de cutremur. Se acumulează tensiunea, până ce este eliberată cu o bubuitură. Apoi procesul se reia.

Ridică altă pagină și-și plimbă privirea în jos pe ea, adăugând apoi:

— Cum se întâmplă adesea în astfel de cazuri, am trimis-o să-și facă o ecografie, însă toate răspunsurile ei erau menite să-i acopere soțul. Nimic ieșit din comun.

Lăsă jos hârtia, conchizând:

— Sigur că m-aș putea înșela — nu pot exclude această posibilitate. Cazurile de genul ăsta sunt complicate. În fine, mi-am zis că ar trebui să vă aduc asta la cunoștință.

Întrucât informația se putea dovedi importantă pentru a stabili ce se întâmplase cu mama lui Siggi, lui Huldar i se trezise deja interesul. Numele ei mai putea aștepta. În situația de față, persoana responsabilă cel mai probabil de dispariția femeii era soțul. Nu era deloc un secret că unul din două cazuri de crimă din Islanda era legat de abuzul domestic. El doar trăgea nădejde că mama lui Siggi n-avea să se transforme și ea într-o dată statistică.

— Am înțeles că și soțul ei a venit odată cu ea. Și fiul ei cel mic. Ați stat de vorbă cu bărbatul?

— Da, foarte scurt. Soția lui a vrut să vină și el în camera de consultații, însă eu am pus piciorul în prag. Am bănuit din prima că el era cel care o atacase și normal că e inutil să pui niște întrebări preliminare cu agresorul de față. Ea a fost nevoită să-mi accepte decizia, însă n-a cooperat deloc cu mine, temându-se probabil că soțul ei avea să se înfurie că era nevoit să aștepte afară. Cum era și firesc, nu i-am oferit motivul adevărat când l-am împiedicat să intre odată cu ea. L-am folosit pe băiețel drept scuză, spunându-i că pentru el ar fi fost mai bine să nu fie de față, iar bărbatul a fost nevoit să accepte. Pacienta s-a liniștit imediat după aceea.

— Și asta a fost singura interacțiune cu el?

— Nu. Am stat un pic de vorbă cât timp i se completa formularul de externare, explicându-i semnele de avertisment la care ar trebui să aibă grijă și subliniind că soția lui avea nevoie de liniște și de pace în următoarele 24 de ore.

— I-ați pomenit și de bănuielile pe care le aveați?

— Da, i-am pomenit. I-am spus că sunt sceptică în privința versiunii soției sale asupra evenimentelor din seara aceea, dar am lăsat-o așa. Îl ținea pe băiețel în brațe în acel moment. Părea că micuțul adormise cât timp așteptaseră afară, însă nu-i vedeam fața și nu mă puteam exprima mai clar de-atât, în cazul în care acesta era treaz și ne asculta. În fine, oricum nu prea mai aveam ce să-i spun bărbatului și să nu știe și el. Dacă partenerii agresivi nu-și schimbă comportamentul pentru familia lor — pentru persoanele cele mai dragi lor —, este extrem de improbabil să o facă pentru că le-o cerem noi. Dar arăta zguduit. Mi-am îngăduit să simt un dram de speranță că teama de-a fi descoperit ar putea avea un oarecare efect asupra lui. Presupun că era doar partea naivă din mine.

Huldar îi întinse fotografia cu Siggi.

— El e băiatul?

Doctorița o luă și-i aruncă o privire scurtă.

— Mă tem că nu știu. Nu i-am văzut deloc fața.

I-o dădu înapoi lui Huldar, care o vârî la loc în buzunar, foarte dezamăgit.

— Nu ați depus plângere? o întrebă.

— Nu, n-am depus. Respectăm confidențialitatea pacienților noștri și nu raportăm incidente decât atunci când credem că persoana în cauză sau cei apropiați ei ar putea fi în pericol.

Doctorița trase aer adânc în piept înainte de-a adăuga:

— Din moment ce sunteți aici, presupun că raționamentul meu n-a fost cel corect.

— Așa se pare.

— În apărarea mea, femeia venea pentru prima oară la Urgențe. Semnele mai vechi pe care le-am văzut în timpul consultului erau vânătăi pe cale de vindecare și mai avea un petic pe scalp unde nu îi crescuseră decât niște fire scurte de păr. Am tras concluzia că părul îi fusese smuls în urma unei altercații recente. Însă niciuna dintre acele răni nu erau la fel de grave precum lovitura la cap. Vedeți voi, adesea abuzul domestic se agravează. Când devine tot mai serios, victimele ajung să vadă uneori adevărul. Sunt silite să înfrunte faptul că dacă lucrurile n-au să reintre pe un făgaș normal, situația se va înrăutăți tot mai mult. Credeam că femeia ajunsese deja în acel stadiu, cu toate că n-a vrut să-mi mărturisească nimic.

Nu era nevoie ca doctorița să se scuze în fața lui Huldar. Știa și el că abuzurile domestice nu survin de la sine. Relația dintre victimă și agresor transformă situația într-una mult mai dificil de rezolvat decât majoritatea infracțiunilor care ajung la poliție. Huldar nu era vreun expert, însă știa destul de bine că victimele au tendința să fie măcinate de sentimente contradictorii extrem de greu de deslușit: teamă, furie, iubire, ură, vină, autoînvinuire, anxietate, dispreț și rușine. Ceea ce complică mult lucrurile și face aproape imposibil pentru victimă să-și raporteze partenerul la poliție și să-l părăsească. În schimb, au tendința ori să se împace cu situația, ori să se agațe de speranța deșartă că lucrurile au să înceapă până la urmă să se îmbunătățească.

Huldar se hotărî să simplifice situația doctoriței. Vina nu-i aparținea ei sau proastei funcționări a Urgențelor.

— Nu suntem deloc siguri că dispariția ei are vreo legătură cu soțul, rosti el. Nici măcar nu suntem siguri că lipsește. Pur și simplu nu putem da de ea.

Doctorița își coborî privirea în raport.

— Dacă am calculat corect, acum sarcina ei trebuie să fi trecut deja de opt luni.

Ridică privirea spre Huldar, adăugând:

— Dacă a dispărut într-adevăr, sper să o găsiți cât mai repede.

— Și noi la fel.

Huldar scoase un carnet din buzunarul hainei și-l deschise la mijloc. Deși avea colțurile îndoite, paginile îi erau goale. De obicei, se baza pe memorie, lăsându-i pe alții să ia notițe, însă acum trebuia să fie absolut sigur că nu exista niciun risc să uite numele mamei lui Siggi.

— Dacă aș obține numele femeii, am putea începe să o căutăm imediat.

Doctorița se schimbă la față.

— Îmi pare rău, nu vă pot da această informație fără mandat. Știți bine. Poliția nu poate intra pur și simplu aici și să înceapă să ceară detalii despre pacienții noștri. Suntem obligați la confidențialitate. Deși am discutat deschis despre cazul pacientei, asta s-a întâmplat deoarece era anonimă. Trebuie să trag și eu o linie undeva.

Gudlaugur se încruntă.

— Dar nu înțeleg! Nu îl puteți raporta pur și simplu ca abuz domestic și să rezolvăm problema în felul ăsta? Aveți voie să faceți asta dacă sunteți convinsă că există un motiv întemeiat.

— Nu și dacă nu am argumente. Dar acum nu mai pot face asta, la mai bine de șase săptămâni după eveniment. Orice abatere de la reguli este privită cu foarte mare seriozitate. Și-așa ducem lipsă de personal și fără să mai fiu și eu suspendată temporar cât timp chestiunea va fi anchetată.

— Dar e vorba de o urgență.

Gudlaugur nu era pregătit să renunțe fără împotrivire. Deși judecătorii se arătau de obicei înțelegători în fața cazurilor de crimă, cu siguranță avea să urmeze o întârziere cât timp erau îndeplinite toate formalitățile necesare. Mandate de percheziție, ascultarea telefoanelor și predarea documentelor bancare erau una, însă detaliile personale sensibile precum dosarele pacienților erau cu totul altceva. Mai cu seamă când poliția nu era sută la sută sigură că e vorba de persoana care trebuie. Cu siguranță așteptarea avea să irosească ore prețioase și poate chiar și mandatul avea să fie refuzat.

— Dacă ar fi să descriu cazul comisiei de etică, urgența dumneavoastră ar suna cam așa: poliția caută o femeie, însă nu știe dacă de fapt lipsește sau care îi este numele. Ei pretind că a venit la Urgențe undeva între Crăciun și Anul Nou, însă nu sunt în întregime siguri. În pofida acestor lucruri, eu le-am oferit datele și numele femeii despre care credeam că ar fi persoana în cauză. Fără să fiu absolut sigură.

Doctorița se ridică în picioare.

— Nu. Îmi pare rău, dar îmi trebuie un mandat.

Împinse hârtiile către mijlocul mesei. Înainte ca Gudlaugur să apuce să mai obiecteze, femeia adăugă:

— Însă dat fiind că e vorba de o urgență — în pofida tuturor găurilor din povestea dumneavoastră —, am să mă consult cu doctorul care e astăzi șef de tură. El s-ar putea să vadă altfel lucrurile, deși mă îndoiesc. Numai să m-așteptați aici.

Când ajunse la ușă, femeia se întoarse și aruncă o scurtă privire către birou. Apoi ieși. Huldar zâmbi și întinse mâna după foaia printată. Gudlaugur ridică din sprâncene, scandalizat, deși nu făcu nicio încercare să-l împiedice.

— Sigurlaug Lára Lárusdóttir.

Huldar așeză hârtia la loc pe birou. Nu-l mai interesa și altceva. În sfârșit.

Doctorița se întoarse apoi pentru a-i informa că șeful ei le refuzase solicitarea. Le strânse iarăși mâinile și se despărțiră fără să pară niciun pic surprinsă când Huldar îi adresă cel mai călduros zâmbet cu putință și-i mulțumi sincer pentru ajutorul acordat.

Când ieșiră în parcare, îi aruncă lui Gudlaugur cheile.

— Tu conduci.

Capitolul 16

Huldar nu mai intrase niciodată într-o casă ca asta. Nu mobilierul, designul interior sau priveliștea — căci nu se remarca nimic prin ceva anume — îl făcuseră să se oprească în loc, ci faptul că locul arăta impecabil, ca o casă de expoziție. Nici măcar un fir de praf sau vreo scamă cât de mică pe care să le zărești pe undeva. Până și șervetele de bucătărie arătau ca și cum fuseseră împăturite cu ajutorul unei rulete. Conținutul dulapurilor era așezat în șiruri perfect drepte. Frigiderul arăta de parcă ar fi fost proaspăt instalat: fără pete uscate de lapte căzute din cutii sparte, fără lămâi încrețite sau frunze de salată lipicioase în tăvile speciale pentru legume.

Deși nici lui Huldar nu-i plăcea dezordinea, această aparentă manie pentru ordine îi provoca un sentiment ciudat, și nu neapărat pentru că aici locuia un copil. Cele cinci surori ale sale aveau toate copii — dintre care una avea patru —, toți băieți, precum Siggi, iar Huldar nici nu-și amintea să fi plecat vreodată de la ele de-acasă fără să șchiopăteze după ce călcase pe vreun cub Lego. Însă jucăriile lui Siggi se aflau toate în camera lui, îndesate cu grijă într-o cutie sau organizate sistematic pe o mică etajeră. Chiar și hainele îi erau împăturite în sertare sau atârnate pe umerașe în șifonier. Nicio șosetă rătăcită, uitată în vreun colț sub pat. De fapt, singurul semn că aceasta nu era o cameră de prezentare dintr-un magazin Ikea era patul nefăcut al băiatului.

Curățenia asta extraordinară îl duse imediat cu gândul la apartamentul lui Helgi. În ambele cazuri, totul era la locul său, toate suprafețele străluceau, precum un loc al faptei gândit de Marie Kondo[3]. Însă aici se opreau asemănările. Tot ce ținea de apartamentul lui Helgi denota bogăție, în timp ce aici era evident că fiecare bănuț era atent drămuit.

— S-ar părea că băiatul a fost luat din pat în timp ce dormea, ceea ce se potrivește cu ce ne-a spus el nouă.

Huldar ridică o mână pe care-și trăsese o mănușă de latex și atinse globul pământesc de pe comoda vopsită în alb, urmărindu-l cum se rotește. Se opri la Marea Mediterană. Cineva desenase un cerc roșu în jurul insulei Mallorca.

— Dacă te iei după cum arată restul casei, te-ai aștepta ca și patul lui să fie făcut în fiecare dimineață la perfecție.

— Hmm!

Nu era clar dacă mormăitul lui Gudlaugur indica faptul că e sau nu de acord cu el. Acesta era pe jos în patru labe, uitându-se sub patul lui Siggi. Își închipuise că va fi în siguranță după ce se întorseseră la birou, însă nu mai apucase să se uite prea mult pe înregistrările camerelor de supraveghere, căci Erla le făcuse rost de un mandat de percheziție și-i trimisese iar la treabă.

Huldar se arătase încântat, însă lui Gudlaugur nu-i făcuse deloc plăcere, deși se mai calmase nițel atunci

---

[3] Marie Kondo este un consultant japonez pe chestiuni legate de organizare, autor și gazdă de emisiuni TV. Kondo a scris patru cărți despre organizarea lucrurilor dintr-o locuință, care s-au vândut în mai multe milioane de exemplare în întreaga lume. *(N.t.)*

când Erla îi dăduse undă verde să termine de urmărit înregistrările video după muncă. Măcar nu avea de gând să pună pe altcineva să o facă, deși asta însemna că Gudlaugur trebuia să muncească până târziu.

— Casa ta e la fel de imaculată?

Huldar deschise un sertar în care erau așezate tricourile băiatului. În partea de sus a teancului se afla un tricou cu un dinozaur mofluz ce afișa un rânjet ca de carton și niște obraji roșii, ținând și o floare într-o gheară. Nici că se putea ceva mai departe de realitate.

— Nu. Nici gând. Gudlaugur se săltă în picioare, adăugând: Nici măcar o scamă sub pat.

Lína își făcu apariția în ușă, arătând la fel de uimită ca ei. Tocmai scormonise în baia ce avea și rol de spălătorie.

— Ce-i locul ăsta?

Gudlaugur ridică din umeri, însă Huldar replică:

— Ori angajează o echipă de curățenie profesionistă, ori unul sau ambii părinții sunt obsedați de curățenie.

— Nici măcar o urmă de pastă de dinți în chiuvetă. Oglinda arată de parcă ar fi fost proaspăt lustruită și toaleta zici că ar fi fost montată în această dimineață. Am senzația că aici nu locuiește nimeni, că totul e doar de fațadă.

Huldar cercetă cu atenție camera.

— Sau e posibil ca altcineva să fi răscolit peste tot ca să ascundă dovada a ceea ce s-a petrecut aici.

Găsiseră o adresă imediat ce introduseseră numele Sigurlaug Lára în Registrul Național. Așa dăduseră peste un bloc de apartamente din Grafarholt, o suburbie nouă aflată la marginea de est a orașului. Descrierea lui Siggi nu fusese chiar atât de precisă, dat fiind că totuși se puteau vedea atât marea, cât și muntele Esja printre clădirile vecine, deși un bloc enorm ascundea turla imposibil de confundat de la Hallgrímskirkja. Prin acest cartier nu trecuseră în timpul plimbării cu mașina prin oraș, întrucât nu se potrivea descrierii. Gudlaugur, deloc impresionat de ascuțimea minții băiețelului, bombănise iritat că oricum n-ar fi fost nicio diferență. Însă apoi își luase seama și păruse foarte afectat de ce spusese. N-avea niciun sens să i se reamintească faptul că, potrivit Registrului Național, puștiul n-avea decât patru ani și două luni.

Erla nu insistase ca Huldar să îi ofere detalii când acesta îi transmisese numele lui Sigurlaug și o anunțase că nu-i putea dezvălui sursa. Probabil că mai avea încă suficientă încredere în el când îi spunea că era mai bine să nu știe anumite lucruri. În schimb, nici el n-o întrebase cum avea de gând să-și însușească meritele în locul lor când urma să ceară un mandat de percheziție. Poate că pur și simplu avea să lase acea parte în aer și să sublinieze doar că găsirea acestor persoane era o chestiune de viață și de moarte. Și astfel, mandatul fusese emis cu o viteză record.

Informația din Registrul Național îi ajutase să stabilească și de ce nu avuseseră deloc noroc cu identificarea familiei lui Siggi. În pofida faptului că era poreclit Sibbi, tatăl băiatului se numea Margeir — nici măcar nu începea cu un *S*.

Erla se înfuriase dintr-odată când aflaseră acest detaliu. Pur și simplu nu înțelegea de ce naiba cineva numit Margeir putea avea o asemenea poreclă. Se răstise la toți cei aflați prin preajmă, direcționând ce era mai rău asupra Línei, deși novicea nu-și exprimase absolut nicio părere în această privință. Aceasta din urmă acceptase totul cu calm, chiar și atunci când Erla începuse să facă remarci nepotrivite la adresa numelui ei, punct în care intervenise Huldar, incapabil să mai tolereze ce auzea, lucru care însă o făcuse pe Erla să se întoarcă împotriva lui. Dar el era deja obișnuit. Până la urmă, Erla se calmase, iar dispoziția i se preschimbase în jubilare când primise vestea că fusese emis un mandat.

Cu toate că se văzuseră nevoiți să vină cu o explicație bine pusă la punct în legătură cu modul în care găsiseră numele mamei lui Siggi, fuseseră totuși în stare să furnizeze alte informații care să le susțină cererea. Înainte de-a trimite formularul unde trebuie, stătuseră de vorbă cu mama lui Sigurlaug și, de asemenea, cu părinții soțului ei, Margeir Arnarson, care îi informaseră că nu mai iau legătura chiar atât de des cu ei, așa că nu își făcuseră griji că nu mai primiseră vești de la fiul lor de câteva zile. Cu totul altă poveste era însă în cazul mamei lui Sigurlaug. Aceasta se arătase un pic îngrijorată de faptul că fiica ei nu mai dăduse niciun semn de sâmbătă, lucru care nu îi stătea în caracter. De obicei, stăteau de vorbă în fiecare zi. Când poliția o întrebase dacă încercase să-și sune fiica, mama le explicase că nu, din pricină că se temea că-i va răspunde Margeir. Iar lui *nu*-i făcea plăcere să îi audă glasul. Telefoanele date prietenilor cei mai apropiați, ale căror nume le fuseseră date de către părinți, le spuseseră aceeași poveste. Nimeni nu mai primise vești de la Sigurlaug sau de la Margeir de mai multe zile, deși prietenii lor mai pomeniseră și faptul că nu prea îi mai vedeau în ultima vreme.

Declarația mamei lui Sigurlaug reprezentase atuul cel mai important pentru mandatul de percheziție. Alături de Siggi, firește. Toți cei cu care stătuseră de vorbă polițiștii fuseseră de acord că ambii părinți își adorau fiul. Nimeni nu credea nici în ruptul capului că l-ar fi abandonat dinadins. Și nimeni nu avea cunoștință de vreo legătură între părinții băiatului și cel ucis, Helgi.

Huldar privi încă odată de jur-împrejurul camerei impecabil aranjate a copilului. Nu mai aveau niciun motiv să zăbovească aici, dat fiind că el și Gudlaugur scotociseră deja peste tot.

— Nu cred că vom găsi ceva aici. Posibil ca tehnicienii criminaliști să găsească ceva când vor scălda locul în Luminol, cum ar fi pete de sânge care să fi fost șterse. Îi vom pune să verifice capul și cadrul patului în căutare de amprente, în caz că le-a atins tipul care l-a luat pe băiat. Aș fi surprins, dar nu se știe niciodată.

Clădirea nu avea camere de supraveghere care să le arate cine îl scosese din apartament pe băiatul adormit. Nici în zonă nu existau camere, așa că nicio șansă să identifice mașina care îl luase pe băiat de aici.

— Au căutat și-n dormitorul principal, anunță Lína. Totul e la fel de imaculat ca în restul casei. Și patul e făcut. Vreți să se caute și acolo amprente?

— Rămâne la latitudinea Erlei. Oricum trebuie să se întoarcă și ea în curând.

Erla se afla în mijlocul percheziției când îi sunase telefonul, așa că ieșise afară pe hol ca să răspundă la el. Huldar bănuia că apelul era de la superiorii ei, care le supravegheau cu ochi de vultur ancheta de când vestea se răspândise pe canalele de media în acea după-amiază. Iar el presupunea că acel apel nu înveselea cu nimic dispoziția Erlei.

Singurul obiect potențial interesant descoperit în timpul percheziției fusese așezat pe masa din sufragerie: un fular cu pete de sânge pe el, despre care se credea că e cadoul de Crăciun al lui Siggi pentru mama sa. Două laptopuri — unul alb, unul negru. Două mape în care erau meticulos organizate actele casei. Ceva corespondență, care fusese ruptă în bucățele mici și aruncată la coșul de gunoi. Pașaportul lui Sigurlaug și o geantă în care se aflau cardurile ei de credit și de debit, plus permisul de conducere. Pe lângă astea, se mai afla și o vază de porțelan, spartă în trei bucăți, care fusese găsită în fundul unui dulap și care era posibil să fi fost folosită în timpul unei altercații; cu toate că, dacă lucrurile stăteau așa, era greu de crezut că totul ar fi fost mai apoi așezat într-o asemenea ordine. Dulapul era plin cu alte bibelouri și vase sparte, alături de coliere rupte, care păreau să fi fost depozitate acolo pentru a fi ulterior lipite. Toată lumea avea un astfel de sertar pe-acasă. Însă familia lui Siggi părea a fi cea mai neglijentă dintre toate. Obiectele urmau să fie trimise toate la criminaliști, în caz că vreunul dintre ele purta amprentele persoanei responsabile de dispariția familiei. O ultimă măsură disperată însă, care pur și simplu arăta că se bazau pe foarte puține informații.

Mult mai probabil era ca aceste obiecte sparte și rupte să reprezinte dovada abuzului de lungă durată pe care îl bănuia doctorița de la Urgențe.

— Aș putea încerca să lipesc laolaltă bucățelele de corespondență rupte?

Lína stătea lângă masa pe care fuseseră adunate dovezile descoperite până atunci și studia cu atenție bucățile de hârtie din coșul de gunoi.

— Am câștigat un concurs de puzzle cu piese de lemn la școală.

Ridică apoi mâinile, pentru a le arăta că încă mai purta mănușile din latex.

— Chiar te rog!

Huldar se întinse să ia un taburet de lângă barul ce despărțea bucătăria de sufragerie.

— Numai să nu te prindă Erla, altminteri o să te pună să scormonești prin gunoaiele din clădirea lui Helgi ca să găsești ce-o fi rupt el pe-acolo. Am înțeles că au adus gunoiul la secție și că e o tonă de material.

Se așeză pe taburet, admirând peretele acoperit cu faianță lucioasă de deasupra cuptorului. Se îndoia că soțul era cel responsabil de curățenia maniacală.

— Sunt scrisori de la bancă. Și una de la firma de la care au obținut împrumutul pentru mașină.

Lína continua să potrivească laolaltă bucățelele de hârtie.

— Căcat! Erau înglodați în datorii. Erau pe punctul de a pierde mașina. Și ca și cum nu era de-ajuns, mai erau și pe punctul de-a rămâne în urmă cu rata la casă.

— O mulțime de oameni sunt într-o situație naspa, dar nu dispar cu totul și-și abandonează copilul în locuința unui străin, rosti Gudlaugur șucărit nevoie-mare.

Lína era îngrijorată din cauza situației lor, însă Gudlaugur nu era deloc impresionat.

— Ei, și tu acum! Când oamenii sunt pe punctul de-a pierde tot, cu siguranță ajung să se poarte anormal, așa că-i limpede că informația asta e relevantă.

Nu era nevoie ca Huldar să-i spună asta lui Gudlaugur.

— Ar trebui să sune cineva la firma de leasing și să afle dacă nu cumva mașina lor a fost dată altcuiva. Ceea ce-ar putea explica de ce nu e parcată în față.

Înainte să intre în clădire, căutaseră în parcările din jur o Toyota Yaris albă, însă fără să găsească nimic.

Se deschise ușa și Erla intră înăuntru.

— Gata? Îi pot suna pe criminaliști?

— Da, cred că da.

Huldar încercă să-și dea seama după expresia Erlei dacă apelul făcuse să crească și mai mult presiunea asupra ei sau dacă, măcar de data asta, fusese unul constructiv. Dar chipul ei era de necitit.

— Se pare că părinții băiatului și-au luat tălpășița pentru că erau faliți.

— Ha? Nu mai spune!

Erla își îndesă telefonul la loc în buzunar și se apropie de masa pe care bucățile de plicuri rupte fuseseră potrivite laolaltă. Nici măcar nu întrebă cine se ocupase de asta și se retrăsese discret de îndată ce își făcuse ea apariția.

— Asta pune chestiunea într-o cu totul altă lumină. Poate că avem de-a face cu o sinucidere.

Lui Huldar îi veni brusc o idee.

— Cadavrul de la Gálgahraun a fost deja identificat oficial?

— Da, părinții victimei s-au ocupat ceva mai devreme. De ce întrebi?

Erla ridică privirea de la puzzle ca s-o întâlnească pe-a lui Huldar.

— Ei, doar mă întrebam dacă nu cumva bărbatul descoperit de noi acolo ar fi fost de fapt Margeir — cu portofelul lui Helgi în buzunar. Toată chestiunea ar putea fi doar o neînțelegere și tipul bogat s-ar putea scălda în șampanie undeva prin Caraibe în clipa de față, fără să aibă habar că noi îl credem mort.

— Nu. Chiar era el. Dacă ăștia doi de-aici s-au sinucis, încă nu le-au fost descoperite cadavrele.

— Nu cred că o femeie s-ar sinucide când e însărcinată în opt luni.

După expresia chinuită pe care o avea pe chip, Lína părea că-și imaginează deja scena în minte.

— Copilul s-ar putea naște în timp ce ea s-ar zbate în chinurile morții și nicio mamă n-ar suporta așa ceva.

Gudlaugur pufni, însă Erla îl ignoră.

— Cred că ai dreptate. Nu e greu de găsit o casă potrivită pentru un nou-născut. Dacă femeia s-ar fi gândit să se sinucidă, ar fi trebuit să mai aștepte. Mie mi se pare mult mai plauzibil ca nemernicul ei de bărbat să o fi bătut iarăși și s-o termine de tot de data asta.

— Ei bine, aici nu există niciun semn, zise Huldar, plimbându-și privirea prin încăpere. Deși presupun că ar fi putut face curat în urma lui. Apartamentul este nenatural de ordonat. Și fiți atenți: dacă faci curat după o crimă sau după un atac violent, nu mai stai să împăturești și hainele. Chiar și așa, criminaliștii ar trebui să poată stabili cu precizie dacă așa stau lucrurile. Rămânem totuși cu misterul locului unde se află acum cei doi părinți, morți sau vii.

— Și al ucigașului lui Helgi.

Erla făcu semn spre obiectele de pe masă, adăugând:

— N-ați găsit nimic care să facă legătura între ei?

— Nu, absolut nimic. Deși firește că încă nu le-am căutat în calculatoare. Poate că vom găsi totuși ceva acolo. Sau prin apelurile lor telefonice, după ce le luăm la puricat.

— Dar telefoanele mobile? Vreo urmă de ele?

— Nu, niciuna.

Telefonul lui Sigurlaug nu se afla în geanta ei. Găsiseră două încărcătoare, cu cablurile atent încolăcite lângă ele, pe masă, însă fără a fi conectate la vreun telefon. Era ciudat că lipsea mobilul lui Sigurlaug, dat fiind că geanta și cardurile ei bancare rămăseseră în urmă. Prezența acelei poșete era o dovadă solidă în sprijinul ideii că ea nu părăsise în mod voluntar apartamentul, însă era imposibil de ghicit de ce persoana care o răpise i-ar fi luat și mobilul. Mai ales că în zilele noastre până și un copil știe că telefoanele pot fi urmărite dacă rămân deschise. Doar dacă, firește, femeia nu izbutise să-l ia cu ea fără ca atacatorul ei să-și dea seama. Însă în cazul ăsta, de ce nu-l folosise ca să ceară ajutor? Lucrurile nu erau deloc roz. Portofelul soțului ei, un lucru important de altfel, era de negăsit.

— Mi s-a cerut să iau niște haine pentru copil. Poate lua unul dintre voi câteva înainte să plecăm? Se pare că s-ar putea să fie nevoit să stea la bunica lui.

Erla așteptă să se ofere cineva voluntar, însă toți rămaseră tăcuți. În final, Huldar se ridică de pe taburet și se oferi să ia el hainele. Doar avea o hoardă de nepoți, până la urmă.

După ce luă o sacoșă de la Erla, Huldar se întoarse în camera lui Siggi. Începu să vâre în ea o mulțime de perechi de chiloți și de șosete, având grijă să nu le deranjeze pe restul, în semn de respect pentru ordinea excesivă ce domnea în sertare. După care luă câteva maiouri și un tricou cu dinozaur pe el, plus trei perechi de pantaloni. În cele din urmă, luă și o pereche de pijamale și conchise că erau suficiente. Trăgea nădejde că aveau să-i găsească pe părinții băiatului înainte ca el să rămână fără haine.

Privirea lui Huldar reveni la pat, după care începu să se plimbe iar prin cameră. Iepurele de care pomenise băiatul nu se vedea pe nicăieri. Nici în apartamentul lui Helgi nu-l găsiseră. Poate că băiatul îl luase cu el și-l scăpase în mașina celui care-l răpise, deși, din amintirile lui Huldar de pe vremea când era polițist de patrulă, acest lucru părea destul de improbabil. Mai era nevoit uneori să ajute la scoaterea unor copii din case cu probleme, și dacă acei copii aveau o jucărie preferată, nimic pe lumea asta nu i-ar fi convins să îi dea drumul din mână după ce se trezeau în împrejurări necunoscute lor.

Ceva nu se potrivea aici. Huldar se corectă în gând: nimic nu se potrivea. Niciun afurisit de lucru.

Capitolul 17

Siggi ședea pe un scaun cu fața spre bunica lui, colorând de parcă însăși viața lui atârna de asta. Femeia avea șaizeci de ani și era înaltă și slabă, cu un spate drept și privire limpede. Chipul ei purta un bronz sănătos, însă pielea de la baza gâtului îi era albă ca zăpada, ceea ce sugera că e genul care preferă să stea pe-afară, plăcându-i poate să joace golf sau să meargă mult pe jos, nu să se repeadă imediat pe șezlong de îndată ce răzbate soarele printre nori. Arăta cu zece ani mai tânără, doar mâinile fiind cele care îi trădau adevărata vârstă. Se numea Margrét, însă îi ceruse Freyjei să îi spună Magga.

Freyja observă micile indicii ce indicau faptul că Margrét se pregătise pentru această vizită, cum ar fi aplicarea în grabă a unui ruj de o culoare care nu i se potrivea — poate că-l cumpărase pe fugă, în drumul ei spre Casa Copiilor.

— Am rămas fără cuvinte. Adică, am auzit zvonuri despre tratamentele voastre inumane, dar nu mi-a trecut niciodată prin cap că ar fi adevărate.

Privirea femeii o părăsi pe Freyja și reveni la nepotul ei.

— Mă tem că există anumite norme care trebuie urmate. Vă asigur că nu e nimic personal.

Freyja se trezise cu ingrata sarcină de a o anunța pe femeie că Siggi nu putea pleca deocamdată cu ea. Mai întâi, trebuiau îndeplinite alte câteva formalități necesare pentru a proteja interesele copilului care se trezise pe mâinile celor de la serviciile sociale. Când erau implicate și rudele apropiate ale copilului, totul putea părea ușor nedrept, oferind impresia unui sistem rece și nepăsător.

Era foarte departe de adevăr, însă cazul de față era cu siguranță neobișnuit, dacă nu chiar fără precedent. În mod normal, ori unul, ori ambii părinții erau disponibili pentru a-și da consimțământul în privința aranjamentelor.

— Se caută o soluție temporară, care, sperăm noi, vă va fi pe plac. Nu va trebui să așteptați mult o decizie. Toți cei implicați știu foarte bine cât de urgent este.

Freyja trebuia să fie atentă să formuleze cu mare atenție această chestiune în fața lui Siggi. Deși el nu părea să le acorde vreo atenție, cu siguranță asculta.

— Spui că vor trebui să-mi inspecteze locuința.

Bunica băiatului aruncă o privire de jur-împrejurul sufrageriei sărăcăcios mobilate a casei pentru adăpost temporar.

— Asta-i un soi de glumă? A inspectat cineva locul ăsta?

Ochii îi zăboviră la jucăriile jerpelite împrăștiate pe podea, acolo unde le abandonaseră copiii.

Freyja alese să nu-i răspundă. Oricum întrebarea fusese retorică. Se uită la Siggi, care acum mâzgălea cu creionul roșu peste capul siluetei alcătuite doar din linii pe care o desenase.

— Magga, așa au fost mereu desenele lui Siggi?

Margrét se răsuci ca să vadă cum nepotul ei mâzgălește furios până ce capul siluetei subțiratice fu complet acoperit de linii roșii. După care ridică privirea la Freyja, de-a dreptul șocată.

— Nu l-am văzut niciodată desenând așa ceva, dar trebuie să recunosc că nici n-am prea luat legătura cu el în ultimul an. S-a întâmplat mult mai rar decât ne-ar fi plăcut mie sau fiicei mele.

— Ce te-a împiedicat?

Femeia murmură în șoaptă:

— Tatăl lui.

— Înțeleg.

Freyja îl întrebă apoi pe Siggi:

— Ce înseamnă roșul pentru tine?

Băiatul se opri din colorat și-și ridică ochii obosiți spre Freyja.

— Nu-ți spun.

— Aha, zise Freyja, zâmbind. Atunci, pe cine ai desenat acolo? Asta îmi poți spune.

— Pe mami.

Dinspre bunica băiatului se auzi un icnet brusc când femeia trase scurt aer în piept. În clipa aceea, îngrijitoarea își iți capul pe ușă și-l întrebă pe Siggi dacă n-ar vrea să primească niște ciocolată caldă și gogoși alături de ceilalți copii. Băiatul acceptă oferta și, dându-se jos de pe scaun, o însoți în cealaltă cameră. Păruse bucuros să-și vadă bunica, însă plăcerea lui fusese una reținută, lipsită de cuvinte. Curând se desprinse din îmbrățișarea ei plină de afecțiune, preferând să stea singur pe scaun și să deseneze.

— Se va întoarce, nu-ți face griji!

Freyja crezu că femeia se teme ca nu cumva Siggi să fi plecat de tot și că i se va arăta și ei în curând ușa, cerându-i-se să plece.

— Acum putem discuta în mod deschis. Am senzația că vrei să-mi zici ceva ce nu trebuia să audă și el.

Margrét închise ochii și-și frecă fruntea.

— Ce crezi că s-a întâmplat cu fiica mea?

— Sinceră să fiu, n-am idee. Eu nu sunt de la poliție. Presupun că au deja niște variante, însă nu mi le-au împărtășit și mie. Măcar poți fi sigură că găsirea fiicei tale și a soțului ei este prioritatea lor numărul unu.

— De Sibbi nu-mi pasă chiar deloc. Din partea mea, nici n-ar trebui să se deranjeze să-l caute. Eu pe Systa vreau să o găsească.

Margrét tuși și-și coborî privirea spre masă.

— Vie.

Așadar, Margrét nu prea-și iubea ginerele. Aflând că acesta era considerat violent, Freyja nu rămăsese deloc surprinsă. Informația îi parvenise prin intermediul Agenției pentru Protecția Copilului, care fusese informată de situație de către poliție.

Cu toate că Freyja nu avea niciun cuvânt de spus în privința a ceea ce avea să se întâmple cu Siggi cât timp îi erau căutați părinții, ei i se ceruse totuși să ajute în alte feluri, cum ar fi să o informeze pe bunica băiatului că nu-l va putea lua momentan cu ea acasă și să răspundă la orice întrebări i-ar fi pus femeia. Dacă Margrét ar fi dat semne că vrea să discute sau să se descarce de vreo povară, Freyja trebuia să îi furnizeze sprijinul necesar. Date fiind împrejurările, chiar nu exista absolut niciun motiv să se comporte exagerat de profesionist cu o femeie aflată evident într-o stare de tensiune deosebită.

I se ceruse să stea de vorbă cu Margrét până la lăsarea serii. Și, deși acest lucru reprezenta o parte destul de puțin însemnată a anchetei, Freyja se arătase, ca de obicei, bucuroasă să aibă posibilitatea unei munci în plus. Serviciile sociale pentru copii erau atât de solicitate în ultima vreme, încât dorința ei de-a lucra peste program o transformase în cea mai populară fată din cadrul sistemului. Deși, pe de altă parte, dacă se arăta de acord să închirieze apartamentul lui Tobbi, problemele ei financiare aveau să fie date uitării și, prin urmare, n-ar mai fi fost nevoită să lucreze toate aceste ore suplimentare. Așa că blestematul ăla de șarpe nu era o veste chiar atât de proastă.

— Am înțeles că ginerele tău e bănuit că s-ar fi comportat abuziv cu fiica ta. Durează de mult acest lucru? Poate de la începutul relației lor?

— Nu știu când a început. Se poate să fi fost chiar de la început. Au început să iasă împreună în urmă cu șase ani, dar Systa a rupt-o cu el după un an. El a încercat totuși să se împace cu ea, implorând-o să-l primească înapoi, iar după aceea au tot dus-o așa timp de câteva luni, până ce Systa a rămas însărcinată. După care s-au mutat împreună și s-au căsătorit. Îmi doresc ca ea să fi rămas la decizia inițială de a-l părăsi, dar atunci nu l-ar mai fi avut pe Siggi. E complicat.

Femeia ridică privirea, ștergându-și lacrimile. După câteva secunde, se adună, tuși de câteva ori și continuă:

— Însă e ușor să fii înțelept când privești în urmă. Am observat că lucrurile nu erau chiar în ordine cam cu trei ani în urmă, după ce s-a născut Siggi. Systa n-a recunoscut niciodată, așa că nu aveam pe ce să mă bazez, doar că știu foarte bine când mă minte. Eu sunt cea care a crescut-o și am putut mereu să o citesc ca pe o carte deschisă. Însă în ciuda acestor lucruri, tot mi-a luat o vreme să înțeleg despre ce era vorba. Ideea e că nu mi-aș fi închipuit niciodată că avea să se implice într-o astfel de relație — o fată puternică și isteață ca ea. Dar de atunci am învățat că li se poate întâmpla asta tuturor.

Riduri adânci de îngrijorare se iviră între sprâncenele femeii.

— După cum îți poți închipui, m-am întrebat în sinea mea dacă aș fi putut face ceva. Nu știu ce, totuși. Am încercat să discut cu ea de multe ori. Poate că ar fi trebuit să sun la poliție și să le spun bănuielile mele. Atunci poate că n-aș mai fi aici, acum.

Freyja nu prea avea ce să zică după toate astea. Între ele atârna greu teama nerostită că Sibbi îi bătuse fiica până o omorâse. Amândouă se uitau când și când la desenul lui Siggi. Freyja spera că Margrét nu are și ea aceleași idei care-i treceau ei prin minte: că era posibil ca băiatul să fi fost martor la incident.

— Siggi spune că mama lui e educatoare.

Freyja avu grijă să nu vorbească despre Systa la trecut.

— Dacă am înțeles eu bine, a ales să rămână acasă și să aibă grijă de el. Nu multe mame din Islanda își iau patru ani concediu de maternitate. Și ascultați-mă pe mine: Siggi a profitat din plin de asta. E evident că a fost crescut foarte bine. În pofida aparentei sale indiferențe față de soarta părinților lui și a desenelor înfiorătoare.

— Systa n-a avut niciodată de gând să rămână patru ani în concediu de maternitate. Preda doar de trei ani înainte să apară Siggi și chiar îi plăcea. Dacă mă întrebi pe mine, Sibbi a fost cel care a refuzat să o lase să se întoarcă la serviciu.

Ceea ce avea sens. Dacă agresorii pot găsi o cale să-și izoleze victimele, le este mult mai ușor să ascundă dovada abuzurilor și reduc astfel riscul să poată interveni cineva. Dar ar fi fost lipsit de profesionalism din partea ei să rostească aceste idei cu voce tare. La urma urmei, Freyja nu cunoștea toate detaliile.

— Siggi spunea că mama lui avea de gând să predea din nou după ce începea el grădinița. Dar presupun că asta nu e fi posibil până ce bebelușul nu crește suficient de mare.

— Systa vorbea adesea despre întoarcerea la serviciu. După ce s-a născut Siggi, abia aștepta să iasă iar din casă.

Ba chiar a și reînceput să predea în toamna de după ce s-a născut el, când Siggi avea abia opt luni. L-a dus la o creșă cu bone specializate și toate cele. Apoi, după doar două luni, a renunțat la serviciu și nu mi-a zis niciodată de ce. Am tot întrebat-o, dar până la urmă am renunțat când am văzut că îi venea greu să mă mintă că fusese decizia ei. Nu era adevărat: sunt sigură. Sibbi a fost cel responsabil. Acum înțeleg.

Încă o dată, Freyja se abținu de la orice comentariu. Existau tot soiul de motive posibile pentru decizia Systei, care nu trebuiau să aibă neapărat legătură cu soțul ei: depresie postnatală, de exemplu, sau stresul provocat de serviciu.

— Ei bine, să sperăm că de data asta se va hotărî să revină la serviciu după concediul de maternitate. E mereu nevoie de profesori buni.

Margrét se mai înveseli nițel, însă apoi se posomorî aproape imediat.

— Când crezi că o vor găsi? Ar putea naște în orice clipă. Ce se va întâmpla cu bebelușul dacă ea e ținută captivă pe undeva?

Freyja își așeză palma peste mâna osoasă a lui Margrét.

— Este foarte probabil ca fiica ta și bebelușul să fie bine. Adu-ți aminte, există toate șansele ca totul să iasă bine până la urmă.

Freyja se baza în cazul ăsta pe simpla statistică potrivit căreia totul putea merge bine sau prost, 50/50 — folosind aceeași logică după care picase testul la probabilistică în urmă cu câțiva ani.

Încercarea ei de-a fi drăguță cu femeia nu avu rezultatul scontat. Ochii lui Margrét se umplură de lacrimi și Freyja se văzu nevoită să-și retragă mâna pentru a-i permite femeii să se șteargă la ochi. Freyja se grăbi, așadar, să înceapă iar să vorbească, pentru a-i îngădui femeii să-și revină:

— Dar Sibbi? Siggi mi-a spus că e electrician. El lucrează?

Freyja își închipuia că așa stau lucrurile, altminteri băiatul ar fi prezentat mai multe semne că provine dintr-o casă cu probleme. Dacă ambii părinții ar fi pierdut vremea prin casă, în loc să lucreze, el ar fi trebuit să fie martor continuu al bătăilor, al umilirii deliberate, al țipetelor, strigătelor și al tuturor celorlalte tertipuri la care ar fi putut apela Sibbi. Cu toate că la fel de posibil ar fi fost ca tatăl său să lucreze în timpul zilei și să se abțină totuși până ce fiul său ar fi mers la culcare. Ceea ce ar fi putut explica de ce Siggi părea atât de imun și de relaxat. Era destul de mic pentru ca părinții săi să poată ascunde o mulțime de lucruri față de el. Dar dacă situația continua așa, mai devreme sau mai târziu avea să-și dea și el seama. Cu toată inocența lor, copiii nu sunt deloc ușor de păcălit.

Margrét își trase nasul și trupul îi fu străbătut de un fior. Apoi, ștergându-și o lacrimă cu dosul mâinii, răspunse la întrebarea Freyjei:

— A lucrat program complet până în urmă cu vreo șase luni. Acum am înțeles că mai lucrează când și când, după cum pică vreo treabă. Cu mine nu vorbește deloc, așa că nu știu nimic despre viața lui în afară de ce mai aflu de la Systa. Dar nu prea ajungem să discutăm despre Sibbi în rarele ocazii în care apuc să mă văd cu ea. Chiar nu simt absolut deloc nevoia să discut despre el.

— Te-ai îndepărtat de el?

— Da, s-ar putea spune și-așa. În urmă cu un an, i-am spus direct în față că sunt convinsă că se poartă urât cu Systa. Au mers într-o vacanță în Mallorca pe care o tot plănuiau de o groază de timp, însă când s-au întors de acolo, era clar că el o bătuse zdravăn. Înainte de-a pleca în vacanță, lucrurile merseseră nemaipomenit de bine între ei, dar sigur că nu durase mult, pentru că atunci când s-au întors, ea avea ambii ochi vineți și zgârieturi pe gât. Pe mine m-a mințit că ar fi căzut de pe bicicletă, însă era al naibii de evident că rănile ei nu puteau proveni de la o căzătură. N-am mai rezistat, așa că m-am luat de Margeir și el și-a ieșit din minți. Credeam că o să dea și-n mine, dar până la urmă m-a dat afară din apartamentul lor și mi-a interzis să mai iau orice fel de legătură cu fiica mea. Systa e prea înspăimântată ca să i se împotrivească, așa că trebuia să ne întâlnim pe stradă. Asta a mers câtă vreme el a fost angajat cu normă întreagă, dar apoi am început să ne vedem tot mai rar după ce și-a piedut serviciul.

O educatoare nevoită să devină casnică; un electrician șomer — două profesii căutate tot timpul, mai ales având în vedere situația economică din prezent. În urmă cu o lună, când Freyja avusese nevoie de un electrician, fusese sfătuită să se înscrie la un curs de pregătire, pe motiv că mai degrabă ar fi obținut ea calificarea necesară decât să găsească un specialist.

— Sper ca imediat ce-o găsim, fiica ta să reușească să-și rezolve problemele. Acum, că au intervenit și cei de la Protecția Copilului, vor putea să-i ofere ajutor și consiliere de specialitate, pentru a o sprijini să-și recapete controlul asupra propriei vieți și să-i ofere băiețelului un mediu sigur în care să crească. Asta reprezintă o parte a misiunii noastre, întrucât e în interesul copilului.

— Consiliere, ai?

Femeia râse scurt și amar.

— Cred că mai de folos i-ar fi un ucigaș plătit. Nu e nimic în neregulă cu Systa: Sibbi e problema. După ce va dispărea din viața ei, totul o să fie bine. Dar atât timp cât el respiră și trăiește în Islanda, ei îi va fi tot timpul teamă și se va simți încontinuu amenințată. Și pe bună dreptate. El trebuie ori să se schimbe, ori să plece definitiv din viața lor. Dar nu se va schimba. Adulții nu se schimbă niciodată.

Era ceva adevăr în spusele lui Margrét — cu excepția aberației despre un ucigaș plătit, firește.

— Soluția problemelor fiicei tale nu trebuie să fie neapărat chiar atât de drastică pe cât crezi tu.

Freyja arboră un surâs prietenos. La urma urmei, în astfel de împrejurări oamenii spun adesea lucruri pe care nu vor de fapt să le spună. Așa că schimbă și ea subiectul:

— Mai ai și alții copii care te pot ajuta cât timp aștepți să primești vești de la noi?

— Da, un fiu, Dadi — fratele mai mare al Systei. Acum e la serviciu și îl aștept să termine înainte să-i dau vestea. N-aș zice că sunt chiar nerăbdătoare să-i spun.

— Nu, nu-i deloc plăcut să trebuiască să dai vești proaste.

Freyja se bucura să audă că măcar femeia avea pe cineva pe care să se poată baza.

— El e la curent cu ce i se întâmplă surorii lui?

— Da. De asta mă cam și codesc să-i spun. Normal că nici lui nu-i convenea situația și a tot încercat să discute cu ea și cu nemernicul de Sibbi, dar n-a ieșit nimic bun. L-a alungat și pe el, ca și pe mine mine. Dar lui i-a fost mult mai greu să-și ierte sora pentru că accepta o asemenea situație. Relația lor n-a mai fost niciodată la fel, pentru că el nu s-a arătat dispus să se întâlnească în secret cu ea.

În clipa aceea, Siggi se întoarse în cameră cu o mustață de cacao pe buza de sus. Îngrijitoarea apăru și ea în spatele lui și-l rugă să-și ia la revedere de la bunica sa, căci ea trebuia să meargă acum acasă. Băiatul primi vestea fără să verse o lacrimă sau să pară câtuși de puțin tulburat. Pur și simplu se apropie de ea și acceptă un pupic și o îmbrățișare tandră, înainte să se desprindă din brațele ei și să se întoarcă la îngrijitoare, oprindu-se în prag pentru a-i face cu mâna bătrânei. După care dispăru.

Bunica rămăsese cu brațele suspendate în aer, ca și cum se aștepta ca nepotul ei să se repeadă înapoi la ea și s-o ia în brațe.

Capitolul 18

Stomacul lui Huldar chiorăia atât de tare, încât îi distrăgea atenția de la ce făcea. Încercase să-l liniștească bând niște cafea, însă nu izbutise să-l potolească, ci doar să-l facă să-și sporească protestele. Singura soluție era să-i dea naibii ceva de mâncare, așa că se ridică de pe scaun și-l întrebă pe Gudlaugur dacă voia să iasă la un burger. Gudlaugur refuză oferta fără ca măcar să-și ridice privirea din ecran. Rămăsese lipit de el de când se întorseseră la secție, unde dăduse peste un nou calup de înregistrări de pe camerele de supraveghere din centru care îl așteptau. Și deși trebuia să lipească laolaltă filmările în care apărea Helgi până cel târziu a doua zi dimineață, refuzase ferm ajutorul lui Huldar. În fine, problema lui!

Huldar merse să o anunțe pe Erla că iese să ia ceva de mâncare. Majoritatea colegilor plecaseră deja acasă; singurii detectivi rămași erau ori burlaci, ca el, ori tipi mai în vârstă, ai căror copii erau deja mari. Toți tații tineri plecaseră deja, la fel ca și tipul singur ce avea o pisică acasă. Însă era de la sine înțeles că Lína rămăsese cu ei, radiind de mulțumire datorită urgenței și a nenumăratelor sarcini care trebuiau îndeplinite. Huldar voia să o avertizeze să nu se arate prea nerăbdătoare, întrucât Erla încă nu încredințase nimănui misiunea de-a scotoci prin gunoaie, dar ea părea atât de fericită în timp ce stătea concentrată cu capul în monitorul calculatorului, încât pur și simplu nu-l lăsă inima să-i strice plăcerea. De multă vreme nu mai văzuse pe cineva din birou care să radieze un asemenea aer de satisfacție.

Bătu în ușa biroului Erlei și o deschise fără să mai aștepte un „Intră!“ Oricum Erla rareori răspundea.

Ușa se lovi de spatele bărbatului care stătea după ea, cât mai departe posibil de pupitrul Erlei, forțându-l astfel să se miște și să se apropie de ea. Huldar îl știa vag pe tip. Tânăr și dureros de sfios, se foi stânjenit de pe un picior pe altul când Erla îl prezentă drept Geir de la IT.

— Ați găsit ceva?

Geir se răsuci spre Huldar, aparent recunoscător că vorbește cu el, nu cu Erla.

— Da, niște fișiere destul de interesante pe calculatorul de birou din apartamentul lui Helgi.

— Ei, hai, scuipă tot! Ce era cu fișierele alea?

Erla îi aruncă o privire iritată lui Huldar, adăugând:

— Stă aici de cinci minute și mă tot ia pe ocolite. Nu scot nimic de la el. Poate că e la fel ca unul dintre calculatoarele alea: trebuie să-i dai una ca să-l faci să meargă.

— Nu prin lovire convingi un calculator să meargă.

Geir își găsise în sfârșit glasul, profund jignit în numele tuturor procesoarelor și al plăcilor de bază din lume.

— Ele nu sunt ca un vendomat blocat.

— Pentru numele lui Hristos, de câte ori mai trebuie să te întreb? Ce-se-află-în-afurisitele-de-fișiere?

Geir prinse curaj.

— Videoclipuri cu sex.

— Iisuse! Și de ce n-ai zis din prima?

Erla clătină din cap exasperată, întrebându-l apoi:

— Ce fel de videoclipuri cu sex?

— Făcute în casă, credem noi.

— Făcute în casă? De unde știți?

— Pentru că așa arată.

Geir îi aruncă lui Huldar o privire prin care-l implora clar să-l ajute, însă nici Huldar nu murea de nerăbdare să-i explice Erlei diferența dintre partidele de sex filmate în casă și genul de material realizat în industria porno. Geir era pe cont propriu.

— Păi, ăăă, acțiunea are loc întotdeauna în aceeași încăpere, în același pat, filmată din același unghi. Aceeași tăblie de pat, cearșafuri diferite. Nici vorbă de mișcări ale camerelor și cadre diferite — ci doar un punct fix din care se filmează —, iar sexul e mereu prea scurt ca să fie treabă profesionistă.

— Vrei să zici că nu există și materiale porno scurte?

Cei doi bărbați se uitau nesiguri la Erla, care nu părea să fi glumit.

Geir îi aruncă încă o privire disperată lui Huldar, care doar surâse scurt și se grăbi să adauge:

— Continuă! Luminează-ne!

Tânărul își drese vocea.

— N-am de unde să știu. Însă cred că bărbatul din filmări e chiar Helgi, deși nu pot fi în întregime sigur.

Huldar bănuia că nesiguranța lui Geir legată de acest aspect se datora faptului că toată atenția sa fusese îndreptată asupra femeilor. Când se uita la filme porno, și el avea mare grijă să evite să se uite la bărbați — nu erau acolo decât pe post de figuranți.

— Din păcate, adăugă Geir, par să fi fost filmate cu o cameră neconectată la GPS, altminteri am fi putut identifica locația cu ajutorul metadatelor.

— Metadate?

Erla ridică o sprânceană, întrebător.

— Așa se numesc informațiile care însoțesc fișierul. Formatul nu e mereu același, însă de obicei arată data la care a fost creat fișierul, ultima oară când a fost modificat, ce program a fost folosit și așa mai departe. Dar cum spuneam, în cazul ăsta nu ne putem baza pe nimic. Camera nu era conectată nici la internet, nici la GPS.

— Norocul nostru, ca de obicei. Câte videoclipuri ați găsit acolo?

— 35 în total. Cel mai vechi datează de acum doi ani; cel mai recent a fost făcut acum ceva mai mult de trei săptămâni. Dar ar putea fi și mai multe.

— Fișierele erau blocate?

— Nu. Calculatorul nici măcar n-avea parolă. De multe ori, oamenii sunt incredibil de neglijenți cu calculatoarele lor de acasă. Calculatorul de la muncă și laptopul aveau parole, dar am reușit totuși să trecem de ele.

— Și acolo avea același tip de materiale?

— Nu, din ce-am descoperit până acum.

În timp ce Erla cugeta la această informație, Huldar reuși să pună și el o întrebare:

— Ar putea fi vorba de mai mult de un singur bărbat, dat fiind că nu pari sigur că e vorba de Helgi?

— Nu. Bărbatul poate fi recunoscut imediat în toate videoclipurile, deși abia reușești să-i vezi uneori fața. Are o pată albă mare pe șale. Ca o cicatrice de la o arsură veche sau ceva de genul. N-ai cum s-o ratezi, întrucât rămâne mai tot timpul cu spatele la cameră.

Erla se întinse după vraful de hârtii de pe birou și le frunzări până ce găsi ceea ce căuta. Scoase de acolo un soi de raport și începu să-și plimbe ochii pe el.

— În raportul de autopsie scrie că Helgi avea o pată ovală de piele decolorată, cu dimensiunea de cinci pe zece centimetri, undeva în regiunea lombară, cauzată probabil de vitiglio — ce-o mai fi și asta.

Erla azvârli raportul înapoi peste celelalte hârtii și conchise:

— Așadar, e clar vorba de Helgi. Dar femeia? E mereu aceeași?

— Nu. Pare să fie altă femeie de fiecare dată, deși toate arată cam la fel.

Geir începu să se apropie tot mai mult de ușă, însă Erla îl opri din drum, făcându-l să întoarcă spre ea o expresie de martir. Huldar se îndoia că personalul de la IT se întrecuse pentru sarcina de-a discuta cu Erla despre pornografie. Probabil că traseseră la sorți și amărâtul ăsta alesese paiul cel mai scurt.

Chinul lui nu dădea semne să se termine, întrucât acum Erla îl silea să-și dea cu părerea despre motivul pentru care Helgi păstrase acele filmări în calculator. Geir încercă să scape pretinzând că habar nu are, însă Erla n-avea de gând să-l lase să scape așa ușor. Îl întrebă dacă bărbații care făceau astfel de filmări le păstrau de obicei pentru propria plăcere sau dacă era ceva obișnuit să vândă asemenea materiale și dacă da, unde anume. Geir pretinse că nu știa nimic legat de acest subiect, însă Erla insistă, întrebându-l dacă el personal credea că filmele au fost făcute fără știrea și permisiunea femeilor implicate. Răspunse doar printr-o ridicare din umeri. La fel și când fu întrebat dacă el credea că Helgi știa că e filmat. După care urmă întrebarea dacă sexul din acele filmări avea vreo tentă perversă sau se încadra în limite normale. Însă el deja se săturase și o sfătui pe Erla să li se adreseze celor de la Delicte Sexuale. Domeniul de expertiză al celor de la IT rămânea analizarea datelor — din fișierele și tranzacțiile on-line. Îi mai transmise și detaliile locului de pe server unde transferase videoclipurile, pentru o analiză mai detaliată.

După asta, dădu iar să iasă pe ușă, însă Erla îi mai puse o ultimă întrebare, cerându-i să-i spună dacă avusese grijă să pună o parolă pe acel dosar de pe server. El își feri privirea, evaziv, recunoscând că nu-i trecuse prin cap acest lucru, dar că va remedia imediat greșeala și-i va trimite parola.

După ce plecă, Huldar se apropie de peretele de sticlă care o despărțea pe Erla de cei aflați în subordine. Majoritatea detectivilor aflați încă la muncă stăteau lipiți de propriile ecrane cu o atenție nenaturală. Se părea că descoperirea celor de la IT deja transpirase prin secție, însă Huldar n-avea de gând să-i dezvăluie și Erlei acest lucru. Și-așa era mult prea stresată.

Auzind-o vorbind, se întoarse spre ea.

— Presupun că ai și tu un pic de experiență când vine vorba de pornografie.

Erla se corectă apoi:

— Scuze, n-am vrut să zic „un pic" — m-a luat gura pe dinainte.

— Era o întrebare sau o constatare?

Huldar n-avea de gând să-i împărtășească obiceiurile lui de vizionare a materialelor porno.

— O constatare.

Erla se lăsă pe spate în scaun și-și încrucișă brațele la piept, adăugând apoi:

— Apropo, cum te descurci cu strângerea materialului despre trecutul mamei băiatului?

— Destul de bine. Deși se pare că renunțase la legăturile cu majoritatea prietenilor și rudelor în ultimii doi ani, așa că, cei cu care am luat legătura până acum nu mi-au putut spune mare lucru. Mama și fratele ei sunt convinși că soțul o abuza și prietenii cu care am stat de vorbă bănuiau același lucru. Însă nimeni n-a auzit ceva direct de la Sigurlaug, ceea ce nici nu mă surprinde. Doar nu e prima victimă care ascunde ceea ce se întâmplă de fapt. Mai am de sistematizat totul și să-ți trimit un rezumat. După care vei putea alege pe cine să chemi încoace pentru interogatoriu.

Erlei nu prea părea să-i surâdă această idee.

— Așadar, tu ești disponibil pentru treaba asta?

— Da. Aveam de gând să ies ca să iau ceva de mâncare. Poate chiar să plec de tot acasă.

— Mai stai un pic. Voiam să-ți trimit folderul în care se află videoclipurile — și parola, imediat cum o primesc. Înainte de-a le încredința celor de la Delicte Sexuale, aș dori să aflu și părerea ta despre ele. Vreau să fie și cineva de aici din divizie la curent cu conținutul lor, dar nu sunt eu în măsură să-mi dau cu părerea asupra materialului. Să fii atent mai ales dacă femeile sunt conștiente de existența camerei — și Helgi la fel.

În loc să-i atragă Erlei atenția asupra faptului că o bună parte dintre subordonații ei de sex masculin erau deja la curent cu materialele video, el încuviință din cap. Nu era din cale-afară de nerăbdător să le vadă, dar se arătă de acord, căci era mai bine așa decât să obiecteze. În lumina trecutului lor comun, chiar nu simțea nevoia să prelungească orice tip de discuție privitoare la sex, dat fiind că acest aspect rămânea un subiect deosebit de sensibil între ei. Prost gândita lor aventură de-o noapte dusese la o anchetă de hărțuire sexuală condusă de cei de la Afaceri Interne și procesul care urmase nu fusese deloc amuzant pentru niciunul dintre ei. Relația lor de la muncă nu-și mai revenise niciodată după acel eveniment și după urmările lui.

Era mai bine să se supună și să dispară dracului mai repede din biroul ei. Burgerul trebuia să mai aștepte.

După ce urmări șase videoclipuri de lungimi diferite, Huldar începu să aibă cârcei și trebui să se ridice ca să-și întindă nițel mușchii. Colegii săi își pierduseră interesul față de ecrane după ce fișierele fuseseră parolate și atmosfera revenise la normal. Unii tastau de zor, alții vorbeau la telefon, alții studiau încruntați diverse documente sau se sfătuiau unul cu altul. Și cu toate că nu-l agrea pe niciunul în mod deosebit, Huldar găsea imaginea lor de o mie de ori mai plăcută față de dezgustătoarea sarcină de a-l urmări pe Helgi cum călărește femeie după femeie.

Scutură din cap, după care îl observă pe Gudlaugur uitându-se la el pe deasupra monitorului.

— Dumnezeule, nu mă grăbesc deloc să-mi cer transferul la Delicte Sexuale.

— Cam sumbru, nu?

— Nu știu cum să-i zic. Pervers. Greţos, poate.

— În ce sens?

— Păi, greţos dacă se face fără consimțământul femeilor. Poate sordid ar fi cuvântul mai potrivit.

Pesemne că Gudlaugur era plictisit de moarte după vizionarea atâtor înregistrări ale camerelor de supraveghere, pentru că tot continua să pună întrebări:

— Asta ți se pare că se petrece acolo? Sunt inconștiente? Bete-moarte sau drogate cu Rohypnol?

— Nu, nicidecum. Bete, poate, dar perfect conștiente de ceea ce fac. Pur și simplu nu știu și că sunt filmate. Niciuna dintre ele n-a privit direct în cameră, decât poate din întâmplare. Nu încearcă niciuna să prezinte către cameră vreo poziție care să le avantajeze. Singurul care pare că încearcă să arate bine e Helgi.

Huldar se întinse să-i ia haina.

— Nu că aș ști cum ar trebui să se comporte o femeie dacă se oferă voluntară să fie filmată, dat fiind că nu e ceva ce-am încercat și nici nu simt dorința să o fac. Dar am pierdut șirul femeilor pe care le-am văzut pozând pentru selfie-uri, așa că bănuiesc că s-ar purta exact la fel dacă ar ști că sunt înregistrate. Niciuna nu pare să-și țuguie buzele în fața camerei.

Gudlaugur ridică din umeri, părând nehotărât.

— Cine sunt acele femei? Vreun chip cunoscut?

— Nu, dar încă nu le-am văzut pe toaste. Având în vedere câte sunt, nu e deloc exclus ca, mai devreme sau mai târziu, să recunosc pe cineva — presupunând că sunt toate islandeze.

Huldar își trase haina pe el și adăugă:

— Dacă nu, ne-ar fi de folos numele lor. Fișierele sunt toate etichetate cu prenumele femeilor și cu data. Desigur, la fel de posibil ar fi ca el să fi denumit fișierele stina060517 sau greta261116 la întâmplare, deși mă îndoiesc.

— Ce făcea cu fișierele? Se poate să le fi văzut și alții.

— Cei de la IT îi caută acum prin e-mailuri. Se pare că avea mai multe conturi pe rețelele sociale, sub mai multe pseudonime. Cu ceva noroc, vor putea afla dacă a distribuit videoclipurile. Deși se poate să le fi vrut doar pentru sine: o colecție privată, la care să se masturbeze la bătrânețe.

— Se poate să le fi postat pe site-uri porno străine.

— De ce ar fi făcut-o?

Huldar scoase pachetul de țigări din buzunar și se uită înăuntru, să vadă dacă are noroc. Aha, îi mai rămăsese una!

— Ca să se laude, probabil. Sau să le umilească pe femei. Nu e pornografia în scop de răzbunare ultima modă?

Acum, că Huldar ținea pachetul în mână, simțea chemarea nicotinei.

— Nu cred că era pornografie în scop de răzbunare. Dacă îi interpretăm corect istoricul în materie de relații, lui îi plăceau mai ales aventurile de-o noapte. Pornografia în scop de răzbunare tinde să fie asociată cu despărțirile, însă, din ce știm până acum, n-a fost implicat niciodată într-o relație de lungă durată.

Gudlaugur nu mai adăugă nimic, așa că Huldar ieși ca să fumeze. Însă senzația de plăcere care i se răspândise prin vene se evaporă rapid când se așeză la loc și începu să urmărească iar videoclipuri. Încă un fund, țâțe, păr lung și blond. Femeile puteau fi foarte bine surori. Era limpede că Helgi prefera un anumit gen.

Nu exista niciun indiciu în acele videoclipuri privitor la locul în care se desfășuraseră acele partide. Nicio imagine de pe vreun geam, iar camera era mai mult decât banală; deloc diferită de zecile de mii de alte dormitoare islandeze cu pereții albi. Singurul lucru de care putea fi sigur era că nu se aflau în niciunul dintre dormitoarele luxosului apartament deținut de Helgi.

Videoclipul se termină și Huldar apăsă pe următorul: disa071017. Nu rămase deloc surprins să descopere că Dísa semăna bine cu Stína din filmul anterior. Și cu Sigrún, din cel de dinainte. O fată nouă apăru în pat, dar altfel, nicio schimbare. Aceleași poziții și ritm, aceleași strâmbături pe chipuri, însă și „regizorul" era același: Helgi. De obicei rămânea cu spatele la cameră, cum spusese și Geir, dar uneori cuplul făcea schimb de locuri, dezvăluind în treacăt o imagine cu Helgi. Nimic foarte clar însă. Dar pata ovală, de culoare deschisă de pe spinarea lui era mereu imposibil de confundat, așa că nu exista nici urmă de îndoială că era vorba de el.

Monotonia nu se limita doar la imagini; era valabilă și pentru coloana sonoră. Gemete și mormăieli intermitente, care se accelerau când lucrurile se apropiau de climax. Huldar își smulse căștile și apăsă pe „Pauză". Îi ajungea pentru moment.

— Încotro? Credeam că doar ce-ai fumat?

Ca și cum voia să evite să pară prea interesat de manevrele lui Huldar, Gudlaugur se grăbi să adauge:

— În caz că întreabă Erla.

— În eventualitatea puțin probabilă că Erla va arăta vreun dram de interes față de mișcările mele, îi poți spune c-am dat o fugă ca să stau de vorbă cu cei de la Delicte Sexuale.

Răspunsul lui păru să-l mulțumească pe Gudlaugur, care se întoarse la camerele lui de supraveghere.

Cafeaua era mai bună la cei de la Delicte Sexuale. Huldar sorbea cu plăcere dintr-o ceașcă albă simplă, despre care i se spusese că era standard aici. Cănile personale cu sloganuri stupide și glumele erau dezaprobate, în caz că ar fi conținut genul de apropouri cu tentă sexuală care ar fi fost complet nepotrivite în această divizie.

— Așadar, crezi că uciderea acestui tip pe nume Helgi ar putea avea legătură cu videoclipurile lui porno făcute acasă?

Polițistul care stătea de partea cealaltă a mesei rotunde din departamentul rezervat celor de la Delicte Sexuale era unul dintre cei doi rămași după terminarea programului. Era un fost coleg de-ai săi, care solicitase un transfer pentru a mai schimba activitatea. Din spusele lui, aici găsise un loc care i se potrivea de minune.

— Dacă așa stau lucrurile, ar fi o premieră în Islanda.

— Habar n-am dacă există sau nu vreo legătură. Dar e singurul lucru pe care l-am găsit despre acest tip care e... mă rog... nu chiar sută la sută plăcut la el.

Huldar mai luă o înghițitură de cafea din ceașca perfect neutră și continuă:

— A apărut și ideea cu „pornografia pentru răzbunare", însă după părerea mea nu prea se potrivește cu ce știm despre victimă. Nu a fost implicat niciodată într-o relație, așa că nu avea niciun motiv să se răzbune pe o fostă iubită. Eu, personal, nu cred că merită să irosim vremea cercetând această pistă.

— Îți dai, sper, seama că răzbunarea nu reprezintă singurul motiv pentru a cerceta totuși mai îndeaproape acest tip de material. Ba chiar au început să-l numească „pornografie fără consimțământ" în loc de „pornografie pentru răzbunare".

Expresia plictisită de pe chipul bărbatului sugera faptul că schimbarea de peisaj despre care pretinsese că-i face foarte bine avea totuși și niște dezavantaje.

— Firește, răspunse Huldar, lăsându-și jos ceașca. Însă mie nu mi se pare că tipul a făcut acele filmări pentru a le posta pe site-urile porno populare sau pe cele de amatori, dacă mă gândesc bine. Chiar nu avea nevoie de bani, crede-mă pe cuvânt!

— Dar nu ne referim aici la chestii făcute pentru a obține profit.

Polițistul deschise laptopul pe care îl adusese cu el.

— Există nenumărate site-uri construite pentru acest tip de material. Unele sunt dedicate exclusiv femeilor islandeze — sau fetelor, mai degrabă. Vorbim, de obicei, despre fete sau femei foarte tinere. Ce vârste au femeile din filmările voastre?

— Nu știu exact, dar bănuiesc că sub treizeci.

Revăzu în minte imaginile cu preferințele lui Helgi în materie de partenere de pat. Toate păreau mai aproape de douăzeci decât de treizeci de ani, însă din fericire niciuna nu părea să fie minoră.

— Orice femeie trecută de treizeci de ani e considerată expirată pe majoritatea acestui gen de site-uri.

Bărbatul apăsă câteva butoane pe tastatură, apoi răsuci ecranul spre Huldar.

— Convinge-te singur!

Huldar se aplecă în față. În partea de sus se afla un afiș cu steagul Islandei și dedesubt se vedea o interfață mai degrabă primitivă, unde utilizatorii puteau schimba mesaje între ei. Toate postările păreau a fi despre fete islandeze. Majoritatea subiectelor de discuție începeau cu un utilizator ce posta o poză obișnuită cu o anumită fată și care apoi întreba dacă dorea cineva să vadă poze cu ea goală. Asta avea drept rezultat mai multe comentarii porcoase despre fata în cauză — dacă era în formă, dacă era o curvă depravată, dacă era bunăciune și așa mai departe. Uneori apăreau și poze cu fata fără sutien sau chiar complet goală, iar acelea erau distribuite spre bucuria tuturor. Dacă nu apărea nicio astfel de poză, o întrebare foarte populară printre utilizatori era dacă cineva putea folosi Photoshopul pentru a transforma hainele din pozele cuminți în unele transparente. Asta avea, invariabil, drept rezultat o serie de încercări din partea utilizatorilor de-a modifica digital imaginile pentru a îndepărta hainele fetei.

— Ce dracu' e căcatul ăsta?

Huldar se apropie de ecran, pentru a citi adresa URL, însă fără să se dumirească vreun pic.

— N-am auzit niciodată de el.

— Nu, și nici nu e de mirare. Ești prea bătrân. Utilizatorii sunt bărbați foarte tineri sau chiar adolescenți. Normal că sunt și utilizatori mai în vârstă, dar nu foarte mulți. Sau așa credem noi. E un adevărat coșmar să încercăm să-i identificăm. Site-ul nu cooperează cu poliția.

— E pe Dark Web?

— Nu. Acest site e pe Deep Web.

— Ce-i aia?

— Deep Webul e numele dat conținutului sau site-urilor care nu apar pe motoarele de căutare obișnuite. Cea mai mare parte a conținutului e ilegal sau imoral într-un fel sau altul. Dark Webul menționat de tine e o parte a Deep Webului, însă conținutul acestuia e și mai bine criptat. Acest site e doar pe Deep Web. Asta înseamnă că o căutare a lui nu va scoate la iveală niciun rezultat: trebuie să știi adresa exactă ca să găsești site-ul. Dacă ar fi pe Dark Web, ai avea nevoie atât de un acces special, cât și de un browser Tor pentru a-ți ascunde IP-ul. În rest, sunt valabile aceleași lucruri pentru ambele zone ale webului. Motoarele de căutare convenționale nu au acces la materialul stocat acolo. Acestea fiind zise, Dark Webul e plin și el de asemenea căcaturi, incluziv de chestii din Islanda.

— Deci tipul meu ar fi putut posta videoclipuri cu el pe un site de genul ăsta și să le distribuie celorlalți utilizatori în schimbul materialelor realizate de ei înșiși în casă sau pur și simplu chestii de exhibiționiști perverși ca să aibă acces acolo?

— Da, de exemplu.

Polițistul își recuperă laptopul și-i închise capacul, adăugând apoi:

— Dacă înregistrările își găsesc loc pe una dintre platformele islandeze de partajare de materiale, aproape sigur ar fi inclus și numele femeilor. Acesta e tot farmecul acestor manevre — să poți identifica victima după nume.

— De ce?

— Inițial a fost probabil gândit ca o încercare de a-i împiedica pe utilizatori să posteze poze cu fete străine luate de pe net și despre care să pretindă apoi că sunt islandeze. Partea cu adevărat interesantă e să fii în stare să găsești fetele pe rețelele sociale. Toată chestia asta e cu adevărat dementă.

— Mie-mi spui?

— El avea numele fetelor?

— Da. Mă rog, prenumele lor. Probabil și patronimele. Cum aflu dacă asta făcea el de fapt? Adică să partajeze videoclipurile. Spune-mi, te rog, că nu va trebui să scotocesc toate acele site-uri!

— Vrei un sfat? Du-le numele fișierelor celor de la IT. Ei se vor mișca mult mai repede ca tine. Nu doar asta, dar ei au acces și la motoarele de căutare care pot peria Deep și Dark Webul. Las-o în seama experților.

Ideea i se părea de bun-simț lui Huldar. Și-așa avea foarte puțină răbdare când era vorba să caute ceva pe net și chiar nu simțea nicio dorință să-și extindă căutările și prin lumile acestea subterane.

— Deja au primit fișierele și se uită la ele. O să le cer să verifice și Dark Webul, dacă tot s-au pus pe treabă.

— Bun! Dar ține minte că doar pentru că nu vor găsi nimic nu înseamnă neapărat că nu sunt acolo. Deep Webul[4] nu e degeaba numit așa — e, practic, fără fund. Dacă numele fișierelor au fost schimbate și descrierile materialelor nu includ cuvintele cheie obișnuite, atunci căutarea ta nu va scoate mare lucru la iveală. De fapt, vei găsi probabil videoclipurile doar dacă au fost postate pe una dintre platformele islandeze de partajare de fișiere

---

4 Deep (*adânc*, în lb. engleză în original) și Dark (*întunecat*, în lb. engleză în original); Web, internetul ascuns, după cum explică și personajul, neindexat de motoarele clasice de căutare. *(N.t.)*

despre care avem deja cunoștință. Dar trimite-ne și nouă fișierele, în caz că va apărea și în căutările noastre sau se va dovedi că știam deja de ele. Uneori suntem abordați de femei care doresc să depună plângere când descoperă că imagini obscene cu ele au fost postate pe astfel de site-uri. Însă fetele tinere preferă să-și vâre capul în nisip sau să lanseze amenințări deșarte sub pozele lor de pe website-uri. Iar asta nu face decât să-i încurajeze pe nemernici. Chestia cu adevărat dureroasă e că nici noi nu prea putem face mare lucru, întrucât e extrem de greu să identifici utilizatorul care a distribuit materialul.

Bărbatul avea o expresie de om înfrânt.

— E aproape imposibil, dacă aceștia au depus un minim efort, să-și ascundă urmele.

Huldar se întoarse sus într-o dispoziție neagră. Înainte de-a relua vizionarea materialelor rămase, se întrebă dacă mai avea totuși rost să încerce să afle dacă videoclipurile fuseseră distribuite. Chiar dacă ar fi fost, era greu de aflat cum anume ar fi putut acestea fi legate de asasinarea lui Helgi. Niciuna dintre blondele acelea cu picioare până-n gât nu părea genul violent.

Capitolul 19

Didrik nu mușcase momeala și nu o invitase pe Freyja la cină când ea îl sunase ca să-l informeze despre rezultatul discuției ei cu bunica lui Siggi. Nici nu-i propusese să se întâlnească la vreun bar sau să sugereze în vreun fel că interesul arătat de ea era reciproc. O adevărată lovitură pentru ea, însă nicidecum sfârșitul lumii. De fapt, probabil că era bine și-așa, din moment ce ea oricum nu i-ar fi putut accepta invitația chiar în seara aceea — sau în orice seară din viitorul apropiat —, din cauza Sagăi. Baldur reușise să o convingă pe Fanney să-l lase să aibă grijă mai mult de fiica sa, ceea ce însemna că fata devenea responsabilitatea Freyjei după ce el se întorcea la casa de reeducare. El trebuia să se prezinte acolo pentru cină, între orele 6 și 7 seara și să rămână în interiorul clădirii peste noapte, de la 11 seara la 7 dimineața. Iar prezența fetiței chiar nu se potrivea cu ideea Freyjei privitoare la o seară romantică alături de un partener sexy.

Fetița părea să-i citească gândurile Freyjei, așezată pe unul dintre nenumăratele scăunele speciale pentru copii, într-unul dintre nenumăratele restaurante unde se duceau. Strâmbându-se, fetița își vârî degetul în micul bol pentru ketchup. Saga era tare mofturoasă la masă. Freyja îi gătise un fel de mâncare sănătos mai devreme, însă la fel de bine s-ar fi putut lipsi de tot deranjul. Saga nu făcuse decât să împingă de colo-colo mâncarea prin tava scaunului special pentru copii, direct între fălcile hulpave ale lui Molly. După care, în mod inevitabil, când sosise ora de culcare, fetiței îi fusese prea foame ca să doarmă, așa că Freyja se văzuse nevoită să o îmbrace iar și să o scoată la masă în oraș. Optase pentru un local care servea burgeri, în pofida dorinței exprese a lui Fanney, care dorea ca fiica ei să nu mănânce nimic altceva în afară de mâncare organică, de preferat și fără zahăr. Uneori, credea Freyja, trebuia să te mai și abați de la reguli. În plus, până ce fetița nu începea să se exprime așa cum trebuie, chiar nu exista nicio modalitate prin care mama ei putea să afle ce făceau ele de fapt, întrucât era foarte puțin probabil ca Fanney să se aventureze într-un local fast-food — mai cu seamă că se pregătea să devină apărător în echipa națională a Islandei.

Localul nu avea absolut niciun farmec. Într-un colț se afla un loc de joacă ce consta într-un tobogan mare de plastic și un țarc plin cu bile moi, care nu era mai mare decât o cadă de baie. Dotările astea nu păreau deloc să-i atragă pe copiii veniți acolo la o oră atât de târzie. În schimb, aceștia ședeau alături de însoțitorii lor adulți, holbându-se în gol la jucăriile care veneau odată cu felurile de mâncare pentru copii.

Saga își linse ketchupul de pe degetul pe care și-l înfipse la loc în bol.

— Mănâncă!

Freyja alese o bucățică din ceea ce părea a fi carne de pui și-o apropie de buzele Sagăi. Fetița își feri capul.

— Încearcă să-l înmoi în ketchup. S-ar putea să meargă.

Freyja ridică imediat capul, luată prin surprindere. Cine altcineva putea fi decât Huldar, înarmat cu o tavă cu același gen de mizerii care încă mai așteptau să fie desfăcute din ambalaj în fața ei: burgeri, cartofi prăjiți și cola.

— Te deranjează dacă stau și eu cu voi?

Cu greu îi putea spune nu.

Huldar se înghesui în separeu, nenecesar de aproape de ea, deși avea destul loc. Simțindu-i coapsa lipită de a ei, Freyja nu se putu abține să nu se bucure de căldura lui. Ba se simțea și recunoscătoare că nu păruse deloc surprins să o găsească atât de târziu împreună cu Saga. Huldar părea într-o dispoziție mult mai plăcută decât fusese mai devreme la casa pentru copii traumatizați, probabil din cauză că Didrik nu mai era prin preajmă. Veselia i se potrivea mai bine.

— Cum merge căutarea mamei lui Siggi?

Freyja încercă să înmoaie bucata de carne de pui în ketchup, așa cum îi sugerase Huldar. Saga, păcălită de acest truc, mușcă din bucată, o mestecă și o înghiți.

— Ați ajuns la vreun rezultat?

— Oof! făcu Huldar, desfăcându-și burgerul din ambalaj. Pot să am încredere în tine că n-ai să trăncănești cu altcineva?

— Firește. Doar știi că poți!

Freyja împinse tava deoparte. Își pierduse și puțina poftă de mâncare pe care o avusese și era mult mai interesată să audă ce-avea Huldar de spus.

— Poate te-aș putea ajuta. Să-ți furnizez câteva informații.

Îi zâmbi, și el îi întoarse zâmbetul. Pentru prima oară, zâmbetul niciunuia dintre ei nu era artificial sau forțat.

— Dar mai întâi, cum ați reușit să aflați numele părinților lui?

Huldar luă o gură de burger, înfulecă jumătate din el dintr-o înghițitură și îl ajută să alunece cu o sorbitură prelungă de cola, înainte să-i răspundă. La gură îi rămăsese o dâră de ketchup.

— Îmi pare rău, dar nu pot să-ți spun.

— De la Urgențe, presupun.

— Nu pot să spun nimic, răspunse el, îndesându-și un cartof în gură. Nu ești singura care știe cum să păstreze discreția. Dar îți pot spune că se pare că ea era victima abuzului domestic. Și că în mod sigur e gravidă.

Privirea Freyjei reveni la Saga, care se părea că-i ascultă cu atenție.

— Deja am aflat și eu despre soțul cel agresiv. În câte săptămâni e însărcinată?

— Opt luni.

— O, Dumnezeule!

Freyja nici nu știa ce să mai spună. Nu fusese niciodată însărcinată, așa că n-ar fi putut avea nicio părere despre starea de spirit a femeii, dacă asta era ce spera Huldar. Dar el nu voia asta.

— Ce știi despre abuzul domestic?

— Puține. Suficient cât să înțeleg că e o chestiune extrem de complicată. Te întrebi de ce femeile ca ea nu-și părăsesc partenerii care le abuzează?

Huldar își atacă iar burgerul, de data asta nemailăsând decât o singură gură din el. Deloc rău: un burger întreg din trei mușcături.

— Cunoști vreo femeie aflată într-o astfel de situație? întrebă el.

— Probabil. Dar dacă o cunosc, nu știu nimic despre asta. Victimele au tendința să-l acopere pe agresor, indiferent de sexul acestuia. De fapt, se întâmplă și mai adesea atunci când victimele sunt bărbați.

Huldar bombăni ceva ce Freyja interpretă a fi înțelegere față de o astfel de atitudine. El nu părea genul care ar reclama ceva care să i se întâmple lui, mai cu seamă dacă ar fi ieșit el mai șifonat din confruntarea cu o femeie. Nu că ar fi fost un lucru obișnuit pentru un tip masiv și puternic ca el. Însă cei patru pereți ai unei case nu semănau deloc cu un ring de box în care persoana căzută la podea e în mod automat cea care pierde. Nici nu era neapărat o chestiune legată strict de forța corpului. Deși, de cele mai multe ori, erau implicate loviturile fizice, leziunea cea mai gravă putea fi provocată de suferința mentală, care devenea decisivă atunci când se stabilea cine rămâne în picioare.

— E tare complicat, Huldar. Nu am avut multă experiență directă, însă uneori ne ocupăm de urmările unor astfel de cazuri la Casa Copiilor. Chiar dacă acolo nu tratăm adulți, de multe ori aruncăm o privire în interiorul iadului care rezultă din cauza impactului pe care îl are asupra copiilor.

— Eu, unul, am trecut prin câteva experiențe. Pe când eram în poliția în uniformă, am întâlnit câteva cazuri și m-am simțit al naibii de ușurat că le-am lăsat în urmă, sincer să fiu. Era un adevărat coșmar să te ocupi de ele și de multe ori intervenția noastră nu prea era de cine știe ce ajutor.

Huldar mai luă o gură de cola, apoi continuă:

— Îmi amintesc de o femeie pe care am convins-o să depună plângere după o serie de atacuri brutale în urma cărora s-a ales cu nasul și pometele sparte, craniul fracturat și doi dinți din față lipsă. Însă în ziua în care trebuia să depună mărturie la tribunal, și-a retras plângerea, pretinzând că de fapt îi căzuse în cap un bol aflat pe raftul de sus al unui dulap. Stătea acolo, în sala de judecată, cu fața desfigurată pentru totdeauna, mințind pentru ticălosul care era de fapt făptașul. Aproape niciodată nu ajungi să pățești așa ceva cu alte tipuri de infracțiuni.

Saga azvârli cu o bucată de cartof în capul Freyjei, enervată că e ignorată. Din nefericire, mai întâi îl înmuiase în ketchup, așa că aceasta lăsă o dâră roșie în părul blond al femeii atunci când ea o luă cu mâna.

— Vrei să ling eu?

Huldar îi făcu Freyjei cu ochiul.

Trebuia să-i recunoști meritul: putea transforma orice într-o încercare de a flirta. În loc să îngăduie să se lase distrasă, Freyja se întinse după un șervețel și-și șterse mizeria lipicioasă pe cât de bine putu.

— Deci credeți că tatăl lui Siggi ar putea fi responsabil de dispariția lor?

Ea spera ca răspunsul să fie nu, însă el doar dădu din cap aprobator.

— Așa se pare.

— Și se crede că el a omorât-o?

Deși instinctul îi spunea că probabilitatea era foarte mare, Freyja se ruga în gând ca el să spună nu.

— Păi, chiar nu știm, firește, dar mă tem că și noi credem că e foarte probabil. Dar ne-am putea înșela. Nu se potrivește chiar totul cu acest scenariu.

— Ha?

Freyja își îndreptă atenția la Saga, pentru a evita să fie iar lovită cu mâncare.

— Ei bine, criminaliștii au căutat pete de sânge, însă n-au găsit nicio urmă a unei pierderi masive de sânge. Casa s-a luminat totuși ca un pom de Crăciun — s-au dovedit însă doar mici pete de sânge, ici și colo, care aproape sigur nu sunt rezultatul unui singur atac. Am ajuns la concluzia că mai mult ca sigur reprezintă dovada unei lungi perioade de agresiuni.

Simțind că i se face greață, Freyja îi oferi lui Huldar burgerul ei rămas neatins și el îl acceptă recunoscător, după ce o întrebă de două ori dacă e sigură. După care ea începu să-l preseze în căutare de răspunsuri:

— Și atunci, asta crește șansele ca ea să fie încă în viață?

— Să știi că moartea nu presupune neapărat sânge împrăștiat prin toată casa. La fel de bine ar fi putut fi și strangulată. Sau înecată în cadă. Sau să încaseze o lovitură care să-i provoace o hemoragie internă fatală. Sau orice combinație a celor menționate mai sus.

Freyja își împinse în tăcere și cartofii spre el.

— Sâge.

Saga mai adăugase un nou cuvânt vocabularului ei limitat. „Mami, tati, Freyja, Molly, scumpa, nu, rău, plimbărici" și acum, și „sânge". Ce-ți mai trebuia? Dacă mama ei ar fi întrebat-o, Freyja putea pretinde că fetița încerca să spună „sanie". Așa că se grăbi să mai îndese o bucățică de înlocuitor al cărnii de pui în sosul de roșii și să-l arunce în gura fetiței, în speranța că aceasta va uita cu totul cuvântul.

— Marea întrebare de acum e ce anume îi leagă pe cei doi de proprietarul apartamentului în care a fost găsit Siggi. Am luat la puricat toate subiectele din viețile lor, însă oamenii ăștia pur și simplu nu aveau absolut nimic în comun.

— Nici n-au mers împreună la școală sau să fi fost vecini în copilărie?

De îndată ce rosti asta, Freyja își dădu seama cât de naivă fusese. Normal că poliția cercetase deja aceste posibilități. Însă în loc să-i facă morală, Huldar se mulțumi să răspundă simplu:

— Nu. Nu erau de aceeași vârstă. Mama lui Siggi e cu doi ani mai tânără decât Helgi, și tatăl lui e cu un an mai mare. Niciunul dintre ei nu a fost în aceeași clasă cu el la școală și nici măcar la aceeași școală. Nu au crescut în aceeași parte a orașului, așa că nici vecini n-ar fi putut fi pe când erau copii sau mai târziu. Nu au lucrat niciodată în același loc, nici nu frecventau aceleași cluburi, ba nici măcar la aceeași sală de gimnastică nu mergeau. Par să fi umblat în lumi cu totul și cu totul diferite.

Huldar se opri pentru a mai lua o înghițitură de cola.

— Însă firește că pe undeva trebuie să existe totuși o legătură. Ar putea fi prin intermediul unei terțe persoane. Trebuie să existe una. Asta căutam acum. E doar păcat că ducem o lipsă acută de personal, din pricina vizitei ministrului chinez. Bine că se întoarce mâine acasă, slavă Domnului, iar după aia vom avea mai mulți oameni la dispoziție. Deja mi-o pot închipui pe Erla arătându-se la aeroport cu niște baloane, ca să-i ureze călătorie sprâncenată.

Freyja și-o închipuia mai degrabă deghizată în Rambo și amenințându-l pe ministru cu arma ca să urce în avion.

— Așadar, tu de ce crezi că a fost dus Siggi în apartament?

— Teoria noastră cea mai reușită de până acum e că tatăl lui Siggi trebuie să-l fi lăsat acolo ca să fie sigur că n-o să fie găsit. Însă e de-a dreptul imposibil să crezi că băiatul nu și-a recunoscut propriul tată, chiar dacă acesta își acoperise fața, deci înseamnă că bărbatul trebuie să fi pus pe altcineva să o facă. În fine, această teorie se bazează clar pe presupunerea conform căreia tatăl e responsabil atât de uciderea lui Helgi, cât și de cea a mamei lui Siggi.

— Și atunci, unde e acum?

Huldar ridică din umeri și începu să desfacă hârtia cerată în care era ambalat burgerul oferit de Freyja.

— Ce bănuiești tu bănuiesc și eu. Poate s-a sinucis, a plecat în străinătate sau a fugit cine știe pe unde pe aici, prin Islanda. Îl vom găsi, mai devreme sau mai târziu — sper.

Freyja apropie un pahar de carton plin cu suc de buzele Sagăi și-l înclină spre ea. Fetița luă o gură, apoi refuză să mai bea din el.

— Sâge, rosti ea.

Gata cu speranța Freyjei că ea va uita cuvântul.

Se întoarse spre Huldar.

— Încă nu s-au hotărât dacă Siggi va trebui să rămână într-un adăpost temporar sau să meargă la bunica lui. Bietul copil!

— Dumnezeule, sistemul ăsta e tare crud!

— Poate părea așa, însă de fapt nu e. Hotărârea trebuie să se bazeze pe niște analize temeinice. Situația lui este extrem de neobișnuită și-n mod normal, ei nu ar da niciodată un copil atât de mic pe mâna altcuiva în afară de propriii lui părinți.

Huldar păru să accepte această explicație. Măcar nu-i contrazise spusele. Așa că ea continuă să-i povestească despre discuția avută cu bunica băiatului. Însă Huldar, care părea s-o fi auzit deja, abia dădea când și când aprobator din cap și folosi acest interval de timp ca să mănânce. Singurul detaliu care păru să suscite un oarecare interes pentru el fu încercarea eșuată a lui Sigurlaug de-a reveni la serviciu.

Apoi el își mai îndesă trei cartofi în gură și înghiți, înainte de a-i atrage atenția Freyjei că acest aspect nu ieșise la iveală când o interogaseră ei. Dar, după ce află că se întâmplase în urmă cu trei ani și jumătate, își pierdu iar interesul.

Freyja nu mai avea nimic de zis. Și rămăsese și fără întrebări despre caz. Fără îndoială că acestea aveau să reînceapă să-i zburde prin minte de îndată ce rămânea iar singură.

— Te pot întreba ceva care nu are legătură cu ancheta?

— Sigur, dă-i drumul. Dacă vrei să afli dacă sunt liber weekendul ăsta, răspunsul e da.

Freyja zâmbi.

— De fapt, nu. Ce voiam să te întreb e dacă știi pe cineva din Islanda care ține șerpi pe post de animale de companie.

Huldar izbucni în râs.

— Exact de asta vreau să te invit în oraș. Nu te poate acuza nimeni că ești plictisitor de previzibilă, Freyja!

Cum ea îi ignoră remarca și doar continuă să-i aștepte răspunsul, el zise:

— Sigur că da. Dăm peste tot felul de ciudați și creaturi splendide când percheziționăm prin case, mai ales când căutăm droguri. Tarantule, șopârle, broaște, șerpi, tot ce vrei. Toate ajung să fie distruse de oameni. De ce întrebi?

— A, nimic, e doar cineva de la serviciu care a pomenit de asta și mie, una, nu mi-a venit să cred, așa că m-am gândit să te întreb pe tine.

Freyja se întoarse spre Saga, în caz că o trăda fața. Văzând că fetița deja se săturase, Freyja luă un șervețel și începu să o șteargă pe față, operațiune care fu întâmpinată cu mare indignare.

— Au existat cazuri în care cineva să fi fost rănit — știi tu, adică mușcat? Sau prins în strânsoare și omorât?

— Asta ai auzit tu?

Cum Freyja scoase un sunet imposibil de distins, răspunse tot Huldar:

— Din ce știu eu, până acum n-a fost nimeni atacat de un șarpe în Islanda. Însă destul de mulți au primit o doză zdravănă de salmonella. E un efect advers des întâlnit în cazul în care crești reptile.

Freyja simțea cum interesul ei pentru apartament pălea tot mai mult.

— Înțeleg. Mersi!

— Cu plăcere!

Huldar termină și cel de-al doilea burger, mototoli ambalajele și rânji către Saga.

— Mi-ar plăcea să te scot la masă. Alege tu o zi.

— O ofertă foarte generoasă, dar nu, mersi!

Freyja întinse mâna după căciula și geaca Sagăi.

— Trebuie să plecăm.

— Nu cu tine vorbeam — vorbeam cu ea, făcu Huldar, arătând spre Saga. Suntem amici foarte buni. Și ce e și mai important, avem aceleași gusturi în materie de restaurante.

Freyja surâse.

— Da, bine.

— Nu. Vorbesc serios. Chiar o invit în oraș să luăm masa.

— Iar eu refuz, în numele ei.

— Dar e și ea suficient de mare ca să vorbească în nume propriu, nu-i așa?

Huldar îi făcu semn cu ochiul Sagăi, care alese tocmai acel moment să încerce să vadă dacă șervețelul era bun de mâncat.

Freyja îl smulse din strânsoarea copilului și-i dezlipi fâșiile de hârtie de pe limbă, pe care Saga o scosese afară când șervețelul pică testul gustului.

— Așadar, Saga, vrei să ieși să iei masa în oraș cu Huldar? întrebă ea, convinsă că răspunsul avea să fie nu.

Saga răspundea la orice prin „nu“, chiar și atunci când voia să spună „da“.

Saga se încruntă și Freyja repetă întrebarea.

— Saga, vrei să ieși să iei cina în oraș împreună cu Huldar?

— *Dah!*

Ca să vezi! un nou cuvânt în vocabularul ei — și-n cel mai prost ales moment cu putință.

— Vezi! făcu Huldar, dându-i un ghiont Freyjei. Păcat că va trebui să vii și tu. E mult prea mică să iasă fără un însoțitor major.

Se strecură afară din separeu, își luă tava și le zise la revedere, părând nemaipomenit de mulțumit de propria persoană.

— Ținem legătura!

Freyja rămase fără cuvinte lângă trădătoarea ei de nepoată. În vreme ce-l urmărea pe Huldar cum pleacă, îi veniră în minte frânturi din noaptea petrecută împreună. Amintirile erau încețoșate, dat fiind că atunci fuseseră amândoi beți, dar ea tot își mai amintea cât de fantastic fusese el în pat. Afurisitul de Huldar Jonas.

Scutură iute din cap, alungând gândul cât mai departe. Era clar că trecuse prea multă vreme de când nu mai avusese și ea parte de nițică acțiune.

După ce o îmbrăcă pe Saga cu haine groase, Freyja o propti pe un șold și porni spre ieșire. Când trecură pe lângă tejgheaua cu casa, Freyja îi arătă o poză luminoasă cu o înghețată prinsă pe peretele de deasupra capetelor chelnerilor cuprinși de apatie. O ocazie ideală să încerce noul cuvânt din micul arsenal al fetiței, dat fiind că ea avea mereu chef de înghețată.

— Saga, vrei o înghețată?

Încruntându-se îndelung la imagine, Saga deschise gura cu colțurile întoarse în jos și pronunță clar:

— Nu.

Capitolul 20

Marți

Camera de interogatoriu era deja înăbușitor de caldă. Pesemne că se stricase iar aerul condiționat, dat fiind că dinspre grila de ventilație nu răzbătea nici măcar un șuierat. În schimb, de grilaj atârnau nemișcate fire groase de praf. Nicio diferență totuși, întrucât monotonia era oricum cuvântul care ar fi putut descrie cel mai bine atmosfera de acolo.

Huldar își făcuse apariția de dimineață proaspăt bărbierit, cu micul dejun luat și pregătit să urmărească și mai mult porno, doar ca să descopere că Erla avea alte planuri pentru el. Aceasta urma să stea de vorbă cu unul dintre cei mai apropiați prieteni ai lui Helgi, dentistul Thormar, care fusese alături de el în noaptea în care murise, așa că ea dorea ca Huldar să i se alăture. El alese să interpreteze această popularitate sporită a lui față de șefă ca un semn al lipsei de personal cu care se confruntau. De bună seamă că Erla considera acest interogatoriu destul de important, căci își amânase ședința de progres a anchetei în speranța că vor da de o pistă nouă.

Thormar alesese să vină el la secție și nu să primească o vizită din partea poliției acasă sau la serviciu. O reacție des întâlnită — nu dădea niciodată bine să-ți bată autoritățile la ușă —, ceea ce însemna că nu aveau de ce să insiste prea mult cu întrebările. În schimb, erau nevoiți, ca de obicei, să se bazeze pe alte indicii în timpul chestionării, cum ar fi nepotrivirile din declarația lui sau semne că arăta deosebit de stresat, ori să-l prindă cu vreo minciună.

În cazul de față, subiectul lor se dovedi greu de citit. Suferința lui nu părea deloc prefăcută: potrivit Erlei, rămăsese destul de șocat când ea îi spusese de ce doreau să discute cu el și nici măcar acum nu părea să-și fi revenit pe deplin. Însă păru dornic să-i ajute când îi cerură să le descrie evenimentele din ultima seară petrecută alături de Helgi și să le depene povești despre prietenul lui, indiferent că erau recente sau din trecutul lor comun. Și totuși, parcă era ceva la acest individ — Huldar încă nu-și putea da seama clar ce anume. Era precum una dintre tăvile acelea de la supermarket pline cu sushi: părea autentic, dar nu pe deplin. Mai emana și un anumit iz de clinică dentară, care lui Huldar îi dădea o oarecare senzație de greață.

— Normal că nu-mi mai amintesc sută la sută ce s-a întâmplat. Am băut, așa că memoria îmi joacă puțin feste. Dar am încercat să adun laolaltă detaliile și mi-am mai verificat și operațiunile făcute cu cardul, pentru a fi sigur.

Thormar le întinse un extras bancar printat, se părea, din contul său on-line.

Erla luă hârtia fără să-i arunce nici măcar o privire. O puteau cerceta mai târziu ca să vadă ce conține, verificând, totodată, și dacă era autentică.

— Deci ultimul loc în care îți amintești că l-ai văzut a fost 101 Bar?

— Da. El a plecat la toaleta bărbaților. Eu am trecut pe lângă el când am ieșit de-acolo. Însă el nu s-a mai întors după aceea la masă.

— Ție și prietenilor voștri nu vi s-a părut nițel ciudat?

— Ba da, dar, cum spuneam, eram destul de băuți, mai ales Helgi. Iar timpul trece repede când bei. A durat ceva până să ne dăm seama că îi lua neobișnuit de mult timp să se întoarcă, dar nu ne-am făcut griji decât atunci când ne-am dat în sfârșit seama că plecase. Cum ziceam, era destul de afumat. Și nu știi niciodată ce vor face oamenii în starea respectivă.

— Și voi ce-ați crezut că se întâmplase?

Thormar dădu zgomotos aerul afară.

— Păi, nu pot vorbi și în numele celorlalți, dar am presupus că se săturase și plecase. Sau că n-a mai fost în stare să ne găsească, deoarece un grup numeros de persoane intrase în local și noi stăteam la o masă. Erau prietenii unuia din grupul nostru — membri ai clubul de pescuit al lui Gunni, cred. Atunci avea loc masa lor anuală, însă Gunni alesese să vină totuși cu noi. În fine, erau o grămadă de membri acolo, așa că e posibil ca Helgi să nu ne mai fi văzut acolo și să fi crezut că plecaserăm. Chiar se îmbătase foarte tare, cum spuneam.

— La ce oră s-a întâmplat asta?

Erla apropie pixul de carnetul pe care-l purta după ea, pregătindu-se să-și noteze.

— Trebuie să fi fost la scurt timp după miezul nopții. Eu doar ce luasem un nou rând de băuturi înainte să dispară Helgi și, potrivit operațiunilor făcute cu cardul meu, se pare că s-a întâmplat la douăsprezece fără un sfert. Știu că el își băuse doar jumătate din pahar, pentru că după ce-am înțeles cu toții că nu se mai întoarce, unul dintre băieți a zis că n-ar trebui să irosim așa băutura și-a terminat-o el.

— Cine a fost?

Erla ridică privirea din carnet.

Thormar păru un pic surprins de întrebare, dar totuși răspunse:

— Gunni. Gunnar, adică — Gunnar Bergsson.

Huldar bănuia de ce îl întrebase Erla. Dacă cineva ar fi turnat ceva în paharul lui Helgi, ar fi avut atunci ocazia ori să elimine acel pahar din ancheta lor, ori să confirme că tocmai de el era vorba.

Următoarea întrebare îi dovedi lui Huldar că avusese dreptate în privința intenției ei.

— Cum s-a simțit Gunnar după ce-a băut-o?

— Cum s-a simțit?

Thormar se încruntă, și mai nedumerit.

— Și mai beat. Nu foarte rău, ci doar așa cum ar fi de așteptat atunci când bei alcool după și mai mult alcool.

— Părea pe punctul de-a leșina sau a se comporta într-un fel neobișnuit?

Thormar zâmbi pentru prima dată de când pășise în secția de poliție.

— Gunni s-a comportat mereu un pic ciudat. Dar deloc ieșit din tipar pentru el.

Surâsul dispăru din nou și Thormar redeveni serios când zise:

— De ce întrebi? Doar nu crezi că Helgi și-ar fi turnat ceva în propria băutură? Vă zic eu sigur că nu lua droguri.

Deși Huldar nu era chiar convins că bărbatul avea dreptate în privința prietenului său mort, această declarație dovedea măcar că Thormar însuși nu era consumator. Oricine e familiar cu drogurile ar ști că, de obicei, nu le amesteci cu alcool.

— Atunci ai putea spune că Helgi ducea un stil de viață relativ sănătos?

— Da, categoric. Avea un antrenor personal, mergea la sală în mod regulat, mânca doar mâncare organică și așa mai departe. Din ce știu eu, era într-o formă fantastică.

Thormar se foi în scaun și-și aranjă manșetele, apoi continuă:

— Nu că i-aș fi văzut vreun buletin de analize sau ceva de genul. Dar eram dentistul lui și vă pot asigura că avea mereu grijă de dinții săi.

Văzând că Erla și Huldar nu păreau impresionați, se grăbi să adauge:

— De obicei, persoanele care au grijă de dinții lor au grijă și de sănătatea lor, în general.

— Înțeleg.

Erla părea depășită de o astfel de logică.

În mod evident reacția ei îl provocă pe Thormar, întrucât el se grăbi să sară în apărarea propriei profesii:

— Noi, dentiștii, vedem adesea semne ale unor afecțiuni doar uitându-ne în gurile oamenilor: diabet, boli cardiovasculare, osteoporoză, stres, herpes...

Erla îl întrerupse înainte ca lista lui de afecțiuni să devină și mai trivială.

— Prietenul tău n-a murit de niciuna dintre ele.

Huldar interveni înainte ca bărbatul să poată da răspunsul nesimțit pe care-l merita replica Erlei:

— Ce purtai în noaptea aceea?

— Te referi la haine?

— Da.

— Purtam un costum. Gri, cred și o cămașă albă. Da, și un palton. Albastru. Ba nu, bleumarin. De ce întrebi?

— Dar prietenii tăi?

— Ăăă...

Thormar păru să aibă probleme serioase când veni vorba să-și amintească acele detalii. Până la urmă, reuși să-i descrie mai mult sau mai puțin fidel ce purtase fiecare. În principal, existaseră mici diferențe în materie de culoare a costumelor sau cămășilor lor — în rest, la fel de bine ar fi putut fi vorba de niște uniforme. Cu siguranță niciunul dintre ei nu fusese îmbrăcat cu blugi sau încălțat cu tenișii pe care îi purta bărbatul ce-l însoțea pe Siggi pe înregistrările camerelor de supraveghere.

— Avea vreunul dintre voi o geantă la el? Cu un schimb de haine?

— Un schimb de haine?

Thormar îl privi pe Huldar cu o expresie care trăda faptul că nu înțelegea nimic. Apoi, pentru că nu primi nicio explicație, răspunse:

— Nu. De ce să fi avut vreunul dintre noi nevoie de așa ceva? Și ce-au hainele noastre de-a face cu ce-a pățit Helgi?

Huldar îi ignoră întrebarea și schimbă subiectul, întrucât interesul său și al Erlei era să-l dezorienteze pe bărbat, să-l facă să devină nesigur în privința direcției pe care ar fi putut-o căpăta discuția.

— Să mergem mai departe! Helgi a pomenit cumva că avea de gând să se mai întâlnească în noaptea aceea cu altcineva?

— Nu. Oricum n-ar fi făcut-o. Întâlnirile noastre erau întotdeauna pe primul plan. Cum e cazul și cu Gunni, de exemplu. A lipsit de la întâlnirea clubului său de pescuit ca să-și petreacă seara cu noi.

— Dar Helgi nu și-ar fi putut schimba totuși planurile? Și-a folosit telefonul la un moment dat, în timpul serii?

O întrebare cam redundantă. Nu merge nimeni pe undeva în zilele noastre fără să-și verifice telefonul. Nici măcar la înmormântări nu facem vreo excepție.

— Se poate să fi primit vreun SMS în care să i se ceară să se întâlnească cu altcineva?

— Păi, normal că își scosese telefonul pe masă. Dar n-a pomenit nimic că s-ar întâlni cu cineva. Sunt absolut sigur, deși mare parte din noaptea aia rămâne învăluită în ceață. Cum ziceam, când vechea gașcă se reunea, întâlnirile noastre erau sacre.

— Dar el nu avea pe nimeni, nu?

— Nu. Nici el și nici Gunni.

— Și atunci nu-i posibil să fi vrut să agațe vreo femeie? Poate că acolo se afla vreo iubită cu care abia aștepta să se întâlnească?

— Nu, categoric nu.

Thormar păru că se gândește nițel înainte să răspundă:

— Știu sigur asta, pentru că el se plângea de femeile din barul în care ne aflam atunci.

— Se plângea de ele? făcu Erla, căreia îi fu stârnit din nou interesul. Ce vrei să spui?

— Că nu era deloc impresionat de ele.

— Nu aveau formele care-l interesau pe el sau...?

Din cauza căldurii din încăpere, Erla își suflecase mânecile. Huldar ar fi putut jura că i se sculase părul pe mâini când întrebase asta. Poate că ea nu le slăbea deloc pe fetele din echipa sa, însă era gata să sară imediat, profund jignită, la cea mai mică dovadă de sexism la adresa lor. Ceea ce, bineînțeles, se întâmpla destul de des.

— Nu. Nici vorbă. Pur și simplu erau prea în vârstă pentru el.

Înainte ca Erla să poată spune ceva, Thormar continuă:

— Bine că mi-am adus aminte — a zis că poate ar trebui să mergem în altă parte, unde dotările erau mai tinere. Așa că e posibil să fi plecat totuși prin bar în căutarea vreuneia.

Huldar considera că auziseră deja suficiente despre ultima seară a lui Helgi. Thormar le zisese tot ce știa și acum se aventura pe terenul speculațiilor. Însă următoarea întrebare a Erlei îi dovedi că ea era de altă părere.

— A încercat vreunul dintre voi să-l sune pe Helgi după ce v-ați dat seama că nu mai era în bar?

— Da. Eu l-am sunat, cred, de două ori. Și Tómas a încercat. Prima dată, telefonul lui a sunat încontinuu; a doua oară, era închis.

— Când s-a întâmplat asta?

Thormar își scoase telefonul din buzunar.

— Ăăă, primul apel a avut loc la 1 fără un sfert și al doilea la 1 și jumătate.

Ridică privirea spre ei.

— Asta înseamnă că s-a dus la toaletă undeva după miezul nopții. Ne-a luat ceva să ne dăm seama că dispăruse.

— Îmi dai un pic telefonul tău?

Erla întinse mâna, dar Thormar șovăia, făcându-l pe Huldar să-și închipuie că tipul părea deconcertat. Acesta deschisese un pic gura și rămase uitându-se la palma întinsă a Erlei. Puteau fi o mulțime de motive pentru purtarea lui, fără ca niciunul dintre ele să aibă de fapt legătură cu moartea lui Helgi. Ar fi putut avea în el fotografii personale, e-mailuri sau mesaje pe care n-ar fi dorit să le vadă și ei. Că tot veni vorba de asta, nici lui Huldar nu i-ar fi plăcut să-i dea Erlei propriul său telefon. Dar, după o scurtă pauză, Thormar păru să ajungă la concluzia că, având în vedere împrejurările, cel mai bine ar fi fost să i-l dea, apoi rămase uitându-se neliniștit în timp ce Erla îi verifica istoricul apelurilor.

Huldar se zgâi la ecran peste umărul ei. Ea nu se mulțumi să verifice doar cele două apeluri pomenite de Thormar, ci derulă mai departe, ca să-i vadă și activitățile ulterioare. Acestea includeau nenumărate tentative de-a da de Helgi, plus o mulțime de apeluri către ceilalți prieteni care fuseseră împreună cu ei în seara de sâmbătă.

Erla săltă brusc capul și întâlni privirea dentistului ce părea destul de agitat acum.

— Pari să fi devenit extrem de preocupat să dai de Helgi din dimineața de duminică încoace. A existat vreun motiv special pentru asta?

— Voiam doar să fiu sigur că a ajuns cu bine acasă. Dar telefonul lui era închis. Mi s-a părut ciudat, așa că am tot încercat să-l sun. Spusese că urma să treacă pe la mine ca să luăm prânzul și să-i aducă un cadou fiicei mele, dar n-a mai apărut, ceea ce nu-i stătea deloc în caracter.

— Fiica ta se numește Hallbera, nu-i așa?

Cum Thormar nu răspunse, Huldar îi spuse că pachetul fusese găsit în apartamentul lui Helgi și că avea să-i parvină în următoarele zile. Omise să precizeze că fusese deja desfăcut. Se văzuseră nevoiți să verifice ce e înăuntru, în caz că ar fi conținut vreun indiciu despre soarta lui Helgi. Însă hârtia lucioasă și fundele ondulate nu ascunseseră nimic sinistru, ci doar o păpușă. O păpușă deloc obișnuită, de fapt: potrivit a ceea ce scria pe cutie, putea merge, vorbi, dansa și număra — tot ce-ți puteai dori. Din păcate, încercările polițiștilor de-a ambala la loc această minune a tehnologiei fuseseră, în cel mai bun caz, stângace.

Erla continua să deruleze lista apelurilor telefonice.

— Presupun că aceste numere salvate cu numele de Tommi și Gunni le aparțin prietenilor care au fost cu voi în seara aceea. Am dreptate?

— Da, ai dreptate.

Thormar își umezi buzele.

— Și ieri pari să fi luat destul de des legătura cu ei. De ce?

— Îmi făceam griji din cauză că nu reușeam să dau de Helgi. I-am sunat ca să-i întreb dacă n-au primit vreo veste de la el. Nimic ciudat, să știi.

Dacă așa stăteau lucrurile, Huldar se întreba de ce bărbatul părea atât de neliniștit. Erla lăsă tăcerea să se prelungească înainte de a-i înapoi telefonul. Thormar se arătă vizibil ușurat să-l primească înapoi.

Când Erla vorbi din nou, subiectul fu unul cu totul și cu totul nou:

— Vă certați des? Tu și cu Helgi?

— Nu, niciodată. Eram prieteni încă din școală și ne-am înțeles mereu bine.

— Da? Eu n-am auzit același lucru. Nu cumva prietenia voastră a devenit una cu năbădăi acum patru sau cinci ani?

Thormar se prefăcu a-și scotoci memoria, însă era mai mult decât evident că știa exact la ce se referă Erla.

— O, da. Acum, c-ai pomenit de asta, am avut un soi de ceartă atunci.

— Îți mai amintești din ce cauză?

— Nu, de fapt, nu-mi amintesc. Dar n-are cum să fi fost ceva serios.

Thormar își împreună degetele pe masă, ca și cum s-ar fi rugat.

— Poți repeta partea asta? întrebă Erla, privindu-l fix în ochi. Erați prieteni de mai bine de douăzeci de ani, nu v-ați certat decât o singură dată și tu-mi spui acum că nu-ți mai amintești din ce cauză. Eu nu te cred nici în ruptul capului.

Nodurile degetelor lui Thormar se albiră de tot.

— Jur că nu-mi amintesc! În fine, ce mai contează? Doar nu vă închipuiți că l-am omorât pe Helgi din pricina unei ciondăneli complet banale din urmă cu cinci ani?

Nici Erla, nici Huldar nu-i răspunseră, ci doar rămaseră în tăcere câteva secunde, înainte ca Erla să reia asaltul:

— Verificăm situația financiară a prietenului tău. Se dovedește destul de complicată, dar până la urmă îi vom da de cap. A investit capital într-o mulțime de firme diferite, majoritatea înregistrate în străinătate. Dacă ne-ai putea ajuta cu un anumit aspect, cu siguranță vom putea înainta cu ancheta.

— Desigur, dați-i drumul!

Thormar părea chiar sincer. Era vizibil ușurat că de-acum trecuseră peste sursa tensiunilor dintre el și prietenul său mort.

— Deși ar trebui să precizez că eu nu știu nimic despre situația financiară a lui Helgi. Cu excepția faptului că nu ducea lipsă de bani.

— Nu-ți cerem detalii. Tot ce vrem să aflăm e dacă mai deținea și alte proprietăți în afară de apartamentul în care locuia.

— Proprietăți?

Thormar părea uluit, deși firește că înțelegea perfect întrebarea.

— Da. Deținea alte apartamente sau case în Islanda sau peste hotare care ar fi putut fi trecute pe alte nume, de pildă pe una dintre firmele din alte țări?

Thormar avea aceeași expresie nătângă pe care o afișase în clipa în care Erla îl întrebase prima dată de proprietățile lui Helgi. Însă apoi își reveni și răspunse șovăitor:

— Ăăă, da. Avea o casă de vacanță. Și un apartament în New York, pentru că-și petrecea mult timp acolo. Dar se poate să-l fi închiriat. Nu-mi amintesc să fi pomenit vreodată de asta și nici eu nu l-am întrebat niciodată.

— Unde se află această casă de vacanță?

Erla avea deja pixul pregătit.

— Trebuie să fi fost și tu acolo, nu?

— Da, sigur. De mai multe ori. E pe un teren imens în Sudurland, pe care Helgi l-a cumpărat înainte să vină criza. A pus să fie dărâmată casa cea veche a fermei și a construit o clădire nouă. Asta se întâmpla în timp ce el încă mai lucra în străinătate, dar când venea încoace, mai petrecea câteva nopți acolo dacă era vremea bună.

Thormar făcu tot ce-i stătu în putință să le ofere indicații spre locul acela aflat în sudul Islandei, deși, din spusele lui, Helgi îndepărtase câteva indicatoare aflate până nu demult la o răspântie, pentru a-i descuraja pe turiști. Erla își notă conștiincios totul. În timpul ăsta, Thormar întrebă de ce voiau să afle asta, însă nu-i răspunse niciunul dintre ei.

— Nicio altă proprietate aici, în Islanda?

Erla îl urmărea cu atenție pe bărbat, cu o expresie de necitit. Thormar șovăi și-și linse iar buzele, înainte să răspundă:

— Nu, niciuna — din ce știu eu.

Huldar simți pe sub masă ghiontul Erlei în coapsă. Pricepu mesajul și întoarse foaia de deasupra teancului cu fața în sus.

— Îl recunoști pe acest băiat? Se numește Sigurdur Margeirsson și e cu un an mai mare decât fiica ta. E cunoscut cu numele de Siggi.

Thormar se uita la poză, derutat. După ce studie cu atenție fața băiatului, ridică privirea și clătină din cap.

— Nu, sunt sigur că nu-l cunosc.

— Foarte sigur?

Huldar împinse poza puțin mai aproape de el.

Thormar cercetă iar chipul lui Siggi. După care expiră brusc și clătină iar din cap.

— Sută la sută sigur. Nu-l recunosc. Adică, normal că e posibil să-l fi văzut la creșa fiicei mele sau într-un loc de genul ăsta și să nu-mi amintesc. Dar nu prea cred.

Ridică iar privirea, uitându-se cercetător la Huldar și la Erla.

— Ce legătură are cu Helgi?

Huldar nu-i răspunse, ci doar întoarse următoarea poză cu fața în sus, cea în care se afla tatăl lui Siggi, Margeir. Fotografia fusese descărcată de pe pagina de Facebook a bărbatului. Singurele două poze cu el erau fotografii de profil aproape identice, lucru ce făcea greu de înțeles motivul pentru care se mai deranjase să le distribuie. Postările sale erau rare și la mare distanță una de alta; părea să se trezească la viață doar atunci când se înfuria din pricina situației politice sau a vreunui alt subiect ivit în presă. Comentariile lui erau toate negative, obiectele mâniei sale diferind de la comedia care se transmitea în ajun de Anul Nou, până la instituțiile din sectorul public, feministe, antrenori de fotbal și companii petroliere. Printre toate aceste critici mai trimitea și felicitări cu ocazia aniversărilor puținilor săi prieteni de pe Facebook, niciunul dintre ei neavând vreo legătură cu Helgi sau cu vreunul dintre prietenii acestuia.

— Îl recunoști pe acest individ? Se numește Margeir Arnarson.

— Nu, nu-l cunosc. Cine e? Tatăl acelui băiețel? Credeți că el l-a omorât pe Helgi? A fost arestat?

Thormar ridică privirea, furios.

— Până acum n-am reținut niciun suspect.

Huldar cercetă discret mâinile bărbatului, care rămâneau nemișcate pe masă. Unghiile erau foarte îngrijite și n-avea niciun fel de bătături sau zgârieturi.

— Te pricepi la lucrul cu mâinile?

— Eu?

Cum întrebarea sa nu primi niciun răspuns, Thormar replică:

— Păi, am primit nota nouă din zece pentru dintele pe care l-am sculptat pentru a obține diploma de dentist, deci s-ar putea spune că mă pricep.

— Mă refer dacă ești, de exemplu, îndemânatic la lucruri ce necesită abilitatea mâinilor. Construiești singur lucruri prin casă, să zicem? Ai construit vreo podea de terasă în grădina din spate? Genul ăsta de lucruri.

Thormar se încruntă.

— Nu înțeleg de ce ar trebui să răspund la o asemenea întrebare. E departe de-a fi relevantă pentru ceea ce a pățit Helgi.

Pentru că Huldar și Erla se mulțumiră să-l fixeze într-o tăcere ca de mormânt, el parcă se mai temperă nițel:

— Nu, n-am construit nicio podea. Când am cumpărat locuința, aceasta avea deja o terasă din beton în spate. Cât despre lucrul cu mâinile prin casă, mă ocup de micile reparații ce se mai ivesc când și când, însă locuința noastră fusese proaspăt renovată când ne-am mutat în ea.

Huldar lăsă baltă subiectul și, decizând să meargă mai departe, ridică fotografia cu mama lui Siggi. Pagina ei de Facebook conținea mult mai multe imagini decât cea a soțului ei, deși majoritatea lor îi înfățișau fiul aflat în diverse stadii de creștere — erau inclusiv poze cu băiatul în Mallorca, în urmă cu ceva mai mult de un an, în care arăta tot mai bronzat pe măsură ce se scurgeau zilele de vacanță. Amintindu-și de micul cerc roșu trasat în jurul Mallorcăi pe globul pământesc din camera băiatului, Huldar înțelese despre ce era vorba: pesemne că ori mama, ori tatăl lui voiseră să-i arate unde urmau să meargă în vacanță.

Postările mamei lui erau mult mai optimiste decât ale tatălui. În ciuda acestui aspect, ea avea remarcabil de puțini prieteni pe această platformă și niciunul dintre ei nu avea vreo legătură cu Helgi.

— Dar această femeie? întrebă Huldar. Pe ea o recunoști?

Împinse poza mai aproape de Thormar, care își trecu degetele prin păr, în vreme ce își plimba privirea peste chipul zâmbitor al femeii.

— Nu.

Se uită în sus, la Huldar, și întrebă:

— Îmi poți spune cine e?

— Se numește Sigurlaug Lára Lárusdóttir.

Thormar privi iar cu atenție imaginea. Femeia privea drept în cameră și părul scurt și negru îi era atent pieptănat pe spate, astfel încât trăsăturile îi erau clar vizibile. În afară de culoarea părului, mama și fiul semănau uluitor de mult, însă Thormar nu păru să observe.

— Nu, n-am întâlnit-o niciodată. Adică, dacă am întâlnit-o, nu-mi aduc aminte de ea.

Supunându-se altui ghiont din partea Erlei, Huldar întoarse cu fața în sus ultima poză.

— Acesta este unul dintre paturile din casa de vacanță a lui Helgi?

Era un instantaneu cu placa de la căpătâiul patului care apărea în toate videoclipurile porno ale lui Helgi, cuplul de pe ecran fiind îndepărtat digital. Lucru care se dovedise mai ușor de zis decât de făcut: siluetele despuiate ce se călăreau în fața spătarului patului ocupau o mare parte din cadru.

Thormar rămase holbându-se la poză, încremenit și fără să i se mai clintească niciun mușchi. Fără să ridice capul, întrebă:

— Ce e asta, mai exact?

— Căpătâiul unui pat.

Huldar împinse poza mai aproape de el, în timp ce repeta întrebarea:

— Acesta e unul dintre paturile din casa de vacanță a lui Helgi?

— Ăăă...

Thormar înclină capul dintr-o parte în alta, ca să capete o idee mai clară asupra a ceea ce vedea.

— Nu.

Din nou, rămase cu capul în jos când răspunse, fără să-și desprindă nicio clipă privirea de la fotografie.

— Deci n-ai văzut acest spătar în casa de vacanță?

— Cel puțin nu în camera mea de oaspeți. Nu am cum să răspund pentru celelalte camere, din moment ce eu am dormit mereu în același pat. Dar nu, n-am văzut niciunul de genul ăsta acolo.

— Dar în altă parte? În apartamentul lui Helgi de aici, din Reykjavík, sau în pozele cu apartamentul său din New York, de exemplu?

Thormar își drese glasul.

— Nu.

Părea incapabil să-și desprindă ochii de la fotografie. Erla și Huldar schimbară priviri pline de înțeles. Repetară cu schimbul întrebările, variind doar puțin frazarea, dar fără niciun rezultat, întrucât Thormar insistă cu încăpățânare că nu mai văzuse în viața lui acel pat.

Când Erla abandonă subiectul, Huldar profită de ocazie ca să-l întrebe despre cadavrele care fuseseră aruncate pe țărm în apropiere de locul crimei.

— Deci nu recunoști nici patul, nici pe Margeir, pe Sigurlaug Lára sau pe Sigurdur. Dar cunoști un bărbat pe nume Dagur Didriksson?

Thormar părea vizibil ușurat de această schimbare de direcție.

— Nu, n-am auzit niciodată de el.

— Atunci, Olgeir Magnússon?

— Nu, nici de el.

— Dar Maren Thórdardóttir?

Thormar șovăi preț de o fracțiune de secundă înainte de-a oferi același răspuns:

— Nu.

— Foarte sigur?

— Da, foarte sigur.

Huldar și Erla îl cercetară în tăcere pe bărbat preț de câteva clipe. Disconfortul lui era palpabil, în timp ce se căznea să rămână nemișcat și să se abțină să-și mai lingă întruna buzele.

În cele din urmă, Erla renunță și-i mulțumi lui Thormar pentru că venise la secție. Îi spuse că se poate aștepta să mai primească vești de la ei și-i ceru să nu discute cu absolut nimeni despre acest interogatoriu, întrucât încă mai aveau de vorbit cu câteva persoane. În rest, era liber să plece.

Thormar nu așteptă să i se spună de două ori. Se grăbea atât de tare, încât încă își mai trăgea paltonul pe el în vreme ce se îndepărta cu pași mari pe hol.

— Ai observat că n-a întrebat cum a murit Helgi?

Erla stătea în picioare lângă Huldar, cu brațele încrucișate și urmărindu-l pe individ cum pleacă.

Huldar încuviință din cap.

— Ticălosul ascunde ceva. A mai văzut acel pat și-și amintește perfect de ce s-a certat cu Helgi, și am senzația că și numele lui Maren l-a mai auzit.

Erla pufni zgomotos.

— Dar nu e el ucigașul nostru. E mult prea mototol.

Fără niciun alt cuvânt, își desprinse brațele de la piept și se îndepărtă și ea.

La câteva minute după ce ușa se închise în urma lui Thormar, Huldar încercă să-l sune pe mobil și nu rămase deloc surprins să vadă că tipul era angajat într-o altă conversație. Directivele Erlei cum că n-ar fi trebuit să discute cu nimeni altcineva despre interogatoriu fuseseră cu siguranță ignorate.

Capitolul 21

Pentru prima oară, Fannar — exact ultima persoană pe care Thormar își dorea să o vadă în clipa aceea — stătea la parter, în sufragerie. Nu că „stătea" ar fi reprezentat o descriere fidelă a posturii băiatului. La fel de bine ar fi putut fi făcut din ceară topită, întrucât era tolănit pe canapeaua din fața televizorului, cu picioarele lui lungi cocoțate pe măsuța de cafea. Bolul de porțelan care de obicei trona în mijloc acum se clătina precar, aproape de margine. Lângă el se afla o farfurie cu o felie pe jumătate mâncată din tortul luat de ziua surorii sale, cu un blat pufos de ciocolată și o glazură de un roz țipător. Revista pe care Sigrún o lăsase lângă bol căzuse pe jos. Thormar se îndoia că băiatului îi trecuse măcar prin cap să o ridice la loc, însă și el era suficient de tânăr ca să-și mai aducă aminte cum era să fii adolescent.

La fel ca Fannar, și el fusese preocupat de toate celelalte aspecte în afară de propriile lui chestiuni banale, care i se păruseră chinuitor de plictisitoare sau de jalnice. Singurul lucru care conta pe atunci erau prietenii săi, Helgi, Tommi și Gunni. Se înțelegeau foarte bine. Singura muzică care merita deranjul era muzica pe care o ascultau ei. Ceea ce era valabil și pentru filme, jocuri pe calculator, mașini, haine și mâncăruri. Opiniile lor comune erau cu mult mai importante decât ale oricui altcuiva: restul lumii era populat doar de ratați. Însă normal că nu fusese totul chiar atât de simplu. Existaseră momente în care el se prefăcea că detestă ceva doar din pricină că prietenii săi desconsiderau acel lucru. Fără îndoială că treceau cu toții prin astfel de situații, sacrificându-și ideile personale, părerile și dorințele, de dragul de-a fi acceptați.

Și mai fusese și Anna Gudrún, în clasa a noua. Micuță, brunetă, cu ochi căprui și mâini delicate, cu care el avea fantezii imaginându-și cât de calde și de moi erau la atingere. Fata mesteca mereu gumă, ceea ce-i oferea o minunată respirație cu miros de mentă, însă totdeauna discret, fără să plescăie cum făceau alte fete. Învăța și bine, fiind mereu atentă la ore, și obișnuia să-și scrie numele folosind o inimă în loc de un accent deasupra literei „u". Nu era o rebelă, nu era mișto. Și totuși, el se îndrăgostise nebunește de ea. Atât de disperat era, încât începuse să-i fie greu să se concentreze în timpul lecției dacă ea se afla în raza lui vizuală. Până într-o zi, în pauză, când Gunni făcuse o grimasă și anunțase grupul că Anna Gudrún era o ratată absolută, distrugând dintr-o singură mișcare visul lui Thormar că o va avea vreodată. Mai cu seamă că și ceilalți nechezaseră în semn că erau de acord cu spusele lui Gunni. Să fie cu o fată pe care prietenii lui o disprețuiau era de neconceput, așa că se arătase și el solidar cu prietenii săi, visând cu ochii deschiși la cele mai populare fete din școală și făcând mereu comentarii despre cât de arătoase erau. Știind la fel de bine ca prietenii săi că niciuna dintre fete nu s-ar fi sinchisit să arunce măcar o privire în direcția lor.

Singurul membru al găștii lor care izbutise să se combine înainte de-a intra la liceu era Gunni. Acesta era suficient de îndrăzneț ca să abordeze fete și să le sâcâie până când cedau. Însă niciuna dintre aceste fete nu se ridicau la standardele la care visau băieții. Și niciuna dintre ele, după părerea lui Thormar, nu era mai frumoasă sau mai drăguță decât Anna Gudrún. Însă relațiile lui Gunni nu durau niciodată mult — nici măcar acum. Era capricios și se plictisea foarte repede, păcălindu-se mereu că putea obține ceva mai bun. De când făcuse o căruță de bani la bancă, nu se mai sătura de femei, însă singurul lucru care rezultase din asta fusese că-i era și mai greu să-și aleagă și el una cu care chiar să rămână.

Între timp, Anna Gudrún se combinase cu un băiat în liceu, cu care mai apoi se și măritase. Acesta fusese în același an cu Thormar la cursurile de pregătire pentru a deveni dentist, o dureroasă aducere-aminte a ce-ar fi putut fi — presupunând că ea ar fi dorit vreodată să aibă ceva de-a face cu Thormar, lucru aproape sigur, după toate probabilitățile.

În locul Annei Gudrún, Thormar ajunsese să se combine cu Sigrún. Femeia era cu opt ani mai mare ca el, ceea ce, contrar temerilor lui, obținuse aprobarea prietenilor săi. Fără îndoială că era frumoasă, inteligentă și o prezență plăcută. Fannar venise la pachet odată cu ea. Pe atunci, era doar un băiețel; un puști cumsecade, suficient de drăguț. Thormar nu avusese încotro decât să se resemneze cu situația. Dacă voia să fie cu Sigrún, trebuia să se înțeleagă bine cu fiul ei. Însă de-a lungul timpului, Thormar chiar ajunsese mândru de el. Asta până să se transforme într-un adolescent tipic, năzuros, leneș și o pacoste permanentă.

— La ce naiba te mai uiți acolo?

Acțiunea de pe ecran părea mai degrabă un joc video, deși băiatul nu ținea niciun joystick în mână. Poate că televiziunea publică islandeză începuse să le prezinte în direct, în încercarea de-a atrage și public mai tânăr.

— YouTube.

Fannar nici măcar nu ridică privirea. Continuă să se uite, captivat cu totul, la nonsensul acela oribil de pe ecran, deși chipul său nu trăda nicio urmă de plăcere, ci doar entuziasm față de acțiunea în desfășurare.

— Unde-i mama ta?

Adolescentul ridică din umeri. Evident, nimic, nici chiar propria mamă, nu conta în afară de ce se petrecea pe ecran.

Thormar chiar nu avea chef să forțeze o discuție. Se imaginase venind acasă și prăbușindu-se pe canapea — pe care acum o luase în stăpânire Fannar — și zăcând acolo o bună bucată de vreme, pentru a-și reveni după vizita de la secția de poliție.

— N-ar trebui să fii la școală?

— Tu n-ar trebui să fii la serviciu? contracară Fannar, cu privirea ațintită tot la ecran.

Thormar simțea cum fierbe furia în el, dar se controlă. Ar fi fost extrem de lipsit de înțelepciune să intre într-o dispută cu băiatul cât timp el însuși se afla într-o asemenea dispoziție. Ar fi fost ca și cum ar fi desfăcut capacul unei sticle de cola după ce ar fi scăpat-o pe jos. Oricât de grijuliu ai fi fost, de fiecare dată se termina printr-un dezastru. Așa că se comportă ca și cum nici n-ar fi auzit remarca insolentă a lui Fannar.

— Ce s-a întâmplat cu calculatorul din camera ta?

— S-a stricat.

Fannar nu dezvoltă subiectul. În fine, cauza problemei era irelevantă, din moment ce Thormar oricum avea să plătească repararea lui. Tatăl lui Fannar abia de putea strânge bani ca să aibă el de azi pe mâine, așa că nu-i mai rămânea absolut nimic ca să plătească pentru rarele ocazii în care fiul său ar fi avut nevoie de ceva. Rarele — ha! —, băiatul era o adevărată gaură în buget pentru Thormar. Nu trecea nici măcar o zi în care să nu ceară bani pentru ceva.

— De fapt, abia așteptam să mă trântesc eu pe canapea.

Thormar își aruncă paltonul pe spătarul acesteia.

— Și eu ce să fac? Calculatorul meu nu mai merge.

— Ai putea să-ți faci temele.

Thormar își slăbi nodul de la cravată, și-o trase apoi peste cap fără să-l desfacă de tot și-o lăsă să cadă peste palton.

— Ba chiar s-ar putea să rămâi surprins și să-ți placă.

— N-am nicio temă de făcut.

Până la urmă, Fannar își smulse privirea de la ecran ca să se uite la Thormar.

— Pot împrumuta calculatorul tău.

— Cu siguranță nu. Am eu nevoie de el și nici nu vreau vreun virus.

— N-o să ți-l infectez cu niciun virus.

Fannar își dădu ochii peste cap, ca și cum ideea era complet absurdă.

— Du-te și învață sau citește o carte! N-o să-ți dau calculatorul meu. Și nici pe-al mamei tale.

Thormar se săturase deja. Doar nu-și anulase toate programările de astăzi ca să stea aici și să se contrazică toată ziua cu un adolescent cu capsa pusă.

— Am mai avut de nenumărate ori această discuție.

Când Fannar deschise gura ca să protesteze, Thormar nu mai reuși să se controleze și cedă:

— Prietenul meu a fost omorât, rosti el cu asprime, și n-am deloc dispoziția necesară să mă cert. Ridică-te!

Fannar se săltă în picioare ca un bătrân și plecă îmbufnat din sufragerie, în mod limpede neafectat de discuția legată de o crimă. Ușa de la dormitorul lui fu trântită cu putere pe hol, în timp ce Thormar se prăbușea pe canapea. Însă în ciuda faptului că se întinse mai întâi pe o parte, apoi pe cealaltă, potrivindu-și de nenumărate ori pernele sub cap, nu se putu relaxa, iar nodul de teamă din piept îl ardea mai ceva ca acidul.

Poliția le adulmecase urma. Nu exista nicio urmă de îndoială în această privință. Când ajunsese la această concluzie, fusese la un fir de păr distanță să dea frâu liber propriilor temeri și să le arate filmarea. Slavă Domnului, izbutise să se adune, să tragă adânc aer în piept și să-și țină gura.

Însă era limpede că momentul de respiro avea să se isprăvească foarte repede. Era clar că polițiștii știau deja prea multe. Era doar o chestiune de timp până ce lumea avea să se prăbușească în capul lui și să-l îngroape cu totul. Gândul că Tommi și Gunni aveau să fie zdrobiți de aceleași dărâmături nu-i oferea niciun dram de consolare. Până și Gunni păruse foarte agitat când îl sunase pentru a-i spune despre interogatoriu și despre poza pe care i-o arătaseră la secție. Prietenii aveau cu toții enorm de pierdut dacă secretul lor ieșea la iveală. Cam tot, de fapt.

Capitolul 22

Gunoiul din blocul lui Helgi fusese depozitat într-un șopron din parcarea aflată în spatele secției de poliție. Erla afișase un zâmbet malițios când se apropiase țanțoș de biroul lui Huldar, îi oferise o pereche de mănuși de cauciuc galbene și anunțase pe un ton răsunător în tot biroul că el și Lína urmau să scotocească prin gunoi. Erla era într-o dispoziție neagră după dezastruoasa discuție la telefon cu angajatorii americani ai lui Helgi, la care Huldar trăsese din întâmplare cu urechea când își strecurase capul în biroul ei, la scurt timp după interogarea lui Thormar. Din ce înțelesese el, înainte de-a se retrage în mare grabă, persoana de la celălalt capăt al firului nu înțelegea și pace nimic din ce-i spunea Erla și părea să creadă că are de-a face cu un soi de farsă la telefon. Era de înțeles că Erla se enervase că Huldar fusese martor la această umilire a ei. Sarcina de-a săpa prin gunoaie era modul ei de-a se răzbuna pe el.

Huldar doar ce se așezase pe scaun, când Erla îi trânti mănușile pe birou, retezându-i din start speranța că avea să fie trimis la casa de vacanță a lui Helgi, cu misiunea de-a găsi patul din videoclipurile porno. Vremea era pe cât de frumoasă te-ai fi putut aștepta într-o zi de iarnă:

ger cumplit, nicio palǎ de vânt și totul acoperit de un strat de zǎpadǎ proaspǎtǎ. Condițiile ideale de condus prin peisajul rural din sudul Islandei. Voia sǎ protesteze din pricina nedreptǎții, sǎ invoce filmǎrile și sǎ o implore pe Erla sǎ dea altcuiva sarcina de-a umbla prin gunoaie. Însǎ își înfrânǎ imboldul, știind foarte bine cǎ ar fi fost o pierdere de timp și cǎ n-ar fi obținut nimic altceva decât sǎ devinǎ o sursǎ de amuzament pentru colegi. Se ridicǎ în picioare, fǎcându-i semn discret Línei sǎ-l urmeze. Aceasta rǎmase cu capul plecat, sperând în zadar cǎ va fi ignoratǎ. Dacǎ pânǎ azi nu începuse deja sǎ aștepte cu nerǎbdare sǎ se întoarcǎ la cursurile de la facultate, acum cu siguranțǎ era cazul.

— Iisuse Hristoase!

Huldar își astupǎ nasul și gura cu o mânǎ înmǎnușatǎ când deschise ușa șopronului și fu lovit de mirosul pestilențial care se revǎrsǎ afarǎ, bucurându-se cǎ-și recǎpǎtase libertatea.

— Poate c-ar fi trebuit sǎ ne luǎm niște clești de rufe.

— Ce sunt ǎia clești de rufe? întrebǎ Lína cu un glas înǎbușit.

— O, las-o baltǎ! E clar cǎ au dispǎrut înainte sǎ te naști tu.

Numǎrând pânǎ la trei, Huldar își lǎsǎ mâna sǎ cadǎ și începu sǎ tragǎ viguros aer pe nas. Cu cât te obișnuiai mai repede cu duhoarea, cu atât mai repede deveneai impregnat de ea. Sarcina avea sǎ le ia o veșnicie dacǎ erau nevoiți sǎ lucreze doar cu o mânǎ.

— Bun! Mai întâi, doamnele.

Îi fǎcu semn sǎ intre prima în șopron.

Lína fǎcu un pas șovǎitor înǎuntru, de parcǎ s-ar fi așteptat ca gunoiul sǎ sarǎ brusc din saci și s-o atace.

— Care e metoda recomandatǎ?

— Păi, acum e prima oară și pentru mine, așa că trăgeam oarecum nădejde să știi și tu. Nu te-au învățat nimic la cursuri despre sortarea gunoaielor?

— Nu.

Văzând că Lína nu părea deloc amuzată, Huldar renunță la încercarea de-a o tachina. Mai bine și-ar fi suflecat amândoi mânecile și s-ar fi pus pe treabă.

După calculele sale, șopronul conținea douăzeci și unu de saci negri plini până la refuz și încă unul umplut doar pe jumătate. Dat fiind că aerul era uscat și, pentru prima oară după mult timp, complet nemișcat, Huldar își zise că cel mai bine ar fi fost să tragă sacii afară, să-i golească pe rând pe asfalt și să cerceteze sistematic conținutul fiecăruia acolo. Deși risca să devină ciuca glumelor tuturor celor care treceau pe-acolo, orice ar fi fost mai plăcut decât să stea în mijlocul mirosului de putreziciune din spațiul acela închis.

După ce terminară șase saci, Huldar ceru să se oprească și să facă pauză. Tot ce scoseseră la iveală erau resturi de mâncare, ziare vechi, corespondență aruncată și alte bucăți de hârtie, cutii de lapte și toate soiurile posibile de ambalaje. Aceste obiecte erau iute date la o parte, în afara celor de la poștă, care necesitau o privire mai atentă. Din păcate, ocupanții apartamentelor de lux nu se dovedeau prea conștiincioși când venea vorba să-și separe gunoaiele. Deocamdată nu ieșise la lumină nimic relevant în ce privea moartea lui Helgi, însă faptul că toate coșurile de gunoi din apartamentul lui erau goale însemna că tot ce conținuseră zăcea în continuare pe undeva prin acești saci. Obiectivul principal era să găsească fragmente de hârtie de la un plic pe care Helgi îl rupsese în bucăți și-l aruncase pe rampa pentru gunoaie chiar înainte să părăsească pentru ultima dată clădirea.

Huldar își scoase mănușile și le lăsă să cadă pe asfalt. Chiar nu simțea deloc nevoia să le atingă după tot ce pipăiseră până atunci, deși Dumnezeu știe cum avea să evite contactul mizerabil cu ele după ce avea să și le tragă iar pe mâini. Scoase un pachet de țigări din buzunar, se rezemă cu spatele de zid și își aprinse una. Spre surprinderea lui, Lína veni să se așeze lângă el.

— Nu mi-am închipuit niciodată că mirosul de țigară o să mi se pară bine-venit.

Tânăra inhală cu plăcere, lăsându-și capul pe spate și lipindu-se de zid.

— Îți dai seama că încă n-am sortat nici măcar o treime din saci?

— O să fim deja obișnuiți cu ei când vom ajunge la jumătate, o liniști Huldar, deși nici el nu credea asta, căci cu unele lucruri e imposibil să te obișnuiești. În fine, cum ți se pare jobul în general? În afară de sarcinile de tot căcatul?

Lína nu-i răspunse imediat. Poate că se gândea că Huldar ar putea fi nevoit să scrie un referat despre ea la sfârșitul stagiaturii și nu voia să-i scape ceva pe care ulterior s-ar fi putut să-l regrete. Până la urmă, rosti cu prudență:

— E diferit față de ce mă așteptam.

— Nu așa se întâmplă mereu? Îți formezi dinainte o imagine în minte, însă realitatea nu se pupă niciodată cu ce ți-ai imaginat tu.

Huldar mai trase un fum și după aceea adăugă:

— Îmi amintesc cum a fost când am început eu. Complet diferit față de cum îmi închipuisem.

— În ce fel?

— Păi, de exemplu, credeam că publicului îi face plăcere să ne vadă. A fost un pic dezamăgitor când am descoperit că nu ne vrea nimeni prin preajmă. Pur și simplu trebuie să fie efectiv trântiți la pământ, cu un nebun cu cuțitul la gâtul lor, ca să se bucure că ne aflăm și noi acolo. La urma urmelor, nu are nimeni nevoie de noi când totul merge ca pe roate. Așa că atunci când ne facem apariția, avem tendința să aducem vești proaste. Deloc surprinzător, dacă stai să te gândești mai bine, așa că trebuie să te pregătești pentru asta.

— Oh!

În mod evident acest gând nu-i trecuse Línei prin minte, însă nici Erla nu o lăsase să iasă în mijlocul mulțimii, din motive destul de limpezi.

— Ție îți place ceea ce faci?

Huldar n-ar fi trebuit să fie luat prin surprindere de această întrebare, dar își dădu seama instantaneu că nu stătuse niciodată să se gândească la asta. Existau o mulțime de lucruri care-l călcau pe nervi și care, după părerea lui, puteau fi făcute altfel, și o mulțime de colegi care-l scoteau din sărite din ce știe motiv ori care pur și simplu erau niște nemernici din fire. Fără a mai pomeni luptele pentru putere din interior care duceau la multe tensiuni și scindau forțele de poliție în nenumărate bisericuțe. Dar în general? Era fericit? Găsea o oarecare plăcere în ceea ce făcea? Sau, dacă ar fi avut de ales, ar fi preferat să se întoarcă la tâmplărie?

Pe tâmplari nu vomită nimeni și există rareori motive să-i minți. Dar oricât de satisfăcătoare ar fi construirea unui dulap, să zicem, sau crearea unei îmbinări perfecte, nu avea cum să se compare cu jobul lui din prezent. Nimic nu se putea compara cu starea de entuziasm când el și colegii săi puneau mâna pe unul dintre ticăloșii care îl răniseră, furaseră de la el sau îl brutalizaseră pe vreun concetățean de-ai lor. Dacă ar fi așezat plusurile și minusurile pe masă, părțile bune le-ar fi întrecut pe cele rele.

Huldar trase iar cu sete din țigară, după care suflă încetișor un nor gros de fum.

— Cred că răspunsul la asta trebui să fie da. Bun, nu totul e ca în ziua de Crăciun, dar per total, găsesc o anumită satisfacție. Ba uneori chiar ajunge să-mi placă.

— Hmm!

Lína păru să stea să digere asta și lui Huldar îi păru rău că nu se exprimase ceva mai limpede. Însă nici nu era genul care să se priceapă la cuvinte. Chiar dacă și-ar fi acordat până mâine timp să stea să-și reformuleze răspunsul, tot la fel ar fi sunat. Dacă fata căuta un mentor care să o inspire, nu el era persoana potrivită.

— Bine. Să ne ocupăm de următorii cinci saci?

Huldar strivi chiștocul sub talpă, după care îl ridică de jos și-l puse într-unul dintre sacii prin care scormoniseră deja. Lína îl urmă îndeaproape, fără să pară că se simțea revigorată de pauză. Ba chiar părea și mai puțin entuziasmată de sarcină decât înainte.

Următorii cinci saci nu scoseseră la iveală nimic demn de interes. Abia când le mai rămăseră doar doi saci de luat la puricat, dădură în sfârșit peste ceea ce căutau. Sau, cel puțin, așa aveau impresia. Un plic sau o scrisoare, ori mai degrabă o adunătură de bucăți de hârtie care puteau fi puse laolaltă pentru a alcătui un plic și o scrisoare ce-ar fi putut semăna cu ceea ce aruncase Helgi pe rampa pentru gunoaie în acea înregistrare video extrem de neclară.

— Ta-da! făcu Huldar, îndreptându-se de spate și frecându-și vârtos șalele. Asta trebuie să fie.

Îi dădu Línei bucățile de hârtie rupte ale unui plic pe care se putea distinge numele lui Helgi. Pentru scrisul de pe el se folosise fontul normal. Se putea dovedi a fi doar corespondența de la vreo instituție care-l supărase pe Helgi suficient de tare cât s-o rupă în bucăți.

— Se poate să fie vorba de altceva, dar asta e clar ceea ce căutam.

— Atunci, ne putem opri?

Lína arăta ca un copil care știe dinainte că răspunsul va fi „nu", dar care tot întreabă.

Huldar clătină din cap.

— Dacă ducem asta acum la birou, o să ne trimită înapoi să terminăm treaba. Așa că să terminăm și gata!

Aruncă o privire la sacii cu gunoi rămași, adăugând:

— Cu puțin noroc, n-o să mai găsim mâncare stricată prin ei.

Aruncându-i Línei un zâmbet încurajator, completă:

— Să zici mersi pentru micile acte de îndurare — măcar n-am dat peste niciun pampers folosit.

Lína nu părea deosebit de recunoscătoare. Nu mai zâmbi deloc până ce aruncară și ultima rămășiță de gunoi — un castravete veșted.

Erla strâmbă din nas pentru a zecea oară de când Huldar și Lína își făcuseră apariția cu scrisoarea, emanând o miasmă greu de suportat. Huldar se apropie cât putu de mult de Erla, fără să sară calul. Doar o merita din plin.

— Mi-a ajuns până aici cu nenorocitul ăsta de caz, mârâi Erla. Chiar nu există nimic care să facă lucrurile să înainteze?

În fața ei se aflau bucățile de hârtie, așezate cât mai bine una lângă alta, pentru a reconstrui mesajul primit de Helgi. Scrisoarea era scurtă și perfect lizibilă, în pofida găurilor unde fusese ruptă hârtia.

— Ce dracu' vrea să însemne asta?

— Pare o plângere de la un vecin. Poate că dădea prea multe petreceri.

Lína luă o cariocă de pe biroul Erlei și arătă precaută spre acele fragmente, în timp ce șefa ei urmărea totul fără să-i vină a crede.

— E imposibil s-o interpretezi altfel.

— Normal că-i o afurisită de plângere. N-avem nevoie să ne spui tu asta.

Erla se întinse peste birou și smulse carioca din mâna Línei. Huldar își reaminti în gând să stea un pic de vorbă cu Erla după aceea despre faptul că trebuia să-i arate ceva mai mult respect Línei. Cu aerul ei înnăscut de autoritate, nu l-ar fi surprins absolut deloc ca fata să ajungă într-o bună zi chestor-general.

Totuși, Erla putea fi iertată pentru nerăbdarea ei. Orice prost își putea da seama despre ce era vorba în scrisoare. Era un bilet anonim adresat lui Helgi, în care i se atrăgea atenția asupra zgomotelor care se auzeau din locuința lui în timpul weekendurilor. Autorul biletului se referea mai ales la noaptea de sâmbătă spre duminică, cu o săptămână înainte de moartea lui Helgi, scriind că, din moment ce Helgi ignorase cu bună-știință plângerile precedente, nu avea de ales decât să recurgă la metode mai drastice. Lui Helgi i se reamintea că toate astea ar putea fi evitate și i se atrăgea atenția asupra regulilor din bloc, care cereau ca locatarii să păstreze liniștea, după miezul nopții în weekenduri și după 10 seara în timpul săptămânii.

— Cu greu s-ar putea spune că asta ar avea vreo legătură cu crima.

Huldar mai făcu un pas spre Erla, care se ferea tot mai mult din calea mirosului, până ce ajunse să stea cu spatele lipit de perete.

— Disputele cu vecinii pot căpăta o turnură urâtă, însă nu cred că asta a făcut ca un om să fie spânzurat pe un câmp de lavă. E din cale-afară de exagerat.

— Mie-mi spui?

Erla schiță o grimasă, fie pentru că scrisoarea refăcută din bucăți nu se ridicase la înălțimea așteptărilor ei, fie din cauza duhorii sufocante. Sau a amândurora, probabil.

— Mie mi se pare totuși ciudat. Oare autorul n-ar fi putut să-i bată pur și simplu la ușă și să îi ceară să o lase mai ușor? De ce să-i trimită o scrisoare?

— Din spusele vecinilor de-alături și ale administratorului, era un locatar model. Ei n-au suflat o vorbă despre petreceri. Pur și simplu nu are niciun sens.

— Se găsește mereu cineva care să stea cu urechea lipită de perete în speranța că va găsi ceva față de care să protesteze.

Replica părea sinceră venind din partea Línei.

— Nu cred că așa stau lucrurile și-n acest caz.

După părerea lui Huldar, niciunul dintre vecinii din apartamentele alăturate pe care-i întâlnise el nu i se păruse genul pretențios.

— Desigur, putem sta din nou de vorbă cu ei, deși mă îndoiesc sincer că va recunoaște vreunul. Scrisoarea a fost anonimă și acum, că vestea morții lui Helgi a fost deja făcută publică, n-o să mai dorească nimeni să iasă în față și să se plângă la adresa lui.

Despre morți numai de bine, mai ales în cazul unei crime. Asta era unul dintre puținele avantaje ale acestui mod de-a muri. Face minuni pentru reputația ta și acționează ca un soi de catharsis pentru majoritatea publicului, chiar dacă nu și pentru poliție.

Erla părea să fie de aceeași părere cu el, deși nu recunoscu deschis. În schimb, vârî bucățile de hârtie într-o pungă pentru probe folosind carioca smulsă înapoi de la Lína, și apoi o sigilă.

— E o porcărie. Și nici n-a avut dracului vreo legătură cu crima.

— Oare nu-mi mai amintesc eu bine?

Lína se holba la punga din mâinile Erlei.

— Nu cumva Helgi a fost plecat din țară weekendul acela? Nu a avut avion spre casă în joia de dinainte de-a muri?

Erla și Huldar rămaseră fără cuvinte. Lína avea absolută dreptate. Helgi fusese în America în weekendul presupusei tulburări a liniștii.

— Mai avea și altcineva cheile de la apartament? întrebă Erla.

Lína se grăbi să răspundă, după ce memorase deja toate detaliile anchetei. Înainte de era calculatoarelor, acest talent ar fi făcut-o de neînlocuit.

— Nu. Toată lumea a fost de acord că nu le mai avea nimeni. Exista un set de chei de rezervă în apartament. Dar, având în vedere că blocul are un sistem de monitorizare a cheilor, ne-au confirmat că nu există nicio altă copie.

— Dar cheia universală?

— Cheia universală? Ce-i aia? întrebă Lína, dezvăluindu-și vârsta și lipsa de experiență.

Erla rânji pentru prima dată de când cei doi intraseră la ea în birou.

— Du-te și caută pe Google!

Dat fiind că Huldar se pregătea să iasă odată cu Lína, Erla îl opri din drum.

— Du-te și vorbește iar cu administratorul. Dacă cineva organiza petreceri în locuința lui Helgi, pesemne că ori a împrumutat cheia direct de la el, ori a făcut rost de chei de la administrator. Sunt singurele posibilități — asta dacă nu cumva administratorul însuși era cel care dădea petreceri acolo, ceea ce mi se pare greu de crezut din ce mi-ai spus tu. Mă gândesc că totuși n-ai de unde să știi niciodată sigur. Du-te și mai stai o dată de vorbă cu el!

Întâlnind privirea lui Huldar, rânji răutăcios și mai adăugă o înțepătură:

— După ce termini de vizionat filmele porno.

— Încă ceva înainte să plec. Ai aflat cumva dacă patul din filmări se află în casa de vacanță a lui Helgi?

— Nu. Nu-i acolo. Tipul care conduce echipa de căutare m-a sunat doar ca să-mi spună că se întorc deja în oraș. N-au găsit nimic demn de interes acolo. Niciun pat asemănător cu cel de pe filmări, niciun calculator și nicio cameră de filmat. Nicio urmă de altercație, de droguri sau de orice altceva care să dea de bănuit.

— Mai există vreo altă dovadă că Helgi mai deținea și alte proprietăți aici, în Reykjavík?

— Nu, deocamdată nu. Agentul imobiliar susține că nu i-a vândut niciun alt apartament în afară de cel cumpărat când s-a mutat înapoi, de la New York. Desigur, e posibil ca el să fi investit în proprietăți prin intermediul firmelor lui fantomă, dar tare greu de deslușit se dovedesc toate aceste afaceri ale lui și până acum n-a ieșit nimic la iveală.

Într-un târziu, ea adăugă:

— De ce, crezi că scrisoarea s-ar putea să nu se refere la apartamentul în care locuia?

— Doar mi-a trecut prin minte. Dacă se dovedește că mai deținea un apartament, poate că pe acela îl folosea ca loc pentru petreceri, ca să evite să-și supere vecinii din blocul lui de lux. Sau poate că era un cuibușor de nebunii. Un apartament în care să poată invita femei ori de câte ori avea noroc la agățat. Poate că nu voia să le ia cu el acasă, în caz că erau genul de care e imposibil să mai scapi după — știi tu, care să te bată mai apoi la cap ca să țineți legătura. Oricum ar fi — apartament pentru petreceri sau cuibușor de nebunii —, există toate șansele să-i fi deranjat pe vecini.

Imediat ce le rosti, Huldar își dori să-și înghită înapoi cuvintele. Partea despre femeile de care e imposibil să scapi după era menită să atingă un punct sensibil al Erlei, dat fiind trecutul lor comun. Însă era prea târziu să le mai ia înapoi, așa că adăugă cu iuțeală:

— Poate că vecinul care se plânge din orice locuia în altă parte și a trimis scrisoarea la adresa lui oficială.

Erla încuviință cu încetineală.

— Poate. Dar asta nu schimbă faptul că Helgi nu se afla în țară în weekendul respectiv.

Îi făcu semn lui Huldar să plece, adăugând:

— Oricum, pornăciunile te așteaptă. După ce termini cu ele, du-te și stai de vorbă cu administratorul. Ia-l și pe Gudlaugur cu tine. Dar, pentru numele lui Hristos, schimbă-ți hainele mai întâi! Duhnești de la un kilometru.

Capitolul 23

Huldar își arcui spinarea și-și trecu mâinile prin păr. Avea nevoie urgent de o țigară, dar nu trecuse mult de la ultima pauză de fumat, așa că trebuia să mai aștepte.

Să urmărească videoclipuri porno nu păruse un chin chiar atât de mare, așa că rămăsese chiar surprins să descopere nu doar că ura fiecare minut din ele, ci și că le considera oricum numai excitante nu. Experiența îi provocă un acut sentiment de jenă. Femeile goale de pe ecran nu avuseseră nicio clipă intenția ca aceste momente intime să fie împărtășite și cu altcineva, și el era perfect conștient de faptul că a urmări înregistrările însemna o violare a intimității. Chiar dacă își tot reamintea în gând că acționa în calitate de reprezentant al autorităților, tot nu îl ajuta cine știe ce. Își dădea seama că o parte a acestei frământări interioare izvora din conștientizarea faptului că nici el nu se comportase exemplar în relațiile cu femeile de-a lungul anilor. Desigur, el nu filmase pe nimeni, însă comportamentul său fusese alunecos și, adesea, mai mult decât evaziv. Și, la fel ca Helgi, nu avusese nici el vreodată o relație importantă sau de durată cu vreo femeie. Deși se considera în sinea sa un tip destul de cumsecade, poate că el și Helgi nu erau chiar atât de diferiți pe cât i-ar fi plăcut să creadă.

Din fericire, Erla îi oferise un birou personal după ce se plânsese că nu se poate concentra așa cum trebuie din cauza colegilor care-i suflau permanent în ceafă. Doleanța îi fusese îndeplinită, însă nu în semn de apreciere la adresa lui, ci de dragul tinerelor care se zvârcoleau despuiate pe ecran, ba dedesubt, ba-n clipa următoare deasupra lui Helgi. Islanda era o țară mică și, cu cât vedeau mai puține persoane filmările, cu atât mai bine. Nu se știe niciodată când poți da de vreo prietenă sau rudă.

Cum era cazul acum.

Slavă Domnului, femeia care se uita plină de dorință în direcția lui nu era una dintre cele cinci surori ale sale ori femeia de la cantină, sau oricine altcineva cu care se întâlnea în mod regulat. N-o putea numi nici măcar prietenă. Petrecuse o noapte cu ea, acum un an sau doi. În mod normal, el, unul, se îndoia că ar fi recunoscut-o măcar, însă împrejurările curente îi zgândăriseră memoria, și atunci chiar nu mai avusese cum să o confunde. Și numele fișierului se potrivea: femeia se numea Ugla.

— Of, futu-i, nu!

Vorbise cu voce tare, astfel încât cuvintele sunară ridicol în încăperea pustie. Expiră cu putere. Iar acum, ce? Să meargă și s-o anunțe pe Erla? Sau să păstreze tăcerea și să spere că o va recunoaște pe una dintre fetele din cele două videoclipuri care îi mai rămăseseră din altă parte decât aventurile lui de-o noapte? Scopul vizionării acestor înregistrări fusese să găsească pe cineva care să le poată dezvălui împrejurările în care fuseseră efectuate. Într-un final, una dintre sarcinile sale era să decupeze cadrele pentru a obține imagini cu chipurile femeilor, astfel încât să ajute la identificarea lor. Până acum izbutise să creeze patru instantanee cu chipuri de femei, deși acest lucru fusese mai ușor de zis decât de făcut, întrucât pozițiile lor nu erau chiar ceea ce ai fi obținut într-o poză de pașaport: păr în dezordine, ochi închiși, guri deschise în grimase din timpul partidelor de sex. Ca lucrurile să stea și mai rău, rareori apăreau cu fața la cameră, iar când o făceau, chipurile le erau adesea ascunse.

Alungă orice gând străin din minte. Normal că nu se putea preface că nu se întâmplase nimic. Trebuia să-i spună Erlei că reușise să scoată la iveală numele uneia dintre femei. Căută în agenda telefonului său. Da, avea acolo numele și numărul ei. Ar fi trebuit să o sune, dar nu se mai mobilizase să o facă, dacă își aducea bine aminte. Nu era chiar sfârșitul lumii, dat fiind că și ea îi luase numărul de telefon și nu-l mai contactase vreodată. Faptul că nu mai voia niciunul să devină apropiați după o aventură de-o noapte era un lucru destul de normal. Așa că n-ar fi trebuit să fie jenant să discute cu ea — dacă în sarcina lui cădea acest lucru. Poate că avea să-i fie încredințată unuia dintre colegii său, gândi el optimist.

Huldar alese cele mai bune capturi de ecran pe care le putu obține cu fața femeii și le printă. Lăsându-le deoparte, chibzui care ar fi fost cel mai potrivit mod de a-i prezenta Erlei întâlnirea sa cu Ugla fără s-o mintă cu nerușinare. La urma urmei, Ugla ar fi putut întreba cum de-i dăduseră de urmă, caz în care povestea trebuia să fie foarte convingătoare. Cel mai bine era să-i spună că se cunoscuseră într-un bar, avuseseră o discuție lungă și făcuseră schimb de numere de telefon, lucru cât se poate de adevărat, deși doar parțial. Pur și simplu nu suporta ideea să-i spună Erlei că ajunsese în pat cu femeia. Dacă îi spunea, era sută la sută sigur că avea să-l trimită imediat să o ia la întrebări. Erla n-ar fi putut rezista tentației, perfect conștientă, din experiența ei personală, de modul lui de-a acționa când venea vorba de aventurile de-o noapte. Și avea toate motivele să-i ofere exact pedeapsa pe care o merita.

Huldar se ridică în picioare. Mai bine să treacă la treabă și gata. Însă biroul Erlei era gol și ea nu se vedea prin preajmă. Alegând să interpreteze acest lucru ca pe un semn că soarta îi cerea să-și amâne anunțul, își luă geaca și ieși să fumeze, având astfel ocazia de-a se mai gândi nițel.

Cu plămânii încărcați de fum și cu nicotina gonindu-i prin vene, totul părea mai simplu. Desigur, trebuia s-o sune pe Ugla. Ceea ce era mult mai puțin jenant decât să stea față în față de vorbă cu ea sau să stea acolo și să-și imagineze ce era mai rău dacă unul dintre colegi ar fi fost trimis în locul său. Hristoase, sarcina ar fi putut cădea în cârca lui Jóel, iar atunci ar fi fost de-a dreptul insuportabil dacă nemernicul prindea astfel de veste că el avea legătură cu unul dintre martori. Huldar nu avea de unde să știe sigur că adevărul va ieși la iveală, dar nu dorea să-și asume un astfel de risc.

Își scoase telefonul, găsi numărul, mai trase un fum și apoi apăsă butonul „Apelare“.

Ugla răspunse după ce telefonul sună o singură dată, făcându-l pe Huldar să se înece cu fumul pe care doar ce-l trăsese. Drept urmare, discuția nu începu cum plănuise, și lucrurile nu făcură decât să o ia și mai mult la vale.

Femeii îi luă ceva să-și aducă aminte despre cine e vorba.

— Huldar. Îți mai amintești de mine? Ne-am cunoscut într-un bar, acum vreo doi ani. În timpul Festivalului Luminilor de Iarnă, cred.

Ugla exclamă „umm!“ și „hmm!“ de câteva ori, până să reușească într-un final să și-l amintească.

— Ah! Tu!

Huldar își dădu imediat seama că femeia nu-și formase o părere prea plăcută despre el.

— Ți-am dat numărul meu, rosti el pe un ton fals dojenitor, dar nu m-ai mai sunat.

Urmă o tăcere scurtă, apoi femeia răspunse cu răceală:

— Tu mi-ai dat un număr care nu există.

— Poftim?

Huldar închise ochii la fel ca femeile din filmări, dar de frustrare, nu de plăcere. Cum de-o avea un asemenea ghinion? Nu se întâmpla foarte des să scape de femei dându-le un număr fals, așa că șansele fuseseră de partea lui. Încercă să dreagă busuiocul:

— N-a fost cu intenție. Pesemne că eram beat mangă.

— Conduceai mașina.

Alte câteva clipe de tăcere grea. Huldar nu mai găsea nimic care să-l ajute să iasă din impas. Ideea era că se comportase ca un rahat cu ochi și niciun cuvânt și nicio scuză nu l-ar fi putut scoate din această dilemă. Închise ochii și-și frecă fruntea cu palma. Soarta tot revenea și-l silea să se confrunte cu adevărul despre sine însuși și despre purtarea sa din trecut. Și chiar nu putea spune că-i făcea vreo plăcere această străfulgerare interioară.

Dar când Ugla vorbi din nou, păru brusc mult mai înveselită:

— Nu contează. Suni acum. Mai bine mai târziu decât niciodată.

— Da, ăăă, corect. De fapt, are legătură cu serviciul.

Cum Ugla nu zise nimic, Huldar se aruncă direct:

— Presupun că ai văzut știrea despre ancheta crimei. Ei bine, eu mă ocup de asta și trebuie să te întreb ceva.

— Poftim?

De data asta tonul ei fu suficient de rece cât să-i înghețe urechea lui Huldar.

— Victima acestei crime se numea Helgi Fridriksson. Se poate să nu-ți fi dat seama, pentru că e un nume destul de comun, dar cred că vă cunoșteați unul pe altul. Bărbatul era investitor și am toate motivele să cred că vi s-au încrucișat un pic căile cam acum un an.

— Deja mi-am dat seama de asta.

Ugla rămase iar tăcută, aparent hotărâtă să nu-i facă absolut deloc viața mai ușoară lui Huldar. Iar el n-avea cum să o învinovățească pentru asta.

— Înțeleg. Te pot întreba dacă ați avut o relație de durată?

— Nu.

— Atunci, a fost vorba de o singură noapte.

— Nu-i treaba ta.

Țigara îi arsese deja aproape până la degete. Răspunsurile femeii erau atât de scurte, încât nici timp să tragă un fum nu avea.

— Două nopți? Mai mult?

— Mai contează? Doar nu crezi că l-am omorât eu?

— Nu, normal că nici nu mi-a trecut așa ceva prin cap. Și ai dreptate că n-are nicio importanță de câte ori te-ai întâlnit cu el. Ce încerc eu să aflu este unde anume ați mers în noaptea sau nopțile pe care le-ați petrecut împreună.

— Unde am mers?

— Da.

Huldar încercă să se gândească la un mod de-a formula întrebarea fără să trebuiască să pronunțe cuvântul „pat".

— Nu mă refer la restaurant sau bar sau cinematograf, ori ceva de genul ăsta. Mă refer la apartamentul sau blocul pe care ne-ai putea ajuta să-l găsim.

— Cumva glumești?

— Poate părea un pic ciudat, dar vezi tu, chestia e că încercăm să găsim o proprietate pe care credem că Helgi o avea la dispoziție. Am motive să cred că tu l-ai vizitat acolo și că ne poți ajuta să o localizăm.

— De ce dracu' ai crede asta? Pentru că am făcut greșeala de-a merge cu tine acasă acea singură dată?

Huldar șovăia. Ugla avea dreptul să audă adevărul. Problema era cum anume să i-l dezvăluie. Nu era deloc amuzant să afli că ai apărut într-o filmare porno care e folosită acum ca probă într-o anchetă de crimă.

— Nu. Nu acesta e motivul. În niciun caz. Uite, am făcut rost de niște fișiere video de-ale lui Helgi ce par a fi filmate într-un dormitor.

Se opri, în speranța că ea avea să spună ceva, însă ea nu o făcu, așa că fu silit să continue:

— Sunt înregistrări. Să spunem doar că bănuim că femeile care apar în ele s-ar putea să nu fie conștiente că există o cameră video.

— Înregistrări?

Tonul Uglăi părea la fel de uscat ca și cum ar fi străbătut deșertul Sinai fără nici măcar o sticlă de apă.

— Da. Înregistrări. Sper că nu trebuie să pronunț asta pe litere.

Huldar bănuia că ea înțelesese, dat fiind că nu-i răspunse în niciun fel.

— Dă-mi voie să subliniez că suntem perfect conștienți de cât de delicată e toată treaba asta. Videoclipurile sunt urmărite doar de o mână de oameni, atunci când e strict necesar pentru anchetă.

Dar ea nu părea deosebit de liniștită.

— Și tu pur și simplu ai ajuns să vezi din întâmplare?

— Nu, nu din întâmplare. Mi s-a încredințat sarcina de-a urmări tot materialul. Nu ești singura femeie care a fost filmată astfel. Am recuperat mai multe fișiere video din calculatorul lui Helgi. Singura coincidență e că pe tine te-am recunoscut eu.

Alte momente de tăcere la celălalt capăt și Huldar profită de ocazie ca să mai tragă un fum, înainte ca țigara să-i ardă până la filtru.

— Să înțeleg că tu habar n-aveai de asta?

— Cum de ți-a trecut măcar prin cap că mi-aș fi dat acordul pentru așa ceva?

Huldar se abținu să remarce că el de-abia o cunoștea, în ciuda întâlnirii lor intime.

— Trebuia să întreb. Bănuiesc că așa au stat lucrurile.

— Cum îndrăznește? Ce naiba e în neregulă cu el?

— Vrei să spui ce „era“ în neregulă cu el. E mort.

— Bun! Mă bucur! Iisuse! Și ce făcea, mai precis, cu videoclipurile? Le distribuia?

Groaza Uglăi era perfect justificată.

— Sunt deja pe internet?

— Nu, din ce știm până acum, nu. Credem că făcea aceste filmări în interes personal.

— Atunci insist să îl ștergeți imediat! Iisuse, ce naiba a fost în capul vostru? Voi nu aveți altceva mai important de anchetat?

Răspunsul era nu, însă el nu avea de gând să recunoască așa ceva. Viața lui Helgi părea, cel puțin la suprafață, să fi fost deosebit de respectabilă, cu excepția acestui obicei mizerabil.

— Îți amintești adresa proprietății unde a fost făcută filmarea?

Ugla îi închise telefonul în nas. Și nu mai răspunse când Huldar o sună imediat înapoi.

Capitolul 24

Erla aruncă o privire la ceasul de pe perete, după care se întoarse la ecranul calculatorului. Era a doua oară când se uita într-acolo de când Huldar intrase în birou, ceea ce-l făcea să creadă că stătea ca pe ace în așteptarea veștii despre plecarea delegației chineze. Venise la ea ca să-i povestească despre Ugla și să-i ceară permisiunea de-a discuta față în față cu femeia, oricât de puțină plăcere îi făcea această idee.

— Nu mă deranja acum! Am nevoie să mă concentrez.

Oftând iritată, adăugă:

— Doar ce-am primit un telefon de sus ca să mă anunțe că trebuie să organizez o conferință de presă. Nu pot s-o fac. Nu m-au avertizat dracului și pe mine din timp!

Deci acesta era motivul pentru care-i sărea țandăra din orice. Ancheta înainta cu pași extrem de mici, și acum, că presa aflase despre crimă, presiunea din partea superiorilor pesemne că era de nesuportat. Fără a mai adăuga și că era complet neproductivă. Poliția pur și simplu nu avea resursele necesare să facă tot ce trebuie: să interogheze martorii, să analizeze probele adunate până acum, să ia la puricat așa cum trebuie evidențele financiare ale lui Helgi, să afle ce se întâmplase cu părinții lui Siggi, să pună la curent cu tot ce trebuie echipa de căutare care avea să organizeze o operațiune de proporții pentru ei și să examineze toate calculatoarele pe care le confiscaseră. Singurele sarcini care fuseseră deja bifate până acum erau sortarea gunoaielor lui Helgi și urmărirea înregistrărilor camerelor de supraveghere din centrul orașului, pe care Gudlaugur le terminase chiar la timp pentru ședința de instruire zilnică, doar ca și aceasta să fie amânată încă o dată din pricina conferinței de presă.

Întrucât Huldar stătea în fața lui Gudlaugur la birou, el deja văzuse roadele muncii lui și știa că deși nu aveau să rezolve cazul, ele cu siguranță furnizau o mică, dar importantă piesă a mozaicului. Gudlaugur izbutise să recreeze traseul lui Helgi pe Laugavegur, unde acesta se oprise de mai multe ori pentru a sta de vorbă cu mai multe tinere elegant îmbrăcate, toate suple, cu picioare până-n gât și cu păr blond. Era evident că încerca în zadar să le convingă să meargă acasă cu el. Dacă ar fi avut noroc, fără îndoială că fata respectivă ar fi apărut într-una dintre filmările de pe calculatorul lui. Norocul lor că-l refuzaseră; însă eșecul lui Helgi avusese consecințe mortale pentru el.

În loc să ajungă în pat cu o blondă, picase în ghearele unui criminal sadic.

Din înregistrările camerelor de supraveghere, reieșea că Helgi nu abordase decât femei din mulțimea de petrecăreți de pe stradă. O singură dată era văzut stând de vorbă cu un bărbat. Individul respectiv ținea o țigară în mână și părea să-i ceară un foc, lucru pe care Helgi nu i-l putea însă oferi. Dacă fumătorul fusese chiar atât de beat pe cât părea pe cameră, atunci era aproape imposibil să fi fost el atacatorul, deși firește că exista și posibilitatea ca el să se prefacă. Planul era să se lanseze un apel public pentru ca bărbatul să se prezinte de bunăvoie la poliție, în speranța că va fi eliminat de pe lista suspecților.

Huldar nu zise nimic când observă că filmarea în care Gudlaugur se ivea în cadru după Helgi era vizibil mai scurtă decât celelalte filmări editate de acesta. Existau două secvențe mai lungi. Într-una dintre ele, Helgi cotea de pe Laugavegur pe Vitastígur. În cea de-a doua, apărea pe Skúlagata, îndreptându-se spre barul din Kex Hostel, cărând într-o mână o sticlă de bere. Dat fiind că pe Vitastígur nu existau camere, nu aveau cum să-și dea seama de unde cumpărase berea. Îi luase mai bine de un sfert de oră să acopere o distanță pe care ar fi trebuit s-o parcurgă în vreo patru minute, cel mult cinci. În zonă nu existau baruri și nici restaurante, așa că era imposibil ca Helgi să fi făcut rost de bere de acolo. Mai devreme apăruse pe o altă înregistrare, traversând Hverfisgata, fără ca acolo să fi avut berea. Așadar, pesemne că o căpătase undeva între Hverfisgata și Skúlagata.

Era logic, deci, ca el să fi întâlnit pe cineva care i-o oferise. Rămânea totuși de stabilit dacă era sau nu vorba de ucigaș sau de cu totul altcineva, însă un lucru era sigur: individul în cauză nu avea cum să fi fost pe jos, întrucât niciun pieton nu fusese surprins pe camere la vreunul dintre capetele străzii după ce Helgi își făcuse apariția pe Skúlagata.

Exista totuși o mașină. Aceasta virase și îl urmase pe Helgi, rămânând nițel în spatele lui, după care se apropiase de el în timp ce se afla în fața intrării în Kex Hostel și-și golea berea înainte de a intra. Helgi putea fi văzut aplecându-se în dreptul geamului deschis de pe partea pasagerului, spunându-i ceva șoferului și apoi intrând în bar. După aceea, mașina plecase. Un vehicul ce semăna cu mașina respectivă fusese mai apoi identificat pe alte camere aflate pe șoselele ce duceau spre Álftanes. Nu exista nicio urmă de îndoială: aceasta era mașina care îl condusese pe Helgi la moarte, ceea ce însemna că aproape sigur șoferul era criminalul. Însă în niciuna dintre imagini nu i se vedea fața.

Vehiculul era un Land Cruiser gri sau argintiu. Gudlaugur și Erla se contraziceau în privința culorii, în timp ce Huldar nu emitea nicio opinie. Ceea ce era și mai frustrant era că numărul de înmatriculare nu se vedea, făcând astfel imposibilă identificarea proprietarului. Poliția solicitase deja o listă cu toate mașinile de acest model din țară și se așteptau să dea peste câteva sute, deși, dacă ar fi putut stabili modelul exact, ar fi putut scurta lista. Instantanee cu mașina fuseseră trimise la dealerul care se ocupa de Land Cruiser tocmai în acest scop.

Acum se credea că Rohypnolul se afla în berea pe care Helgi o primise în timp ce mergea pe Vitastígur. Dar din moment ce era greu de crezut că începuse să-și facă efectul când Helgi urcase în mașină, traseră concluzia că ori acesta îl cunoștea pe șofer, ori fusese atât de beat, încât îi amorțiseră toate simțurile. Cei beți au tendința de-a vedea un prieten în oricine întâlnesc în cale. Alți membri ai Investigațiilor Criminale căutau acum prin înregistrările din noaptea de sâmbătă ale camerelor din apropierea locuințelor lui Siggi și Helgi, pentru a da de urma Land Cruiserului și a Toyotei Yaris aparținând părinților lui Siggi. Firma de leasing confirmase că cei doi încă dețineau mașina, deși în curând avea să le fie luată înapoi.

Acum se credea că ori unul, ori ambele vehicule aveau să iasă la iveală pe camere pentru a-l lua pe Siggi sau a-l lăsa în fața blocului lui Helgi, ceea ce ar fi putut face lumină și în cazul manevrelor părinților lui. Însă, din ce-i spusese Gudlaugur lui Huldar, cei cărora le fusese încredințată această sarcină nu ajunseseră la niciun rezultat. Nu exista nicio cameră pe străzile rezidențiale din jurul celor două adrese, și ambele cartiere aveau nenumărate puncte de acces, dintre care aproape niciunul nu era supravegheat video.

Iar asta se dovedi a nu fi singurul gol frustrant din raza de acoperire a camerelor. După ce urmărise înregistrările din blocul lui Helgi, Huldar rămăsese surprins să descopere că nu existau camere nici în fața intrării, nici în zona locurilor de parcare. Avusese de gând să-l întrebe pe tehnicianul de la firma de securitate de ce se întâmpla acest lucru, însă bărbatul încă nu-l sunase înapoi. Își făcu o notă în gând să-l întrebe pe administrator când avea să-i facă o vizită pentru chei.

Dar înainte de toate, trebuia să stea de vorbă cu Ugla. Deschise gura ca să ceară permisiunea, însă Erla i-o reteză iarăși:

— Dacă nu cumva ai vreun pont pentru conferința de presă, poți să taci!

Ea ridică privirea din ecran, părând și mai stresată. Era clar că delegația chineză se afla în continuare pe pământ islandez.

— Ca și cum nu aveam deja destule de făcut! O blestemată de pierdere de vreme totală! De când a ajuns publicul să ne ajute să rezolvăm o crimă?

Huldar ridică din umeri și nu se sinchisi să sublinieze că ponturile din partea publicului se dovediseră de multe ori folositoare. Cu toate astea, Erla avea toată compasiunea lui, căci nimic din ce făcuseră în timpul studiilor nu-i pregătise să stea în fața unei mulțimi de jurnaliști pentru a-i pune la curent cu progresul anchetei și a răspunde unor întrebări stânjenitoare. Mult mai mult sens ar fi avut să-i trimită la un curs de PR decât la încă o sesiune de cursuri despre cum să-și dezvolte abilitățile de lucru în echipă sau să stabilească noi obiective. La fel ca el, nici Erla nu era vreun mare fan al presei. El, unul, nu suferea proștii, și Erla se afla mereu pe punctul de a-și pierde controlul; calități care nu se pupau și pace cu ce se dădea la știrile de seară.

Măcar ea avea să arate bine. Uniforma ei, care era obligatorie în astfel de situații, îi venea de minune, scoțându-i în evidență silueta subțire și musculoasă. Pentru prima oară, ea își dăduse și cu ruj, ceea ce o făcea să apară aproape atrăgătoare — pentru cei care nu o cunoșteau. Efectul era unul tulburător de sexy, ca și cum ar fi purtat gura unei alte femei. Dar el nu trebuia să se gândească la așa ceva. Faptul că se apropiase prea mult de Erla îi provocase deja suficiente bătăi de cap și chiar n-avea nicio intenție să repete o asemenea greșeală. În plus, avea impresia că izbutise în sfârșit să intre iar în grațiile Freyjei și putea fi sigur că această ușă avea să i se trântească pentru totdeauna în nas dacă ea descoperea că își face iar de cap cu Erla.

Însă probabil că își făcea iluzii deșarte la gândul că vreuna dintre ele ar mai fi vrut să aibă vreodată de-a face cu el.

— O să fie bine, Erla. O să se termine înainte să-ți dai seama.

Nu era în întregime adevărat. Un minut petrecut acolo, în fața reprezentanților presei, putea părea o oră întreagă.

— O să fie o bagatelă.

Altă minciună. Însă ea avea nevoie de încurajare.

— Aham!

Erla nu se lăsa păcălită.

— Sunt tentată să o trimit pe Lína în locul meu, adăugă ea, schițând un rânjet ce parcă se ivea tot mai rar. Ea le-ar închide imediat gura când ar începe să se piardă în detalii inutile.

— Bănuiesc că s-ar descurca.

Huldar o urmări pe Lína prin peretele de sticlă. Aceasta era băgată cu totul în ecranul calculatorului, luându-și de zor notițe.

— E bună, Erla, și o să se transforme într-o polițistă de toată nădejdea. Să nu uiți că e doar foarte tânără! Nici noi nu eram mai breji când am început — de fapt, noi nici măcar nu știam atâtea câte știe ea.

Erla se îmbufnă auzindu-l, iar colțurile buzelor i se lăsară în jos într-o expresie care lui Huldar îi aducea aminte de nepoțica Freyjei. Făcându-l să spere, acum, că fetița avea să înceapă să zâmbească atunci când el o va scoate în oraș. Un lucru era sigur însă: nu avea cum să se abțină și să nu rânjească atunci când se va așeza lângă Freyja.

Erla îl privi cu ochi mijiți.

— Am nevoie de cineva care să stea lângă mine. Aceste conferințe au mereu genul ăsta de schemă.

Bănuind ce urma, Huldar încercă iute să se apere, dar tot degeaba.

— Niciun dar! Vii și tu! Deja ai uniforma pe tine.

Huldar se schimbase pentru a scăpa de mirosul de gunoi. Avusese de ales între uniformă și costumul de trening pe care intenționase să-l îmbrace la sala de forță după muncă.

Erla deja se încheia la haină.

— Și ia-i cu tine și pe Lína și Gudlaugur.

Conferința de presă se desfășură cam cum se așteptaseră. Cu toate că nu făcuse cine știe ce impresie jurnaliștilor, măcar Erla reușise să-și păstreze cumpătul. Iar cererea ei de a li se trimite informații avusese drept rezultat o ploaie de apeluri telefonice și de e-mailuri din partea publicului. Lína, căreia i se ordonase să se alăture echipei care se ocupa de telefoane, se apropia acum țanțoș de Huldar, părând tare mândră de sine și fluturând o coală de hârtie făcută sul.

— În sfârșit!

Se lipi apoi de biroul lui, surâzând larg și lăsă o hârtie pe tăblia acestuia.

— A sunat tipul cu țigara.

— Vrei să zici cel care i-a cerut lui Helgi un foc?

— Da.

Judecând după cât de mândră se simțea Lína pentru un rezultat atât de neînsemnat, pesemne că până atunci avusese de-a face cu o mulțime de apeluri date aiurea.

— S-a recunoscut în acele instantanee furnizate presei și și-a adus aminte, mai mult sau mai puțin. A zis că era foarte beat în acel moment. Dar a sunat totuși, ceea ce e un semn bun.

— Excelent! încercă Huldar să-i imite entuziasmul. Cu adevărat excelent! Erla va fi încântată.

Ridică apoi hârtia și citi numele și numărul de telefon al bărbatului. Nu era un nume care să fi apărut până acum în anchetă.

— Au fost mulți care s-au dovedit pierdere de vreme?

— Destui, răspunse Lína, al cărei entuziasm începea să se evapore. Unele apeluri erau pur și simplu idioate, altele au fost o neînțelegere, iar câteva au fost pur și simplu urâte.

— În ce fel urâte?

— Unul zicea că nu dă nicio ceapă degerată pe Helgi. Altul a sunat ca să spună același lucru despre părinții lui Siggi. Bine, era beat.

— Și ce-a zis tipul respectiv despre Helgi?

— A zis că Helgi a jefuit cetățeni islandezi. Iar celălalt a zis că părinții lui Siggi sunt niște ratați și niște escroci. Ca și cum ar fi crezut că o condamnare la moarte ar fi o pedeapsă mai potrivită.

— Mereu o să ai parte și de dobitoci.

Fata era atât de tânără, încât Huldar simțea nevoia să o împiedice să afle cât de mare e numărul acestora. Avea să afle și singură.

— Niciun apel legat de Land Cruiser?

— Nu. Nici măcar unul singur.

— Dar despre Yaris?

— Două. Dar s-a dovedit că mașinile respective sunt albe, așa că am pierdut vremea de pomană.

Huldar era surprins că nu primiseră mai multe telefoane, știind cât de des întâlnite erau Yarisurile în Islanda. Conferința de presă fusese lider de audiență pe toate posturile de știri. Era cea mai citită știre a zilei, deci nimeni n-ar fi putut rata faptul că poliția căuta cele două mașini.

— N-ar fi mai bine să-i spui Erlei despre tipul cu țigara?

Huldar îi dădu înapoi hârtia.

Surâsul Línei se șterse cu totul.

— Ba da. Dar voiam să-ți spun ție mai întâi, răspunse ea, roșind ușor.

Huldar gemu în sinea sa, sperând că acest lucru se datora doar faptului că Lína voise să împartă vestea cu cineva care ar fi reacționat cu amabilitate. Ultimul lucru pe care și-l dorea era ca ea să se îndrăgostească de el. Într-un fel, o încuraja prin faptul că era singura persoană din toată divizia care se purta drăguț cu ea. Dar ca urmare a dezastrului cu Erla, el, unul, își interzisese să se mai implice vreodată într-o relație cu o colegă.

— N-am știut că ești atât de îndemânatic la desen, Huldar.

Era Jóel, colegul pe care Huldar îl agrea cel mai puțin dintre toți și care tocmai se întorsese în birou, aducând și frigul odată cu el.

Acesta făcu semn spre desenul lui Siggi, care continua să atârne pe peretele de deasupra pupitrului lui Huldar. Jóel făcuse parte din echipa de securitate a delegației chineze, însă ministrul fusese urcat în siguranță în avion, în timp ce conferința de presă era în toi. Iar acum se întorsese. Redevenind aceeași pacoste de zi cu zi. De-a lungul anilor, el și Huldar făcuseră de nenumărate ori schimb de insulte, se ciocniseră de multe ori și chiar ajunseseră să se și bată.

— Sau l-a desenat fata?

Jóel nu îi spunea niciodată Línei pe nume. O numea ori „fata“, ori „tu, de colo“, ori „hei, embrion de polițist“.

— Of, dispari!

Huldar nu se sinchisea absolut deloc să fie mai subtil. În cazul lui Jóel, merita să fie direct.

— Ei, și tu, n-o lua la modul personal. Desenul tău chiar e foarte drăguț! zise Jóel, rânjind sarcastic.

— Taci dracului și cară-te!

Huldar se proțăpi în brațele scaunului, pregătindu-se să se ridice. Dacă tipul nu voia să plece de bunăvoie, atunci trebuia să-l ajute el.

— Hei, stai potolit! Bine, înțeleg perfect de ce sunteți așa nerăbdători să mă întorc înapoi la muncă. Acum, că sunt aici, ancheta va începe în sfârșit să se urnească. Iar voi doi ați putea pleca liniștiți acasă.

Pe acolo, se glumea nu doar că Jóel era unul dintre cei mai mari nemernici din toată secția, ci mai era și unul dintre cei mai slabi detectivi.

Dar Huldar îl lăsă pe bou să aibă el ultimul cuvânt de zis. De dragul Línei. Nu mai voia să o lase să fie martoră la genul ăsta de măgării. În vreme ce Jóel se îndepărta cu pași mari, părând insuportabil de mulțumit de propria-i persoană, Huldar își dădu ochii peste cap către Lína.

— Mersi! Chiar nu pot să-l sufăr. Pur și simplu mă scoate din sărite.

Lína își plecă pe un umăr capul și zâmbi apologetic. Huldar îi întoarse zâmbetul. Nu doar că era isteață și silitoare, cugetă el, dar mai era și extrem de pricepută la interpretarea caracterului unei persoane.

Capitolul 25

De data asta, băieții puseseră piciorul în prag: sub nicio formă n-aveau de gând să se întâlnească iar la capcana islandeză pentru turiști, așa că Thormar fusese nevoit să vină de urgență cu o altă propunere de local. Tot ce-i venise pe moment în minte fusese sala de fitness, însă, după cum se dovedi mai apoi, nici că se putea să fi făcut o alegere mai proastă. Locul gemea de lume. Până și sauna era plină. Oriunde te uitai, oameni în costume de Lycra sau de spandex se luptau cu aparatele, atenți doar la propriile lor coloane sonore speciale. Trăgând de fiare, întinzându-se, ridicând sau împingând la aparate, încordându-și mușchii purpurii de la efort. Mai ales la benzile de alergat erau cozi lungi, căci oamenii făceau tot ce le stătea în puteri să ardă caloriile acumulate de Crăciun. Alții se admirau în fața peretelui acoperit cu oglinzi aflat în capătul sălii, întinzându-se cât puteau și strâmbându-se, în vreme ce-și cercetau trupurile în căutarea oricărei urme de imperfecțiune.

Nu era loc pe nicăieri pentru trei bărbați care doreau să stea de vorbă netulburați de nimeni.

Până la urmă, optaseră să se așeze unul lângă altul pe o bancă de lemn aflată în fundul vestiarului, unde se schimbau bărbații, coborându-și glasurile până la un simplu murmur. Puțini dintre cei de acolo îi băgau în seamă, însă unul sau doi le aruncară o privire piezișă, ca și cum ar fi vrut să comenteze ceva la adresa lor. Însă nu o făcu nimeni. Vestiarele aveau un fel al lor de a-i inhiba pe oameni.

— Eu sugerez să ștergem site-ul.

Thormar strângea tare telefonul mobil vârât în buzunarul hanoracului pe care-l folosea la sală. Folosirea mobilelor erau dezaprobată în vestiarul unde se schimbau oamenii. Își trăsese un hanorac pe el în încercarea de-a se pierde în mulțime, iar Tommi își luase și el echipamentul de sport. Gunni însă, prin comparație cu ei, ieșea în evidență ca un far luminos, fiind îmbrăcat la costum și cu palton. Retrospectiv vorbind totuși, la fel de bine ar fi putut nici să nu se deranjeze. Comportamentul lor — izolați în fundul sălii și șușotindu-și la ureche — îi făcuse deja să iasă în evidență. Thormar adăugă:

— Nu știu de ce naiba nu ne-am gândit din prima la asta.

— Să-l ștergem?

Gunni se trase în spate, ca și cum Thormar tocmai i-ar fi sugerat o sinucidere în grup ca să-și rezolve toate problemele.

— Dar eu nu am nicio copie. Voi aveți?

Tommi clătină din cap, însă Thormar era destul de sigur, văzându-i privirea coborâtă și ezitantă, că minte.

— Dacă vreunul dintre voi are copii, continuă el, eu le-aș șterge în locul vostru. Poate chiar aș arunca și calculatorul pe care le-am avut salvate, doar ca să fiu sută la sută sigur.

— Ce dracu' tot zici acolo?

Gunni îi dădu un ghiont lui Tommi, ca să-l susțină.

— N-avem de ce să ne panicăm așa, aiurea. Polițiștii nu știu nimic. Dacă ar fi știut, ne-ar fi săltat deja. Singurul de care au părut interesați ești tu, Thormar. Până la urmă, cu tine era Helgi cel mai bun prieten. Nici nu e de mirare c-au vrut să discute cu tine. Iisuse, omule! Nu mai fi așa fătălău!

Thormar trase aer adânc în piept.

— De câte ori trebuie s-o repet? Sunt cu ochii pe noi. Doar pentru că încă nu știu toată povestea nu înseamnă că n-o să o afle.

Nu mai adăugă și faptul că nici prin cap nu-i trecea să ia asupra sa toată vina.

— Gunni are dreptate.

Tommi evită privirea lui Thormar când o spuse, aplecându-se ca să-și facă de lucru cu șireturile de la adidași.

— N-au suflat niciun cuvânt la conferința de presă și am și citit toate articolele din ziare. Ăia par să nu aibă habar de nimic.

— Of, revino-ți! Doar n-o să dezvăluie tot ce știu la conferința de presă. Tu cât de naiv poți să fii?

Thormar se săturase până peste cap să fie permanent silit să le aducă aminte cât de gravă era situația lor. Faptul că ei nu fuseseră chemați la secția de poliție, cum fusese el, îi făcea să privească toată această chestie cu o lejeritate incredibilă.

— Trebuie să ștergem site-ul, repetă el. Înainte să îl găsească.

— N-o să-l găsească. Cum o să procedeze ca să-l găsească? E sută la sută invizibil și accesul e strict controlat.

Gunni se întrerupse când un bărbat cu un prosop în jurul taliei se apropie de un dulap aflat în apropierea lor. Acesta le aruncă celor trei o privire cu coada ochiului, dar păru resemnat la ideea că trebuie să se dezbrace de față cu ei. Ei se întoarseră, plini de bun-simț, cu spatele și începură să discute, complet la întâmplare, despre fotbal, însă erau prea tulburați ca să se poată concentra la ce spuneau de fapt. Când bărbatul trânti până la urmă ușa dulapului și porni spre ieșire, cei trei își reluară discuția de unde o întrerupseseră.

Thormar vorbi primul:

— Vouă încă nu v-a trecut prin cap că poliția a pus mâna pe calculatoarele lui Helgi?

Niciunul dintre ei nu zise nimic.

— Au acolo o divizie IT. Cu siguranță au. Cât credeți că le va lua să găsească și site-ul după ce vor începe să scormonească prin fișierele alea?

Gunni pufni, iritat.

— De unde dracu' să știm noi? Doar nu suntem experți în calculatoare. În fine, site-ul n-ar trebui să fie foarte sigur? Faptul că au pus mâna pe calculatorul lui probabil că n-o să aibă nicio importanță.

Își puse mâinile pe coapse, ca și cum se pregătea să se ridice. Dacă pleca el, Tommi avea să îl urmeze negreșit.

— Oameni buni.

De data asta, Thormar chiar se strădui din răsputeri să-și alunge stresul și exasperarea din voce, întrucât era limpede că această abordare nu ducea la niciun rezultat.

— Va trebui să acceptăm că site-ul trebuie să dispară. Ne-am distrat de minune, însă eu, personal, trebuie să recunosc că și-a cam pierdut farmecul. Chiar merită cu adevărat riscul acum, că poliția ne-a luat urma?

El începuse deja de ceva vreme să-și piardă interesul față de site, lucru pe care sub nicio formă nu l-ar fi recunoscut în fața lor dacă n-ar fi ajuns în situația asta groaznică din prezent. În anumite privințe, dinamica grupului lor nu se schimbase de când erau niște puștani.

— Doar nu vorbiți serios?

Tommi începu să clatine din cap, dar se opri repede, temându-se că Gunni s-ar putea să nu fie de acord. Îi aruncă o privire acestuia, așteptând să preia el conducerea, și, ca de obicei, Gunni îi făcu pe plac. Păcat că Thormar nu-l putea atrage de partea sa. Dacă ar fi putut, Tómas l-ar fi ales imediat pe el.

— Să ne calmăm nițel, bine? rosti Gunni. Îl putem șterge în orice moment, dacă va părea că ancheta va avea o legătură directă cu site-ul. Dacă așa stau lucrurile, atunci — zap! — ștergem conținutul.

Telefonul îi sună în mână și el îi verifică ecranul.

— De la lucru. Căcat! Le-am spus...

Nu mai apucară să afle ce minciună le spusese Gunni ca să poată da o fugă să se întâlnească aici cu ei. Cât timp vorbi el, ceilalți nu suflară o vorbă măcar.

Când termină de vorbit la telefon, Gunni suferise o completă schimbare de atitudine.

— Ștergeți site-ul!

Își vârî telefonul în buzunarul paltonului scurt pe care îl purta pe deasupra.

— Poliția a sunat la mine la muncă și a stat de vorbă cu asistenta mea. Au măcar voie să facă asta?

Cercetă cu atenție chipurile prietenilor săi și, când niciunul dintre ei nu-i răspunse, continuă:

— Vor să stea de vorbă cu mine.

Thormar își ascunse ușurarea. Nu mai era el singurul intrat în vizorul poliției. Acum, că Gunni era luat la țintă, atitudinea lui suferise o întoarcere la 180 de grade.

Părând acum extrem de agitat, Gunni întrebă:

— Dacă această crimă e legată de site-ul web și poliția reușește să-l acceseze? Vor veni să caute și în apartament, nu-i așa?

Thormar nu se gândise chiar atât de departe.

— Mda, cu siguranță o vor face. Pe mine m-au întrebat dacă Helgi mai deținea și alte proprietăți.

— Cum așa? Deja știu despre asta?

Gunni începu să bată neliniștit din picior. Se transformase într-un personaj care sărea în ochi de la un kilometru în costumul lui impecabil, de broker, cu șosete în picioare.

— Nu. Am rămas cu impresia că nu știu nimic concret, ci doar îi bănuiesc existența.

Tommi căscă ochii, ceea ce îl făcu să arate brusc ca atunci când era puști.

— N-ar fi mai bine să-l curățăm? Să distrugem toate amprentele și așa mai departe?

Întrebarea îi era adresată lui Thormar. De când îi făcuse să se îngrijoreze și pe ei, se părea că problema devenise responsabilitatea lui.

— Habar n-am. Niciunul nu avem cazier, așa că n-au amprentele noastre. Și cred că vor avea nevoie de un mandat ca să ni le ia. Nu-i așa?

Niciunul nu știa. Tommi căută pe telefon și citi legile privitoare la prelevarea amprentelor, ceea ce nu făcu absolut nimic să le potolească din temeri. Se părea că polițiștii aveau voie să ia amprentele tuturor celor aflați la locul faptei, pentru a-i elimina din ancheta lor. Dacă o persoană refuza, aceasta putea depune o plângere în baza faptului că mandatul trebuia emis de un judecător. Tommi adăugă pe un ton sumbru că solicitarea unui mandat de către poliție era întotdeauna aprobată, indiferent de situație. Niciunul dintre ei nu-l contrazise și nu-l întrebă de unde căpătase această informație.

— Șterge-l! zise Gunni, făcându-i semn lui Thormar. Amprentele nu vor mai conta, atât timp cât site-ul web nu mai există.

În loc să protesteze și să sublinieze faptul că Gunni avea telefonul la el și o putea face chiar el, Thormar intră on-line.

— Oricum, cum putem șterge site-ul? Știe vreunul dintre voi? Nu trebuie să ștergi fiecare postare în parte, nu?

Reieși că niciunul nu avea habar. Site-ul fusese construit de Helgi, care era singurul dintre ei cu ceva cunoștințe despre calculatoare. Thormar încercă una, alta, dar nu descoperi nicio cale de a-l șterge. După care încercă să șteargă postările individuale una câte una, anticipând că va trebui să-și amâne și mai multe programări, dat fiind că postaseră materiale pe forum timp de mai bine de zece ani. În acest ritm, avea să fie nevoit să se dea bolnav și ziua următoare.

— Dacă fiecare postare trebuie ștearsă individual, va trebui să ne împărțim sarcinile. Eu n-am timp să fac totul singur.

Niciunul dintre ceilalți doi nu se oferi să-l ajute. Dar oricum se dovedi inutil, întrucât postările refuzau să dispară. Când încercă prima oară, își făcu apariția o mică fereastră care îl anunță că nu era autorizat să șteargă niciun fel de material. Doar administratorul o putea face.

— Ce dracu'-i asta?

Ceilalți încercară și ei și primiră același mesaj. Gunni fu primul care se gândi să verifice pagina administratorului și care scoase un geamăt puternic. Tuturor le fusese anulat statutul de administrator. Doar doi utilizatori mai aveau acum acest titlu: Helgi și persoana care avea titlul de utilizator „administrator".

Gunni se ridică în picioare.

— Eu propun să curățați temeinic apartamentul.

— Noi?

Din nou, căzu în sarcina lui Thormar să enunțe cu voce tare ce gândea pesemne și Tommi.

— Scuză-mă, dar de ce nu tu?

— Pentru că poliția e călare pe mine. Ba e posibil să mă țină chiar acum sub observație. Doar nu vrem să-i conducem direct la adresa aia, nu?

Thormar își înfrână impulsul de a-i spune lui Gunni că aproape sigur își exagera propria importanță în cadrul anchetei. Un lucru sigur era faptul că ar fi fost mai bine să-l facă pe Gunni să se neliniștească decât să rămână același egoist incurabil care era de obicei. Așa că nu mai zise nimic, iar el și Tommi rămaseră în urmă după ce plecă Gunni, schimbându-se în tăcere de haine și plecând apoi în direcții diferite. Tot nu ajunseseră la nicio concluzie cu privire la cine trebuia să curețe apartamentul. Singurul lucru asupra căruia căzuseră de acord era că trebuia să aștepte până a doua zi, întrucât niciunul dintre ei nu avea timp în seara respectivă.

Abia când Thormar ajunse la volanul mașinii sale îi trecu prin cap că poate ar trebui să angajeze o echipă profesionistă de curățenie ca să facă treaba în locul lor. Să îi plătească doar cu bani gheață; să-și țină numele departe de asta. Într-o stare de spirit ceva mai veselă, se hotărî să-i transmită și lui Tommi această idee. Dar când luă telefonul și văzu ecranul, toate ideile sale se împrăștiară instantaneu. Pe site îi aștepta un mesaj. Reacția inițială fu să-l ignore, însă curiozitatea îi dădea ghes.

Ei, băieți! Care dintre voi vrea să meargă cu mașina cu mine data viitoare?

Iar mesajul era însoțit de o poză în care Thormar crezu că-l distinge pe Helgi, zăcând întins pe bancheta din spate a unei mașini, cu ochii închiși și cu gura deschisă; adormit, probabil. Purtând aceleași haine de sâmbătă-seara — și cele pe care le avea în videoclipul cu spânzurătoarea.

Cu mâini tremurătoare, Thormar închise mesajul. Când cercetă cu privirea parcarea, nu zări nicio urmă de Tommi sau mașina acestuia. Gunni plecase cu mult înaintea lor, desigur. În loc să sune, Thormar lăsă telefonul pe scaunul pasagerului și strânse volanul până i se albiră încheieturile. Momentul în care sosise mesajul era de-a dreptul tulburător. Să fi fost vorba de o coincidență? Sau să fie, oare, nevoit să admită că acest nou utilizator se putea să nu fie totuși un străin? Să fie, oare, posibil să fie vorba de unul dintre ei?

Capitolul 26

Huldar sunase dinainte și Doddi, administratorul, îi spusese că se bucură să-i primească pe el și pe Gudlaugur oricând doreau ei. Cu toate că terminase munca pe ziua respectivă, el locuia în clădire, așa că nu era nicio problemă să le răspundă la întrebări sau să-i însoțească unde voiau ei să meargă. Când le dădu drumul înăuntru, avea firimituri în barbă, dând astfel de înțeles că îl sculaseră de la masă. Îi invită în apartamentul lui, însă Huldar refuză propunerea. Nu era nevoie să-l deranjeze prea mult pe bărbat, iar discuțiile au tendința să se prelungească la nesfârșit atunci când oamenii stau prea confortabil.

Doddi încă își mai sugea mâncarea dintre dinți în timp ce le arăta încuietoarea biroului său de la subsol.

— După cum vedeți, n-a încercat nimeni să-l spargă.

Huldar se apleacă pentru a cerceta gaura cheii și tocul ușii. Dacă încuietoarea fusese forțată, acest lucru fusese făcut de un profesionist.

— Vreo șansă s-o fi uitat descuiată?

Administratorul scoase un râset scurt.

— Niciodată.

Văzând că cei doi detectivi nu păreau convinși, adăugă:

— Încui mereu ușa după mine. Înăuntru, există chei de la apartamente unde se află obiecte care valorează o avere. Și de la mașini care costă și ele o grămadă de bani. Credeți-mă — mă asigur că ușa asta rămâne mereu încuiată. Tot vă mai întrebați cum a ajuns băiețelul în apartamentul lui Helgi? Încă nu ați aflat?

— Am primit o informație cum că ar fi fost mare deranj în apartamentul lui Helgi acum două weekenduri. Cum el se afla în străinătate în acel moment, ne întrebam dacă nu cumva a intrat altcineva în lipsa lui. Desigur, asta nu înseamnă neapărat că a folosit o cheie furată. Helgi și-ar fi putut închiria apartamentul altcuiva. Presupunând că informația noastră e corectă.

— Nu se afla nimeni în apartament cât era el plecat; cel puțin, nu din ce știu eu. Și cred că mi-ar fi spus dacă urma să i-l închirieze unui prieten sau unui membru al familiei. Deși nici de asta nu pot fi sigur, firește.

— Nu știi nimic despre sosiri sau plecări ciudate, ori despre zgomote de genul ăsta?

Administratorul clătină din cap.

— Nu, nimic de genul.

— Faci cumva seara o patrulare prin jurul clădirii?

— Nu. Nu face parte din fișa postului. Am ore normale de lucru. După ce mi se termină ziua de muncă, sunt liber. E un bloc liniștit. Nu e nevoie să patrulez în jurul lui ca și cum ar fi o bancă sau ceva de genul. Deși mă mai întorc uneori la treabă, în cazuri de urgență, dacă se întâmplă să fiu acasă. Cum e cazul acum.

Gudlaugur preluă el interogatoriul.

— La ce etaj se află apartamentul tău?

— La parter. De ce întrebi?

— Apartamentul lui Helgi e cu unsprezece etaje mai sus. Se poate să fi avut loc vreo petrecere sau să fi rămas cineva peste noapte acolo, în acel weekend, fără ca tu să știi?

Administratorul trebui să admită că acest lucru era posibil.

— Păi, sunteți bine-veniți să-i întrebați pe vecini, replică el. Dar aș rămâne surprins să nu primiți aceleași răspunsuri ca ultima dată.

Huldar cugetă câteva clipe la asta. Cu ocazia precedentei lor vizite, puseseră întrebări generale despre Helgi și se interesaseră dacă oamenii au auzit vreun zgomot bizar în noaptea crimei. Însă nu-i întrebaseră și despre weekendul de dinainte, așa că nu aveau nimic de pierdut dacă-i luau iar pe vecini la întrebări, dat fiind că tot erau aici.

— Cred că ar fi mai bine așa.

În apartamentul de sub cel al lui Helgi nu era nimeni. Probabil că proprietarii lui încă nu se întorseseră din străinătate. Nici la ușa cuplului care locuia în apartamentul de lângă lift nu răspunse nimeni. Însă femeia care fusese acasă când poliția îl găsise pe Siggi le deschise ușa imediat ce bătură.

Când văzu cine e, ea își duse o mână osoasă la inimă.

— O, Dumnezeule!

Era o întâmpinare destul de neobișnuită, însă ei se obișnuiseră cu tot soiul de reacții.

— Bună! Suntem de la poliție.

Un comentariu redundant, dat fiind că era îmbrăcat în uniformă.

— Mă numesc Huldar. M-ai văzut aici duminică. El este Gudlaugur.

— O, Dumnezeule! zise din nou femeia, cu o expresie împietrită. Sunteți aici în legătură cu crima? Criminalul se află cumva în clădire?

Huldar zâmbi.

— Nu, nu, nimic de genul ăsta. Nu-ți face griji: nu suntem aici ca să te facem să te alertezi ori ceva de genul.

Femeia se mai liniști nițel și lăsă mâna în jos.

— Ar fi trebuit să-mi spuneți ce se întâmplase când ați venit aici, duminică. A trebuit să aflu de la știri, la fel ca toată lumea. Cu siguranță martorii sunt îndreptăți să afle mai multe informații decât restul lumii! Iar eu eram martor, nu?

— Nu prea, nu. Ne-ai văzut făcându-ne treaba. Mă tem că asta nu se pune.

Surâsul liniștitor al lui Huldar fu întâmpinat de o privire ca de gheață.

Femeia își cuprinse trupul cu brațele și se cutremură.

— Criminalul se afla în apartamentul lui? Eu sunt singură aici. Soțul meu e plecat peste hotare. E nevoie să plec și eu în altă parte?

— Nu. După cum au zis și la știri, crima a avut loc în Álftanes. N-ai de ce să te temi.

Huldar începea să-și piardă răbdarea. Nu era prima dată când avea de-a face cu această dorință egoistă din partea publicului care dorea să se vâre cu de-a sila în mijlocul unei crize sau al unei tragedii aflate în desfășurare. Ca și cum totul se învârtea în jurul lor.

— Ne aflăm aici pentru a-ți pune niște întrebări despre weekendul precedent, dinainte să se întâmple totul. Erai cumva, din întâmplare, acasă?

— Da, eram. În pat, cu gripă.

Huldar își îngădui deloc milostivul gând că „gripa" ei nu fusese ceva mai grav decât o tuse și un nas înfundat.

— Așa că ai fi auzit orice zgomot ar fi răzbătut din apartamentul lui Helgi în seara de sâmbătă?

— Da, dacă ar fi fost puternic. Dar nu am auzit nimic. Și aveam impresia că era plecat în străinătate. M-am lovit de el pe hol, vineri, și căra o servietă.

— Așadar, din ce știi tu, apartamentul era gol.

— Da. Dar acum mă faceți iar să mă îngrijorez. Ce se întâmplă?

— Chiar nu ai niciun motiv să te alarmezi.

Huldar afișă iar zâmbetul fals.

— Nu facem decât să urmăm posibile piste ca parte a anchetei noastre. Și, din moment ce nu mai ai nimic de adăugat, am să-ți urez „o zi frumoasă" și am să-ți mulțumesc pentru ajutorul acordat.

Femeia însă nu avea de gând să-i lase să scape așa de ușor.

— Dar...

Huldar așteptă. Cum ea nu mai zise nimic, o făcu el:

— Ți-ai amintit ceva?

— Nu ceva recent, nu. Helgi părea vecinul perfect. Dar ce putem ști cu adevărat despre cei pe lângă doar trecem din când în când? Când s-a mutat el aici, mi-am făcut totuși griji.

— Ha? făcu Gudlaugur. Din ce cauză?

— Pentru că, la scurt timp după ce s-a mutat aici, un nebun a intrat în clădire și a început să bubuie în ușa lui Helgi. A iscat o asemenea hărmălaie, încât credeam că o s-o spargă. M-am uitat afară, ca să văd ce se petrece.

— Ce voia individul?

— N-am nici cea mai vagă idee. Am închis imediat ușa și l-am sunat pe administrator, care a venit și l-a scos afară. Helgi nu era acasă: era plecat, ca de obicei, în străinătate. Credeam că poate bărbatul îi căuta pe locatarii de dinainte, dat fiind că aceia erau mult mai puțin respectabili. După aceea, am aflat de la administrator că tipul primise adresa greșită. Asta mi s-a părut și mie cea mai logică explicație.

Când deveni limpede că nu mai avea nimic de adăugat, reușiră să scape de ea și să se întoarcă la parter, unde porniră pe urmele administratorului. În apartamentul lui se auzea televizorul mergând. După ce refuzară încă o invitație de-a intra în casă, Huldar îl întrebă direct despre incidentul descris de vecina lui Helgi. Era primul indiciu care lega victima de orice soi de problemă și oricât de vag ar fi fost, merita urmărit.

— O, țicnitul! răspunse Doddi. L-am dat pe ușă afară. A intrat în clădire ținând întruna apăsat butonul interfonului până ce i-a dat cineva drumul la ușă. După aceea, le-am trimis tuturor locatarilor o înștiințare să fie atenți pe cine lasă înăuntru și mă bucur să spun că de atunci n-am mai avut niciun fel de incident.

Însă pe Huldar nu-l interesau regulile casei.

— Știi cumva de ce voia bărbatul să-l vadă pe Helgi?

— N-avea niciun motiv, din câte știu eu. Pur și simplu era țicnit. Nu te puteai înțelege cu el. Tot ce-am aflat e că voia să-l bată pe Helgi. De ce, n-am idee. Nici el nu cred că știa. N-am putut scoate nimic de la el. Am reușit să-l trag până la lift și să-l conduc apoi afară din bloc. Până la urmă, a cooperat și el, căci l-am mințit că deja chemasem poliția. Foarte bine așa — oricum nu m-aș fi putut pune cu el dacă s-ar fi hotărât să se împotrivească.

— Pe Helgi l-ai întrebat despre incident?

— Normal că l-am întrebat. Imediat ce s-a întors acasă. Helgi era proaspăt mutat aici și, sincer, îmi făceam un pic griji cu privire la felul de om căruia îi fusese îngăduit să locuiască aici. Nu agream ideea că genul ăsta de lucruri ar fi putut să înceapă să devină o obișnuință. Nu îmi puteam imagina decât că probabil bărbatul era un recuperator, deși firește că asta nu avea niciun sens. Doar nu plătești ditamai avansul pentru un asemenea apartament dacă ești prea sărac să-ți plătești dealerul. În fine, sunt sigur că Helgi oricum nu era genul care să consume droguri. Când i-am spus ce se întâmplase, a rămas de-a dreptul uluit. Știu cum să citesc o persoană și chiar nu avea cum să se prefacă. În mod clar habar n-avea despre cine fusese vorba. Până la urmă, am căzut amândoi de acord că cineva chiar trebuie să-l fi confundat cu altcineva. Că bărbatul acela venise să se ia de Helgiul care nu trebuia. Și dat fiind că a fost ultima oară când l-am văzut, presupun că am avut amândoi dreptate și nici că ne-am mai gândit la acea întâmplare.

Huldar scoase niște fotocopii împăturite din buzunarul interior al gecii.

— Acesta este bărbatul care l-a adus pe băiat în apartament.

Îi întinse administratorului o foaie printată cu cel mai bun instantaneu pe care izbutiseră să-l surprindă de le înregistrările camerelor de luat vederi. Tot ce apărea acolo era o parte din chipul bărbatului, cu fularul care acoperea totul mai jos de ochi și cu fruntea parțial ascunsă de glugă și de șapca de baseball pe care o purta pe dedesubt.

— El este? După calculele noastre, bărbatul din fotografie trebuie să aibă ca înălțime undeva între 1,77 și 1,80.

Administratorul privi poza cu atenție, după care i-o dădu înapoi.

— Nu prea e deloc de ajutor! Ar putea fi oricine. Dar înălțimea pare să se potrivească. Era cam cât mine de înalt, însă mai legat. Mult mai masiv decât bărbatul din această poză.

— Deci imaginea asta nu-ți amintește de nimic? Nu-l recunoști pe acest individ din altă parte?

Huldar îi întinse următoarea fotografie.

— Atunci, tipul ăsta?

Administratorul luă foaia printată și studie poza, după care ridică privirea, întrebător.

— Da. Vă vine a crede? El este. Despre cine e vorba?

Huldar nu-i răspunse, însă, surprinzând privirea lui Gudlaugur, ridică din sprâncene în semn de avertizare. *În sfârșit!* Îi mulțumiră lui Doddi și îi cerură să treacă a doua zi pe la secție, ca să le dea o declarație formală. Înainte de-a pleca, Huldar îl întrebă dacă existau cumva camere de supraveghere care să acopere locurile de parcare din apropiere. Administratorul, la fel de uluit, le explică faptul că nu era dispus nimeni să instaleze camere în afara clădirii, întrucât toți își țineau mașinile în garajul subteran. Cu alte cuvinte, locatarii nu fuseseră dispuși să plătească pentru un sistem de supraveghere care să se ocupe de mașinile altora. După care le oferi o scuză penibilă pentru că nu pomenise el însuși de incidentul cu țicnitul, pretinzând că acționase așa din dorința de-a proteja reputația defunctului și pentru că nu dorise să arunce o umbră de îndoială asupra lui doar din cauza unui incident izolat, care în mod aproape sigur nu avusese nicio legătură cu el. Nici Huldar și nici Gudlaugur nu făcură vreo încercare să-l ajute pe bărbat să scape de povară. Adevărul era că, dacă ar fi fost sincer încă de la bun început, ei ar fi intuit mult mai devreme legătura dintre Helgi și tatăl lui Siggi. Acum le mai rămânea să afle ce îl determinase pe Margeir să încerce să smulgă din balamale ușa de la apartamentul victimei. În sfârșit, într-un final, ajungeau undeva.

Capitolul 27

Miercuri

Huldar își lăsă scaunul pe spate, uitându-se peste capetele colegilor săi, în vreme ce Erla îi punea la curent cu ultimele noutăți. Decizia de-a sta mereu în spate era o reminiscență a zilelor de școală, o încercare de-a evita să fie scos cu forța în fața clasei. Măcar aici nu exista acest pericol: era greu de crezut că Erla i-ar fi chemat pe vreunul dintre ei la tablă, să le întindă o bucată de cretă și să le ceară să rezolve o ecuație. Sau să recite o poezie învățată pe dinafară.

Șefa lor trecuse în revistă progresele înregistrate până acum de anchetă, punându-i la curent cu punctele unde se făcuseră cât de cât pași înainte. Când ea rulă înregistrările editate ale camerelor de luat vederi de pe Laugavegur, Huldar observă că Gudlaugur se lasă în jos în scaun precum un condamnat, incapabil să se relaxeze până ce ea nu apăsă butonul „Stop". Huldar știa că toți cei prezenți în sală ar fi reacționat identic cu Gudlaugur în împrejurări asemănătoare: nu-și dorea nimeni să fie văzut de către colegi umblând prin oraș, mai ales într-o asemenea situație. Și nu exista nicio diferență dacă erai atras de persoane de același sex sau de cel opus. Acum îi părea rău că nu îndrăznise să abordeze subiectul cu Gudlaugur.

Erla încă nu le adusese la cunoștință progresul înregistrat ieri. Huldar, care începea deja să creadă că nici n-avea de gând s-o facă, nu înțelegea motivul. Legătura dintre tatăl lui Siggi, Margeir, și victimă era un punct de cotitură în anchetă, indiferent cât de obscure erau detaliile.

— Mai are cineva de adăugat ceva?

Erla le privi scrutător fețele. Huldar avu impresia că privirea ei zăbovi cel mai mult în dreptul lui, însă probabil că era vorba doar de conștiința lui vinovată. Acum ar fi fost momentul perfect să anunțe că el o recunoscuse pe una dintre femeile din videoclipurile porno. Însă își ținu gura închisă, scuzându-și în sinea sa purtarea prin faptul că respecta intimitatea Uglăi. Cel mai bine era să-i spună Erlei între patru ochi. Până în clipa de față, toate încercările lui se dovediseră extrem de frustrante. Aseară, nu se arătase interesată să discute decât despre declarația administratorului, iar de dimineață, când Huldar revenise la muncă, ea se încuiase deja în camera de interogatoriu cu ticălosul de Jóel, unde îl luau la întrebări pe Gunnar Bergsson, un alt prieten de-ai lui Helgi. Cum Huldar nu fusese invitat să i se alăture, fusese nevoit să aștepte până la ședința de briefing ca să afle ce ieșise la iveală cu această ocazie.

Mai nimic demn de interes, din câte se părea. Potrivit Erlei, Gunnar le spusese, în mare, cam aceeași poveste ca și Thormar. Rememorarea serii fatale corespundea, în linii mari, cu cea făcută de prietenul lui, deși în versiunea sa existau mai multe găuri, din moment ce era limpede că el se îmbătase mult mai rău. Nu recunoscuse patul din filmări și nici nu știa ca Helgi să fi deținut altă proprietate în Islanda în afară de apartamentul de lux și de casa de vacanță. Pretinse și că nu-i cunoștea pe Siggi sau pe părinții acestuia.

În fine, Erla îi informă că Gunnar prezentase semnele unei agitații nefirești pe parcursul interogatoriului, în pofida faptului că depunea eforturi vizibile să pară liniștit. Jóel se arătă de acord cu ea, însă nu prea mai avu nimic de adăugat. El susținu și părerea Erlei cum că Gunnar știa dinainte ce anume urma să fie întrebat, cu toate că pretinsese că n-a discutat nimic cu Thormar.

Erla adăugă că nu plănuiește să ia o declarație oficială și de la Tómas, celălalt prieten care fusese cu Helgi în noaptea crimei. Ar fi fost o adevărată pierdere de timp să-l lase să bălmăjească o poveste pe care o mai auziseră deja de două ori. Deocamdată, un simplu telefon era mai mult decât suficient, deși acest lucru s-ar fi putut schimba, ajutând la conturarea unei imagini mai clare. Erla prezentă pe scurt rezultatele celorlalte interogatorii efectuate până acum, inclusiv cel al unchiului lui Siggi, care nu făcuse altceva decât să exprime aceleași bănuieli ca ale celorlalți care îi cunoșteau pe cei doi — cum că Margeir era o pacoste de om, care o supusese pe Sigurlaug unui adevărat supliciu fizic și psihic. Însă nici unchiul nu fusese în stare să facă vreun pic de lumină în privința dispariției cuplului, darămite să le furnizeze vreun indiciu referitor la situația lor. Nu-l cunoștea pe Helgi și, din ce știa el, nici sora și nici cumnatul său nu-l știau.

Legătura dintre ei rămânea la fel de chinuitor de învăluită în mister, deși declarația administratorului elimina orice îndoială în această privință.

După ce Erla trecu totul în revistă, le dezvălui și această informație proaspătă. Huldar zâmbi aprobator. Apropierea de semeni nu era una dintre abilitățile ei de conducător de echipă: pe baza experiențelor anterioare, ar fi fost mai degrabă dispusă să renunțe la un membru al echipei decât să dea dovadă de slăbiciune lăudând pe cineva. Însă acum se dovedi mai șireată decât o credeau mulți: faptul că încheia ședința cu această informație era un imbold excepțional pentru moralul lor.

Huldar văzu cum colegii săi parcă stăteau mai drepți în scaune când Erla le aduse la cunoștință că Margeir făcuse o vizită la apartamentul lui Helgi. În sfârșit, ancheta lor scotea la iveală ceva demn de interes. Erla încheie anunțându-i că Margeir Arnarson era acum suspectul lor numărul unu în uciderea lui Helgi.

De data asta, când Erla îi invită să îi pună întrebări, nu se codi nimeni să ridice mâna, dintre care cea mai nerăbdătoare părea să fie cea albă, ca de porțelan, a Línei. Erla o ignoră, dar nu era ceva personal, întrucât îi ignoră complet și pe ceilalți. Părea că întrebarea ei fusese pur retorică.

— Mă aștept să vreți să aflați dacă această concluzie se bazează doar pe dovada pe care v-am descris-o mai devreme. Răspunsul e nu. Mai sunt și altele.

Acum fu rândul lui Huldar să ciulească urechile odată cu ceilalți.

— Chiar înainte de ședință, am fost informată că IT-ul a intrat într-un calculator despre care se crede că i-a aparținut lui Margeir. A ieșit la iveală că acesta căuta informații ce par să-l lege în mod indubitabil de uciderea lui Helgi. Potrivit celor de la IT, pare să nu fi făcut absolut nicio încercare să-și ascundă istoricul căutărilor, ceea ce sugerează că ori nu-i era teamă că avea să devină suspect, ori nu mai avea de gând să trăiască suficient ca să fie arestat.

Erla se opri în așteptarea unor comentarii din partea lor, însă până și Lína rămase tăcută. Nu voia nimeni să țină ședința pe loc intervenind taman acum.

— În fine, printre materialele căutate de Margeir pe internet se află și informații despre Rohypnol și efectele acestuia.

Cum nu interveni nimeni, continuă tot ea:

— Așadar, în clipa de față, se pare că Margeir e omul nostru. Deși suntem în continuare în ceață în privința motivelor sale de a-l omorî pe Helgi. Poate că a pierdut bani din pricina manevrelor financiare murdare făcute de Helgi. Sau poate că Helgi s-a dat la nevastă-sa. Oricare dintre scenarii se potrivește cu reacția violentă a lui Margeir. Din descrierile pe care le avem la dispoziție, pare să fi fost într-un echilibru mental nu chiar stabil. Dar ne vom lămuri cât de curând și în această privință.

Lína ridică mâna, așa că Erla nu avu de ales decât să încline îngăduitor din cap și să accepte întrebarea.

— Dar calculatorul lui Sigurlaug? În el ce s-a găsit?

Erla păru pe punctul de-a ignora această întrebare, dar văzând că și restul echipei era dornică să audă răspunsul, dădu înapoi.

— Istoricul căutărilor soției lui n-a scos la iveală nicio legătură cu Helgi. Sau cu Rohypnolul. Doar rețete pentru lasagna, informații despre sarcină și dezvoltarea fătului, modele de tricotat pentru mănuși de bebeluș și alte lucruri la fel de „incitante". Nimic util pentru ancheta noastră. Singura chestie interesantă e că a căutat numărul de la Refugiul pentru Femei la o zi după ce-a ajuns la Urgențe din cauza rănii la cap.

— Știm cumva dacă a și sunat acolo?

De data asta Gudlaugur fusese cel care întrebase, făcându-l pe Huldar să creadă că se lua la întrecere cu Lína. Nu voia să o lase pe ea să i-o ia înainte, chiar dacă era vorba doar de-a lua cuvântul la un briefing.

— Nu, n-a sunat. I-am apelat eu și mi-au dat asigurări că n-au primit niciun telefon de la ea, nici atunci, nici mai târziu.

Lína ridică iarăși mâna și, fără să mai aștepte vreo încuviințare de la Erla, comentă:

— Trebuie să spun că mie mi se pare un pic ciudat că o femeie rămasă acasă n-ar vrea să caute o gamă mai largă de informații decât cele descrise de tine. E posibil să fi scăpat ceva, cum ar fi, nu știu, să-și fi șters istoricul căutărilor?

Încă o dată, Erla fu obligată să răspundă, dat fiind că era un comentariu de bun-simț. Lui Huldar nici nu-i trecuse prin cap, însă Lína avea dreptate: chiar era ceva neobișnuit ca o persoană să-și restrângă căutările doar la rețete și modele de tricotat.

— Aduceți-vă aminte cu cine locuia femeia, răspunse Erla. Probabil îi era teamă că soțul ei o va verifica. Chiar dacă încerca să-și ascundă istoricul căutărilor, există căi și metode de a-l recupera, lucru pe care el l-ar fi descoperit foarte ușor la o simplă căutare pe Google. Prin urmare, cei de la IT bănuiesc că ea s-a mulțumit să caute doar subiecte sigure — chestii care cu siguranță n-aveau să atragă mânia soțului.

Fără îndoială că Erla avea dreptate. Gândindu-se mai bine, Huldar bănui că Sigurlaug n-ar fi cutezat să caute ceva referitor la bărbați, de teamă că soțul ei ar fi acuzat-o că e atrasă de ei. Și cum bărbații domină știrile și cultura — depășind pesemne și pisicile pe felia de interes a prezenței în aceste medii —, atunci chiar nu-ți mai rămânea cine știe ce dacă voiai să-i excluzi. Așa că poate ea nici măcar nu îndrăznise să se uite pe site-urile de cumpărături, de teamă că lui îi va sări țandăra și o va acuza că îl disprețuiește pentru că nu e în stare să-i cumpere chestii de care are nevoie.

Huldar se hotărî să ridice și el mâna. Erla păru uimită, căci el nu prea avea obiceiul să spună ceva la aceste ședințe.

— Atunci presupunem că Margeir e cel care și-a dus fiul în apartamentul lui Helgi? Înălțimea lui s-ar potrivi.

— Da. Dacă nu aflăm contrariul.

Erla dădea semne că vrea să încheie, însă Huldar nu terminase.

— Nu e cumva exagerat să credem că Siggi nu și-ar fi recunoscut propriul tată, chiar dacă Margeir avea gluga trasă și fața acoperită de un fular?

Erla părea, brusc, foarte obosită.

— Habar n-am. Poate că tatăl lui l-a făcut să promită că nu va spune nimic. Poate că băiatul s-a lăsat convins. E unul dintre nenumăratele detalii pe care trebuie să le verificăm. Și mai e și întrebarea de unde naiba a făcut rost Margeir de Land Cruiser și unde anume se află acum. Însă vom rămâne aici toată ziua dacă încep să ascult toate întrebările care nu mai suportă amânare.

Ca pentru a-și sublinia spusele, Erla stinse proiectorul — un inconfundabil semn că ședința se încheiase.

— Bun, acum, toată lumea la muncă! Cei care nu aveți nimic de făcut, veniți la mine în birou! Trebuie să ne punem serios pe treabă dacă vrem să-i găsim pe cei doi. Vii sau morți.

Huldar mai făcu o încercare să discute cu Erla după ședință, dar fără rezultat. Deja la ea în birou erau mai mulți colegi așteptând să li se încredințeze sarcini, între care și Jóel, și-n niciun caz n-avea de gând să-i spună Erlei despre Ugla în prezența unui ticălos ca el. Așa că se întoarse la biroul său, întrebându-se ce să facă mai departe. Acum, că ancheta căpătase o nouă direcție, ar fi fost absurd să întârzie și mai mult cu o informație atât de importantă. Ca o ultimă măsură disperată, se hotărî să-i trimită un e-mail.

Dat fiind că rareori comunicau așa, chiar și atunci când relația lor se aflase în punctul cel mai de jos, el începu cu scuza că ea era tot timpul ocupată. Cu siguranță că avea să ridice din sprâncene la asta, dar era adevărat, așa că s-ar putea să treacă peste. După acest început destul de stângaci, trecu direct la subiect: credea că o recunoscuse pe una dintre femeile din filmări. După ce-i trimise mesajul, rămase cu un gust neplăcut în gură.

— Cum te descurci? întrebă apoi, aruncându-i lui Gudlaugur o privire peste monitor.

— Nu prea bine.

Pentru prima oară, tânărul părea bucuros de întrerupere.

— Cercetez o listă cu magazinele care vând pistoale pentru cuie, în speranța că voi afla dacă Margeir a cumpărat vreunul de curând.

— Și îi întrebi același lucru și despre soția sa?

Huldar credea că tipul și-ar fi putut trimite soția în locul său, astfel încât să fie mai greu ca achiziția să ducă la el.

— Da. Dar nici pe ea n-o recunoaște nimeni, oftă Gudlaugur. Am verificat aproape toate magazinele care vând unelte din zona extinsă a Reykjavikului. După asta, voi trece la restul țării. A, și la vamă, în caz că l-au comandat din străinătate. Dar am senzația că n-o să ajung la niciun rezultat. Mă aștept să-l fi avut deja, zăcând nefolosit, în pivniță.

Huldar se ridică și plecă să-și ia o cafea. După care, amintindu-și cât de plăcut fusese la Delicte Sexuale, se hotărî să treacă un pic pe la băieții de acolo. Ca să aibă și un pretext pentru această vizită, îl căută pe tipul cu care stătuse de vorbă data trecută și-l întrebă dacă mai are vreo veste.

— Bună întrebare!

Bărbatul ridică telefonul și-și sună colegul pe care îl rugase să verifice dacă filmările lui Helgi apăruseră cumva prin căutările lor. Huldar căpătă curaj când bărbatul îi întâlni privirea și încuviință din cap, părând încântat, ca și cum primise vești tare bune. Mâzgăli ceva pe o bucată de hârtie, după care zise la revedere și închise.

— Așadar, asta poate că n-o să rezolve cazul... dar nu se știe niciodată.

— Ce anume?

— Videoclipurile n-au apărut pe nicăieri. Deocamdată. Dar unul dintre tipii care monitorizează site-urile care partajează fișiere despre care ți-am povestit data trecută zice că i se par familiare. E destul de sigur că a văzut ceva similar. Nu neapărat cu aceleași femei, însă în aceeași cameră, în același pat.

Huldar îl aștepta, plin de nerăbdare, să continue.

— Încă n-a reușit să dea de urma lor, dar va continua să scotocească site-urile principale pe care apare conținut islandez. Rămâne totuși un mare semn de întrebare când sau dacă va avea noroc.

— Crezi că există vreo șansă să apară astăzi?

Huldar se surprinse vorbind exact ca genul de client dificil care crede că poate accelera procesul de livrare prin simplul fapt că pune întrebări idioate.

— Ce crezi tu, cred și eu. Se codește să-l raporteze înainte să capete niște dovezi mai solide, dar asta s-ar putea să mai dureze.

— Ce se întâmplă dacă-l găsește? Ne poate spune cine le-a postat?

Huldar nu știa încă dacă îl putea considera progres sau nu. Cum anume avea să ajute ancheta descoperirea altor și altor videoclipuri de acel gen?

— Păi, măcar asta vei obține: numele femeii din filmare. Poate că-ți amintești că ți-am zis deja că aproape toate fișierele de pe aceste site-uri conțin și numele femeii în cauză.

Huldar zâmbi anemic auzindu-l. Chestia era că el avea deja un nume.

Bărbatul îi întinse biletul pe care îl scrisese mai devreme.

— Acestea sunt adresele web ale forumurilor pe care colegul meu crede că a întâlnit acel videoclip. Dacă n-ai altceva mai bun de făcut, te poți uita și singur la ele.

Huldar luă biletul, îi mulțumi colegului său și ieși din birou. După ce se servi cu un pahar de cafea de o calitate superioară, ieși afară și se sprijini de perete, apoi își aprinse o țigară. Revigorat astfel, mai făcu o ultimă încercare lipsită de succes de a lua legătura cu Ugla. Pentru că nu-i răspunse, îi trimise un SMS atât de lung, încât fu nevoit să-l împartă în două. În el, îi explică de ce era atât de important ca ea să îi ajute să identifice adresa la care fusese făcută filmarea: miza o reprezenta viața unei femei gravide. După aceea, își fumă țigara și se puse pe așteptat.

Telefonul scoase un bip abia după ce stinsese țigara și era deja în drum pe scări, în sus. Spre deosebire de mesajul lui, cel al femeii era scurt și la obiect. Apartamentul se afla într-un bloc-turn de pe Sudurhlíd, în cartierul Fossvogur. Numărul nu și-l mai amintea.

Tot era bine decât nimic. Huldar urcă apoi treptele două câte două.

Capitolul 28

Tommi lăsă jos spray-ul de geamuri și privi în jur. De pe cârpa pe care o ținea în mână căzu un strop de lichid. Se aplecă să șteargă podeaua, neizbutind însă decât să întindă și mai mult pata. Se ridică și oftă.

— Tu ce zici? Am terminat?

Thormar privi critic prin tot apartamentul. Deja nu mai știa ce curățaseră deja și ce nu. Peste unele suprafețe trecuseră de mai multe ori, peste altele, o singură dată, și la fel de posibil era ca pe altele să le fi ratat complet, însă în momentul de față era imposibil să-și dea seama ce lăsaseră pe dinafară. Doar nu erau cea mai performantă echipă de curățenie din istoria țării. Nu-i ajutase deloc nici faptul că găsiseră un adevărat dezastru în apartament. Sticle goale, pahare murdare, scrumiere care dădeau pe dinafară, o pizza terminată doar pe jumătate, prosoape folosite. Împotriva tuturor regulilor stabilite de Helgi, oricine folosise ultimul apartamentul nu se deranjase deloc să strângă după el. Judecând după țigările din scrumieră, vinovatul era Gunni. El și Helgi erau singurii care fumau. Însă Helgi fusese un adevărat maniac al curățeniei, în timp ce lui Gunni îi stătea în caracter să lase locul ca după un bombardament. Dacă aveau să se ia de el pentru că nu făcuse curat, cu siguranță s-ar fi apărat imediat, spunându-le că urma să curețe mai târziu. Mereu venea cu scuza asta.

— Ai curățat chiuveta?

Doar la asta se mai gândea acum Thormar. Ori erau nevoiți să mai ia locul la puricat o dată, ori să-și asume riscul și să spere doar că nu vor trece cu vederea vreun semn al prezenței lor acolo. Iar el chiar nu mai avea timp pentru asta. Cu cât ajungea mai repede acasă, cu atât mai puțin probabil era să înfrunte un adevărat interogatoriu. Sigrún nu trebuia să suspecteze că el îi împrumutase mănușile de cauciuc, altminteri l-ar fi luat la întrebări. Sticla cu detergent de geamuri era complet goală. Va trebui să treacă pe la magazin în drum spre casă și să cumpere alta.

— Așa cred.

În mod clar, Tommi era acum și mai tulburat decât Thormar. Poate că se ametiseră amândoi de la vaporii emanați de produsele de curățenie: duhoarea de chimicale era cu siguranță extrem de puternică.

— Da, am curățat-o. Și mânerul frigiderului.

Tommi își scoase mănușile de cauciuc, adăugând:

— Și în frigider și în cuptor. Deși cred că nu l-am atins niciodată. Tu?

— Nici eu. Sigur că nu. Doar nici eu n-am venit aici ca să gătesc, la fel ca tine.

Tommi îndesă mănușile într-un sac de plastic pe care-l adusese cu el. Sticla de spray pe care o avea în mână încă mai conținea un rest de lichid pe fund, ceea ce sugera că el nu fusese la fel de conștiincios ca Thormar. Sau poate că el consumase mai puțin detergent. Thormar trebuia să recunoască că el, unul, nu făcuse deloc economie.

— Ești sigur că detergentul de geamuri înlătură amprentele?

Tommi se uită în ochii lui Thormar cu o expresie ce-i trăda neliniștea profundă.

— N-ar putea să rămână totuși o urmă, ca atunci când oamenii încearcă să curețe sângele?

— Curăță absolut tot. Sunt absolut sigur.

Nu era deloc sigur. Chestia era că Thormar habar n-avea. Spray-ul era singura idee care-i venise când îi spusese lui Tommi ce să aducă. Aruncă sticla goală în sacul de gunoi și rată de la mare distanță. Dând vina pe mănuși, Thormar și le scoase și el.

— Nemernicul de Gunni! Am fi terminat cu o eternitate în urmă și am fi fost deja acasă dacă n-ar fi fost el ultimul aici.

Tommi murmură ceva neutru. Nu-i plăcea să bombăne la adresa unui alt membru al găștii. Sau să admită că avea și el o părere a lui. Ci doar se dădea de partea a ceea ce credea și făcea altcineva. Întrucât el se afla mai aproape de sac, se aplecă, ridică sticla și o vârî în el. În timp ce o făcea, vorbi, dar nu despre Gunni.

— Eu am de gând să-i spun Sillei.

— Ce să-i spui?

Thormar chiar voia să afle. Căci nici nu concepea să se gândească la ce voia Tommi să spună.

— Despre asta. Despre tot.

Tommi făcu semn cu mâna, cuprinzând toată încăperea prin acest gest.

Închiseseră ușa în urma lor după ce frecară camera din podea până-n tavan. Fusese extrem de important să se asigure că toate amprentele aveau să fie îndepărtate de aici. Ba chiar dezbătuseră dacă să îndepărteze și tăblia patului și să o arunce în mare. Dacă aceasta lipsea, poliția nu mai avea de unde să știe sigur dacă acesta era apartamentul în cauză, întrucât era singura dovadă pe care se bazau. Însă exista totuși riscul să fie văzuți în timp ce o cărau afară din apartament. Existau enorm de multe locuințe în clădire și ultimul lucru pe care și-l doreau era să atragă și mai multă atenție. Ca măsură de precauție în plus, veniseră amândoi îmbrăcați cu canadiene și cu glugile trase pe cap, menținându-și privirile plecate și străbătând cu pași iuți holul până la apartament. Chiar nu aveau cum să scape neobservați dacă plecau cărând după ei o tăblie de pat.

Thormar se holba la Tommi de parcă acesta își pierduse complet mințile. Pesemne că i se urcaseră deja vaporii la cap, hotărî el.

— Ai înnebunit?

— Mă tot gândesc de la o vreme încoace.

Thormar gemu surd. În rarele ocazii în care Tommi gândea cu propriul creier, rezultatele erau inevitabil dezastruoase. Normal că acesta era motivul pentru care el se dădea mereu de partea unuia dintre ei. Mai ales a lui Gunni.

— Nu poți să faci așa ceva!!! Ești nebun?

Thormar era atât de șocat, încât ridică glasul, deși până acum avuseseră grijă să vorbească doar în șoaptă, pentru a nu fi auziți de vecini.

Tommi evită căutătura furioasă a prietenului său.

— Știu că sună aiurea, dar cel mai bine ar fi să afle de la mine. Decât de la poliție, adică. Nu m-ar ierta niciodată dacă ar afla-o așa. Măcar am șansa să ies cu fața curată dacă îi spun eu.

Thormar scoase un râset sarcastic.

— Nu te păcăli singur! Nu te-ar ierta nici dacă ai închiria un avion și ai scrie „Scuze“ cu el pe cer. În plus, nici n-ai dreptul s-o faci. Doar nu e secretul tău.

Tommi părea rănit.

— Ba este, dacă îmi afectează relația cu Silla.

— Tu cât de prost poți să fii? șopti Thormar furios. Imediat ce-o să-i spui, o să pună mâna pe telefon și-o s-o sune pe Sigrún. N-o să distrugi doar mariajul tău, ci și pe-al meu, și chiar n-ai niciun drept să faci asta.

Thormar se opri și trase de câteva ori aer în piept ca să se calmeze înainte de-a continua:

— Am distrus toate dovezile care se aflau aici. Polițiștii n-o să găsească nimic. Dacă mergi și-i spui Sillei, toată munca noastră va fi fost în zadar.

Văzând că Tommi tot nu părea convins, Thormar mai încercă o dată:

— Trebuie doar să-ți păstrezi calmul încă vreo câteva zile. Știm amândoi că niciunul dintre noi nu l-a omorât pe Helgi. Cât de curând, poliția îl va găsi pe criminal și după asta, își va pierde interesul față de noi și față de acest apartament. Peste câteva zile, toate astea se vor stinge de la sine și totul va reveni la normal.

Ce prostie! Nimic n-avea să mai revină vreodată la normal. Însă, în chip ciudat, Thormar nu simțea altceva decât ușurare la acest gând. Nu mai aveau douăzeci de ani. Sosise într-adevăr vremea să se comporte ca niște adulți responsabili.

— Încă vreo câteva zile, Tommi. Ne ești dator cu asta.

— Hmm!

Tommi întâlni privirea lui Thormar și răspunse:

— Doar nu crezi că și femeia gravidă pe care au pomenit-o la știri — Sigurlaug, nu? — a fost ucisă?

— Nu. Sigur că nu. Categoric nu.

Era de-a dreptul fantastic cât de convingător putea părea Thormar, având în vedere faptul că nu avea absolut nicio dovadă care să-i sprijine afirmațiile. Dacă afacerea cu clinica dentară avea să se ducă pe apa sâmbetei, poate ar fi putut urma o carieră de succes în PR.

Însă pentru prima dată, Tommi părea să nu se lase convins așa ușor.

— O, fii serios! Atunci, unde e? Probabil că e moartă deja. Crezi că soțul ei ar putea fi autorul? Cel pentru care poliția a făcut apel la public în căutare de informații?

— Cu siguranță.

Thormar se strădui să sune încrezător. Adevărul era că nici el nu știa ce să mai creadă. Niciunul dintre prietenii lui nu pomenise ceva de mesajul de la „administrator" sau de poza cu Helgi zăcând pe bancheta din spate a mașinii neidentificate. Dar trebuie să le fi văzut și ei, doar dacă nu cumva evitau să intre pe site de teamă că ar fi putut fi monitorizat de poliție. Desigur, la fel de posibil era și faptul că ei așteptau să ia unul dintre ceilalți inițiativa. N-ar fi fost prima dată. La urma urmei, pierduse de mult șirul ocaziilor ratate pentru că niciunul dintre ei nu dorise să fie el primul care sugerează ceva sau să iasă în evidență, de teamă că ar fi fost considerat ridicol. Și-n timp ce ei stăteau și se codeau, profitau alții de ocazii. O afurisită de pierdere aiurea.

Însă un lucru era sigur: în extrem de puțin probabila eventualitate în care unul dintre ei se dovedea a fi cel care se ascundea în spatele utilizatorului „administrator", el, unul, putea pune pariu pe orice că nu era Tommi.

— Auzi, e clar o problemă de ordin matrimonial. Pesemne că individul i-a ucis atât pe ea, cât și pe Helgi. Asta e singura explicație posibilă.

Thormar spuse toate astea ca să alunge nu doar temerile prietenului lui, ci și pe ale sale.

— De ce totuși Helgi? Chiar nu înțeleg.

Nici Thormar nu înțelegea.

— Poate că l-a prins pe Helgi în pat cu nevastă-sa. Poate că Helgi a agățat-o în oraș după ce ne-a lăsat pe noi acolo și a plecat acasă cu ea.

— Dar ea nu era gata să nască? Chiar nu mi-o pot închipui așa.

— Nu, de fapt nici eu.

Thormar dădu aerul afară, în timp ce încerca să găsească o altă explicație posibilă.

— Sau Helgi ar fi putut da din întâmplare peste tipul acela chiar în timp ce-și omora soția. S-ar fi putut întâmpla orice.

— Doar nu crezi că are vreo legătură cu... știi tu ce.

Tommi nu putea să rostească ceea ce voia de fapt să spună. Însă niciunul dintre ei nu era în stare. Cu toții făcuseră tot ce le stătea în puteri ca să-și șteargă din minte acel incident.

— Nu. E exclus.

Thormar izbuti să-și controleze expresia, deși firește că ideea îi trecuse și lui prin cap. Alături de toate celelalte lucruri pe care le făcuseră împreună.

— Ascultă-mă bine: nu îi poți spune nimic Sillei! Trebuie să-mi promiți că n-o să-i spui!

Tommi oftă adânc.

— Bine, bine. O să mai aștept câteva zile. Însă dacă poliția o să fie și atunci pe urmele noastre, o să mă gândesc bine ce e de făcut. Nu vreau s-o pierd pe Silla.

Thormar chiar nu-și putea închipui de ce insista atâta, întrucât, după părerea lui, Silla era doar o javră plictisitoare, enervantă și înțepată, care ar fi ars de nerăbdare să-i dea și lui Sigrún vestea cea mare.

— N-ai de ce să-ți faci griji. Mai aruncă o privire prin apartament, apoi adăugă: Atunci, plecăm?

În timp ce vorbea, privirea îi căzu pe draperiile până în podea care acopereau cu totul geamurile sufrageriei.

— Căcat! Dar balconul? N-ar trebui să ștergem și mobilierul de-afară? Am stat și acolo de câteva ori.

— Și eu la fel.

Thormar se uită la ceas.

— O, futu-i!

— O să ne ia doar câteva minute.

Tommi scoase sticla de spray pentru geamuri din sac și începu să-și tragă la loc pe mâini mănușile de un galben-aprins. Thormar nu-l invidia deloc. Pesemne că erau la fel de umede și de dezgustătoare pe dinăuntru ca și ale lui după ce depusese atâta efort. Așa că era destul de bucuros să-l lase pe Tommi să facă toată treaba.

Thormar îl urmări cum trage draperiile enervant de încet. Și-așa petrecuseră prea mult timp în acest apartament și el, unul, se îndoia că va mai pune vreodată piciorul aici după ce va închide ușa în urma sa.

Distras de acest gând, rămase complet surprins când Tommi scoase un țipăt subțire, sunet pe care Thormar nu-l mai auzise de când erau adolescenți. Apoi Thormar rămase încremenit din cauza șocului și doar asta îl împiedică și pe el să țipe la fel.

Un scaun fusese tras până la ușa balconului și pe el stătea un bărbat, în întuneric.

Capitolul 29

Erla nu se afla în birou. Tipul aflat la pupitrul din apropiere îi spuse lui Huldar că fusese chemată la o întâlnire cu cei din eșaloanele superioare, unde se dusese fără nici cea mai mică urmă de bucurie. Huldar se îndoia că dispoziția ei avea să devină mai plăcută la întoarcere. Oricât de bune ar fi fost veștile pe care i le aducea, știa foarte bine că n-ar fi fost deloc bine primit dacă ar fi dat buzna peste ea la ședința cu șefii. Așa că preferă să se așeze înapoi la calculator și să-și încline monitorul astfel încât să-i poată supraveghea biroul cu coada ochiului.

Din moment ce asta îl împiedica să îndeplinească activități care să necesite concentrare, se hotărî să arunce o privire pe platforma unde se partajau fișiere în care exista posibilitatea să se afle același gen de filmări cu cele descoperite în calculatorul lui Helgi. Ca urmare a discuției cu colegul său de la Delicte Sexuale, se apucase să verifice postările de acolo oricând avea o clipă liberă. Împărțiseră sarcina între ei, Huldar începând cu cele mai vechi filmări încărcate, în timp ce colegul său le luase pe cele mai recente. Conținutul pe care îl urmărea Huldar acum fusese postat cu patru ani în urmă, însă el nu cercetase cu adevărat metodic site-ul sau pentru o perioadă mai lungă de timp cap-coadă, iar colegul său o făcea și el ori de câte ori prindea câte un moment liber. Și întrucât deocamdată nu primise nicio veste de la el, putea presupune că nici acesta nu dăduse peste ceva interesant până acum.

Postare după postare se dovediră a fi doar repetări a ceea ce văzuse deja: imagini cu adolescente și tinere pe jumătate despuiate. Unele erau evident selfie-uri ce nu fuseseră destinate unui public mai larg. Majoritatea fuseseră în mod clar trimise iubiților care mai apoi trădaseră încrederea fetelor. Mai erau și poze cu fete complet îmbrăcate, pe care utilizatorii site-ului le modificaseră digital ca să pară că sunt dezbrăcate. Huldar nu știa dacă să râdă sau să plângă văzând rezultatele.

Cele mai neplăcute dintre ele, deși toate erau destul de dezgustătoare, erau pozele cu fete care leșinaseră de bete ce erau și ale căror haine fuseseră săltate în sus, lăsându-le totul la vedere. Huldar trecu repede peste ele.

Uneori, mai dădea și de câte o filmare cu cupluri care făceau sex, însă acestea erau puține și la mare distanța una de alta. Presupunea că ciudații care foloseau platforma nu se bucurau de cine știe ce succes și aveau foarte rar ocazia de-a face câte o filmare. Așa că erau probabil nevoiți să se mulțumească să urmărească aceste poze patetice și cu un tub cu cremă de mâini al mamei.

Niciunul dintre videoclipurile peste care dădu nu era însă asemănător cu cele de pe calculatorul lui Helgi.

Abia după ce verifică postările publicate de-a lungul a mai multe luni câștigă marele pot. Postarea respectivă data din urmă cu trei ani și jumătate.

— Gudlaugur. Ia vino încoace și uită-te la asta!

Huldar se ridică pentru a se uita în ochii lui Gudlaugur. Voia să-l prindă înainte să apuce să sune un alt fost angajator de-ai lui Margeir, pentru care, potrivit extraselor sale bancare, lucrase în calitate de freelancer. Din discuțiile surprinse de Huldar, angajatorii se codeau adesea să recunoască faptul că-l angajaseră, întrucât majoritatea joburilor fuseseră plătite cu banii jos, deși acest lucru avea o importanță neînsemnată pentru ancheta aflată în desfășurare.

— Cred că am găsit o filmare de-ale lui Helgi pe acest site islandez ce distribuie materiale pornografice.

Gudlaugur nu se grăbi să sară din scaun și nici Huldar nu-l putea învinovăți pentru lipsa de entuziasm arătată. Însă dădu totuși ocol biroului și veni lângă Huldar, aplecându-se pentru a se putea uita la ecran.

— Nu-i asta tăblia de pat pe care o tot căutăm?

— Ba da. Deja ar trebui să-l recunosc și eu de-acum.

Huldar era singurul membru al echipei care urmărise toate videoclipurile de pe calculatorul lui Helgi. Celorlalți li se arătaseră doar cadre, atent editate pentru a fi acoperite chipurile femeilor. În afară de asta, doar câțiva, care se aflaseră la secție atunci când cei de la IT descoperiseră înregistrările, văzuseră câteva filmări complete, deși niciunul dintre ei nu era dispus să recunoască acest lucru. Gudlaugur nu se număra printre cei care cedaseră tentației.

Huldar apăsă „Play" și apoi urmăriră amândoi cum o femeie blondă se apropie de pat cu spatele la ei, se așază și-și lasă în jos, pe umeri, bretelele rochiei. Era greu de distins vreo trăsătură a feței în timp ce-și dădea hainele jos, dar când un bărbat complet îmbrăcat apăru în cadru, tot cu spatele spre cameră, ea ridică privirea la el și zâmbi, oferindu-le o imagine completă asupra trăsăturilor.

— O recunosc, zise Gudlaugur. Pune pe pauză.

Se apleacă apoi mai aproape de ecran și-i aruncă o privire femeii, încruntându-se, după care adăugă:

— Cum se numește?

— Încă n-am ajuns până acolo. Utilizatorul care a postat-o nu i-a dat și numele. A zis doar: „Oameni buni, n-o să vă vină să credeți!" După care a mai scris o măgărie despre cât de profesionist e el.

Rămaseră amândoi uitându-se la femeie până ce Gudlaugur clătină din cap și ridică din umeri. Huldar începea și el să creadă că o recunoaște pe femeie după ce se concentră puțin asupra chipului ei. Apăsă iar „Play" și urmăriră amândoi imagini cu spatele bărbatului în timp ce-și dădea jos hainele, apoi se așeza lângă femeie și începea s-o mângâie. Era, fără îndoială, Helgi. La un moment dat îi văzură și chipul pentru o fracțiune de secundă, însă chiar și fără asta, pata albă de pe spinarea lui era o dovadă mai mult decât concludentă.

— N-a postat-o chiar el, nu-i așa? întrebă Gudlaugur.

— Dat fiind că nu a postat nici celelalte videoclipuri pe internet, pare puțin probabil. Deși acesta e un pic mai vechi decât celelalte. Poate că avea obiceiul să le posteze, apoi s-a oprit. Poate că nu-i plăceau comentariile pe care le primea. Pe acest site nu sunt prea multe videoclipuri care să-l arate pe tip. De obicei, unghiul de filmare este menit să-l ignore pe bărbat. Și au tendința să arate ca și cum ar fi fost filmate cu telefonul, mai cu seamă atunci când femeia este luată pe la spate. Am căpătat senzația că tipii care folosesc acest site sunt mai degrabă puști, deși s-ar putea afla și niște adulți printre ei. Mi se pare puțin probabil ca și Helgi să se fi numărat printre ei.

Huldar opri filmarea și atunci apăru postarea originală, însoțită de comentarii. Un număr neobișnuit de mare de utilizatori păreau să se fi simțit îmboldiți să-și exprime o părere despre ea. Primele comentarii nu dezvăluiau nimic legat de identitatea femeii. În schimb, toate erau formulate sub forma unor întrebări: „Cine e?" „Nume?" „WTF?" Și așa mai departe.

— Nu putem afla numele utilizatorului care a urcat filmarea? întrebă Gudlaugur.

— Nu. Site-ul se află pe Deep Web, ceea ce înseamnă că oricine urmează adresa URL poate urmări conținutul, însă ca să postezi ceva trebuie să folosești un browser Tor, care acoperă urmele utilizatorului. Numele utilizatorilor de pe această platformă nu trădează nici ele nimic. Sunt doar numere. Toată această chestie e menită să le protejeze anonimatul.

Huldar dădu clic pentru a vedea mai multe comentarii. Multe dintre ele erau pline de laude la adresa bărbatului care postase filmarea. Faptul că el pretindea că e „profesionist" pălea prin comparație cu entuziasmul exprimat de ceilalți utilizatori. Huldar nu mai văzuse niciodată atât de multe comentarii pozitive pe acest site. Nici atâtea comentarii. Observă că numele de utilizatori apăreau adesea într-o ordine numerică, ceea ce sugera că mulți dintre ei se înscriseseră pe acest site cam în aceeași perioadă. Iar atenția îi fu atrasă în special de un comentariu aflat în josul ecranului, în care persoana care postase videoclipul furniza în sfârșit și numele femeii.

Sigurlaug Lára.

Deși patronimul ei lipsea, nu putea fi decât Lárusdóttir.

Huldar aținti un deget spre ecran.

— Hristoase! E mama lui Siggi. Nu-i de mirare că ni se părea cunoscută.

Imaginile pe care le văzuse pe pagina ei de Facebook îl făcuseră să o confunde. În ele, avea păr scurt și negru și puțin machiaj. Părea foarte ștearsă — neobișnuit de ștearsă, de fapt. În această filmare părea să fi descins direct din concursul Miss Islanda, cu coama ei blondă lungă și machiajul generos. Înfățișarea ei suferise o schimbare totală în ultimii trei ani și jumătate. Huldar bănuia că Margeir fusese motivul pentru asta. Partenerii abuzivi sunt adesea bolnavi de gelozie și biata femeie încercase probabil din răsputeri să arate cât mai puțin atractivă față de sexul opus. Dacă așa stăteau lucrurile, cu siguranță făcuse o treabă excelentă.

Huldar se lăsă pe spate în scaun.

— Deci acum știm de ce s-a luat Margeir de Helgi.

— Vrei să zici, pentru că s-a culcat cu el?

— Pentru că l-a înșelat cu Helgi. Asta a fost postată acum trei ani și jumătate. Erau deja căsătoriți în acel moment.

— Videoclipul ar putea fi mai vechi.

— Adevărat. Însă e posibil ca Margeir să fi crezut că aventura lor continua. Și e tare greu să te înțelegi cu țicniți ca el.

Huldar rămânea în continuare cu un ochi la biroul Erlei. Acum nu doar că avea informația despre locul în care se afla patul, ci mai descoperise și legătura dintre cele două cazuri. Aproape că era suficient ca să merite să meargă și să bată la ușa unde avea loc ședința de la etaj. Tot ce le mai trebuia acum era să dea de urma nemernicului de Margeir. Și a lui Sigurlaug, desigur. Pentru asta, ședința Erlei trebuia scurtată și echipa ar fi trebuit să se pună în mișcare. Îi trimise un mesaj.

— Ce-i cu toate mesajele astea? E-mailuri, SMS-uri... ce dracu' mai urmează? O telegramă, un semnal cu fum? Că asta n-ar trebui să fie o problemă pentru tine.

Deloc surprinzătoare purtarea Erlei, dat fiind că doar ce ieșise din bârlogul leului. Iar Huldar nici nu fusese nevoit să răsucească monitorul spre biroul ei, întrucât ea venise valvârtej direct la pupitrul lui la câteva minute după ce-i trimisese SMS-ul. Gudlaugur se furișase discret înapoi la locul său, după care pusese mâna pe telefon și formase următorul număr de pe listă. Nu dorea nimeni să intre în bătaia puștii Erlei. Nimeni, cu excepția lui Huldar, care se obișnuise deja.

— Haide, recunoaște și tu — ți-am aruncat o plută de salvare.

Rânji spre Erla. Ea nu-i răspunse la fel, dar nici nu-l contrazise, ceea ce dovedea că el avea dreptate. Ea se folosise de mesaj ca scuză de-a scăpa de-acolo, însă el ar fi trebuit să aștepte până la sfârșitul timpului ca ea să-i mulțumească.

— Ce-ai zice de-o scurtă călătorie până pe Sudurhlíd? întrebă el. Nu se știe ce-am putea descoperi acolo.

Erla trase adânc aer în piept, cugetând la propunerea lui. După care dădu aerul afară și încuviință.

— Bine.

Privirea ei poposi asupra lui Gudlaugur, care făcea tot ce-i stătea în putință să-i evite căutătura.

— Gudlaugur!

Acesta fu silit să ridice capul.

— Da?

— Cum merge cu telefoanele?

— Bine. Până acum.

Ridică o pagină întreagă cu însemnări și continuă:

— Firma la care lucra Margeir l-a concediat acum șase luni. Se pare că firea lui îl băga mereu în belele — se purta întotdeauna urât cu clienții. Cei dispuși să recunoască faptul că-l angajaseră după aceea și-au exprimat impresii amestecate. Unii au zis că lucra fără să facă probleme, alții că avea un temperament aiurea și că exploda din orice.

— Cine sunt acele persoane?

— Oameni obișnuiți și firme mici. Un salon de înfrumusețare, o brutărie și, cel mai recent, un atelier de reparat mașini. El își făcea reclamă on-line și, cum se pare că electricienii sunt, momentan, la mare căutare, avea o groază de treabă de făcut.

— Cât de departe ai înaintat cu lista?

Lui Gudlaugur păru să-i rămână ceva blocat în gât.

— Ăăă, am terminat de fapt. Acesta a fost ultimul apel. Dacă nu cumva dorești să încerc din nou la cei care n-au recunoscut că l-au angajat?

Erla clătină din cap.

— Nu. Ia-ți geaca! Veniți amândoi cu mine.

Privirea ei căzu din nou pe desenul lui Siggi atârnat pe peretele de deasupra pupitrului lui Huldar.

— Și dați prostia aia jos! Aici nu e grădiniță.

Răsucindu-se pe călcâie, porni cu pași mari să-și ia geaca din birou.

Huldar consideră că e mai înțelept să nu o contrazică, însă lăsă, sfidător, desenul la locul lui. Să-i dea ascultare ar fi însemnat să se arate prea supus. În schimb, se ridică în picioare și se îmbrăcă cu geaca.

În timp ce se îndreptau spre ieșire, Jóel dădu fuga după ei ca să-i întrebe unde pleacă. Oricât de slab era ca detectiv, avea un adevărat talent să adulmece progresele înregistrate de anchetele celorlalți. Când Erla îl repezi, spunându-i să se întoarcă la biroul lui și să aștepte și el briefingul la fel ca restul lumii, el îi aruncă lui Huldar o privire plină de ură. Huldar își dezgoli dinții într-un rânjet enorm și-i făcu jigodiei cu ochiul, ceea ce nu avu însă darul să-l potolească. Gândindu-se mai bine, își dădu seama că cel mai bine ar fi fost să-l ignore, însă Huldar nu rezistase niciodată impulsului de a-l enerva.

— Ăsta trebuie să fie, zise Erla, arătând spre singura sonerie nemarcată din hol. Toate celelalte au nume pe ele.

Încercă să sune la apartamentul respectiv și așteptară în tăcere o vreme, însă nu se întâmplă nimic.

— Și acum?

Huldar abia aștepta să intre în clădire. Din tinerețea lui plină de fapte necugetate, știa foarte bine că dacă apăsau toate butoanele odată, cineva avea să le deschidă ușa cu siguranță, însă era greu de crezut că Erla s-ar fi arătat de acord cu o asemenea tactică.

— Așteptăm, răspunse ea, aruncând o privire spre scări, apoi scoțându-și mobilul și apelând pe cineva.

Lui Huldar și lui Gudlaugur nu le rămase decât să aștepte plini de nerăbdare, în timp ce ea stătea de vorbă cei de la Registrul Proprietăților în speranța că va afla dacă acel apartament îi aparținea lui Helgi. Erla încă mai asculta tonul de așteptare când unul dintre locatari, o femeie de vârstă mijlocie, își făcu apariția în urma lor, cărând două sacoșe pline cu cumpărături și le aruncă o privire uluită când îi văzu așteptând în holul de la intrare.

Huldar o salută cu un surâs prietenos.

— Bună ziua! Suntem de la poliție.

Femeia ridică din sprâncene.

— Oh? S-a întâmplat ceva?

— Nu, nu din câte știm noi. Dar poate ne puteți ajuta. Trebuie să stăm de vorbă cu locatarul din acest apartament. Se întâmplă cumva să știți cine locuiește acolo? întrebă el, arătându-i butonul de sonerie nemarcat.

— Ah, înțeleg, făcu femeia, liniștindu-se un pic. V-a sunat Einar?

— Einar?

Huldar crezu că Erla avea să renunțe acum, că păreau să ajungă în sfârșit la un rezultat, dar ea nu se opri, așa că întrebă tot el:

— Cine e Einar?

— Locuiește în apartamentul aflat lângă cel de care întrebați voi. E un pic ciudat, bietul om. Ocupă cam jumătate din ședințele asociației de locatari plângându-se de zgomotele care pretinde că se aud din acel apartament. Cei care locuiesc de partea cealaltă a apartamentului spun că ei n-au observat nimic în afară de vreo două ocazii. Ei cred că Einar face mult zgomot pentru nimic și probabil că au dreptate. Chiar nu mi-am închipuit că va merge până acolo încât va suna la poliție — darămite ca voi să vă și faceți apariția.

Privirea ei întrebătoare se plimba de la unul la altul.

— Sau că vor trimite trei odată.

— De fapt, nu am venit aici în urma unui apel.

Huldar urmări cum Erla își îndrepta din nou atenția asupra telefonului, după care se întoarse pe jumătate ca să-și continue conversația.

— Deci nu știți cine locuiește acolo?

— Nu. Eu locuiesc la parter și nu l-am văzut niciodată pe proprietar. Nu participă niciodată la ședințele locatarilor și am înțeles că vine rareori aici. Din spusele lui Einar, se pare că îl închiriază prin Airbnb, însă nu știu dacă e adevărat sau nu. Ar fi împotriva regulilor blocului, dacă ar fi așa. Dar asta nu prea privește poliția, nu-i așa?

Înainte ca femeia să mai apuce să le ofere alte indicații despre cum să-și facă meseria, Huldar îi mulțumi și-i dădu clar de înțeles că discuția lor luase sfârșit. Dându-și seama că era pusă pe liber, ea își făcu loc pe lângă ei și dispăru înăuntru. N-avea rost să profite imediat de ocazie și să o urmeze pe ușă, dat fiind că oricum n-ar fi putut intra în apartament. Huldar și Gudlaugur așteptară în schimb afară ca Erla să-și termine conversația.

— În mod sigur e apartamentul care trebuie, le spuse ea. A fost înregistrat pe o firmă americană în ultimii nouă ani. Ceva îmi spune că ori Helgi deține o parte din acea firmă, ori o deține în întregime. Orice altceva ar fi o coincidență mult prea mare.

Își vârî telefonul la loc în buzunar.

— Cum se numea tipul ăla? Einar?

Huldar încuviință din cap și Erla se întoarse spre panou, îi găsi numele și apăsă butonul. După o scurtă așteptare, un glas de bărbat pârâi în interfon. Erla se prezentă și el se și grăbi să îi invite să urce. Așteptară să bâzâie sistemul de închidere al ușii, după care se grăbiră să intre și suiră până la al treilea etaj. Se dovedi că în apartamente se putea ajunge dinspre un pasaj exterior, așa că așteptară acolo, tremurând în vântul înghețat, să le deschidă Einar. Lângă el se afla o ușă care trebuie să fi fost de la apartamentul lui Helgi. Cât așteptară acolo, Gudlaugur își lipi urechea de ea. Când Einar le deschise, tânărul se desprinse de ea, anunțându-i că pesemne apartamentul era gol, dat fiind că nu răzbătea niciun zgomot dinăuntru.

— Dumneavoastră sunteți Einar?

Bărbatul, care trebuie să fi avut vreo șaptezeci de ani, părea destul de fragil. Își pierduse aproape tot părul și chipul îi era brăzdat de riduri adânci, ce trădau o nemulțumire parcă permanentă.

Erla trecu direct la subiect, dat fiind că înghețase acolo afară, pe aleea de beton.

— E posibil ca apartamentul de alături să-i aparțină unui bărbat pe nume Helgi Fridriksson?

Încruntătura bărbatului păru să devină și mai adâncă. Strânse și mai tare ușa atunci când o pală de vânt amenință să i-o smulgă din mâini, însă nu-i pofti înăuntru.

— Depinde de cum priviți lucrurile. Oficial, aparține unei firme străine, însă el îl deține prin intermediul acelei firme. Am auzit la știri c-ar fi murit — că ar fi fost ucis. Voi anchetați?

Erla îi răspunse că da.

— I-ați trimis cumva recent vreo scrisoare, în care vă plângeați de zgomotul din acest apartament?

— Da. I-am trimis mai multe. Individul trecea rareori pe aici, așa că trebuia să fac ceva. Hărmălaia pe care o făceau era inacceptabilă. Chiar nu ai cum să ignori așa ceva.

Erla nu-l băgă în seamă: disputele între vecini nu erau treaba ei.

— Cum ați descrie acest deranj?

Bărbatul pufni.

— Nu știu. Tot soiul de lucruri. Muzică bubuitoare, oameni făcând sex zgomotos și, în general, glasuri ridicate și bufnituri. Dacă mă întrebați pe mine, apartamentul era închiriat pentru petreceri. Măcar în timpul săptămânii nu auzeai nimic. Nu doar orașul e invadat de plaga asta numită Airbnb.

— Ați stat vreodată de vorbă cu Helgi despre asta?

— Nu. Nu l-am văzut niciodată. Cei care se făceau vinovați de toate astea se furișau afară noaptea, după ce se termina totul. Când am bătut atunci când hărmălaia era în toi, nu mi-a răspuns nimeni la ușă. Poate că el a lăsat instrucțiuni să se ignore cu totul plângerile vecinilor.

— S-a mai plâns și altcineva? întrebă Huldar, cu toate că știa deja răspunsul după ce stătuseră de vorbă cu femeia în holul de la intrare.

Mereu era util să-i prinzi pe martori cu minciuna atunci când exagerau.

Bărbatul părea iritat.

— Nu știu. Dar presupun că trebuie s-o fi făcut. Zgomotul era atât de puternic, încât e imposibil să fi fost eu singurul care era ținut treaz în timpul weekendurilor.

— În fiecare weekend? prelua Erla interogatoriul.

— Nu. Nu în fiecare. Dar tot era insuportabil. Nu m-aș fi mutat în veci aici dacă știam. Nu locuiesc decât de doi ani în acest bloc și chiar nu-mi pot închipui că problema a început abia atunci.

Erla își strânse și mai bine canadiana în jurul corpului.

— Cum ați aflat că apartamentul îi aparținea lui Helgi?

— L-am așteptat pe unul dintre chiriașii lui sau cum s-or numi ei. Avea, așa, o teamă. A început să se bâlbâie și mi-a dezvăluit toate detaliile despre Helgi când l-am încolțit.

— I-ați aflat numele?

— Tómas. Nu-mi mai aduc aminte și patronimul. Dar mi l-am notat pe undeva, dacă-l vreți.

— A fost aici recent?

— Nu. Acum vreun an. Am încercat să-l sun pe Helgi, însă mi-a închis telefonul în nas și nici nu mi-a mai răspuns după aceea. Așa că am apelat la ideea cu trimisul scrisorilor. Nu că asta ar fi funcționat. Mai devreme, am auzit un țipăt răzbătând din apartament.

— Un țipăt?

Erlei îi fusese deja stârnită atenția.

— Ce fel de țipăt?

— Păi, genul pe care-l scoate cineva când îl șochează ceva.

— Pe la ce oră?

Bărbatul schiță o grimasă și se uită la ceasul de la mână.

— Cam acum ceva mai mult de o oră. Mai mult sau mai puțin.

— Să fi fost cineva deranjat de ceva?

Bărbatul ridică din umeri, apoi mai ridică o dată când Erla îl întrebă ce sex avea persoana care țipase.

— Bun, mulțumim.

Erla se întoarse către Huldar și Gudlaugur, dar cum nu auzi ușa trântindu-se în urma ei, se întoarse spre Einar, îi mulțumi și-i ceru să intre înapoi în casă și să închidă ușa: ei trei nu mai aveau nimic de discutat cu el deocamdată. Bătrânul îi dădu ascultare și se întoarse în casă, părând și mai nemulțumit.

— Chemați un lăcătuș.

Erla îi făcu semn lui Gudlaugur, care își scoase telefonul. După aceea, îl trimise jos să-l aștepte pe tip, în timp ce ea și Huldar continuară să țină sub observație apartamentul. Deși dinăuntru nu se auzea niciun zgomot, era totuși posibil ca vreun individ să pândească ocazia să se furișeze neobservat. Dacă așa stăteau lucrurile, cu siguranță era vorba despre Margeir, cugetă Huldar.

Însă când lăcătușul le deschise ușa, bănuiala lui Huldar se dovedi cum nu se poate mai departe de adevăr. Înăuntru, dădură peste doi bărbați — dentistul Thormar și un alt tip, care se prezentă cu glas tremurător ca fiind Tómas, prietenul lui Helgi. Ambii erau în stare de șoc, fiind întrerupți în mijlocul unei misiuni pe care păreau că se chinuie să o ducă la bun sfârșit. Amândoi purtau mănuși galbene de cauciuc și amândoi țineau deschis un sac de gunoi negru încăpător. Când se deschise ușa, încercară în zadar să-l împingă sub canapea.

Însă abia când Huldar, Gudlaugur și Erla aruncară o privire pe balcon, își dădură seama pentru ce era sacul.

Imediat după geam se afla un scaun, rezemat de despărțitura care separa acest balcon de cel vecin. Pe el stătea un bărbat mort, care ținea în poală un pistol pentru cuie. Pe decedat îl recunoscură imediat: era tatăl lui Siggi, Margeir Arnarson.

Capitolul 30

Joi

Tómas, prietenul lui Helgi, economist la Banca Centrală, luă un șervețel de la Erla și își suflă nasul. De bunăseamă că nu mai plânsese atâta de la prăbușirea sistemului bancar. Erla și Huldar îl urmăreau impasibili în vreme ce-și ștergea nasul și chipul brăzdat de lacrimi. Bălmăjeala bărbatului îi călca atât de tare pe nervi, încât Huldar tânjea să-l înhațe bine și să-i scuture niscaiva oase din corp. Suspinele și sughițurile întrerupeau șirul de informații ce până acum curseseră ca un râu din el. Li se păruse din prima un specimen patetic atunci când îl arestaseră ieri și, așa cum se întâmplă adesea, o noapte petrecută în celulă îl dezbărase și de ultima rămășiță de curaj. Potrivit polițiștilor care păzeau celulele, Thormar dăduse dovadă de ceva mai multă tărie de caracter, deși pesemne că duritatea lui era doar o spoială. Aveau să afle cât de curând, întrucât îi venea și lui rândul în camera de interogatoriu.

Decizia Erlei de a-i încuia pe cei doi în celule și a-i lăsa să fiarbă la foc mic până dimineață părea să de roade, cel puțin în cazul lui Tómas. Însă ea nu o făcuse doar ca să-i scuture bine. Descoperirea cadavrului căpătase întâietate și examinarea locului faptei durase până târziu în noapte. Așa că în acel moment era deja prea târziu să-i ia la întrebări. Interogatoriile erau prea importante pentru a fi lăsate în seama unor polițiști epuizați, și-n plus nici toată echipa nu avea o imagine limpede a evenimentelor care duseseră la această crimă. Nu găsiseră nici până atunci vreo armă a crimei, iar scrupulozitatea cu care cei doi bărbați curățaseră apartamentul nu le ușurase chiar deloc munca celor de la criminalistică. Pur și simplu era cel mai curat loc al faptei de care avuseseră vreodată ghinionul să se ocupe: aproape toate amprentele fuseseră șterse.

Huldar se întorsese de pe o parte pe alta aproape toată noaptea, încercând în van să așeze în ordine evenimentele ce urmaseră după această ultimă lovitură de teatru. În orice caz, când izbuti în sfârșit să adoarmă, mintea îi era și mai învăluită în ceață decât fusese înainte de vizita făcută în apartamentul de pe Sudurhlíd.

Raportul preliminar cu privire la cauza morții îi silise să-și revizuiască teoriile inițiale. Când Huldar, Erla și Gudlaugur îl zăriseră pe Margeir stând afară pe balcon, trăseseră, cum era și firesc, concluzia că el îl omorâse pe Helgi și, probabil, și pe soția sa, înainte să-și curme viața. Însă în clipa în care înconjuraseră scaunul, devenise evident că nu aveau de-a face cu o sinucidere. Nu cu acel individ ce zăcea acolo, fără geacă pe el, în frig, mort. Rana enormă și hidoasă din ceafă în niciun caz n-ar fi putut fi autoprovocată. Printre cheagurile de sânge uscat din păr, Huldar zărise așchii de os și ceea ce păreau a fi bucăți de creier, pentru ca apoi să se retragă imediat în apartament.

Cu toate că autopsia lui Margeir încă nu era terminată, examinarea preliminară de la locul faptei indica faptul că murise duminică. Un interval mai precis de timp încă nu era disponibil. Porneau de la premisa că el era ucigașul lui Helgi, indiferent cine îl ucisese apoi și pe el. Mai aveau drum lung până să clarifice rolul lui Tómas în cadrul evenimentelor. El negă pur și simplu că avea ceva de-a face cu moartea lui Margeir, iar numele defunctului păru a reprezenta o adevărată surpriză pentru el. Dacă era să se dea crezare poveștii sale, el și Thormar habar n-aveau cine e bărbatul din scaun. Pretindeau amândoi că nu știu absolut nimic despre el în afară de ce auziseră la știri. Mortul arăta foarte diferit de cel din imaginea pe care poliția o folosise în apelul către public. Iar Tómas se dovedi foarte insistent când le spuse că nu-i cunoștea nici pe Sigurlaug Lára, nici pe fiul acesteia, Sigurdur, și rămase ferm pe poziții, în pofida întrebărilor repetate. La fel de insistent se arătă și în privința morții lui Helgi. Nu el îl omorâse — nu i-ar fi trecut niciodată prin minte să-și omoare unul dintre cei mai buni prieteni. Ce motiv să fi avut să-l vrea pe Helgi mort, darămite să omoare un străin? Potrivit spuselor lui Tómas, el și Thormar dăduseră din întâmplare peste cadavrul lui Margeir. Veniseră în apartament pentru a șterge orice dovadă a prezenței lor acolo. Abia după ce terminaseră cu totul, zăriseră cadavrul pe balcon și se pierduseră complet cu firea.

Când își dăduseră seama că acesta nu murise din cauze naturale, intraseră în panică din cauză că nu mai știau sigur dacă făcuseră curățenie suficient de bine acolo. Hotărându-se să o ia de la capăt, se repeziseră imediat la magazine, ca să facă rost de produse de curățenie și mai eficiente. Tómas recunoscu faptul că luaseră în calcul inclusiv să scape de cadavru, însă jură că alungaseră imediat ideea. În schimb, își suflecaseră mânecile ca să se apuce de treabă, însă nu apucaseră să înceapă bine, când auziseră zgomote afară și încremeniseră cu totul.

Dezbăteau în șoaptă dacă să coboare de la balcon folosindu-se de cearșafuri sau să se cațăre în balconul vecin, când ușa se deschisese brusc.

Vălul ce-l acoperea pe proprietarul apartamentului fusese ridicat aproape cu totul, presupunând că Tómas spunea adevărul. Din spusele acestuia, Helgi îl deținea prin intermediul unei firme fictive din Luxemburg. Îl achiziționase cu mai bine de opt ani în urmă, când fusese confiscat. Inițial, îl închiriase, însă când chiriașul plecase, Helgi începuse să-l folosească personal în timpul scurtelor sale vizite făcute în Islanda, înainte de-a ajunge la concluzia că e prea mic pentru nevoile sale și-și cumpărase altul mai mare, care se potrivea mult mai bine cu gusturile lui. Intenționase să-l vândă, însă acest lucru se dovedise dezavantajos din cauza taxelor, așa că până la urmă îl păstrase. Pentru că nu avea niciodată timp să caute un chiriaș, apartamentul devenise un cuibușor de nebunii pentru el și loc de petreceri pentru el și prietenii săi. Toți aveau câte o cheie și îl puteau folosi ca refugiu pentru a da o petrecere sau pentru a-și face de cap, fără riscul de-a isca tensiuni între ei și vecini. În momentul în care Helgi se mutase înapoi în Islanda și cumpărase apartamentul de lux în care locuise până la momentul decesului, era atât de mulțumit de acest aranjament, încât se hotărâse să păstreze locul pe post de apartament de weekend. Imediat ce se termina interogatoriul, Erla avea de gând să-l pună pe cel care încerca să descâlcească mișmașurile financiare ale lui Helgi să verifice și această poveste. Huldar credea că probabil era adevărată. Era greu de înțeles ce-ar fi avut Tómas de câștigat inventând-o. De obicei, suspecții păstrau minciunile pentru chestiunile care contau cu adevărat.

— Trebuie să mă lăsați să-mi sun soția.

Tómas așeză șervețelul în vârful teancului alcătuit din cele folosite până atunci, pe masa din fața sa.

— Vă rog!

— Nu!

Erla împinse o tastatură în direcția lui, adăugând:

— Concentrează-te la ce ai de făcut! Arată-ne website-ul vostru!

Tómas ridică spre ea o privire imploratoare.

— De ce nu vreți să mă credeți? Nu o să găsiți demn de interes pe acest site. Cred că nici măcar nu e legal să vă uitați la el. Există o mulțime de chestii acolo care nu sunt menite pentru publicul general.

— Noi nu suntem publicul general. Noi suntem poliția. Introdu adresa, numele tău de utilizator și parola. Acum!

Erla își încrucișă brațele la piept, într-un gest ce dădea de înțeles că nu va ceda. Huldar bănuia că ea făcea asta pentru a-l împiedica pe el să se repeadă peste masă și să-l înhațe pe individ de gât. Pentru că el chiar era pe punctul s-o facă. Și ambii mureau de curiozitate să vadă acel site.

Din ce izbutiseră să scoată de la epava smiorcăită din fața lor, cazul avea legătură cu un forum on-line de care cei patru prieteni se ocupau de cel puțin zece ani. Însă Tómas refuza cu încăpățânare să le explice ce anume conținea de era atât de secret. Cu un pic de noroc, erau pe punctul să afle. Huldar bănuia că fișierele de acolo includeau și partidele de sex ale lui Helgi, ceea ce ar fi putut explica obrajii stacojii ai bărbatului și reacția de fâstâceală pe care o avea ori de câte ori era menționat forumul. Până la urmă, Erla ceru o pauză și-l trimise pe Huldar să aducă un proiector și un calculator cu un browser Tor instalat pe el.

— Dă-i bătaie!

Huldar se îndreptă de spate ca să-l urmărească pe Tómas cum introduce fără tragere de inimă adresa. Îl înghionti nițel când acesta șovăi și încercă să noteze adresa, însă abia putu ține pasul cu degetele lui Tómas când acestea începură să zboare peste tastatură. După aceea, îi arătă lui Tómas ce scrisese și acesta modifică vreo câteva litere. După asta, Tómas rămase cu capul plecat. Huldar împinse tastatura înapoi spre Erla, după care se întoarse spre peretele pe care acum era proiectat site-ul.

La alcătuirea interfeței nu părea să se fi depus cine știe ce efort. Paleta de culori și fontul erau suficiente să-i dea dureri de ochi unui designer grafic, așa că de bună-seamă că atracția o reprezenta conținutul.

Huldar se dădu mai aproape de Erla, care alese o pagină la întâmplare din josul ecranului. Sus de tot apărură mai multe postări ce datau din urmă cu un an, cu reacții ale prietenilor dedesubt. Trei aveau legătură cu fotbalul, însă una era însoțită de un videoclip pe care Erla îl deschise. Apăru tăblia de pat de-acum familiară, care de data asta furniza fundalul pentru o tânără diferită de cele văzute de Huldar. Aceasta avea părul negru, tuns scurt și părea mai scundă decât minunățiile blonde din celelalte filmări, având un trup mlădios și musculos, ce o făcea să semene cu o profesionistă CrossFit. Nici bărbatul nu era Helgi. Era mult mai puțin preocupat să-și ascundă identitatea față de cameră și izbutiră astfel să-i distingă de mai multe ori chipul clar, pe măsură ce acțiunea devenea tot mai încinsă.

— Cine-i ăla? îl întrebă Huldar pe Tómas, care rămânea cu privirea plecată. Răspunde-mi! Ridică privirea și spune-ne numele bărbatului de pe ecran!

Tómas îi dădu ascultare, cu chipul temător ca un copil și cu glasul răgușit când rosti numele:

— Gunni. Gunnar Bergsson. Ar trebui să-l recunoașteți — deja l-ați avut aici pentru a-l lua la întrebări.

Erla își mută privirea de la perete la Tómas și comentă pe un ton sec:

— Atunci avea toate hainele pe el și nici nu avea expresia din timpul orgasmului.

Ea alese apoi altă pagină, identifică un videoclip și apăsă „Play". De data era vorba de Helgi și se dovedi un film pe care Huldar îl văzuse deja. Erla îl opri și căută până ce găsi altă filmare în care apărea Gunnar. La a treia încercare dădu peste un videoclip cu Thormar, dentistul care momentan stătea închis în celulă. Lăsând filmul să ruleze mai departe, Erla dădu încet volumul gemetelor ce răzbăteau din micuțele boxe ale laptopului, după care îl țintui din nou cu privirea pe Tómas.

— Chiar nu înțeleg. Voi vă trimiteați unul altuia videoclipuri în care apăreați făcând sex?

Tómas își drese glasul și răspunse cu o voce sugrumată:

— Ceva de genul.

— Unde găsesc o filmare cu tine?

Bărbatul părea că e gata să leșine.

— Nu știu. Eu nu sunt acolo...

— Ei, fii serios! Care este? Nu ești aici sau nu știi în care filmări apari?

— Doresc un avocat.

— Desigur, nicio problemă.

Erla zâmbi malițios, adăugând:

— Imediat. Mai întâi, totuși, o să mai caut câteva videoclipuri.

Își apropie degetele de tastatură.

Tómas ridică glasul:

— Vreau un avocat. E dreptul meu. Trebuie să-mi aduceți unul când v-o cer. Nu aveți voie să-mi mai puneți întrebări până ce acesta nu ajunge aici.

— Cine mai zice acum ceva de întrebări? Nu facem decât să urmărim niște videoclipuri.

Erla surprinse privirea lui Huldar.

— Nu avem și pop-corn?

Huldar rânji și-o urmări cum derulează videoclipuri până ce găsi unul cu Tómas.

— Aaa, dar ce-avem noi aici?

Dădu iar volumul mai tare, după care ridică mâinile de pe tastatură și se așeză mai comod în scaun.

— E soția ta? Nu-i nevoie să răspunzi. Putem aștepta până ce îți va sosi avocatul. Mă aștept să aprecieze și el spectacolul la fel de mult ca noi.

Ea surprinse iarăși privirea lui Huldar.

— Tu ce zici? Să-i chemăm și pe cei de la IT încoace? Cu cât vedem mai mulți filmarea, cu atât sunt mai mari șansele să recunoască cineva femeia. Știi, mie mi se pare că aduce un pic cu sora lui Jói, adăugă ea, înghiontindu-l pe Huldar pe sub masă.

— Care Jói?

Huldar ajunsese chiar să se priceapă să-i interpreteze ghionturile date pe sub masă.

— Ei, doar știi și tu! Jói care a fost dat afară din forțele speciale din cauza problemelor cauzate de accesele de furie.

Tómas aruncă iute o privire spre perete, lăsând să i se vadă albul ochilor. Huldar credea că mai sunt multe alte videoclipuri cu el pe site, în care apăreau diferite alte femei. Probabil că acesta voia să vadă la care anume se refereau ei. Tómas își îngropă fața în mâini.

— Nu e soția mea. Numele fetei apare pe acolo, pe undeva.

— Nu e nevoie să spui nimic până nu e prezent și un avocat, îți amintești?

— Nu-mi pasă, murmură Tómas printre degete. O să vorbesc, dacă vreau. Dacă opriți aia, o să încerc să vă explic. Nu e ceea ce pare.

Erla opri filmulețul la momentul în care Tómas zăcea întins cu ochii închiși și cu gura larg deschisă, în timp ce femeia stătea în genunchi, încadrându-i corpul cu picioarele. Judecând după expresia lui, acțiunea se apropia de punctul culminant.

— OK. Atunci, pune-ne și pe noi la curent cu faptele.

Tómas săltă nițel capul și atunci surprinse imaginea cu el însuși proiectată pe perete. Scoțând un geamăt de tulburare extremă, o imploră pe Erla:

— Oprește mai întâi asta. Te rog!

Pentru prima dată de când fusese adus aici spre a fi interogat, Erla îi ascultă dorința. Acesta rămase vizibil ușurat și se ridică mai drept în scaun, deși tot evita să-i privească direct în ochi.

— E un site pe care l-am construit ca să organizăm tot soiul de întâlniri, partide de golf, călătorii la meciuri — atât aici, acasă, cât și în străinătate.

— Chiar așa? făcu Huldar, rânjind. Deci femeia din filmare e agent de voiaj, nu-i așa? Să înțeleg că ai făcut o afacere bună?

— Vă spun adevărul. Pentru asta a fost făcut site-ul. Însă l-am folosit și pentru alte lucruri. Cum ar fi aia...

Arătă cu degetul spre peretele gol, ca și cum încă mai vedea acolo o imagine în flagrant delict cu femeia.

Erla se aplecă peste masă, încercând să surprindă privirea lui Tómas.

— Cum dracu' a ajuns să se întâmple una ca asta? Pot înțelege partea despre călătorii, dar ce fel de plăcere găseați când vă urmăreați unul pe altul trăgându-vi-o? Asta chiar că n-o înțeleg.

Se lăsă la loc pe scaun și se întoarse spre Huldar:

— Dar tu? Tu înțelegi? E o chestie de gagii?

Huldar clătină din cap.

— Și pe mine mă depășește.

Tómas începu să vorbească foarte repede, disperat să le explice comportamentul lor anormal. Aveau adesea de-a face cu genul ăsta de lucruri. Suspecții descopereau deseori o nevoie urgentă să-și scuze faptele în timpul interogatoriilor. Ajungând să se convingă singuri că ceea ce făcuseră era de înțeles, nu izbuteau să priceapă că modul lor de gândire nu se potrivea cu cel al altor persoane.

— N-a început chiar așa. Inițial, împărțeam doar poze cu fete la care visam. Helgi locuia în străinătate și acesta era un mod de-a rămâne prieteni. Genul ăsta de lucruri — și alte chestii pe care le postam pe site.

Huldar trase laptopul mai aproape, deconectă proiectorul și începu să caute postările cele mai vechi, în vreme ce Erla continua cu tirul de întrebări. El voia să verifice dacă Tómas spunea adevărul.

— Care dintre voi a venit cu ideea site-ului și care îi era menirea inițială? V-a preocupat tare mult să-l ascundeți, dacă scopul lui a fost chiar atât de nevinovat pe cât pretinzi tu. De ce n-ați folosit și voi e-mailul sau Facebook-ul, așa cum procedează oamenii normali?

— Helgi l-a construit. Cu ajutorul unui IT-ist pe care îl cunoștea în SUA. El lucra pentru o bancă și e-mailurile îi erau supravegheate. A crezut c-ar fi mai bine să creeze un cont separat, ca să mențină legătura cu noi. E și mai sigur așa. Site-ul se află pe Dark Web, ca să nu poată fi urmărit.

Tómas întâlni pentru scurt timp privirea Erlei.

— Și ca să nu încălcăm legea. Nu distribuiam materiale pornografice. Ba, din contră — aveam mare grijă ca acestea să nu cadă în mâinile cui nu trebuie.

Huldar chicoti în sinea sa auzind această scuză lamentabilă, în vreme ce continua să verifice mai departe laptopul. Cele mai vechi postări confirmau povestea lui Tómas, acestea constând mai ales în imagini cu fete complet îmbrăcate și comentarii ale prietenilor la adresa lor.

— Dacă, așa cum pretinzi tu, erați atât de superprecauți, atunci poate că ne-ai putea explica și nouă cum a ajuns una dintre filmări pe un site care partajează materiale porno? întrebă Erla, aruncând în același timp o privire la ecranul pe care Huldar îl întorsese ca să-i arate că Tómas spunea adevărul. V-ați dat cumva mari distribuind materialele și pe alte forumuri? Separat, poate, ca să nu afle și ceilalți?

— Nu! exclamă Tómas pe un ton vehement. Nimic de genul ăsta. Niciunuia dintre noi nu i-a trecut vreodată prin cap să distribuie aceste filmări. Doar apăream noi în ele. Ar fi însemnat să fim cu adevărat perverși.

— Eu n-am nicio îndoială că sunteți niște perverși.

Nelăsându-i timp să obiecteze, Erla insistă:

— Videoclipurile postate pe site-ul de partajare de fișiere spune o poveste complet diferită. Acolo pot fi văzute de toată lumea și chiar nu are cum să fi apărut singur. Cine altcineva a mai avut acces la site în afară de voi patru?

Tómas se foia neliniștit în scaun.

— Am fost cinci utilizatori. Noi patru și cineva a cărui identitate n-o cunoaștem.

Se foia și mai abitir, făcându-și de lucru cu mâinile pe sub masă, apoi ridicându-le la loc peste doar câteva secunde.

— Însă știm sigur că acesta are o legătură cu ce-a pățit Helgi.

— Cu ce-a pățit Helgi?

Erla se repezi peste masă, îl prinse pe bărbat de bărbie și-l forță să se uite în ochii ei.

— Helgi a fost ucis. E mort. Noi nu anchetăm aici niște becuri sparte din instalația pomului de Crăciun montat în fața primăriei. Nu are cum să fie mai serios de-atâta! Dacă ești chiar așa de nevinovat pe cât pretinzi, încetează să te mai eschivezi de la întrebările noastre și dă-ne un răspuns cinstit. Cine e cel de-al cincilea utilizator la care te referi?

— Nu știu. Jur! Pur și simplu a apărut pe platformă și a preluat controlul. Niciunul dintre noi nu știe cum anume.

— Rezumă-ți răspunsurile strict la persoana ta. S-ar putea ca prietenii tăi să aibă șansa să ne ofere și ei propria versiune, ceva mai târziu. Să fii sigur de asta!

Huldar sări peste câțiva ani pe site ca să vadă cum evoluaseră lucrurile. Alte imagini cu fete, însă de data asta erau și câteva videoclipuri. Continuă să deruleze tot mai aproape de prezent, ascultând totodată cum Erla îl presa pe Tómas, doar ca să se oprească dintr-odată atunci când dădu peste un videoclip postat în urmă cu cinci ani. Spre deosebire de celelalte, bara cu informații indica faptul că acest dura aproape două ore. Adică mult mai mult decât toate celelalte pe care le văzuse până atunci. Primul comentariu era și el interesant și atipic.

„Ce ziceți? Îl păstrăm sau îl mutăm în coșul de gunoi? S-ar putea dovedi al naibii de riscant dacă doamna Furioasă-pân-la-Dumnezeu își mai amintește ceva."

Huldar apăsă pe „Play", în vreme ce Erla îl presa tot mai tare pe Tómas ca să-l forțeze să-i dezvăluie numele celui de-al cincilea utilizator.

La început, evenimentele de pe ecran nu părură cu mult diferite de celelalte videoclipuri. O tânără își scotea hainele și apoi se prăbușea pe pat. Aceasta încercă să-și facă un selfie, însă era prea beată și nu-și putea ține telefonul nemișcat. De fapt, arăta mult mai beată decât celelalte fete, deși nu părea să se afle și sub influența Rohypnolului. În clipa aceea, un bărbat intră în cameră. Acesta ținea în mână un pahar cu vin pe care i-l dădu fetei și ea bău din el, în timp ce bărbatul se dezbrăca. Individul, pe care Huldar îl recunoscu a fi Gunni, luă paharul înapoi, îl așeză pe noptieră, după care se sui în pat lângă ea. Huldar derulă pe repede-înainte pe durata partidei și rămase surprins să-l vadă pe bărbat ridicându-se, dându-i fetei înapoi paharul și apoi ieșind din cameră. Fata îl goli și căzu înapoi pe spate, dând impresia, după cum se mișca și după expresie, că acum era beată criță.

Apoi păru să adoarmă.

Chestia bizară era că filmarea durase doar douăzeci de minute. Huldar derulă iar pe repede-înainte, așteptându-se să nu mai vadă nimic altceva în afară de fata adormită și presupunând că lungimea filmării se datora faptului că Gunni uitase să închidă camera de filmat. Dar nu așa stăteau lucrurile. Tânăra continuă să doarmă, fiind probabil leșinată de-a binelea. Însă nu asta se întâmplase.

Huldar se concentră la evenimentele care urmară, complet surd la ce spuneau Erla și Tómas. Dădu iar pe repede-înainte, până ce ajunse la finalul filmului. Inima îi bubuia cu putere în piept și simțea deja în gură gustul de fier care venea odată cu o furie ucigașă. Cu toate astea, reuși să nu se trădeze și doar se întinse după cablul de la proiector ca să-l conecteze la loc, ba chiar zăbovind nițel ca să se asigure că era înfipt bine unde trebuie. Sperând, totodată, că aceste momente de întârziere o să-l ajute să-și mențină furia sub control. După care porni înregistrarea de la capăt.

Când imaginea apăru iar pe perete, Erla își răsuci atât de repede capul, încât Huldar crezu că își scrântise gâtul. Privirea ei era una dintre cele mai pline de furie pe care i-o aruncase vreodată, lucru deloc surprinzător, întrucât el încălcase singura condiție pusă de Tómas pentru a continua să le răspundă la întrebări fără să fie prezent și un avocat.

Însă o merita din plin.

Când Tómas văzu filmarea, sări imediat în picioare și se năpusti la ușă, descoperind însă că e încuiată.

— Vreau un avocat. Nu mai rostesc niciun cuvânt.

Izbucni iar în lacrimi, urletele lui devenind și mai puternice și mai patetice decât până atunci.

Capitolul 31

După ce se termină înregistrarea, se așternu o liniște ca de mormânt în micuța cameră de interogatorii. Alături de Huldar și de Erla, de data asta în încăpere se aflau și un jurist al poliției, trecut ușor de cincizeci de ani, alături de un reprezentant al diviziei Delicte Sexuale — bărbatul cu care Huldar se sfătuise atunci când fuseseră descoperite filmările pe calculatorul lui Helgi. Acesta părea cel mai puțin afectat de ceea văzuse pe ecran.

Toți patru rămaseră uitându-se la monitorul alb al proiectorului, până ce Erla întrerupse tăcerea, adresându-se juristului:

— Ei, tu ce zici? Constituie un caz clar de viol?

— Da și nu. Asta e problema.

Juristul își lăsă jos pixul pe o foaie goală de hârtie așezată în fața sa. Acesta avusese intenția să-și ia notițe în timpul filmării, însă până la urmă nu mai scrisese nimic. Lucru complet de înțeles, întrucât conținutul putea fi rezumat în doar câteva cuvinte. O tânără se așază pe un pat și încearcă să-și facă un selfie. Apoi intră un bărbat, se dezbracă amândoi și fac sex, ceea ce pare a fi consimțit de ambele părți. Apoi ea leșină și amicii bărbatului profită, unul după altul, de trupul ei care nu se opune în niciun fel. Din când în când, ea își recapătă cunoștința și pare că nu se bucură de ce se petrece acolo, însă e ținută cu forța până ce leșină la loc. După ce termină cu toții, unul dintre ei intră în cameră, o scutură ca s-o trezească și-i comandă să se îmbrace și să plece. Femeia amețită se chinuie să se îmbrace și dispare din cadru, părând răvășită și mișcându-se ca și cum ar durea-o tot corpul. Apoi filmarea se termină.

Pentru că Erla nu răspunse, Huldar nu se mai putu abține:

— Dar ce altă dovadă îți mai trebuie că e vorba de un viol? De o declarație din partea fiecărui individ care apare în filmare, în care să recunoască faptul că a violat-o pe femeie? Chiar înainte să sară pe ea?

— Ar fi de ajutor, firește.

Juristul nu părea să glumească.

În acest punct, reprezentantul de la Delicte Sexuale interveni și el:

— Am avut un caz cu un filmuleț care înfățișa ceea ce este considerat viol în grup. Cazul a fost pierdut la Tribunalul Districtual și apoi, încă o dată, la Curtea Supremă.

— Da, în pofida faptului că reclamanta a fost disponibilă în cazul respectiv, adăugă juristul, schițând o grimasă. Din păcate, nu e chiar totul complet limpede, indiferent de cum ni se par nouă lucrurile. Nici măcar o dată nu o auzim pe femeie spunând clar „nu" sau că nu vrea.

Erla nu era pregătită să renunțe chiar așa ușor.

— Toate încercările femeii de-a se ridica sau de a-i da jos de pe ea sunt împiedicate. Ar trebui să fie al naibii de evident pentru toată lumea că participarea ei nu a fost voluntară. Și să fie suficient ca să-i punem sub acuzare.

Când juristul îi răspunse, simțiră cu toții osteneala din glasul lui:

— E posibil. Dar eu, unul, n-aș pune pariu pe șansele de-a obține o condamnare. Avocații apărării ar putea pretinde orice, din moment ce nu există nicio declarație din partea așa-zisei victime. Ar putea spune că toată chestia a fost aranjată în prealabil și că ea și-a exprimat acordul înainte să intre în acel dormitor. Mă tem că va fi foarte dificil să-i contraziceți dacă vor pretinde că încercările ei anemice de-a se ridica au făcut parte din joc: că ea voia de fapt să se urce deasupra, de exemplu, însă cei patru au preferat să rămână ei înșiși deasupra. Ceva de genul ăsta. Și cum am putea noi să demonstrăm opusul?

Bărbatul scoase un oftat adânc.

— Dar, ca să privim și partea bună a lucrurilor, măcar avem un caz beton împotriva lor, pentru distribuirea videoclipului. E ilegal să distribui sau să faci schimb de materiale pornografice, iar aici nu există absolut nicio îndoială. E același lucru ca și în cazul site-urilor private; dacă vreuna dintre femeile implicate depune plângere, avem și aici un caz. Însă conținutul acestei înregistrări reprezintă cea mai bună șansă a noastră pentru o condamnare. Singurul impediment e faptul că cel care l-a postat e mort, dacă am înțeles eu bine?

Erla îi confirmă.

— Nu avem decât cuvântul lui Tómas cum că Helgi a fost cel responsabil, dar presupun că și ceilalți îl vor susține. Numele de utilizator se potrivește cu cel din materialul postat din SUA în momentul în care el se afla acolo. Așa că e foarte probabil ca Helgi să fi postat *într-adevăr* videoclipul.

— Ahh! făcu juristul, dezamăgit. Păi atunci, asta e. Dar nu e totul pierdut. Legea conține o secțiune întreagă referitoare la distrugerea reputației și la afectarea dreptului individului la intimitate. Clauzele privitoare la încălcarea decenței individului sunt folosite adesea când se cere o condamnare pentru pornografie neconsensuală. Poate că asta s-ar putea folosi împotriva membrilor supraviețuitori ai grupului. Știau cu toții foarte bine că incidentul era filmat și totuși niciunul nu a ridicat nicio obiecție în secțiunea dedicată comentariilor asupra faptului că videoclipul era distribuit. Așa că am putea aduce argumentul că au luat cu toții parte la încălcarea decenței. Apropo, când a fost postat acest videoclip pe site?

Erla își verifică notițele de până atunci cu privire la videoclip și la Maren, tânăra care apărea în el.

— A fost încărcat a doua zi după ce a fost filmat.

— Of, Doamne! oftă încă o dată juristul. Iar atunci femeia era deja moartă, nu-i așa?

Când Erla îi confirmă dând din cap, el le explică:

— Din cunoștințele mele, nu există precedente care să implice persoane decedate. Poți comite un delict împotriva decenței cuiva care e deja mort? Eu aș fi zis că da. La urma urmei, dreptul la intimitate se aplică și peroanelor decedate, însă ar trebui să recitesc clauza referitoare la decență. Din nefericire, e posibil ca legea să nu fi fost elaborată ținându-se cont de acest aspect și să nu se aplice decât persoanelor în viață.

Erla nu avea de gând să se lase angrenată într-o discuție despre finețuri legale.

— Ce fel de sentință se dă în cazul pornografiei neconsensuale?

— Dacă un procuror alcătuiește un caz bazat pe clauza amintită de mine, vă puteți aștepta la o condamnare scurtă sau cu suspendare. Cadrul pentru amenzi e limitat și, în cazul nostru, persoanele implicate sunt bine văzute și nici nu au condamnări anterioare.

Huldar simți cum se prăbușește cu totul. Nu avea să le fie ușor să facă dreptate pentru biata femeie din videoclip, deși presupunea că pentru ea oricum nu mai avea nicio importanță. Numele ei apăruse în comentarii și deși patronimul ei fusese omis, o identificaseră imediat. O mulțime de islandeze purtau numele Maren și, dintre ele, în jur de 150 încă trăiau, potrivit Registrului Național. Însă o singură femeie cu numele Maren fusese aruncată pe țărmul de la poalele Stâncii Spânzuratului: Maren Thórdardóttir, tânăra de 24 de ani care se înecase intrând în mare în noaptea înregistrării acelei filmări.

Ajunși aici, colegul de la Delicte Sexuale vorbi din nou. Cunoscând din amara-i experiență cât de greu era să se obțină o condamnare în cazuri de genul ăsta, el se întrebă cu voce tare dacă nu cumva era posibilă o altă abordare.

— Dar moartea ei? Nu e posibil ca ei s-o fi violat și apoi să fi aruncat-o în mare? Poate că nu voiau să-și asume riscul ca ea să meargă mai apoi direct la poliție? Deși au folosit cu toții prezervative, existau totuși șanse să se poată obține probe biologice concludente. Iar asta i-ar fi băgat într-o mare belea. Așa că poate și-au luat toate măsurile de precauție și au înecat-o în mare. Distanța nu e deloc mare între apartamentul de pe Sudurhlíd. Cât să fie — o sută de metri? Două sute?

Nu comentă nimeni această idee; știau cu toții cât de mică era distanța. Însă Huldar tot îi răspunse la întrebare. După ce se terminase interogatorul lui Tómas și descoperiseră numele femeii, Erla îi ceruse lui Huldar să caute prin dosarul lui Maren, în vreme ce ea pregătea pașii următori. Furia ei la adresa lui din cauză că dăduse drumul videoclipului în timpul interogatoriului se evaporase instantaneu când ieșise la iveală numele lui Maren.

— Am citit rapoartele din cazul morții lui Maren, rosti Huldar. N-a existat nimic care să trezească suspiciuni. Autopsia a ajuns la concluzia că nu exista nicio dovadă care să contrazică ideea că a intrat în mare din proprie voință. N-au existat răni la cap sau urme de strangulare, ori orice altă dovadă care să sugereze că i-au fost legate mâinile sau că a fost ținută cu forța sub apă. Existau semnele unei partide de sex dure, însă dat fiind că nu s-a început imediat căutarea ei, trupul i-a zăcut în mare timp de trei zile înainte de-a fi descoperit. Iar atunci devenise deja imposibil de stabilit dacă partida de sex fusese consensuală sau nu. Sau când avusese loc.

— N-au încercat să-l găsească pe cel cu care făcuse sex? întrebă reprezentantul diviziei Delicte Sexuale, care era limpede că nu voia să renunțe cu una, cu două.

— Nu. Nu avea niciun sens. Ea primea tratament pentru depresie. Pardesiul i-a fost găsit împăturit lângă pantofi și geantă, în apropiere de cimitirul Fossvogur, și sinuciderea a fost singura idee luată în considerare. Fata mersese în club cu iubita, băuse mult și apoi se despărțiseră în aceeași noapte. Alcoolul și depresia reprezintă o combinație fatală. Iar această explicație a fost considerată suficientă. Însă acum va trebui să luăm legătura cu ruda ei cea mai apropiată, căci s-ar putea să se afle în posesia unor informații care nu au ieșit la iveală când s-a alcătuit dosarul. Eu, unul, nu prea îmi imaginez așa ceva.

Se așternu iarăși tăcerea. Nu-i mai venea nimănui nicio idee. Dacă părinții tinerei ar fi avut vreo probă care să dovedească faptul că fiica lor fusese ucisă, era extrem de puțin probabil s-o fi ascuns la acel moment. Huldar făcu o ultimă încercare zadarnică să susțină ideea cu crima:

— Femeia este, se pare, violată în grup și se îneacă în aceeași noapte. Indiferent dacă bărbații au participat în mod activ la înecul ei, oricine gândește logic își dă seama că e vorba de cauză și efect. În cel mai rău caz, pesemne că ei i-au dat imboldul final, dat fiind echilibrul ei emoțional fragil de la acel moment. Nu avem nicio șansă ca ei să fie acuzați de omucidere?

Juristul cugetă câteva secunde la această întrebare.

— E o infracțiune să încurajezi sau să provoci o sinucidere. Însă nu s-a testat niciodată în Islanda și pedeapsa în acest caz n-ar fi mai mare de un an de închisoare. Mă îndoiesc că am putea găsi un procuror care să accepte cazul. Ar fi aproape imposibil de demonstrat că presupusul viol a reprezentat factorul decisiv. Nu e ca și cum ea a lăsat o scrisoare în care declara că aceea a fost picătura care a umplut paharul.

Juristul își luă pixul și începu să-și adune lucrurile.

— În fine. Ține-mă și pe mine la curent, Erla. Dacă nu va funcționa niciuna dintre aceste sugestii, există o mulțime de femei care ar putea fi pregătite să depună plângere. Aveți în plan să urmăriți toate videoclipurile de pe site și să dați de urma femeilor care apar în ele?

Huldar lăsă capul în jos când auzi întrebarea. Erla înghițise cu totul minciuna referitoare la cum o cunoscuse el pe Ugla. Însă după ce avea să se încheie ancheta și atenția tuturor avea să se îndrepte spre forumul celor trei prieteni, cu siguranță avea să afle adevărul: că în niciun caz nu făcuseră doar schimb de numere de telefon într-un bar.

— Am doi oameni care se pot ocupa de asta, pe lângă ce mai au de făcut.

Agentul de la Delicte Sexuale se ridică în picioare.

— Logic ar fi să începem cu videoclipul care a apărut pe site-ul care partajează fișiere. Acela e probabil cel mai grav exemplu pentru distribuirea de materiale pornografice.

Se uită apoi la Huldar și la Erla și adăugă:

— Tómas a știut să vă spună cine anume l-a postat?

Erla clătină din cap.

— A pretins că nu știe. Dă vina pe cel de-al cincilea utilizator, însă jură că habar n-are cine e ăla. Cei de la IT caută și ei, însă spun că e o cauză aproape pierdută, întrucât site-ul e pe Dark Web. Deși au remarcat totuși imediat un detaliu: noul utilizator a apărut abia *după ce* acel videoclip a fost postat pe platforma pe care sunt distribuite fișiere. Așa că el sau ea nu are cum să aibă vreo legătură cu asta. Ceea ce înseamnă că unul dintre cei patru bărbați trebuie să-l fi distribuit.

— Atunci, tot ce aveți de făcut e să aflați care dintre ei a făcut-o. Măcar îl vom pune sub acuzare, chiar dacă e doar un gest simbolic în împrejurările date.

Juristul se opri la ușă.

— Dar, ca să fiu sincer cu voi, mă îndoiesc că va face pușcărie pentru celelalte două capete de acuzare pornind doar de la acel videoclip. Cu toate că nu vă împiedică nimic să încercați.

Aruncă o privire scurtă la ceas.

— Cele 24 de ore pentru care îi puteți reține aproape s-au terminat. Însă mai puteți obține încă 24 dacă îi aduceți în fața unui judecător și cereți să fie ținuți în arest — presupunând că judecătorul nu va cere timp în plus ca să ajungă la o concluzie. Anunțați-mă cât mai repede. Îmi va lua o oră să alcătuiesc dosarul de caz.

Erla încuviință plictisită din cap. Știa și ea că timpul le era pe sfârșite. Toți cei care lucrau la caz cunoșteau acest lucru.

— Dar să vă mai dau un sfat, adăugă juristul, cu o expresie serioasă pe chip. Găsiți-o pe femeie! Asta ar trebui să fie prioritatea voastră absolută.

— Femeie?

Polițistul de la Delicte Sexuale părea nedumerit, cu mintea încă la videoclip și la site-ul web, în mod sigur.

— Care femeie?

— Sigurlaug. Soția celei mai recente victime, Margeir.

Erla se ridică și ea în picioare, anunțând:

— E prima pe lista noastră. Doar că n-am obținut niciun rezultat în privința căutării ei. Echipa de salvare a luat la puricat toată zona extinsă a Reykjavíkului, fără niciun rezultat, iar căutarea aeriană n-a produs nici ea vreun rezultat. Nici faptul că soțul ei a fost găsit mort nu e deloc încurajator. Trebuie să iau o decizie legat de ce vom face mai departe.

Nu voia nimeni să fie în pielea Erlei. Era extrem de puțin probabil ca femeia să fie găsită în viață după atâta vreme și un cadavru ar fi fost mult mai dificil de găsit decât cineva în viață. Deși nu o rostea nimeni cu voce tare, cu toții se temeau că Sigurlaug e deja moartă. Orice altceva era aproape imposibil în clipa de față.

Thormar era o cu totul altă mâncare de pește față de prietenul său Tómas. Stătea drept în scaun, cu chipul încremenit într-o mină ce anunța că nu va ceda absolut deloc, hotărât în mod evident să-și facă sejurul la secția de poliție cât mai dificil pentru ceilalți. Huldar se bucura de schimbare. Măcar Thormar aproape sigur n-avea să ceară șervețele precum fricosul ăla de economist, deși firește că dezavantajul era că urma să se dovedească mult mai greu de făcut să cedeze.

— Gândește-te mai bine!

Huldar împingea guma cu nicotină în obraz cu ajutorul limbii. Trecuseră câteva ore bune de când nu mai apucase să iasă afară pentru o țigară.

— Tu și prietenii tăi ați violat în grup o femeie care la scurt timp a fost aruncată de mare pe țărmul de lângă Stânca Spânzuratului. Cinci ani mai târziu, Helgi e și el găsit spânzurat în același loc. Ție chiar ți se pare o coincidență?

Thormar ridică din umeri.

— Asta va trebui s-o deslușiți voi. Eu nu sunt polițist. O s-o repet: nu a fost viol. Nu eu l-am omorât pe individul acela, Margeir. Nu eu l-am omorât pe Helgi. Și nici nu distribui materiale porno.

— Așa zici tu.

Huldar îi aruncă o privire Erlei, care părea să se mulțumească să îl lase pe el momentan să se ocupe de interogatoriu.

— Băieții caută acum amprente pe camera video pe care voi ați aruncat-o în sacul de gunoi. N-ar fi deloc surprinzător să descoperim că ați folosit-o cu toții.

— Va trebui să așteptăm și să vedem. Deși nu înțeleg care va fi diferența. Doar nu insinuezi că tipul de pe balcon a fost omorât cu o cameră video? Iar Helgi cu siguranță n-a fost omorât cu ea. Despre asta e toată treaba asta? Despre omoruri?

Huldar n-avea deloc intenția să-l lase pe individ să înceapă să pună el întrebări. Continuă ca și cum nici n-ar fi auzit comentariul lui Thormar.

— Camera va fi trimisă celor de la IT, care spun că ar trebui să fie ușor să se stabilească dacă a fost folosită pentru a face înregistrări recente pentru site-ul vostru. Am descoperit unde era instalată și conectată la un întrerupător de pe perete. Dat fiind că era ascunsă bine într-un difuzor și îndreptată spre pat, e mai mult decât evident că scopul ei era să filmeze fără ca femeile implicate să știe ceva. Poți nega până nu mai poți, însă îți irosești vremea, pentru că avem videoclipurile incriminatoare cu tine și mai multe femei, făcute folosind aceeași cameră.

— Prostii!

Thormar strânse tare din dinți, deloc demn de sfaturile unui dentist, însă desigur că împrejurările erau unele deosebite.

— Când pot să plec?

— Când vom hotărî noi să-ți dăm drumul. Nu uita că ești arestat.

Huldar se întrebă încă o dată de ce Thormar nu ceruse un avocat. Doar dacă nu cumva avea vreo legătură cu faptul că și soția lui era avocat. Dacă ar fi cerut să fie reprezentat de altcineva, ea s-ar fi simțit trădată.

— Acum, că prietenul tău Tómas ne-a arătat cum să accesăm site-ul, ar fi mai bine să ne spui și tu întreaga poveste. Putem viziona tot conținutul, iar următorul lucru de pe agenda noastră e să-l aducem aici și pe celălalt membru al adorabilei voastre găști. Ultimul care va apuca să mărturisească va trebui să preia asupra lui toată vina. Nu cred că vrei să fii tu acea persoană.

— Nu știu nimic despre crime. Sau despre viol, pentru că nu a fost viol. Toate astea sunt o pierdere de vreme.

— Așa zici tu.

Huldar rămase fixându-l cu privirea pe bărbatul ăsta care nu voia să coopereze, afișând și el o expresie imposibil de citit. Apoi zise:

— Hai atunci să ne aplecăm amândoi asupra a două întrebări la care ne-ai putea răspunde — detalii minore, care n-ar trebui să te îngrijoreze.

Cum Thormar nu reacționă, Huldar merse mai departe și spuse:

— Una este despre cel de-al cincilea utilizator. Chiar nu văd absolut niciun motiv să-l protejați. Întrebarea este asta: cine a postat videoclipul cu Helgi și cu Sigurlaug Lára pe site-ul cu fișiere partajate? Îți recomand să ne dai un răspuns sincer. Dacă alegi să păstrezi tăcerea, am să consider că nu faci decât să te protejezi singur.

— Nu știu cine este utilizatorul cel nou. Nu eu am distribuit videoclipul și nici nu vă pot spune cine a făcut-o — din simplul motiv că habar n-am.

Se auzi o bătaie ușoară în ușă. Erla îi aruncă o privire lui Huldar, cu sprâncenele ridicate, după care se ridică, deschise ușa și ieși pe hol, închizând-o în urma sa. Huldar apucă să-l zărească pe Gudlaugur prin crăpătură. Acesta primise sarcina să verifice tot conținutul de pe platformă, deci pesemne că dăduse peste ceva important, altminteri nu i-ar fi întrerupt.

Huldar reveni la Thormar. Întreruperea îl făcuse să-și piardă pe moment concentrarea, așa că acum trăgea nădejde că n-avea să se cunoască. Încercând să găsească o nouă abordare, se hotărî să revină la subiectul prezenței lui Thormar în apartament. Acest lucru îi îngăduia un răgaz pentru a-și cântări următoarea mișcare, în vreme ce dentistul repeta scuza de mai devreme.

— Ce căutați în apartament dacă nu voiați să distrugeți toate dovezile prezenței voastre acolo? Dă-mi voie să-ți reamintesc faptul că prietenul tău ne-a spus toată povestea.

Huldar omise să adauge că în clipa în care lui Tómas îi sosise avocatul, potopul de vorbe al acestuia secase cu totul, precum un robinet care e închis brusc. Nu le mai răspunsese la nicio întrebare după ce fusese pus să urmărească încă o dată videoclipul cu violul în grup, așa că era oarecum o exagerare să pretindă că Tómas le spusese toată povestea.

— Cum am zis și mai devreme, făceam curat. Gunni a împrumutat apartamentul pentru o petrecere în weekendul de dinainte ca Helgi să moară și l-a lăsat într-o stare dezgustătoare. Iar noi nu am vrut ca părinții lui Helgi să-l găsească așa.

— Ei știau despre apartament?

— Nu, așa cum v-am spus deja, ei nu știau nimic de el. Însă aveau să afle când urma să-i fie citit testamentul. De aceea făceam curat acolo. Desigur, nu am cum să vorbesc și în numele lui Tómas, dar eu din acest motiv mă aflam acolo.

— Deci făceați curățenie acolo doar din bunătatea inimii voastre, când s-a întâmplat să zăriți cadavrul de pe balcon. Însă în loc să sunați la poliție, tu și Tómas v-ați repezit la magazin ca să mai cumpărați produse de curățenie, după care v-ați întors ca să mai curățați o dată tot apartamentul. O reacție cam ciudată, nu ți se pare?

— Tómas nu mai știa ce face. Doar ce descoperiserăm cadavrul acolo, când ați intrat voi. Drumul nostru ca să mai cumpărăm produse de curățenie n-avea nimic de-a face cu aia. Pur și simplu ne-am oprit din treabă și am dat o fugă acolo.

Thormar nu era deloc prost. Povestea lui părea plauzibilă. Însă cea a lui Tómas era mult mai credibilă și ar fi cântărit mult mai greu în fața unui judecător dacă acest caz ar fi ajuns vreodată la tribunal.

Erla reveni în încăpere, radiind un aer de satisfacție. Huldar o urmări cum se așază pe scaun și-și trage spre ea tastatura cu o bucurie exagerată. Iar el crezu că vede apărând o mică fisură în fațada altfel complet impenetrabilă a lui Thormar, când și acesta observă același lucru ca și el.

Proiectorul se trezi iar huruind la viață. Îl opriseră după ce îi arătaseră lui Thormar forumul la începutul interogatoriului, ca să-l mai dezbare nițel de acea atitudine de înfumurare. Șocul nu durase totuși prea mult.

Interfața primitivă a site-ului web reapăru pe perete. Degetele Erlei țăcăniră pe tastatură și începu să ruleze un videoclip pe care Huldar nu-l mai văzuse până acum. Spre deosebire de celelalte văzute de el, acesta înfățișa un alt pat, dintr-o altă încăpere. Nici bărbatul nu era vizibil. Părea să fie mai degrabă una dintre acele filmări de pe site-urile care partajează videoclipuri, fiind evident că bărbatul care filma toată acțiunea se folosea de un telefon mobil. Huldar îi aruncă o privire lui Thormar și văzu că acesta își umezea neliniștit buzele.

— Cine e femeia, Thormar?

Erla opri filmarea la un cadru în care chipul femeii era înfățișat clar.

— Nu o recunosc.

Pentru prima dată de la începutul videoclipului, în glasul lui se distinse un tremur slab.

— Chiar așa?

Erla apăsă „Play" din nou. După câteva secunde, cei doi făcură schimb de poziții și telefonul rămase îndreptat pentru scurt timp către bărbat. Indubitabil, era vorba despre Thormar.

— Cine e femeia? Ar trebui să reușești să ți-o amintești. Înregistrarea e de-acum doar doi ani.

Erla se întoarse cu fața spre perete. Imaginea se clătina ca și când ar fi avut loc un cutremur, în vreme ce bărbatul se mișca mai departe energic deasupra femeii. În vreme ce ritmul se domolea, Erla puse înregistrarea pe pauză la un alt cadru care înfățișa fața femeii.

— Ești sigur că nu o recunoști?

Thormar nu făcu decât să clatine din cap. Avea chipul cenușiu, fapt ce părea a fi pe placul Erlei.

— Ce ciudat! Polițistul care a găsit asta ți-a verificat pagina de Facebook și are impresia că seamănă bizar de mult cu soția ta. Ba chiar e sigur că e vorba de ea. Să fie oare posibil?

— Nu.

Privirea lui Thormar căzu în poală, la pumnii încleștați pe care îi ținea acolo și pe care și-i vârî iute sub masă.

— Înțeleg. Păi, n-ai de ce să-ți faci griji. Eu am s-o chem încoace și am s-o rog s-o identifice pe femeie. Doar ca să fim absolut siguri.

Rămase privindu-l fix pe bărbat, fără nicio urmă de compasiune pentru el: chiar nu merita vreuna.

— S-ar putea să rămână surprinsă să descopere că tu ai postat videoclipul pe forumul on-line al prietenilor tăi. Mie mi se pare că ea știa că e filmată, însă am oarece îndoieli că avea intenția să o mai vadă și altcineva. Cu toate astea, n-are importanță.

Funcționă. Thormar cedă până la urmă și se arătă de acord să vorbească în schimbul promisiunii lor că aveau să o țină pe soția lui departe de toate astea. Din păcate, totuși, curând deveni evident că nici el nu știa nimic care să-i ajute să rezolve cazurile de crimă sau s-o găsească pe Sigurlaug. Vechea lui ceartă cu Helgi se dovedi că rezultase dintr-un dezacord al lor în privința a cum trebuiau să procedeze cu videoclipul în care apărea Maren. Thormar voise să-l șteargă, Helgi, să-l păstreze pe site. Thormar nu părea să simtă vreo satisfacție la gândul că avusese dreptate atunci, deși el și amicii săi ar fi fost într-o situație mult mai bună acum dacă ar fi avut câștig de cauză atunci.

Thormar le dezvălui că „administratorul" anonim distribuise o filmare cu spânzurarea lui Helgi și încă una cu el zăcând inconștient într-o mașină. Totuși, când poliția le căută pe acestea două, nu le găsiră. Dacă acele videoclipuri existaseră vreodată, atunci logic că utilizatorul trebuia să fie ucigașul lui Helgi sau să aibă măcar legătură cu el. Însă nu se puteau baza pe faptul că Thormar le spunea adevărul. Erla sunase la cei de la IT din camera de interogatoriu și, din spusele lor, nimeni nu putea accesa site-ul fără invitație, darămite să-i lase pe ceilalți fără drepturile de administratori. Oricine ar fi fost, trebuie să fi accesat site-ul cu ajutorul unuia dintre cei patru bărbați.

Singura informație cu adevărat importantă era că izbutiseră să afle de la Thormar cum anume fusese posibil ca acel videoclip cu Sigurlaug, care avusese consecințe atât de grave pentru ea, să apară pe site-ul cu fișiere partajate. Cât de grave, rămânea de văzut.

Erla avu grijă ca Thormar să ajungă înapoi în celulă.

Amândoi rămaseră apoi tăcuți. Huldar bănuia că Erla nu se năpustise imediat afară din cameră pentru că dorea să amâne luarea unei decizii în privința cererii unui mandat de prelungire a arestului. Dacă judecătorul îi refuza solicitarea, ar fi picat ea prost. Pe de altă parte, dacă nu înainta cererea și bărbații se dovedeau vinovați de crimă, atunci ea ar fi dat rău în ochii publicului larg.

Lína își iți capul pe ușă. Tânăra își lăsase astăzi liber părul roșcat care i se răsfira în jurul capului precum o coamă electrizată. Pentru prima oară, Erla se purtă politicos cu ea, lucru pe care Huldar îl interpretă ca pe un semn al faptului că era cu mintea în altă parte.

— Am stat de vorbă cu mama lui Maren Thórdardóttir, anunță Lína. Ea spune că fiica ei mai încercase și înainte să se sinucidă și că nimeni din familie nu își închipuise ceva suspect în privința morții ei. Femeia nu încercase să afle cu cine își petrecuse fiica ei noaptea de dinainte să se înece, pentru că singurul rezultat ar fi fost să-și facă suferința și mai greu de îndurat. Și chiar nu vedea ce-a fi avut de obținut. Ea și soțul ei locuiau în Norvegia la momentul acela, însă au revenit acasă de îndată ce-au primit vestea. Mai au încă doi fii, unul mai mare decât Maren, celălalt, mai mic. Cei doi băieți au fost foarte afectați de moartea ei, mai ales fratele mai mare, care locuia în Islanda când s-a întâmplat ce s-a întâmplat. Fratele mai mic se mutase în Norvegia, cu părinții.

Lína ridică privirea spre Erla, pentru a obține încuviințarea ei.

— Așa cum ne-ai instruit, nu i-am zis nimic despre Helgi și amicii acestuia. I-am spus doar că studiem cu atenție cazurile mai vechi ce au legătură cu Stânca Spânzuratului, pentru a le elimina din anchetă.

— Să stăm de vorbă și cu frații ei? o întrebă Huldar pe Erla, însă înainte ca aceasta să poată răspunde, Lína se repezi s-o prevină:

— Unul e la studii în străinătate — fratele mai mic. Celălalt lucrează pe un trauler și e plecat pe mare de trei săptămâni. Așa că e greu de crezut că ar avea ceva de-a face cu crimele.

— Mama ei îi cunoștea pe Margeir sau pe Sigurlaug?

Pentru întâia oară, Erla nu reacționă nervos la întreruperea Línei, ci păru că dorea sincer să-i audă răspunsul.

— Nu. Am întrebat-o și a zis că nu-i cunoaște.

— Dar tatăl, Thórdur? El a recunoscut numele? întrebă Huldar, deși credea că știe deja răspunsul și la asta.

Dacă i-ar fi cunoscut, Lína le-ar fi zis imediat.

— De el n-am reușit să dau. Sunt divorțați și mama lui Maren a spus că nu au mai păstrat legătura. Acesta figurează că locuiește în Akranes, însă ea a zis că a auzit că el locuiește de fapt în oraș. Bărbatul nu are decât un telefon mobil înregistrat pe numele său, însă nu răspunde când e sunat. Să mai încerc să dau de el la telefon?

— Nu. Ocupă-te tu, Huldar! E mai bine dacă stă un bărbat de vorbă cu el.

Huldar observă că Lína părea rănită de această idee.

— Lína, care e numărul lui Thórdur?

Normal că ea îl știa pe dinafară și că se grăbi să i-l ofere. Huldar îl formă pe mobilul său. Când introduse ultima cifră, telefonul său îl informă că acel număr era deja atribuit unui contact. Sub numele de Doddi.

Numărul de telefon îi aparținea administratorului din blocul lui Helgi.

Capitolul 32

Cu toate că poliția se pregătise cu mare atenție pentru arestarea lui Thórdur, tatăl lui Maren, alias Doddi, trecuseră totuși cu vederea un lucru: sincronizarea. Își făcură apariția la 5 după-amiaza, chiar atunci când cei care locuiau în clădire începeau să sosească acasă de la muncă, ceea ce însemna că exista un flux constant de mașini care intrau în garajul de la subsol și de oameni care pătrundeau în holul de la intrare pentru a-și aduna corespondența. Liftul suia și cobora întruna. Nimic din toate astea nu făcea mai ușoară arestarea unui suspect potențial periculos. Dacă, se temeau ei, acesta comisese deja două, poate chiar trei crime, exista riscul ca el să nu șovăie să ucidă din nou.

Soarele apunea, lăsând în urmă un cer acoperit de nori, iar blocul înalt proiecta o umbră rece peste parcare, făcându-l pe Huldar să tremure. Fără nici măcar o pală de vânt care să împrăștie gazele de eșapament, aerul era îmbâcsit de poluarea provocată de traficul navetiștilor pe Sæbraut. Huldar nu-și dorea decât să intre mai repede în bloc.

Planul era ca Huldar și Gudlaugur să intre și să discute cu bărbatul, dat fiind că ei fuseseră singurii care comunicaseră cu el până acum. Erla nădăjduia că aveau să îl convingă să recunoască suficiente lucruri cât să se justifice o arestare a lui. În clipa când avea să se petreacă acest lucru, trebuiau să-i și pună cătușele. Nicio secundă mai devreme. Faptul că era tatăl lui Maren nu constituia un motiv suficient pentru arestare, nici măcar în combinație cu faptul că lucra pe post de administrator în clădirea lui Helgi. Șefii aveau să se năpustească imediat asupra Erlei dacă avea să iasă la iveală faptul că era vorba doar de una dintre acele coincidențe specific islandeze — consecința de neevitat a faptului că trăiau într-o societate mică și că poliția îl arestase, fără niciun motiv, pe tatăl aflat în suferință al unei fete care-și curmase singură viața.

Huldar și Gudlaugur primiseră ordin să poarte veste antiglonț peste uniforme și să le ascundă cu ajutorul unor pulovere supradimensionate. Prin urmare, torsurile masive cocoțate pe niște picioare ca niște fusuri îi făceau să semene cu niște culturiști care neglijaseră să-și lucreze atât coapsele, cât și gambele.

Uniformele erau menite să-l facă pe Thórdur să ezite, aducându-i la cunoștință gravitatea situației. Însă nu le explică nimeni de ce erau necesare vestele, iar Huldar bănuia că le poartă amândoi mai mult pentru a le oferi un sentiment de siguranță decât pentru protecție. Administratorul nu depusese niciodată cerere pentru un permis de portarmă, făcând astfel extrem de improbabilă ideea că va scoate un pistol la ei. Huldar nu se putu abține să nu se întrebe câtă protecție le putea oferi această armură împotriva altor arme, mai cu seamă că aceste veste nu țineau la nesfârșit, și cele pe care le deținea divizia lor arătau și cam ponosite. La urma urmei, acest tip se dovedise plin de imaginație — deja folosise un pistol pentru cuie împotriva cuiva. Evită totuși să împărtășească aceste griji și cu Gudlaugur, căci și așa tânărul părea destul de stresat. Era prima lui arestare în care apăreau riscuri, pentru că până atunci nu făcuse decât să încătușeze bețivi și recalcitranți în turele de weekend, pe vremea când lucra la poliția în uniformă. Și, cu toate că genul acela de arestări putea fi riscant, de obicei era făcut pe loc, nu precedat de o perioadă de așteptare în care stăteai încordat ca un arc.

— Ești bine?

Huldar își lăsă o mână pe umărul lui Gudlaugur și se uită cu atenție în ochii lui. La o evaluare obiectivă, instinctul îi spunea că bărbatul mai tânăr avea să treacă peste asta cu bine. Teama lui cea mai mare era că lui Gudlaugur avea să-i scape prea devreme porumbelul pe gură, înainte să apuce să termine cu interogarea lui Thórdur. Sperau să poată fi în stare să-l aresteze fără să facă uz de forță și că toate măsurile lor de precauție aveau să se dovedească neîntemeiate.

— Sunt bine. Gudlaugur ridică din umeri și adăugă: A sosit vremea?

Huldar dădu aprobator din cap. Avea o cască în ureche și doar ce-o auzise pe Erla dându-i ordinul să intre. Și Gudlaugur purta una, însă planul era ca ea să comunice direct cu el numai în cazul în care, dintr-un anumit motiv, Huldar n-ar fi fost în stare să răspundă el însuși la întrebări. Iar Huldar spera din toată inima că nu avea să se ajungă la asta. De asemenea, purtau amândoi microfoane, astfel încât cei aflați la conducerea operațiunii să poată asculta tot. Dacă Erla considera necesar, avea să transmită echipei de întărire care aștepta să intervină. Toți trăgeau nădejde că n-avea să fie nevoie de asta. Existau totuși șanse ca Thórdur să se dovedească dispus să coopereze, așa cum o făcuse și până atunci, însă nu puteau miza pe asta. Oamenii se dovedesc adesea extrem de imprevizibili atunci când sunt încolțiți.

— Intrăm, anunță Huldar cu glas tare, ca să-l audă și Erla.

Vehiculele în care așteptau ea și echipa de intervenție fuseseră parcate în afara razei vizuale, în caz că suspectul se întâmpla să treacă prin holul de la intrare.

— Ești sigur că o să ne putem auzi unii pe alții la subsol?

Gudlaugur intenționase ca aceste cuvinte să fie auzite doar de Huldar, însă Erla îi răspunse imediat, liniștindu-l că ar trebui să funcționeze și acolo. Huldar crezu că distinge o umbră de îndoială în glasul ei. Însă poate că asta se datora calității proaste a sunetului.

Huldar formă numărul marcat „Administrator". Cât așteptară acolo, se întrebă dacă acesta avea să se prindă mai repede în cazul în care i-ar fi zis „Thórdur" în schimb, deși, sincer, se cam îndoia. Atâtea nume apăruseră pe parcursul acestei anchete! Prima dată când Lína menționase numele Maren Thórdardóttir, el nici măcar nu luase în seamă acel patronim.

Gudlaugur se foi de pe un picior pe altul lângă Huldar, după care ridică mâna ca pentru a suna iar, însă Huldar ridică brațul pentru a-l opri. Nu sunaseră decât o singură dată la vizita precedentă și nu voiau să dea impresia de nerăbdare. După câteva secunde, în interfon se auzi glasul administratorului. Acesta întrebă cine e și Huldar îi răspunse. Urmă o perioadă de tăcere de rău augur, însă apoi încuietoarea bâzâi și ei deschiseră ușa.

Huldar porni direct către apartamentul administratorului, cu Gudlaugur urmându-l îndeaproape, însă înainte să apuce să ajungă acolo, se deschiseră ușile liftului în urma lor și administratorul îi strigă pentru a le atrage atenția. Huldar și Gudlaugur se întoarseră, încercând să se comporte normal. Făcură un scurt schimb de amabilități și îi scuturară amândoi mâna bărbatului — o mână care, după toate probabilitățile, trăsese cu un pistol pentru cuie în pieptul unui bărbat, înainte de a-l împinge, fără absolut nicio remușcare, în ghearele morții.

— Eram jos, în birou, le explică administratorul. Cu ce vă pot ajuta? Aveți vreo veste?

— Da, de fapt, însă evident că nu putem discuta aici.

Thórdur încuviință din cap. În clipa aceea, un bărbat dădu buzna în holul de la intrare, cărând după el două sacoșe pline cu cumpărături și o servietă. Observând surprins prezența lui Huldar și a lui Gudlaugur, îl întrebă pe administrator dacă avusese cumva loc vreo spargere. Când Thórdur îl liniști că nu e cazul, bărbatul deveni curios și ceru să afle ce se petrece acolo. Huldar îl informă că avea legătură cu o anchetă în privința căreia nu trebuia să-și facă absolut nicio grijă, după care bărbatul dispăru în lift. Când un alt locatar se ivi imediat după el, le veni greu să refuze invitația administratorului de a continua discuția în biroul lui de la subsol. Când Huldar acceptă, auzi și geamătul Erlei în ureche.

Coborâră toți trei scările în liniște.

În momentul în care intrau în birou, Huldar își dădu seama că e o mișcare proastă. Spațiul era mult prea înghesuit ca să poată reacționa așa cum trebuie dacă administratorul ar fi încercat ceva. Nu în privința sa ori a lui Gudlaugur își făcea el griji; ci a lui Thórdur. Dacă erau siliți să-l imobilizeze, în mod sigur bărbatul avea să se lovească de mobilierul dinăuntru. O eventualitate neplăcută, nu din cauză că-i păsa în mod deosebit dacă Thórdur se lovea de ceva, ci din pricina anchetei care avea să se declanșeze după aceea. Incidentul urma să fie investigat, incluzând aici nesfârșite ședințe, rapoarte și sesiuni de întrebări în care el și Gudlaugur aveau să fie interogați în privința acțiunilor lor. Și, ca lucrurile să fie și mai rele, mai rămăseseră și singuri: Huldar nu mai auzise răsuflarea Erlei în ureche de când ajunseseră în capătul scărilor, deci era puțin probabil ca o înregistrare oficială să vină în sprijinul afirmațiilor lor.

— Mă tem că nu mai am cafea. Vreți să merg să vă aduc câte una?

Administratorul se lăsă pe spate în scaunul de birou. Acum, că ajunseseră aici și se putea gândi mai bine, Huldar își dădu seama că Thórdur avea cam aceeași înălțime cu bărbatul care apărea alături de Siggi pe camerele de supraveghere. Constituția și mișcările erau și ele destul de asemănătoare, iar Huldar ar fi putut jura că și privirea îi era aceeași. Dar alungă iute gândul; urmau să aibă destul de timp să revadă înregistrările, mai târziu.

— Nu, mulțumim!

Sesizând că mușchii feței îi erau nenatural de încordați din cauza furiei, Huldar scoase o gumă cu nicotină și și-o vârî în gură. Era greu să afișezi o expresie anume atunci când mestecai gumă.

— N-ai mai venit ieri la secție. Ți-am cerut să treci pe acolo ca să-ți putem lua o declarație, îți amintești?

— O, da. Scuze!

Bărbatul părea ușurat că acesta era motivul vizitei lor aici.

— Am fost atât de ocupat, că n-am avut nici măcar o clipă liberă. Nu mi-a trecut prin minte că e chiar atât de urgent. Însă mâine am să vin cu siguranță. Sau vreți să vin în seara asta?

Lui Huldar i-ar fi plăcut să aibă câteva secunde la dispoziție ca să-i poată analiza propunerea. N-ar fi fost mai bine să-l facă pe Thórdur să vină la secție, după care să înceapă să-l preseze așa cum trebuie odată ce intra în camera de interogatoriu? Decizia îi aparținea numai și numai lui, întrucât de la casca din ureche nu se mai putea aștepta la niciun fel de ajutor. Mestecă mai departe guma, gândind cu furie, înainte să ofere un răspuns final:

— Trebuie să-ți înregistrăm declarația cât mai curând posibil. Însă prioritatea noastră cea mai mare de acum este să dăm de urma femeii gravide.

— Înțeleg. Din păcate, cu asta chiar nu vă pot ajuta.

Privirea administratorului alunecă departe de cea a lui Huldar.

— Sunteți aproape să o găsiți?

— Da.

Huldar începu să recite povestea pe care o tot repetase împreună cu Erla:

— S-ar putea să rămâi surprins să auzi asta, dar se pare că Helgi nu era chiar tipul acela de treabă pe care îl credeai tu.

— A?

Spre deosebire de Huldar, administratorul nu avusese posibilitatea de a-și repeta povestea, așa că încercarea lui de-a mima surpriza sună complet fals.

— În ce sens?

— Să nu mai zici nimănui, dar se pare că avea obiceiul de-a se înregistra în timp ce făcea sex — fără ca femeile cu care o făcea să știe ceva. De asta ne aflăm aici. Trebuie să intrăm în apartamentul lui, ca să ne asigurăm că tehnicienii de la Criminalistică n-au ratat nicio cameră ascunsă în dormitorul lui.

Administratorul se plesni pe coapsă, prefăcându-se de-a dreptul uluit, însă comportându-se atât de fals, încât, dacă ar fi fost după Huldar — și dacă acțiunile poliției n-ar fi fost atât de atent monitorizate —, el, unul, l-ar fi arestat pe bărbat pe loc. Dar să fii un actor slab nu e suficient ca să dai dovadă că ești vinovat de ceva.

— Glumiți! zise Thórdur. Normal că o să vă las înăuntru. Vreți să mergem chiar acum acolo?

— Imediat. Dar ia zi, mai întâi, tu știai ceva despre tinerele care vizitau apartamentul lui Helgi? Noi am crezut că ai uitat să menționezi acest aspect.

— Nu, desigur că nu. V-aș fi spus dacă aș fi știut.

— Ești sigur-sigur? Toate erau blonde. Subțirele, păr lung, adevărate minunății.

— Nu — cum spuneam, v-aș fi spus.

Huldar încuviință din cap, mestecându-și mai departe guma.

— E de-a dreptul șocant modul cum le trata pe acele femei. Felul în care profita de încrederea lor e pur și simplu revoltător.

Pentru că bărbatul nu reacționă în niciun fel, Huldar adăugă:

— Ai avut și tu o fată?

Administratorul trase brusc aer în piept.

— Nu.

— N-ai avut niciodată?

Se așternu tăcerea în spațiul acela complet închis. Huldar se hotărî să sporească presiunea, deviind de la scenariul care îi fusese oferit. Uneori trebuie să acționezi după instinct și, în plus, era greu de crezut că Erla îl putea auzi.

— Eu nu am copii, însă nici măcar nu-mi pot imagina ce șoc teribil ar fi pentru mine dacă cineva mi-ar abuza fiica. Mai ales dacă individul respectiv ar fi genul de om care crede că nu trebuie decât să pocnească din degete ca să obțină absolut tot ce-și dorește. Acum suntem înclinați să adoptăm teoria conform căreia uciderea lui Helgi are legătură cu această mică excentricitate a lui. Că el a fost făcut să plătească pentru ceea ce i-a făcut uneia dintre acele tinere. Nu zic că aș considera asta o justificare pentru a-l omorî, dar, cum ziceam, eu însumi nu sunt tată, ca să mă pun în locul unui părinte. Am totuși cinci surori și n-aș reacționa prea bine dacă aș auzi că de încrederea lor s-ar fi profitat în asemenea hal.

Huldar se opri, neștiind cum să continue, însă în cele din urmă se hotărî să încerce:

— Numele Maren îți zice ceva?

Bărbatul rămase tăcut, cu ochii pironiți în podea. După care spuse, fără să ridice privirea:

— „Gaura". Așa îi spuneau lui Maren. Pentru Helgi și amicii lui, ea nu era decât o gaură în care să și-o vâre.

Huldar simți cum îi năvălește adrenalina prin vene. Însă era deconcertat; nu se așteptase la o așa reacție. Era atipic pentru suspecți să mărturisească atât de ușor. Instinctul îi spunea că lucrurile nu erau chiar în regulă și mâinile i se duseră ușor spre centură, degetele strângându-i-se ușor în jurul bastonului și a recipientului cu spray cu piper. Însă Thórdur nu dădea niciun semn că ar vrea să încerce ceva. În schimb, începu iar să vorbească, pe un ton coborât:

— Speram să mai am parte de încă o zi. Pentru a mai face câteva conexiuni. Dar se pare că nu mai am nicio șansă.

Ridică brusc capul.

— Trebuie să vă arăt ceva.

Ordinele lor fuseseră să-l aresteze pe bărbat cu orice preț, așa că se arătară de acord să meargă cu el și îi conduse spre partea din spate a garajului subteran, la mare distanță de toate acele mașini parcate acolo. Se opriră în fața unei uși aflate lângă una pe care scria „Depozit de gunoaie". O duhoare amețitoare le ajunse la nas cât

Thórdur bâjbâi după cheia potrivită. Huldar, care devenise un adevărat cunoscător în domeniu după ce răscolise prin în gunoi împreună cu Lína, își dădu seama că mirosul ce se strecura pe sub ușă era diferit de cel suportat de el cu acea ocazie.

Când administratorul deschise în sfârșit ușa, instinctul lui Huldar se dovedi corect. Duhoarea din camera care până la urmă se dovedi cea în care se afla centrala nu era cauzată de mâncare putredă sau alte gunoaie.

Erla ar fi făcut mai bine să uite de echipa de intervenție și să solicite mai bine o ambulanță.

Spre imensa lui frustrare, Huldar nu mai avea nicio gumă rămasă în pachetul pe care îl tot foșnea pe sub masă. Faptul n-ar fi trebuit să reprezinte o mare surpriză pentru el, întrucât avusese puține ocazii să iasă repede la o țigară în ziua respectivă. Încercă să-și liniștească nervii prea încordați promițându-și în sinea sa că avea să fumeze trei țigări una după alta imediat ce se încheia interogatoriul lui Thórdur. Deja nu mai aveau mult.

El nici măcar n-ar fi trebuit să se afle aici. Erla avusese de gând să realizeze interogatoriul alături de un alt polițist, crezând, pe bună dreptate, că Huldar era prea obosit și prea încordat după evenimentele din ziua respectivă. Însă el își ieșise din pepeni când ea îl alese pe Jóel în locul său, simțind că oricât de ostenit ar fi fost, tot era un detectiv mult mai capabil decât idiotul ăla. Totuși, după cum se dovedi mai târziu, nu mai fu nevoie să li se pună meritele la încercare, întrucât Thórdur refuză să scoată vreun cuvânt dacă nu era și Huldar de față. Așa că Jóel fusese nevoit să iasă cu coada între picioare din camera de interogatoriu. Când trecură unul pe lângă altul în ușă, Huldar plutea deja pe culmile fericirii, ceea ce îi oferi o temporară explozie de energie. Jóel își înfipse un cot în coastele lui când se intersectară, șuierând:

— Las' că vezi tu!

De obicei, amenințările lui erau goale, însă de data asta Huldar avu senzația neplăcută că în spatele lor se ascundea ceva mai serios. Sau poate că erau doar efectele epuizării și ale lipsei de nicotină.

Avocatul lui Thórdur aruncă o privire la ceasul de la mână.

— Am terminat aici? Clientul meu v-a răspuns deja la toate întrebările foarte clar și fără subterfugii, așa că eu chiar nu înțeleg de ce am mai rămâne aici mai mult decât trebuie. Chiar e nevoie să-i mai puneți și alte întrebări?

Erla, prefăcându-se că nici nu-l auzise, îi ceru lui Thórdur să le mai spună o dată ordinea cronologică a desfășurării evenimentelor.

Thórdur tuși și oftă adânc. Inițial, păruse bucuros de șansa de a-și despovăra conștiința, însă repetările astea nesfârșite îl lăsaseră fără glas și-i luaseră cu ele și ultima rămășiță de ușurare.

— Acum cinci ani, fiica mea a fost găsită moartă, începu el pe un ton monoton. Au crezut că e vorba de o sinucidere. Suferea de depresie încă din adolescență și mai făcuse o încercare, însă deloc serioasă, de a-și lua zilele. Se simțea totuși mai bine. Când am văzut-o ultima oară, arăta chiar bine și părea să fi recăpătat controlul asupra propriei vieți, așa că ce-a urmat a venit ca un adevărat șoc pentru noi. Însă pur și simplu a trebuit să acceptăm ideea că de bunăseamă interpretaserăm noi greșit semnele. Pe atunci locuiam în Norvegia, așa că am crezut că poate izbutise ea să ne păcălească, pretinzând că se simte mai bine decât se simțea de fapt. În fine, am zburat imediat înapoi acasă și am încercat să facem față așa cum puteam suferinței. La scurt timp după înmormântare, am venit la secția de poliție ca să-i recuperez lucrurile, pentru că își lăsase geanta, pardesiul și pantofii în urmă, pe malul de pe care ei credeau că intrase în mare. I-am verificat telefonul după vreun indiciu privitor la ceea ce se întâmplase în noaptea aceea, dar n-am găsit nimic. Cu excepția unei fotografii pe care o făcuse după ce se despărțise de iubita ei. Tot ce apărea acolo era speteaza unui pat cu un aspect complet banal. Nimic altceva.

Huldar își aminti videoclipul și încercarea de om beat a lui Maren de a-și face un selfie. Dat fiind că văzuse cât de beată era, nu rămase deloc surprins să audă că ea ratase complet cadrul cu ea și nu izbutise să pozeze decât tăblia de la căpătâiul patului.

Tatăl ei continuă:

— Din moment ce autopsia a dezvăluit că făcuse sex în noaptea în care murise, am presupus că patul avea și el de-a face cu asta. Însă n-a recunoscut nimeni că s-ar fi culcat cu ea în noaptea aceea. Deloc surprinzător, până la urmă, însă eu am rămas un pic dezamăgit că poliția nu era dispusă să verifice înregistrările camerelor de supraveghere pentru a-l identifica pe bărbatul cu care plecase acasă Maren.

Nici Erla și nici Huldar nu ziseră nimic, deși Thórdur făcu o pauză aici ca să le ofere ocazia să vorbească. Poate că el dorea o scuză sau o explicație. În cele din urmă, coborî iarăși privirea și-și continuă povestea, rămânând cu ochii pironiți la propriile mâini.

— A început să mă bântuie imaginea acelui pat. Ani de zile. De-a lungul acelei negre perioade prin care am trecut eu și soția mea după moartea lui Maren și în timpul divorțului nostru. Nu ne-am mai întors în Norvegia și niciunul dintre noi n-a mai fost în stare să lucreze o bună bucată de timp după aceea. Am început să ne și certăm foarte des. Însă indiferent ce se întâmpla, eu nu-mi puteam scoate din cap imaginea acelei tăblii de pat. Pe măsură ce-a trecut timpul, am început să uit de ea și probabil că aș fi încetat să mă mai gândesc cu totul dacă soarta nu mi-ar fi aruncat-o în cale în urmă cu ceva mai mult de-un an.

Thórdur se opri pentru a lua o gură de apă. Pesemne că deja devenise călduță, însă pe el nu păru să-l deranjeze vreun pic.

— Am fost chemat sus, la un apartament de la ultimul etaj al clădirii, pentru că un țicnit încerca să dărâme ușa unui locatar care doar ce se mutase acolo — Helgi, cu alte cuvinte. Am izbutit să-l conving pe bărbat să intre în lift și să-l iau cu mine până în holul de la intrarea în bloc, deși era scos din minți de furie. Tot răcnea despre soția lui și despre ticălosul cu care ea îl înșelase. Am încercat să-l liniștesc și până la urmă am scos de la el că era sigur că Helgi era cel responsabil. Ticălosul nu doar că se culcase cu soția lui, ci mai și postase filmarea pe internet. Bărbatul mi-a arătat apoi o poză printată cu un cadru dintr-o filmare în care apărea un cuplu care făcea sex. Pretindea că femeia care se afla cu Helgi e soția lui. Eu rămăsesem cu ochii holbați la poză — nu la cuplul despuiat, ci la tăblia patului. Eram convins că sunt exact același pat și aceeași cameră din poza de pe telefonul lui Maren.

Huldar îi aruncă Erlei o privire piezișă, însă ea rămase ca mută, dând clar de înțeles că n-avea nicio intenție să-i explice lui Thórdur cum de ajunsese acel videoclip pe site-ul unde se partajau fișiere. Adică ea nu se grăbea deloc să-i corecteze impresia complet eronată că Helgi fusese cel responsabil. Avea să afle el la momentul potrivit că nu Helgi fusese autorul. În mod ironic, tot acest lanț dezastruos de evenimente care curmase viețile lui Helgi și a lui Margeir fusese declanșat de fiul lui Thormar, Fannar, care avea pe atunci treisprezece ani. Deși, desigur, s-ar fi putut argumenta că vina cea mare îi aparținea lui Thormar, care făcuse neglijența să lase deschis forumul pe calculatorul de acasă, unde putea fi găsit de un adolescent, de exemplu. Și-ți poți imagina foarte ușor bucuria băiatului, mai cu seamă când dăduse peste o filmare cu noua lui profesoară, Sigurlaug Lára.

În loc să se mulțumească să-l vadă și gata, puștiul copiase filmarea și o postase pe un site care partaja fișiere, pesemne pentru ca și colegii săi de clasă să se poată bucura de această incredibilă descoperire a lui. Motivația lui avea să devină și mai clară după ce aveau să stea de vorbă cu el, deși acest lucru n-avea să se petreacă prea curând: polițiștii aveau mult prea multe pe cap momentan. Întrucât băiatul era încă minor, de bunăseamă că avea să scape foarte ușor, numai că urma să fie nevoit să recunoască ce făcuse în fața mamei lui. Era posibil ca și serviciile sociale pentru copii să fie informate, iar el să fie trimis să facă un pic de terapie pentru adolescenți cu tulburări de control al impulsurilor. Huldar cu siguranță își dorea acest lucru. Acțiunile băiatului avuseseră niște consecințe atât de devastatoare, încât pur și simplu nu putea fi lăsat să scape nepedepsit.

— Continuă! îl zori Erla pe Thórdur, a cărui minte, la fel ca și a lui Huldar, pornise să rătăcească pe coclauri.

Camera era atât de încinsă și aerul atât de sufocant, încât le era greu tuturor să-și păstreze concentrarea.

Thórdur reluă de unde rămăsese. Îl invitase pe Margeir la el în apartament, în speranța că urma să afle mai multe despre patul din filmare, și acolo ascultase cum Margeir, după cum se exprimase cu propriile cuvinte, „își stâlcise curva de soție în bătaie", după ce ea încercase să-l aburească explicându-i din ce motiv fusese nevoită să renunțe la serviciu. El o silise să îi arate filmarea care făcuse imposibilă continuarea carierei ei de profesoară. Filmarea apăruse de curând pe site. Thórdur izbutise să-l calmeze suficient pe Margeir ca să-l facă să-i arate site-ul respectiv, deși mai întâi fusese nevoit să-l asculte cum aiurează despre faptul că probabil Helgi era cel care deținea acel site. Lui Thórdur nu-i prea venea să creadă acest lucru, din moment ce majoritatea postărilor proveneau în mod evident de la utilizatori mult mai tineri sau chiar băieți.

După asta, Thórdur îl trimisese pe Margeir acasă. Însă curiozitatea îi fusese stârnită și, după ce zăcuse treaz aproape toată noaptea, se hotărâse să pătrundă în apartamentul lui Helgi folosindu-se de cheia lui universală, ca să vadă dacă putea găsi vreo dovadă care să facă legătura între fiica lui și acest nou locatar. Iar norocul fusese de partea lui. Se dovedise că Thormar nu fusese singurul neglijent în privința securității. Helgi își lăsase calculatorul de acasă deschis și cu parola introdusă, ba chiar și cu forumul deschis. Acționând cu iuțeală, Thórdur crease un permis de acces special pentru el însuși, după care se grăbise să iasă. De atunci, putea să vadă toate postările de pe forum ori de câte ori dorea el. Soarta lui Helgi fusese pecetluită atunci când Thórdur dăduse în sfârșit peste videoclipul în care îi violau fiica în grup. După aceea, devenise obsedat de gânduri de răzbunare.

Glasul lui Thórdur devenea tot mai aspru. Se opri ca să soarbă ultimele picături de apă din pahar, înghiți, apoi își reluă povestea, devenind tot mai palid:

— Mi-a luat câteva luni să ticluiesc un plan. Însă odată format pe deplin, mi-am dat seama că nu o puteam face singur. Am găsit numărul lui Margeir și l-am invitat la o cafea, dat fiind că părea suficient de dement ca să se arate dispus să mă ajute. Nici nu știam cum să abordez subiectul, dar când am făcut-o, el a acceptat pe loc.

Avocatul tuși, se aplecă spre clientul său și-i șopti ceva la ureche. Însă Thórdur abia de schiță vreun gest și-și continuă povestea:

— Cu două săptămâni în urmă, ne-am întâlnit ca să cărăm grinda la Stânca Spânzuratului, având la noi ștreangul deja pregătit spre a fi montat acolo. Nu vine multă lume pe timpul iernii, așa că mi-am închipuit că n-o să-l observe nimeni și să se întrebe ce caută acolo. Și am avut dreptate. A trebuit să-l lăsăm o vreme acolo, cât timp puneam la punct restul planului, în caz că eram zăriți. După care, nu a mai fost nevoie decât să așteptăm. Margeir zicea că știe o mașină pe care o puteam folosi și care nu avea să ducă la el, și a mai zis și că poate face rost de o doză de Rohypnol. Totul era pus la punct. Helgi s-a întors acasă din străinătate și, când l-am auzit vorbind pe hol la telefon și făcând planuri să iasă în oraș în seara de sâmbătă, mi-am dat seama că sosise momentul. Margeir mi-a adus drogul și mașina, un jaf de Land Cruiser, în dimineața aceea, iar eu l-am urmărit pe Helgi prin oraș seara. Am așteptat lângă restaurant, după care l-am urmărit până la 101 Bar. După vreo oră, i-am trimis un mesaj sugestiv de pe un număr ascuns, pretinzând că sunt femeie și cerându-i să ne întâlnim la Kex. El a ieșit din club aproape imediat și eu am parcat pe Vitastígur, de unde puteam urmări intrarea în Kex. După care, am așteptat. În cele din urmă și-a făcut și el apariția și eu am ieșit din mașină, l-am salutat și i-am oferit o bere asezonată generos cu Rohypnol. Însă nu l-am putut convinge să se suie în mașină cu mine, așa că a trebuit să-l las să plece.

Imediat ce-a plecat, i-am trimis alt mesaj, presupus a fi de la aceeași femeie, în care îi spuneam că mă plictisisem așteptându-l și că plecasem. Când am trecut prin fața intrării în Kex, el citea mesajul, așa că după aceea a acceptat să-l iau cu mașina.

Thórdur continua să vorbească, deși glasul îi devenise atât de răgușit, încât părea că în curând îi vor ceda de tot corzile vocale. Huldar se forța să-l asculte, luptându-se cu o oboseală copleșitoare care-l făcea să vrea să închidă ochii, să stingă lumina și să meargă la culcare. În pofida demnelor sale eforturi, aproape că lăsă capul în piept când Thórdur repetă încă o dată, aproape cuvânt cu cuvânt, descrierea drumului până la Álftanes și plimbarea pe câmpul de lavă. Îi veni mai ușor să rămână treaz în timpul poveștii despre cum ajunsese Margeir să moară.

— Stabiliserăm să ne întâlnim pe Sudurhlíd după ce eu... știți...

Nici Erla, nici Huldar și nici avocatul nu-i ușurară sarcina bărbatului recunoscând că știu la ce se referă. După câteva secunde, Thórdur continuă:

— Luasem un mănunchi de chei din buzunarul lui Helgi și cele de la apartament se dovedi că erau și ele acolo. Margeir era disperat să arunce o privire în locuință. Însă când ne-am întâlnit acolo, ce să găsesc altceva decât pe idiot însoțit de soția lui și de copilul lor? Individul era complet țicnit. Femeia stătea pe scaunul din față în mașină și băiatul dormea în spate. Normal că am avut un adevărat șoc atunci când i-am văzut acolo, pentru că nu așa ne înțeleseserăm. În primul rând, soția lui nu avea nimic de pierdut dacă mergea la poliție, în timp ce eu și cu el eram amândoi la fel de vinovați, așa că era puțin probabil ca vreunul dintre noi doi să vrea să vorbească. Dacă mă întrebați pe mine, lui Margeir îi lipseau câteva țigle de pe casă. Ne-am cam certat în parcare, dar degeaba, răul era deja făcut. Mi-a zis că a adus-o și pe ea ca să-i dea o lecție, însă fusese nevoit să-și ia și fiul pentru că nu-l putea lăsa singur acasă. Băiatul a continuat să doarmă și abia s-a mișcat când l-a mutat, deci chiar nu exista vreun motiv de îngrijorare. Margeir a mai zis că nici soția lui nu va scoate niciun sunet. Din ce-am înțeles de la el, avea de gând să o târască în sus pe scări și să o violeze în patul în care îl înșelase cu altul. Mie îmi făcea greață această idee și lucrurile s-au înrăutățit și mai mult când femeia a ieșit din mașină și am văzut că avea o burtă enormă. Margeir s-a răstit la ea să intre înapoi în mașină, spunându-i că nu trebuie să se bage când stau de vorbă doi bărbați.

Umerii lui Thórdur, care îi căzuseră și mai mult în timpul poveștii, se îndreptară acum și glasul îi prinse din nou putere, ca și cum descria un act de eroism:

— Eu mă aflam acolo ca să răzbun violul care o făcuse pe fiica mea să-și piardă viața. În niciun caz n-aveam de gând să stau cu mâinile în sân și să nu fac nimic, în timp ce o femeie la fel de nevinovată urma să aibă exact aceeași soartă. Așa că am făcut singurul lucru onorabil care se cuvenea făcut în astfel de împrejurări. L-am păcălit pe Margeir să vină sus cu mine și l-am omorât. L-am lovit în ceafă cu o trusă grea de scule pe care am găsit-o pe jos.

— Ce s-a întâmplat după aceea? sări Erla să întrebe înaintea lui Huldar, care se întreba și el exact același lucru.

De fapt, Huldar era mai degrabă surprins că Helgi deținea un asemenea obiect, din moment ce el îi catalogase din prima clipă, pe el și pe prietenii săi, drept tipul de om care nu ține în casă nici măcar o șurubelniță.

— Am pus-o în mașină și mai apoi am aruncat-o în mare, de pe Sæbraut, în apropiere de sculptura *Sólfar*.

Părând iritat de această întrerupere, Thórdur se grăbi să-și reia povestea, ca pentru a-i împiedica pe Erla și pe Huldar să-i taie elanul cu alte întrebări suplimentare:

— În fine, înainte să-l omor pe Margeir, am avut grijă să-l anunț că mă abătusem de la planul nostru inițial. În loc să-i vâr lui Helgi în buzunar biletul pe care îl făcusem să-l semneze, i l-am prins de piept cu ajutorul unui pistol cu cuie. Margeir și-a pierdut de tot controlul în acel moment, ceea ce însemna că îl surprindeam cu garda jos. Faptul că nu-și putea controla nervii a fost ceea ce i-a și provocat, într-un final, prăbușirea. Există un soi de justiție poetică în toate astea, nu credeți?

Cum niciunul dintre ei nu reacționă, Thórdur ridică din umeri.

— Apropo, ce-ați crezut despre biletul lui de sinucigaș? Presupun că nu v-ați lăsat păcăliți de ideea că un sinucigaș și-ar prinde un bilet în piept cu un cui?

— Scrisoarea a fost luată de vânt, așa că nu am apucat să o vedem.

Erla nu-l mai întrebă și ce anume scria în ea — oricum nu mai conta.

— Tu chiar te aștepți să te credem că îți puseseși de la bun început în gând să-i prinzi biletul în piept cu un cui? Că nu ți-ai pierdut controlul odată ce l-ai avut în gheare pe tipul pe care îl urai? Trebuie să-ți fi venit tare greu să te prefaci luni de zile că-l placi. Să trebuiască să afișezi un surâs sicofant ori de câte ori îți cerea să-i dai o mână de ajutor. Să accepți bacșișuri de la el și să te prefaci că-i ești din cale afară de recunoscător.

— Nu mi-am pierdut controlul. Știam exact ce fac.

Avocatul lui Thórdur scoase un geamăt de deznădejde auzindu-i afirmația.

Ignorându-l, Thórdur insistă:

— Spre deosebire de Margeir, eu nu m-am așteptat nicio clipă că voi scăpa. El a insistat în privința biletului de sinucigaș, însă mie nu îmi păsa dacă era evident că nu e vorba de o sinucidere. Am făcut-o deliberat. Voiam să-i zgudui bine pe amicii lui Helgi, pe perverșii ăia nenorociți care au luat parte la umilirea fiicei mele. Singurul motiv pentru care nu m-am predat imediat a fost pentru că mă tenta ideea să le fac felul și lor. Le smulsesem numele de la Helgi după ce-și făcuse efectul drogul. Însă planul s-a năruit atunci când Margeir și-a făcut apariția împreună cu soția. În parte, de asta am fost atât de șocat când am văzut-o acolo. Și de aceea am luat-o cu mine când am plecat de pe strada Sudurhlíd. Dacă aș fi lăsat-o să plece, aș fi pus capăt visului meu de-a mă răzbuna și pe ceilalți. În final, tot ce-am izbutit să fac a fost să bag groaza în ticăloșii ăia bolnavi mintal. Cu toate astea, mai poate aștepta. Cât timp o să stau la închisoare?

Avocatul bătu cu palmele în masă.

— Ajunge! Clientul meu e obosit și nu mai știe ce spune. Insist să luăm o pauză!

Erla se arătă de acord. Știau deja restul.

Huldar profită de ocazie ca să iasă afară și să fumeze cele trei țigări pe care și le promisese. Însă, deocamdată, una era de ajuns. Nu se ridică la înălțimea așteptărilor, poate și din cauza gustului acid din gură.

Capitolul 33

Freyja nu prea avu cu ce să contribuie la discuție. Îi era greu să urmărească povestea mamei lui Siggi și chiar nu înțelegea ce vrea poliția de la ea. Erla, pe de altă parte, părea să nu aibă nicio problemă cu înțelegerea poveștii femeii însărcinate, însă ea cunoștea deja mult mai multe detalii. Stăteau lângă patul în care Sigurlaug Lára zăcea întinsă, arătând îngrijorător de fragilă, cu chipul complet alb în afară de pielea roșie și iritată din jurul gurii și de cicatricea urâtă de la tâmplă. Cea din urmă arăta mai veche și trebuie să fi provenit de la rana care o adusese la Urgențe imediat după Crăciun. Freyja nu puse nicio întrebare, nici despre iritația din jurul gurii, nici despre cicatrice. Biata femeie avea și-așa o grămadă de probleme.

Era conectată la o perfuzie și la alte câteva aparate care-i monitorizau tot ce era de monitorizat. Burtica umflată se ridica precum o movilă pe sub pătură. La un moment dat, Freyja observă o mișcare înceată, dar foarte clară, în acea movilă și-și feri cu iuțeală privirea, ca și cum n-ar fi vrut să fie surprinsă holbându-se. Tot la fel, evita să se uite la iepurașul de pluș cu aspect sumbru vârât la subrațul femeii. Nici Sigurlaug și nici Erla nu făcură vreo referire la el, însă Freyja era aproape sigură că e jucăria de care pomenise Siggi la Casa Copiilor.

Când Sigurlaug închise ochii, cercurile întunecate din jurul lor deveniră mai puțin pronunțate și femeia păru să arate ceva mai bine; nu foarte bine, dar măcar nu mai părea gata să-și dea duhul în orice clipă. Confidențial, poliția îi spusese Freyjei că femeia fusese ținută patru zile închisă în camera centralei din subsolul blocului de apartamente unde fusese găsit Siggi. Stătea acolo încă de la primele ore ale dimineții de duminică, adormită fiind inițial cu Rohypnol. Când efectele drogului dispăruseră, răpitorul apelase la o bucată de bandă adezivă pe care i-o înfășurase în jurul gurii și o amenințase că-i face rău copilului ei dacă scotea chiar și cel mai mic sunet. Sigurlaug era extrem de confuză, nesigură când se trezise din amețeala provocată de drog, deși credea că asta se întâmplase cu cel puțin două zile în urmă. Întrucât camera centralei în care zăcea legată de perete nu avea ferestre, habar nu avea cât timp trecuse. Le-a zis că dormise mai tot timpul, pierzându-și și recăpătându-și cunoștința de mai multe ori după ce dispăruseră efectele drogului. În camera centralei era foarte cald, și din găleata pe care fusese silită să o folosească pe post de toaletă răzbătea un miros pestilențial, așa că, în împrejurările date, cel mai bine fusese să încerce să doarmă.

— Ne-ar fi de mare ajutor dacă ai mai rămâne un pic trează. Trebuie să înțelegem ce s-a întâmplat înainte să depunem cererea de arest preventiv pentru răpitorul tău. Dacă terminăm acum, îl vei putea vedea un pic pe Siggi după aceea. Abia așteaptă.

La auzul numelui fiului ei, femeia deschise ochii și se trase un pic mai sus pe perne, tresărind puternic din cauza acului înfipt în braț.

— Când îmi pot vedea fiul? Nu-l pot vedea acum?

Se uită de la Erla la Freyja și înapoi, fără să mai pară complet amețită, ci, brusc, foarte trează, purtând pe chip o expresie îngrozită.

— S-a întâmplat ceva cu el? A pățit ceva?

Erla se grăbi să o liniștească:

— Nu, e bine. În clipa în care terminăm aici, îl poți vedea. Îți dau cuvântul meu că e absolut în regulă.

Sigurlaug se mai calmă nițel auzind asta, însă nu părea convinsă. Era ca și cum n-ar fi avut încredere deplină în Freyja și în Erla, de înțeles după câte îndurase în ultimele patru zile. Era într-o stare atât de precară, încât Freyja se întreba dacă n-ar fi fost mai bine să-i dea un ghiont discret Erlei și să-i sugereze să revină mâine. Însă nu ținea de ea, și dacă doctorii și asistentele consideraseră că Sigurlaug era în stare să fie interogată, atunci probabil că știau ei mai bine. Rolul său părea să fie doar de martor, nimic mai mult. Iar ea nu lucra pentru poliție și nu era implicată în mod oficial în anchetă.

Trecuse deja o oră de când Agenția pentru Protecția Copilului o sunase pe Freyja și îi ceruse să meargă la Spitalul Național în calitate de reprezentant al lor, pentru a evalua dacă era sigur să-l lase pe Siggi să-și vadă mama acum, că fusese găsită. În particular, trebuia să se asigure că femeia era pe deplin conștientă și stabilă din punct de vedere emoțional. Din moment ce se părea că tatăl băiatului fusese descoperit mort, trebuia să se asigure că această veste șocantă avea să-i fie dată copilului într-o manieră atent cumpănită.

Freyja le explicase că momentul era nepotrivit, întrucât o făcea pe dădaca și tocmai se pregătea să o bage pe Saga la somn. Însă, de fapt, nu prea putea refuza cererea, din moment ce nimeni altcineva care-l cunoștea pe băiat nu era disponibil. Îi spuseseră că o putea lua și pe Saga cu ea la spital și că acolo va avea poliția grijă de ea.

Strict vorbind, Freyja nu mai avea nevoie de aceste ture în plus, dat fiind că își luase inima în dinți și semnase contractul de închiriere cu Tobbi, prietenul lui Baldur. Într-un final, ideea de-a avea o locuință a ei cântărise mai mult decât groaza provocată de șarpe. Însă îi păsa cu adevărat de Siggi și nu ar fi suportat gândul că refuzul ei ar fi amânat regăsirea mamei cu fiul. Agenția pentru Protecția Copilului mai voia să stabilească și dacă mama lui Siggi dorea sau nu ca băiatul să stea cu bunica lui, ceea ce ar fi însemnat ca el să petreacă încă o noapte în adăpostul temporar. În calitate de tutore legal, mama lui era liberă să decidă cine să aibă grijă de el.

În orice caz, totul durase mult mai mult decât se așteptaseră cu toții. Huldar și Erla o întâmpinaseră pe Freyja la spital, deși nu la fel de călduros. Huldar se ocupase de Saga, în timp ce Freyja stătuse un pic de vorbă cu Sigurlaug. Nu durase mult ca să constate că era perfect sigur pentru Siggi să vină să-și vadă mama la spital și să confirme că femeia voia într-adevăr ca el să meargă să stea cu bunica. Însă când Erla și Huldar veniseră să reia discuția, dăduseră peste un obstacol.

Sigurlaug refuzase categoric să fie în aceeași cameră cu un bărbat.

Întrucât Erla avea nevoie de un martor ca să-i poată lua femeii declarația, nu avusese de ales decât să-i ceară Freyjei să i se alăture, oricât de mult o îndurera acest lucru. Huldar îi promisese că va avea el grijă de Saga între timp și fetița păruse mai mult decât fericită cu acest aranjament, ba chiar întinsese brațele spre el când venise s-o preia de la Freyja. În timpul interogatoriului, Freyja rămăsese cu urechile ciulite ca să surprindă cea mai mică urmă de nemulțumire de pe hol, însă nu auzise decât chicotelile Sagăi. Și chiar nu-și putea imagina ce anume declanșase acest fenomen extrem de rar. Poate căzuse vreun pacient în nas în fața ei.

Sigurlaug își termină povestea cu o voce răgușită:

— Sibbi... Margeir, adică, era un tip bolnav. Era ca și cum la un moment dat s-ar fi frânt ceva în el. Cred că mă iubea în felul lui — el tot insista că mă iubește —, însă mă trata de parcă m-ar fi urât. Semăna nițel cu senzația când porți un copil în pântec. Știu că voi naște un copil, dar nu știu când anume. Văd cum îmi crește burta, așa cum vedeam și când se adunau norii negri de furtună. Făceam orice îmi stătea în putere să amân inevitabilul. Țineam casa într-o stare impecabilă. Evitam să fac orice știam că îl scotea din sărite. Însă lista lucrurilor care-l făceau s-o ia razna se lungea tot mai mult, iar mie îmi venea tot mai greu să-l fac fericit.

Lăsă capul în jos, uitându-se prin pătura de spital.

— Știu că nu e foarte drăguț din partea mea, însă acum, că e mort, trebuie să mă agăț de amintirile despre cât de urât se purta cu mine. Vreau să alung toate momentele frumoase. Îmi fac suferința mai ușor de îndurat.

Sigurlaug se opri preț de câteva clipe, după care reluă:

— Însă nu-l mai iubeam deloc. În ultimul timp, singura emoție pe care o simțeam era teama. Am mers în Mallorca în vacanță și m-a atacat cu o asemenea violență, încât mi-a fost teamă că o să mă omoare. Însă la scurt timp după ce ne-am întors acasă, dispoziția lui s-a îmbunătățit brusc și a început să pară mai fericit. A încetat să-și mai facă griji din pricina banilor, cu toate că situația era dezastruoasă, iar comportamentul lui s-a schimbat complet. Era ca și cum abia aștepta să se întâmple ceva — o față a lui pe care nu i-o mai văzusem de foarte multă vreme. Înainte, se arăta mereu extrem de pesimist în privința viitorului.

Sigurlaug tresări și încercă să-și găsească o poziție mai confortabilă, astfel încât acul perfuziei să n-o mai înțepe în mână. După care oftă și-și continuă povestea:

— Pare o nebunie, dar să știți că mie încă îmi păsa de el. În pofida a tot. M-am convins singură că se va schimba. Doar dacă făceam eu asta în loc de aia. Însă în adâncul sufletului, știam că era complet lipsit de speranță.

Freyja întinse brațul și o prinse de mână, strângând-o cu blândețe, după care îi dădu drumul.

— În noaptea aceea, Sibbi m-a trezit și mi-a poruncit să mă ridic din pat. Mi-a zis că trebuie să-mi arate ceva, însă nu-mi dădeam seama dacă era de rău sau de bine. Deși de obicei mă supuneam și făceam ce-mi cerea, de data asta am pus piciorul în prag și am refuzat să-l las singur pe Siggi. Băiatul dormea, așa că l-am îmbrăcat bine și l-am cărat și pe el la mașină. Nu cred că știa ce se întâmplă; dormea buștean. Sibbi ne-a dus cu mașina pe Sudurhlíd. Când a oprit în parcare, mi-am dat seama că dădusem de belea. Vedeți voi, recunoscusem deja clădirea și știam că Sibbi nu mă dusese acolo din întâmplare. Ce se întâmplase cu cinci ani în urmă avusese niște consecințe atât de dezastruoase, încât nu am uitat-o niciodată...

Glasul i se frânse iarăși.

— Ne poți povesti? o întrebă Erla. Trebuie să auzim și punctul tău de vedere, pentru că tot ce-am auzit până acum e versiunea soțului tău, care e greu de dovedit.

O urmă vagă de culoare pătă obrajii palizi ai femeii.

— Nu l-am înșelat pe Sibbi, deși el a refuzat să mă creadă. Am mers acasă la un bărbat pe nume Helgi, Helgi Fridriksson.

Ridică mâna care nu era conectată la perfuzie și-și dădu la o parte părul încâlcit.

— Pe atunci, arătam mai bine. Mult mai bine. Însă Sibbi nu suporta când alți bărbați se uitau la mine, așa că am încetat să mai fac vreun efort. Așa voia el.

Schiță un zâmbet anemic, plin de tristețe, și adăugă:

— Ăsta e unul dintre lucrurile pe care mi le doresc când se vor termina toate astea — să mă dichisesc și să mă machiez când am eu chef.

Freyja surâse, dar nu zise nimic. Erla rămase la fel de detașată ca până atunci. Poate că nevoia prezenței unui martor fusese doar un pretext; poate că Erla chiar avea nevoie de cineva capabil să-i arate un dram de umanitate.

— În fine, eu și Sibbi nu eram împreună în acel moment. Relația noastră era pe butuci și ne tot împăcam și despărțeam, deși până la urmă am ajuns să ne mutăm împreună. Așadar, am mers acasă la un bărbat și asta e toată povestea. El nu m-a mai sunat după aceea și nici eu nu l-am sunat. N-aveam niciun motiv să cred că noaptea aceea îmi va cauza probleme mai mult decât orice altă noapte petrecută cu orice alt bărbat.

Întoarse repede capul și le privi.

— Nu trebuie să credeți că sunt genul care merge acasă cu oricine. A fost o pură întâmplare.

— Erai adultă și liberă să-ți vezi de viața ta sexuală așa cum îți plăcea. Nu trebuie să te scuzi pentru absolut nimic.

În sfârșit, Erla zicea și ea ceva pe care Freyja îl aproba din toată inima.

Sigurlaug părea ușurată.

— În fine, la scurt timp după ce m-am întors la serviciu după concediul de creștere a copilului, băieții de la clasa mea au început să se comporte ciudat. Tot chicoteau și șușoteau în timpul orelor. Apoi s-a răspândit în toată școala și n-a mai durat mult până când și elevii mai mari au început să-i copieze atunci când treceam pe lângă ei pe holuri. Scoteau urlete ca de lup, se făceau că gem și-mi strigau lucruri pe care aș prefera să nu le repet. În cele din urmă, am aflat povestea de la singura fată de la clasa mea în care puteam avea încredere că îmi va spune ce se întâmpla de fapt. Nu doar că mi-a zis, dar mi-a și arătat filmarea. Imediat după aceea, m-am prefăcut bolnavă și am plecat acasă. Am păstrat secretul timp de câteva zile, însă în final mi-am dat seama că nu mai suportam ideea de-a mă întoarce la muncă. Nu mai puteam face față și la așa ceva, pe lângă faptul că trebuia să îndur comportamentul lui Sibbi acasă. Când i-am spus soțului meu că vreau să renunț la predat, a simțit că e ceva în neregulă. Nu m-a mai lăsat în pace din acel moment și a tot continuat să mă bată la cap. Am rezistat, însă până la urmă a smuls adevărul de la mine cu forța, snopindu-mă în bătaie. Eram atât de înspăimântată, încât i-am zis până la urmă unde să găsească filmarea, dar și numele și adresa lui Helgi. Desigur că Sibbi s-a și repezit direct acolo, dar nu a găsit pe nimeni. A tot încercat, însă bărbatul nu era niciodată acolo. Până la urmă, l-a întrebat pe unul dintre vecini, care i-a zis că Helgi locuia mai mult ca sigur în străinătate.

Sigurlaug tăcu și închise ochii. Erla și Freyja așteptară răbdătoare să-și revină. Nu era un lucru pe care să-l zgândăre chiar așa ușor, mai ales că femeia era și așa deosebit de slăbită. Înainte să deschidă ochii din nou, ea trase adânc aer în piept, lucru care păru să-i dea noi puteri.

— Au trecut vreo doi ani. Sibbi a început să menționeze tot mai rar incidentul, dar asta nu însemna că uitase cu totul de el. Apoi, într-o bună zi a aflat că Helgi se mutase înapoi în Islanda și că locuia la o nouă adresă. După un acces de furie în care m-a lăsat plină de vânătăi, s-a năpustit isterizat afară, spunând că are de gând să-l omoare pe individ în bătaie. Când s-a întors acasă, părea mai calm, dar eu n-am îndrăznit să-l întreb ce se întâmplase.

Femeia se opri și-și mușcă buza, după care mai inspiră o dată adânc.

— Nu știu ce s-a mai petrecut după aceea. Sibbi s-a mai liniștit o vreme, dar când își pierdea controlul, se comporta mult mai violent decât înainte. În timpul vacanței din Mallorca, s-a repezit la mine din senin — aproape că m-a omorât — și a început să repete obsesiv că îl înșelasem. După care, imediat după Crăciun, m-a atacat atât de rău, că am ajuns la Urgențe. O doctoriță a stat de vorbă cu mine când eram acolo și, deși poate că nu vi se pare suficient, chiar începusem să mă gândesc serios să-l părăsesc. Doar că încă nu căpătasem curajul necesar. Vedeți voi, el mă amenința întruna că mă va omorî dacă l-aș părăsi vreodată și jura că mă iubește.

Povestea continuă, cu întreruperi. Sigurlaug le descrise cum Margeir a parcat în fața blocului de apartamente de pe Sudurhlíd și au rămas acolo în liniște, în loc să coboare. După care s-a apropiat de ei un SUV vechi și rablagit, și Margeir a coborât din mașină și a început să discute cu șoferul, un bărbat pe care Sigurlaug nu-l cunoștea. Au început să se certe și, din ce-a auzit Sigurlaug, era din cauza ei. Apoi au dispărut amândoi înăuntru și ea a continuat să aștepte, îngrozită, sigură că noaptea avea să se termine cu ea primind iarăși bătaie. Doar cunoștea prea bine semnele.

Însă n-a mai urmat nimic. Celălalt bărbat s-a întors singur și ea l-a confundat inițial cu Margeir, căci îi purta canadiana și o șapcă de baseball. Abia când acesta s-a apropiat de mașină, ea a observat că avea sânge pe față și că mai era și plin de pete roșii pe haine. I-a cerut să iasă din mașină și să urce în mașina lui, ceea ce ea a și făcut, în vreme ce el îl căra pe Siggi. Băiatul a dat să se trezească, însă apoi a adormit la loc. Bărbatul a plecat apoi cu Yarisul lor, după care s-a întors pe jos la ei. În momentul acesta, Sigurlaug se opri ca să întrebe dacă mașina ei mai fusese găsită, iar Erla îi spuse că rămăsese parcată lângă un hotel aflat imediat după colț, unde se termina Sudurhlíd. Întrucât mai erau o mulțime de mașini parcate acolo, nu observase nimeni că un Yaris rămăsese parcat acolo mai multe zile.

Sigurlaug păru ușurată și-și reluă povestea. Le spuse că bănuise că bărbatul îi făcuse ceva lui Margeir, însă i-a fost prea teamă să-l întrebe. Pur și simplu a rămas cuminte în mașină, holbându-se la șosea în față, în vreme ce el a condus fără un cuvânt pe Sæbraut și a parcat apoi pe Lindargata. Ajunși acolo, i-a ordonat să nu scoată un sunet și a amenințat-o că-i va face rău fiului ei dacă nu era tot în mașină când se întorcea el. Ca dovadă că vorbea serios, i-a arătat o înregistrare de pe telefon cu un bărbat în timp ce era spânzurat și i-a spus că e Helgi. După care l-a luat pe Siggi de pe bancheta din spate și a dispărut cu el, luând mai întâi fularul lui Siggi și înfășurându-și-l în jurul părții de jos a feței.

Când s-a întors, s-a urcat în mașină și i-a zis să nu scoată un sunet. Au rămas acolo, în mașină, până aproape s-a făcut dimineață. Apoi bărbatul a condus până la un chioșc din apropiere și i-a cerut să-și țină gluga pe cap, înainte ca el să lase geamul în jos și să cumpere o sticlă de apă minerală. După care a turnat un soi de praf în apă și a obligat-o s-o bea. Sigurlaug a încercat să refuze, însă el a insistat, promițându-i că n-o să-i facă niciun rău. După aceea, amintirile ei deveneau încețoșate.

Își amintea totuși că a adormit în mașină, după care s-a trezit, mai târziu, și era ziuă. Bărbatul o dusese într-o clădire și apoi într-un subsol unde o încuiase într-o cameră sufocant de caldă și întunecoasă. După aceea, își amintea doar frânturi, cum ar fi că i s-a dat ceva de băut și un sendviș pe care să-l mănânce, dar și că i-a spus că dacă va striga după ajutor, Siggi avea să tragă ponoasele. Cu toate astea, i-a fost aproape imposibil să rămână trează. La un moment dat, a primit o saltea și o pătură de care nici n-avea nevoie, căci era oricum prea cald înăuntru. După ce-a dispărut efectul drogului și și-a recăpătat cunoștința, bărbatul i-a astupat gura cu bandă adezivă, a dat o gaură în perete pentru un cârlig masiv și i-a legat mâinile la spate cu o sârmă pe care a prins-o apoi de cârlig. Dar s-a asigurat totuși că e suficient de lungă ca să se poată culca. Apoi ea a tot adormit și s-a trezit de mai multe ori, până în clipa în care s-a deschis ușa și înăuntru a pătruns poliția.

— Dar trebuie să menționez că nu m-a tratat rău, orice s-ar zice. Părea preocupat de starea mea și tot insista că avea să-mi dea drumul. Doar că trebuia să mai am răbdare. Mi-a dat asigurări că drogul pe care mi-l administrase n-o să-i facă rău bebelușului. Iar doctorii mi-au confirmat că a avut dreptate.

Freyja și Erla nu mai ziseră nimic după ce auziră aceste cuvinte. Părea că femeia suferă de sindromul Stockholm, deși de obicei dura mai mult ca acesta să se dezvolte. Poate că anii petrecuți alături de un soț violent își arătau roadele nefaste.

Acum, că Sigurlaug își terminase povestea, părea mai mult decât epuizată.

— Vreau să-mi văd fiul! ceru ea, îngrijorată. Când o să vină?

Freyja îi răspunse că îl așteptau să ajungă din clipă în clipă. Avusese ea grijă să lase vorbă că poate fi adus în siguranță la spital. Sigurlaug închise ochii și ceru să fie lăsată singură.

Când ieșiră din cameră, părea să fi adormit deja.

Huldar aștepta afară, cu Saga în poală. Micuța nu arăta deloc dornică să-l părăsească atunci când își făcu apariția Freyja. Așa că trebui să se apropie de ei și aproape să i-o smulgă din brațe. După care rămase acolo, cu Saga proptită pe șold, în timp ce Erla îl puse pe Huldar la curent cu ce aflaseră, adăugând diferite detalii care completau niște goluri din povestea femeii.

Răpitorul lui Sigurlaug fusese nevoit să aștepte înainte de-a o strecura pe femeie în clădire, din cauza camerelor de supraveghere. Motivul lui fusese că dacă ar fi lăsat să se scurgă suficient timp după sosirea lui Siggi, ar fi fost mult mai puțin probabil ca poliția să observe că toate camerele îndreptate către intrarea în garaj fuseseră oprite pentru scurt timp în ziua respectivă. Freyja mai află și că după ce o încuiase pe femeia inconștientă în camera centralei, bărbatul condusese Land Cruiserul înapoi în garajul din care îl luase Margeir. Acesta lucrase ca electrician acolo și reușise să fure cheile mașinii. Thórdur nu știa precis unde fusese parcat Land Cruiserul, însă nimerise totuși locul exact din pură întâmplare. Prin urmare, nu observase nimeni că mașina fusese luată sau că lipseau cheile. Proprietarul garajului cerea compensații din partea poliției pentru un nou set de chei și pentru curățarea vomei de pe bancheta din spate. Huldar și Erla râseră amândoi la o asemenea absurditate.

Apoi, continuară să discute despre caz. Freyja rămase uitată de amândoi pe moment, și află că răspunsurile la mai multe întrebări rămâneau învăluite în ceață: de exemplu, cum de reușise Margeir să facă rost de Rohypnol. Teoria cea mai plauzibilă sugera că îl cumpărase de pe o pagină de Facebook dedicată comerțului cuacest drog. În dimineața următoare, urma să se lanseze o căutare pentru telefoanele lui Margeir, Sigurlaug și Helgi, pe care Thórdur pretindea că le aruncase în mare de pe Sæbraut, pe coasta din apropierea apartamentului lui Helgi. De asemenea, fură menționate mai multe nume despre care Freyja habar n-avea: se părea că poliția nu avea de gând să prelungească arestul în cazul a doi indivizi pe nume Thormar și Tómas. Însă Erla și Huldar erau mai mult decât hotărâți să-i acuze pe ei și pe alți doi de distribuirea de materiale pornografice.

Când terminară amândoi ce aveau de zis, Saga începuse deja să-și piardă răbdarea. Erla anunță că trebuie să plece, însă îi ceru lui Huldar să mai rămână un pic până sosea Siggi, ca să se asigure că totul avea să decurgă așa cum trebuie. După aceea, el trebuia să-și miște fundul înapoi la secție. Apoi plecă de-acolo, fără să-i mai adreseze niciun cuvânt Freyjei.

— E incredibilă! făcu Freyja, clătinând din cap dezgustată de mojicia Erlei.

— Nici ei nu i-a fost ușor. Nu e deloc ușor să conduci divizia, mai ales pentru o femeie aflată într-o funcție de bărbat.

Huldar rânji către Saga.

Freyja se pregătea să obiecteze că asta nu scuza obișnuita lipsă de bun-simț a Erlei, când ușa de la capătul holului se deschise și își făcu apariția Didrik, însoțit de mama lui Sigurlaug, Margaret, care îl ținea pe Siggi de mână. Băiatul privea cu nesaț aceste împrejurimi complet noi pentru el. În loc să se oprească mai întâi la biroul de la recepție aflat la jumătatea holului, cei trei porniră direct spre Freyja și Huldar.

De îndată ce începură să vorbească, băiatul fu cuprins de sfială. Deși îi recunoștea pe Freyja și pe Huldar, nu era deloc obișnuit să-i vadă în acest mediu nou. Bunica lui, pe de altă parte, nu se mai putea opri din vorbit, bălmăjind plină de bucurie că fiica îi fusese găsită în viață, pentru ca în clipa următoare să se panicheze toată din cauza stării ei și a sănătății copilului nenăscut.

Huldar, amețit de sporovăiala fără sfârșit a femeii, o trimise să discute cu personalul spitalului, care ar fi fost mult mai în măsură să-i răspundă la întrebări.

— Vreo șansă să vă ocupați voi mai departe? întrebă Didrik, adresându-i Freyjei o privire imploratoare. N-au mai găsit pe nimeni care să îi aducă pe ea și pe băiat încoace, însă astăzi e ziua soției mele și nu mi-o va ierta niciodată dacă nu merg direct acasă.

Spre mare ei întristare, Freyja observă cum se ivește un surâs în colțul gurii lui Huldar.

— Poți pleca și tu, după ce se termină vizita, continuă Didrik. Băiatul va pleca acasă împreună cu bunica lui.

Freyja se pregătea să-i atragă atenția asupra Sagăi, care rămăsese proptită în șoldul ei, încruntându-se tare curioasă la Siggi, însă el cu siguranță n-ar fi avut cum să n-o observe.

— Bine, du-te, zise ea. O să aștept aici.

Didrik nu așteptă să i se spună de două ori și aproape că o luă la fugă pe hol. Freyja îl urmări cum pleacă, un pic dezamăgită de faptul că se dovedise că era deja luat. Însă atitudinea lui Huldar suferise o transformare radicală.

— E un tip cumsecade, nu-i așa? Nu știu de ce, dar dintr-un motiv anume, mi-am închipuit c-ar fi singur.

Ignorându-l, Freyja se lăsă atentă pe vine ca să discute cu Siggi. Saga întinse imediat o mână spre părul ei și Freyja se și trase înapoi, înainte ca fetița să apuce să-i înfigă mâna zdravăn în păr.

— Așadar, Siggi. Ți-ar plăcea să-ți vezi mămica?

Băiatul, care rămăsese uitându-se atent la Saga, zâmbea acum obosit.

— Da, te rog! E rănită?

— Nu, scumpule. Nu-ți face griji! Trebuie doar să mai rămână un pic aici, pentru ca doctorii să verifice dacă bebelușul e bine. Sunt sigură că i se va da și ei drumul acasă cât de curând.

Freyja se ridică în picioare, adăugând:

— Haide!

Îl conduse pe băiețel spre ușa camerei mamei lui, unde îi dădu drumul la mână și-l urmări rupând-o la fugă și năpustindu-se direct în brațele ei.

Se îmbrățișară îndelung, fără să scoată niciunul vreun cuvânt, până ce întrebările începură să dea năvală din gura lui Siggi:

— Te-ai rătăcit? Unde ai fost? Te doare gura? De ce ai un plasture pe mână? Ce-i tubul ăsta? Unde-i tati?

Ultima întrebare era cea mai grea. Sigurlaug își îmbrățișă iar băiatul și-i întinse iepurașul, pe care el îl cuibări imediat sub brațul său. După care repetă:

— Unde-i tati? E mort?

Freyja credea că ochii lui Sigurlaug erau umezi, însă în afară de asta, părea să-și fi revenit aproape complet și era în mod evident pregătită să-i dea vestea băiețelului ei între patru ochi. Hotărând că mai bine i-ar lăsa în pace, Freyja se retrase pe vârfuri, trăgând ușa în urma ei. Ultimul lucru pe care îl auzi fu cum Sigurlaug îi spunea lui Siggi că trebuie să-i explice ceva...

Huldar rămăsese pe holul din fața salonului, pe punctul să-și piardă răbdarea.

— Tocmai am primit un mesaj și trebuie să mă întorc imediat la secție.

— A mai apărut ceva nou?

— Nu, e ceva personal. Ți-l mai amintești pe Gudlaugur?

Normal că și-l amintea.

— Unul dintre cei mai mari nenorociți din echipa mea a aflat ceva ce poate folosi împotriva lui. Mesajul era de la el. E limpede că vrea să profite cât mai mult de pe urma situației și încearcă să mă scoată din sărite. Din păcate, i-a ieșit perfect. Trebuie să merg și să-i dau o mamă de bătaie, ca să-i bag mințile în cap înainte să trimită filmarea în toată secția.

— Înțeleg.

De fapt nu înțelegea, dar nu voia să insiste. Dacă Huldar voia să bată pe cineva, nu era problema ei. În plus, tipul probabil că o merita din plin dacă se lua de cineva atât de drăguț ca Gudlaugur. Dar pe de altă parte, când își aminti de ochiul vânăt cu care Huldar își făcuse apariția când o însoțise la reuniunea clasei ei din decembrie, cugetă în sinea ei că rezultatul nu putea fi cunoscut dinainte.

— Poate ar trebui să încerci și să rezolvi situația în alt fel, îi sugeră ea cu blândețe.

— Nicio șansă, rânji Huldar. Apropo, eu și Saga ne-am făcut planuri să ieșim mâine-seară în oraș la cină. Cred că tu n-o să fii disponibilă, nu?

Freyja nu-și putu înfrâna un zâmbet drept răspuns.

— Sigur, de ce nu?

Spera doar ca el să nu apară iar vânăt și bătut bine și de această dată, însă avea impresia că spera degeaba.

Capitolul 34

Sigurlaug își îngropă fața în părul fiului ei și-i inspiră mirosul. Băiatul mirosea ciudat, foarte neobișnuit.

— Mami, tati chiar e mort?

Glasul lui părea totuși la fel. Nu se schimbase doar pentru că de el avuseseră grijă niște străini. Cum Sigurlaug nu-i răspunse imediat, el repetă întrebarea.

Sigurlaug îi prinse capul în palmele făcute căuș și îi întoarse chipul micuț ca să se uite la ea. Acul înfipt în braț se mișcă din nou, însă ignoră durerea. Întâlnind ochii lui albaștri, îi spuse:

— Da, mă tem că da, dragul meu băiețel!

— Pentru că i-ai făcut o gaură în cap? De ce? Tu n-ai murit.

Sigurlaug se linse pe buze, acolo unde se cojeau și o usturau de la banda adezivă.

— Siggi, nu eu i-am făcut o gaură în cap. Visai, îți amintești? Bărbatul l-a omorât. Dar nu trebuie să-ți fie teamă, pentru că polițiștii l-au arestat pe bărbat.

— Oh! făcu băiatul, nedumerit.

— Ai fost băiat cuminte și ai făcut tot ce ți-am zis?

Fiul ei încuviință cu seriozitate.

— Le-ai spus polițiștilor că tot ce-ți amintești sunt mașina și bărbatul care te-a dus la apartament?

Încă o încuviințare.

— Ești cel mai bun — cel mai bun băiat din toată lumea!

Sigurlaug îi aplecă ușor capul ca să i-l poată săruta și să-și ascundă lacrimile care îi curgeau pe obraji în jos, oprindu-se în părul blond al băiatului.

Femeia plânse înfundat până nu-i mai rămase nicio lacrimă. Plânse din cauza trecutului și a ceea ce avea să vină. Din cauza a ce-i aștepta de aici înainte, atât pe ea, cât și pe fiul și pe bebelușul nenăscut. Siggi rămase perfect nemișcat. Într-un final, Sigurlaug își trase nasul și-l recompensă cu încă un sărut pe creștet.

Ce-o să se aleagă de ei? Oare viața fără Sibbi avea să fie atât de plăcută, atât de minunat de liniștită pentru ea și pentru copiii ei, pe cât visase mereu? Sau totul avea să i se prăbușească în cap și s-o îngroape cu totul? Oare va merge la închisoare și copiii ei vor fi dați spre adopție? Existau liste lungi de așteptare pentru copii și unii oameni ar fi făcut orice ca să poată primi un nou-născut, la cât de rari erau în ultima vreme, măcar atâta lucru știa și ea.

Sigurlaug închise ochii și încercă să-și evalueze situația. Răspunsese în mod limpede la toate întrebările poliției, fără să aibă probleme sau să mintă — cu excepția finalului. Nu păruseră deosebit de bănuitori, însă nici nu fusese cu adevărat un interogatoriu. Cu siguranță doreau să mai stea de vorbă cu ea. Nu îi puseseră cea mai importantă întrebare dintre toate, așa că presupunea că o păstrau pentru mai târziu. Întrebarea care cerea cel mai mult din partea ei. Asta dacă nu cumva aveau de gând s-o lase în pace din cauza stării în care se afla pe moment. Oare poliția lua mai ușor o femeie care era pe punctul să nască?

Trebuia să păstreze bebelușul în ea cât mai mult.

Își îngădui un dram de ușurare pentru ce izbutise până acum. O crezuseră când le spusese că nu se dăduse jos din mașină în fața blocului de pe Sudurhlíd. Ceea ce însemna că Thórdur își ținuse partea lui din învoială și-și asumase responsabilitatea pentru uciderea lui Sibbi. Nu le spusese povestea adevărată, cum stătuse acolo și se certase cu Sibbi, în vreme ce ea se furișase în spatele soțului ei și-l pocnise în ceafă cu o trusă grea de scule pe care o găsise în Yaris. Aceasta cântărea o tonă și-n mod normal nici n-ar fi fost în stare să o ridice, însă furia îi oferise o forță ieșită din comun. Mânia explodase în ea când îl auzise pe Sibbi proferând obișnuitele injurii nu doar la adresa ei, ci și a lui Siggi. Una era să-și îndrepte ura spre ea, dar Sigurlaug nu avea de gând să-i permită să se întoarcă și împotriva propriului fiu. Cu o energie proaspăt găsită, ridicase trusa de scule în aer și — poc! — îl lovise chiar în ceafă. Sibbi se prăbușise de parcă n-ar fi avut niciun os în corp și începuse să se zvârcolească acolo, convulsiv, pe asfaltul rece de la picioarele ei. Când ridicase privirea, străinul se holba la ea, șocat.

— A meritat-o.

Atât mai fusese în stare să zică în clipa aceea. După care se uitase în jur și, spre groaza ei, văzuse că Siggi era complet treaz și o urmărea cu niște ochi enormi prin geamul mașinii. Trusa de scule îi căzuse din mână și ea deschisese gura să țipe, când străinul i-o astupase cu palma, conducând-o înapoi la mașină și făcând-o să urce în ea. Rămăsese apoi acolo, uluită de ceea ce tocmai făcuse, și-l urmărise pe tip cum târăște trupul lui Sibbi în interiorul clădirii. Când Siggi o întrebase dacă tăticul lui avea o gaură în cap, ea rămăsese holbându-se în gol și îi spusese, cu o voce care nu era a ei, că visase și că ar fi trebuit să se culce la loc. În cele din urmă, el o ascultase, după ce ea îi repetase din nou și din nou: „A fost doar un vis. Nu s-a întâmplat nimic cu tati. Culcă-te la loc!"

Deși recursese la violență de dragul fiului ei, el n-ar fi trebuit să fi fost vreodată martor la fapta ei. Se lăsase purtată de intensitatea momentului, deși dorința de-a trece la fapte pesemne că tot crescuse în timp în sufletul ei, fără ca ea să bage de seamă. Niciodată, pe când își frământa creierii pentru a găsi o modalitate de-a scăpa nevătămată din acel mariaj împreună cu fiul ei, nu îi trecuse o asemenea idee prin cap. Dacă asemenea gânduri ar fi ieșit vreodată la iveală, de bună seamă că subconștientul ei i le șoptise mult prea încet pentru ca ea să le audă. Însă când se lovise cu piciorul de trusa grea de metal în mașină, ideea îi năvălise în minte parcă de nicăieri și, înainte să-și dea seama ce face, apucase mânerul, coborâse din mașină și pornise cu pași mari în direcția soțului ei. Ultimul lucru pe care îl auzise spunându-l fusese: „Micul ticălos n-o să spună nimic și la fel o să facă și pizda de nevastă-mea". Îi răsuna și acum în minte trosnetul umed și grețos pe care marginea ascuțită a trusei de scule îl scosese atunci când îi tăiase scalpul și îi crăpase căpățâna bărbatului.

O meritase. Asta trebuia să-și reamintească ea. El plănuise să omoare un bărbat care nu făcuse nimic altceva decât să se culce cu ea — cu mult timp în urmă. Pe el îl deranjase mai puțin faptul că individul postase pe internet o filmare în care făceau sex amândoi. Pentru Sibbi, ea se afla în posesia lui și nu îi era îngăduit nimănui altcuiva să o atingă.

Lipsise totuși ceva din întrebările polițistei. Sigurlaug nu știa dacă era de bine sau de rău. Surâse anemic către fiul ei, după care, cu chipul iarăși serios, îl întrebă:

— Siggi, ce ai făcut cu bucata de hârtie?

— Ce hârtie?

— Hârtia pe care bărbatul a lăsat-o pe noptieră când te-a lăsat singur în patul acela mare. Ce s-a întâmplat cu ea?

— Oh! Nu mai știu.

Sigurlaug trase aer pe nas.

— Încearcă să-ți amintești, Siggi! Ce s-a întâmplat cu acea hârtie?

Băiatul se încruntă, gândindu-se intens. După care se lumină la față.

— Am pus-o în buzunar. Am făcut un desen pe ea la secția de poliție. Însă nu pe partea cu scrisul. Ci pe cealaltă parte.

— Ai desenat ceva pe ea? repetă Sigurlaug, neștiind ce altceva să mai spună.

— Da. Cu tine, cu mine și cu tati. Aveam câteva culori în buzunar. Bine, doar două, pentru că le uitasem pe celelalte. Le-am lăsat în cameră, lângă pat.

— Ce s-a întâmplat cu desenul?

— L-a luat poliția.

Lui Sigurlaug i se opri inima în loc. Lucrurile căpătaseră o turnură extrem de proastă. Dacă polițiștii văzuseră ce scria pe hârtie, atunci cu siguranță ar fi întrebat-o. Fără nicio îndoială. Iar asta nu putea fi un semn bun.

— Bărbatul a lipit desenul pe perete. La secția de poliție.

Ușurarea fu atât de mare, încât Sigurlaug crezu că avea să leșine acolo, însă amețeala se estompă și ea imediat. Dacă nu mai dăduseră desenul jos? Dacă nu văzuseră deloc ce scria pe el? Cum să le spună?

— Vreau să merg la Disneyland.

Cum Sigurlaug nu-i răspunse imediat, Siggi adăugă:

— Sau iar în Mallorca, dacă suntem săraci.

Ea aproape că izbucni în râs. Dacă nu s-ar fi dus niciodată în Mallorca, ea n-ar mai fi zăcut acum aici. Sibbi ar fi fost încă în viață și nimic nu s-ar fi schimbat. Totul ar fi fost la fel de îngrozitor — însă măcar n-ar mai fi înaintat acum prin ape tulburi.

Vacanța începuse bine. Siggi se juca în soare și se bălăcea fericit în piscină. Stăteau toți trei și se relaxau în căldură, lăsând în urmă toate grijile la poarta de îmbarcare. Abia când pielea lor începuse să devină ușor maronie căzuse securea. Sibbi observase o pată mare, decolorată, pe spatele lui Siggi, care până atunci nu fusese vizibilă, însă care acum nu mai putea fi ignorată. Deși Sigurlaug se ocupase să-i facă baie și să-l îmbrace încă de când se născuse, nu-și dăduseră niciodată seama. La urma urmei, ea nu se lăsase convinsă decât o singură dată să urmărească acea filmare dezgustătoare și chiar și atunci, doar o porțiune scurtă. Însă Sibbi se uitase la ea până ce învățase toate detaliile pe dinafară, cum ar fi pata de pe spinarea lui Helgi. Iar atunci înțelesese totul: Siggi nu era fiul lui, ci al lui Helgi.

Sigurlaug avusese noroc că scăpase cu viață după explozia lui inițială. Era o curvă care îl înșelase și care se întorsese la el doar ca să aibă copilul un tată. Helgi nu mai voise să aibă nimic de-a face cu ea, o ghicise din prima, văzuse de-atunci ce târfă nenorocită era. În zadar subliniase ea că Siggi fusese conceput într-o perioadă în care ea și Sibbi se tot împăcau și despărțeau. De ajutor nu fusese nici faptul că îi spusese că o mulțime de oameni au semne din naștere și pete de piele decolorată. Poate că era doar o coincidență.

Totuși, nu era. Într-o perioadă de acalmie ce urmase certurilor lor, făcuse calculele. După toate probabilitățile, Siggi fusese conceput în noaptea petrecută cu Helgi, însă în loc să nască atunci când trebuia, trecuse de termen, așa cum se întâmplă adesea cu mamele care nasc prima oară. Iar asta explica și motivul pentru care Siggi fusese un bebeluș atât de masiv.

Nu i-a mai spus asta și lui Sibbi: mai bine să lase îndoiala să clocească în mintea lui. Însă comportamentul lui ulterior sugera că el știa. S-a îndepărtat de Siggi, iar pe ea a început să o trateze și mai rău decât înainte, până în clipa în care i-a venit ideea că poate ar putea stoarce niște bani de la Helgi pentru fiul lui. A căzut iar într-o dispoziție neagră când a aflat că pensia alimentară ar fi fost atât de mică, încât nici n-ar fi avut rost.

Atunci a primit un telefon. Mai târziu, i-a zis și ei că era de la un individ care voia să-l omoare pe Helgi. Dacă el îl ajuta, Siggi ar fi avut șansa să devină moștenitor, întrucât Helgi era necăsătorit și nici nu avea copii, din ce descoperise Sibbi până atunci.

Povestea era atât de ridicolă, încât ea nici măcar n-a băgat-o în seamă, cel puțin nu până în momentul în care Sibbi n-a trezit-o în toiul nopții, silindu-i pe ea și pe Siggi să se urce în mașină. Aparent, intenția lui era să o incrimineze și pe ea, astfel încât să nu poată merge apoi la poliție, însă era drept că pe Sibbi nu-l dăduse niciodată inteligența afară din casă.

— Să sperăm că vom putea merge și în Mallorca, *și* la Disneyland, Siggi, îi zise ea acum. Dar nu imediat. Nu până ce nu se naște bebelușul. Va trebui să așteptăm să se nască el și să crească puțin, înainte de toate.

Băiatul păru să accepte. Iar ea doar spera că se va putea ține de promisiune. Mult mai bine le-ar fi făcut să plece cât mai departe, doar ei trei, fără să le mai dea niciun bărbat comenzi și să insiste ca totul să se facă așa cum vrea el.

Nu trebuia să cadă în capcană și să creadă că toți bărbații sunt ca Sibbi. Thórdur, de exemplu, era posibil să fi făcut enorm pentru ea.

Ea nu îi minţise pe poliţişti despre călătoria aceea pe Sæbraut. Merseseră în tăcere, cu Siggi adormit în spate. Thórdur parcase maşina şi rămăsese pe gânduri o vreme, înainte de a-i întinde hârtia care acum stătea lipită pe un perete la secţia de poliţie. În timp ce ea citea ce scrie acolo, el îi spusese că ar fi trebuit să o lase în apartamentul lui Helgi pentru ca poliţia să o găsească după moartea acestuia. Era o scurtă declaraţie care anunţa că Helgi credea că are un fiu şi că doreşte să facă un test ADN, ca să fie sigur. Siggi era menţionat ca fiind acest posibil fiu. Pagina fusese semnată. Potrivit lui Thórdur, fusese ideea lui Sibbi să facă să pară că Helgi îşi curmase singur zilele, pentru a fi sigur că acest moştenitor al său avea să primească ce i se cuvenea. Biletul era menit să convingă poliţia că era vorba de o sinucidere, iar declaraţia explica motivul. Însă Thórdur se îndoia serios că ar fi crezut cineva că e vorba de sinucidere.

În timp ce stăteau acolo în maşină, el s-a oferit să ia asupra sa vina pentru moartea lui Sibbi în schimbul unei părţi din moştenirea lui Siggi. Nu avea nevoie de mult, i-a spus el, şi nici măcar n-a pomenit o sumă; voia doar să fie sigur de un venit stabil cât timp avea să stea după gratii. La urma urmei, oricum avea să meargă la închisoare. Ar fi însemnat ca ea să suporte câteva zile mai grele, cel mult o săptămână, cât timp i-ar mai fi trebuit lui Thórdur să încheie nişte socoteli. Însă tot el avea să aibă grijă ca Siggi să ajungă într-un loc sigur.

Ea s-a gândit mult timp la această ofertă. În final totuşi, alegerea a fost simplă. Atât de simplă, încât chiar nu a avut de ales. Dacă Sibbi avusese dreptate în privinţa mărimii averii lui Helgi, n-ar fi putut nimeni s-o cheltuiască pe toată. Acolo erau suficienţi bani pentru a le permite mai multor oameni să ducă o viaţă de lux. Desigur, strict vorbind, toți banii îi aparțineau lui Siggi, însă ea s-a convins singură că băiatul avea să sacrifice o parte din ei pentru a rămâne alături de mama sa. Iar ea putea suporta să rămână închisă preț de câteva zile într-o cameră a centralei; acceptând drogul și lăsându-se bruscată, pentru ca totul să pară mai veridic.

A acceptat, cu condiția ca Siggi să ajungă la loc sigur cât mai repede. Thórdur i-a promis asta, urmând să-i spună băiatului să aștepte o vreme, pentru ca el să aibă timp să o ascundă pe mama sa, apoi să sune în mod anonim la poliție dacă aceasta nu avea să-și facă apariția până la căderea serii. Tot el a mai adăugat și că aveau slabe șanse să poată face acest lucru, întrucât delegația chineză trebuia să viziteze Bessastadirul la prânz. Iar unul dintre nenumărații invitați la recepție cu siguranță avea să arunce o privire pe fereastră și să zărească trupul lui Helgi atârnând în spânzurătoare.

Înainte ca Thórdur să-l conducă pe Siggi pe scări în sus, la apartament, ea a avut ocazia să stea de vorbă cu băiatul. A făcut tot ce i-a stat în putință să repete cu el ce trebuia să spună și ce nu. Iar el a părut convins și a plecat supus alături de Thórdur, lăsându-i ei iepurașul la plecare. În clipa aceea, aproape că a cedat. Când s-a întors Thórdur, i-a spus că băgase groaza în Siggi să rămână tăcut arătându-i o filmare cu Helgi și amenințând să facă același lucru cu mama lui dacă nu respectă planul. Fusese de ajuns s-o determine să se răzgândească în privința întregului plan. Oare cu ce fel de monstru intrase în cârdășie? Ce soi de persoană s-ar fi gândit să-i arate unui copilaș o filmare cu un om care era spânzurat? Era însă prea târziu ca să mai dea înapoi. Tot ce mai putea face era să tacă și să-și alunge îndoielile. Singura alternativă era pușcăria, ceea ce însemna să piardă atât custodia lui Siggi, cât și a copilului ei nenăscut. Așa că a continuat să-l asculte pe Thórdur vorbindu-i despre scrisoarea care conținea declarația lui Helgi cum că el era tatăl lui Siggi — scrisoare pe care o lăsase pe noptieră, poruncindu-i lui Siggi să nu se atingă de ea.

Au pus la cale planul în timp ce așteptau în mașină până când devenea sigur să pătrundă în clădire. Odată stabilite toate detaliile, Thórdur a plecat în biroul lui, făcându-și din nou apariția după o vreme, pentru a o duce în camera centralei de la subsol. Iar după aceea, ea chiar nu își mai amintea ce-a mai urmat.

Se auzi o bătaie în ușa salonului și mama ei își iți capul pe după ușă.

— Pot să intru? Chiar nu mai pot să aștept.

Sigurlaug îi făcu semn să intre. Mama ei o sărută cu blândețe, după care se așeză pe un scaun de lângă pat și începu să vorbească despre viitor și despre cât de norocoși fuseseră ea și Siggi. Însă în timp ce mama ei sporovăia fără oprire, Sigurlaug nu se putea gândi decât la scrisoarea rămasă la secția de poliție.

Cum să se asigure că o vor citi polițiștii? Ce s-ar fi întâmplat dacă Thórdur s-ar fi răzgândit când ar fi devenit limpede că nu știa nimeni despre testul de paternitate? Oare ar fi mărturisit totul dacă ar fi început să bănuiască faptul că n-o să mai primească niciun ban? În niciun caz nu trebuia să se întâmple așa ceva.

Băgă de seamă că începuse să respire extrem de rapid și de neregulat. Curând, toate mașinăriile vor începe să bipăie. Liniștește-te, liniștește-te!

Inspiră adânc pe nas și expiră din nou, de mai multe ori. După aceea, se liniști suficient ca să găsească un mod de-a rezolva problema. După ce va fi externată, va merge la secția de poliție cu o cutie cu bomboane de ciocolată ca să le mulțumească pentru că o salvaseră. Când va vedea desenul, îi va întreba dacă l-ar putea primi înapoi pentru Siggi, ca să-i reamintească felul în care arătase familia lor înainte de moartea lui Sibbi. Și acum putea începe să-și repete reacția de uluire pe care o va avea când va descoperi ce era scris pe spate.

Se simți imediat mai bine. Până ce îi trecu prin cap că poate desenul fusese deja aruncat la gunoi. Liniștește-te, liniștește-te! Dacă asta se întâmplase, pur și simplu trebuia să găsească o altă cale.

Doar nu mai avea altceva de făcut cât stătea întinsă pe patul de spital decât să facă planuri. Sigurlaug zâmbi când mama ei îl luă iarăși în brațe pe Siggi, sărutându-l pe creștet. Trecuseră de ce era mai rău. De aici înainte, lucrurile n-aveau decât să se îmbunătățească.

La prețul de vânzare al cărții
se adaugă 2%, reprezentând
contravaloarea timbrului literar.